Karen Witemeyer

Ganz aus Versehen verliebt

francke

Über die Autorin:
Karen Witemeyer liebt historische Romane mit Happy-End-Garantie und einer überzeugenden christlichen Botschaft. Nach dem Studium der Psychologie begann sie selbst mit dem Schreiben. Zusammen mit ihrem Mann und ihren drei Kindern lebt sie in Texas.

Bibliografische Information der Deutschen Nationalbibliothek
Die Deutsche Nationalbibliothek verzeichnet diese Publikation in der Deutschen Nationalbibliografie; detaillierte bibliografische Daten sind im Internet über https://dnb.dnb.de abrufbar.

ISBN 978-3-96362-075-1

Originally published in English under the title:
More Than Meets the Eye
by Bethany House Publishers,
a division of Baker Publishing Group,
Grand Rapids, Michigan, 49516, U.S.A.

35037 Marburg an der Lahn
Deutsch von Rebekka Jilg
Cover design by Dan Thornberg, Design Source Creative Services
Umschlaggestaltung: Verlag der Francke-Buchhandlung GmbH
Satz: Verlag der Francke-Buchhandlung GmbH
Printed in Czech Republic

www.francke-buch.de

PROLOG

1879 – Fannin County, Texas

»Verliert nicht den Mut, Kinder. Wir haben noch einige Familien in Bonham. Ich bin mir sicher, wir finden für alle von euch ein gutes Zuhause.«

Die vierjährige Evangeline Pearson lächelte die Dame von der Kinder-Hilfsgesellschaft an, als diese den Gang des Zugabteils entlangschritt und sich dabei immer wieder an den leeren Sitzen festhielt, damit sie während der Fahrt nicht das Gleichgewicht verlor. Sitze, die zu Beginn ihrer Fahrt in New York noch voller Kinder gewesen waren.

Miss Woodson gab Evie immer ein gutes Gefühl. Auch nach sieben … acht … Evie zog ihre Nase kraus und nahm die Finger zu Hilfe, als sie versuchte nachzurechnen. Wie viele Zwischenstopps hatten sie gemacht? Als ihr die Finger ausgingen, gab sie auf, atmete lautstark aus und ließ ihren Kopf gegen die hölzerne Sitzbank sinken. Es war egal. Niemand hatte sie bisher gewollt. Doch Miss Woodson hatte versprochen, ein Zuhause für sie und Hamilton zu finden und Evie glaubte ihr. Sie war so ein netter Mensch. Ganz im Gegensatz zu der echsenartigen Frau, die steif und reglos vorne im Zugabteil saß.

Als hätte Mrs Dougal Evies Gedanken gehört, wandte sie sich um und warf einen finsteren Blick nach hinten. Die hervortretenden Augen und die zusammengepressten Lippen ließen Evie erschauern. Sie barg ihr Gesicht an der Schulter ihres Bruders.

»Hab keine Angst vor ihr«, flüsterte Hamilton und legte den Arm um ihre Schultern. Mit neun Jahren war Hamilton viel größer und stärker als Evie und er fürchtete sich vor nichts. Selbst als Mama und Papa gestorben waren, war er stark geblieben. Oder als das Waisenhaus beschlossen hatte, dass die Geschwister den Waisenzug nach Westen nehmen sollten. Niemals hatte er geweint oder Angst gehabt. Er hatte sie nur fest umarmt und ihr versprochen, dass alles gut werden würde. Er war der mutigste Junge, den es jemals gegeben hatte.

»Sie mag mich nicht.« Evie wagte einen kurzen Blick in Richtung der Echsenfrau, die sie aber immer noch finster anstarrte, und versteckte sich weiter hinter ihrem Bruder. »Es liegt an meinen Augen, stimmt's?«

Hamilton schob seine Hände unter ihre Achseln und zog sie auf seinen Schoß. Er hob ihr Kinn und blickte sie direkt an. »Mit deinen Augen ist alles in Ordnung, Evie. Sie sind wunderschön. Ein Gottesgeschenk. Weißt du noch, was Mama immer gesagt hat?«

Evies Kinn zitterte. An Mama zu denken, machte sie immer traurig. Dann wünschte sie sich, dass alles wieder so wäre wie früher. Dass Mama sie im Schaukelstuhl auf dem Arm hielt und ihr Lieder vorsang. Dass Papa sie durch die Luft wirbelte mit diesem lauten Lachen, bei dem sie immer kichern musste. Sie wünschte sich zurück in ihr Zimmer mit den Rosentapeten. Ihrem Bett mit der rosa Zudecke und dem weichen Kissen. Aber das alles war weg. *Sie* waren weg. Für immer.

»Was hat Mama gesagt?«, ließ Hamilton nicht locker.

»Dass nur ganz besondere kleine Mädchen zwei verschiedene Augenfarben haben«, murmelte Evie. Sie wollte glauben, dass das stimmte. Wirklich. Aber wenn die beiden verschiedenen Augen sie so besonders machten, warum wollte sie dann niemand haben?

Hamilton nickte. »Das stimmt. Und weißt du was?«

Evie sah ihren Bruder an und beneidete ihn um seine gleichfarbigen braunen Augen. »Was?«

»Ich wünschte, ich hätte auch solche Augen.«

»Wie meine?« Evie lehnte sich zurück und legte die Stirn in Falten. »Warum? Dann würde dich ja auch niemand wollen.«

Hamilton lächelte und tippte ihr mit dem Finger auf die Nase.

»Jedes Mal, wenn du in einen Spiegel blickst, kannst du sehen, wie Mama und Papa dich anschauen. Mama mit einem blauen Auge, Papa mit einem braunen. Und dann weißt du wieder, wie sehr sie dich geliebt haben. Es ist wie früher, wenn sie uns umarmt haben. Weißt du noch, wie sie uns immer zwischen sich genommen haben?«

Evie nickte langsam. Oh ja, daran erinnerte sie sich. Es war warm gewesen und sicher. Sie in ihrem Nachthemd in Mamas Armen, die Beine um Mamas Taille geschlungen. Mama hatte süß gerochen und ihre langen Haare hatten Evies Füße gekitzelt. Papa hatte wie ein hungriger Bär gebrummt und gesagt, er brauchte ein Evie-Sandwich, bevor er sich Mama geschnappt hatte und sie Evie zwischen sich umarmt hatten. Ihre Köpfe waren dicht beisammen gewesen. Und dann die Augen … Mamas strahlend blaue auf Evies linker, Papas funkelnde braune auf ihrer rechten Seite. Genau wie ihre eigenen!

Ein Lächeln machte sich auf Evies Gesicht breit. »Oh, Hamton, du hast recht! Ich habe die allerbesten Augen!«

Er umarmte sie – nicht so fest, wie Papa es immer getan hatte, aber trotzdem warm und voller Liebe. »Vergiss das nie«, sagte er, während er sie an sich drückte.

Als Evie sich in die Arme ihres Bruders schmiegte, konnte sie die Stimmen aus dem vorderen Teil des Abteils hören.

»Bonham ist der letzte Halt«, sagte die Echsenfrau, als Miss Woodson sich neben sie setzte. »Ich weiß nicht, warum wir uns überhaupt solche Mühe geben. Niemand wird diese Sonderlinge aufnehmen. Zacharias macht den Frauen Angst und bringt die Männer mit seiner aggressiven Art auf die Palme. Seth ist so schwach, dass er kaum den Winter überstehen wird. Und dann noch Evangeline. Sie ist zwar lieb, aber mit ihren unnatürlichen Augen verunsichert sie anständige Menschen. Himmel, sie verunsichert *mich.*«

»Senk deine Stimme, Delphinia«, zischte Miss Woodson. »Die Kinder können dich hören.« Sie lächelte Evie entschuldigend an.

Das Lächeln konnte dem gemeinen Kommentar der Echsenfrau nicht den Stachel nehmen, doch so konnte Evie versuchen ihn zu ignorieren. Zum ersten Mal dachte sie darüber nach, wie die anderen Kinder sich fühlen mussten. Evie krabbelte zurück auf ihren Sitz und blickte nach hinten zu den anderen beiden Jungen, die wie sie selbst und ihr Bruder noch übrig waren. Drei Reihen hinter ihnen saß ein Junge in Hamiltons Alter. Doch er sah vollkommen anders aus als ihr Bruder. Er war dürr und blass und der neue Mantel, den er von der Kinder-Hilfsorganisation bekommen hatte, war ihm viel zu weit. Der Junge starrte aus dem Fenster, die Schultern schlaff nach unten hängend, die Brust eingesunken. Und jedes Mal, wenn ein wenig Ruß von draußen hereindrang, musste er husten.

Der andere Junge saß ganz hinten in der letzten Reihe auf der anderen Seite des Waggons. Seinen Rücken hatte er in die Ecke des Abteils gelehnt, sein Bein lag ausgestreckt auf der Bank und den Hut hatte er ins Gesicht gezogen. Jedoch nicht so tief, dass Evie seine Augen nicht hätte sehen können. Sie waren dunkel, genau wie der Rest von ihm. Dunkle Kleidung, dunkles Haar, dunkel gebräunte Haut. Er hatte sogar schon dunklen Bartflaum auf den Wangen. Doch seine dunkelblauen Augen ließen sie erschaudern. Vor allem, wenn er sie direkt anstarrte, wie er es jetzt gerade tat.

Sie glaubte nicht, dass Zach irgendwelche Freunde hatte. Er war immer allein gewesen, selbst zu der Zeit, als der Zug noch voller Kinder gewesen war. Sie hatte Hamilton, Zach hatte niemanden. Das war traurig – jeder brauchte doch einen Freund.

Evie lächelte und winkte Zach zaghaft mit der Hand zu.

Zach blitzte sie an und zeigte seine Zähne wie ein knurrender Hund.

Schnell riss Evie ihre Finger zurück und ließ sich auf ihren Sitz fallen. Vielleicht brauchten manche Leute doch keine Freunde.

»Ich habe schon oft Kinder in Bonham vermittelt«, sagte Miss Woodson. »Ich bin mir sicher, es wird alles gut gehen.«

Mrs Dougal schnaufte. »Das einzige Kind, das wir dort vermitteln werden, ist der Pearson-Junge. Ihn wollten schon einige Familien haben. Wir müssen ihn nur von seiner Schwester trennen.«

Eine Trennung von Hamilton? Evies Herz schlug so heftig in ihrer Brust, dass sie Angst hatte, es könnte herausspringen. Sie klammerte sich an ihren Bruder und hielt sich an ihm so fest, wie sie konnte.

»Aber es ist so schrecklich für die Kinder, wenn man sie voneinander trennt«, widersprach Miss Woodson.

»Es wird schlimmer für sie sein, wenn sie in den Straßen New Yorks landen, weil niemand sie haben will. Ich finde, wenn wir einen von ihnen retten können, dann sollten wir das tun. Manchmal sind die harten Entscheidungen die richtigen Entscheidungen.« Mrs Dougal warf Evie und Hamilton über ihre Schulter einen schnellen Blick zu, bevor sie sich wieder Miss Woodson zuwandte. »Es gibt keinen Grund, die Chancen des Jungen zu schmälern, nur um ein paar Tränen zu vermeiden. Sie werden sich schon wieder von ihrem Kummer erholen.«

Evie starrte Miss Woodson an. Sie wollte sie dazu bringen, dass sie der Echsenfrau widersprach. Doch das tat sie nicht. Stattdessen biss sich Miss Woodson auf die Unterlippe und nickte.

»Sie dürfen uns nicht trennen, Ham-ton!«, flüsterte Evie ihrem Bruder eindringlich zu, damit die Echsenfrau sie nicht hörte. »Bitte.«

Hamilton drückte ihre Hand und reckte das Kinn in die Höhe. »Mach dir keine Sorgen. Das werden sie nicht.« Er hielt ihre Hand weiter fest, erhob sich und zog Evie mit sich den Gang hinunter. »Komm. Ich muss mit Zach sprechen.«

Mit dem gruseligen Jungen hinten im Wagen, der sie gerade angeknurrt hatte? Evie blieb stehen. »Ich will nicht …«

Hamilton stieß den Atem aus und warf ihr einen seiner »Benimm dich nicht wie ein Baby«-Blicke zu. »Er ist ein Kind genau wie wir, Evie. Und er kann uns helfen.«

Er war auf keinen Fall *genau* wie sie. Sie war sich nicht einmal sicher, ob Zach überhaupt ein Kind war, mit diesem Bartflaum und Beinen, die fast so lang waren wie die ihres Vaters. Aber sie wollte ihren Bruder nicht merken lassen, dass sie Angst hatte, also presste sie die Lippen zusammen und ließ sich von Hamilton durch den Zug führen.

»Was willst du?« Zach nahm sein Bein von der Bank und streckte es so aus, dass Hamilton sich ihm nicht weiter nähern konnte.

Doch davon ließ sich ihr Bruder nicht abschrecken. Er stieg einfach über das Hindernis hinweg, setzte sich neben den Jungen und zog Evie neben sich.

»Ich brauche einen Rat«, sagte Hamilton mit einer Stimme, die genauso ernst klang wie Papas Stimme immer geklungen hatte, wenn er ihnen wichtige Anweisungen gegeben hatte. »Die Frauen denken, dass es das Beste wäre, mich beim nächsten Halt von meiner Schwester zu trennen. Aber das kann ich nicht zulassen. Also muss ich wissen, wie du es immer schaffst, dass die Familien dich nicht haben wollen.«

Langsam setzte sich Zach auf und lehnte sich nach vorne. Seine dunkelblauen Augen wurden eng und seine Mundwinkel verzogen sich zu einem Grinsen, das regelrecht furchterregend war. Evies Magen verkrampfte sich.

»Ich sage ihnen, dass ich sie nachts im Schlaf umbringen werde.«

Evie schnappte nach Luft. Wie konnte jemand so etwas Schreckliches sagen? Bestimmt meinte er das nicht so. Oder etwa doch?

Zach grinste sie an. Evie wimmerte.

Hamilton hingegen nickte. »Gut. Ihnen drohen, sie umzubringen. Verstanden.«

Was? Evies Blick flog zu ihrem Bruder. Das konnte er doch nicht wirklich tun!

Zach schien den Gedanken auch nicht gut zu finden, denn er

seufzte und schüttelte den Kopf. »Schau mal, nur, weil das bei mir funktioniert, heißt das noch lange nicht, dass es das Richtige für dich ist. Du hast ein Engelsgesicht. Niemand wird dir so eine Drohung abkaufen.«

»Vielleicht kann er ja husten so wie ich.« Seth kam durch den Gang auf sie zu und sein trockener Husten ließ sie alle zusammenzucken. »Tu«, er hustete noch einmal in das Taschentuch, das er auf Anweisung der Damen immer bei sich haben sollte, »einfach krank.«

Zach schüttelte schon wieder den Kopf. »Nee. Dafür sieht er viel zu gesund aus. Alle werden glauben, dass es ihm bald wieder besser gehen wird.« Der ältere Junge nahm seinen Hut ab und kratzte sich am Kopf. »Wir müssen irgendetwas anderes finden.«

Evie blickte von einem Jungen zum nächsten. Wollte Zach ihnen tatsächlich *helfen*? Vielleicht hatte Hamilton recht. Vielleicht *tat* er nur so schrecklich. Doch warum jemand wollen könnte, dass alle ihn hassten, war Evie ein Rätsel. Sie hätte es am liebsten gehabt, dass alle sie mochten.

Zach beäugte Hamilton von oben bis unten, dann verschränkte er die Arme über der Brust und lehnte sich zurück. »Eingebildeter, reicher Bengel. Das ist eher dein Ding.«

Hamilton runzelte die Stirn. »Aber ich bin nicht reich. Ich besitze nur einen Satz saubere Kleidung und den Koffer, den ich von der Kinderhilfe bekommen habe. Genau wie alle anderen.«

Zach entfaltete seine Arme und in seinen dunklen Augen funkelte es. »Schon klar. Aber mit Namen wie *Hamilton* und *Evangeline* wird es leicht sein, den Menschen vorzuspielen, dass ihr aus einer wohlhabenden Familie stammt. Die Farmer hier lehnen Reiche ab. Sie glauben, dass die keine anständige Arbeitsmoral haben.«

Evie hatte keine Ahnung, was *Arbeitsmoral* war, also hatte sie ja vielleicht gar keine. Wahrscheinlich hatten die Familien sie deshalb bisher nicht gewollt. Hamilton dagegen musste wohl eine haben, denn die Menschen mochten ihn. Er musste also einen Weg finden, die Arbeitsmoral zu verbergen.

»Wirf mit klugen Sprüchen um dich. Beleidige sie von oben herab. Schrei. Schlag um dich.« Jetzt grinste Zach. Ein Lächeln, das endlich glücklich wirkte und nicht mehr gruselig.

»Und wenn alles nichts hilft, dann beiß sie.« Seth machte diesen Vorschlag, nachdem sich sein Husten etwas beruhigt hatte. »Wann immer ich wollte, dass die Schwestern mich in Ruhe ließen, habe ich sie gebissen. Danach haben sie sich länger nicht mehr zu mir getraut.«

Zach klopfte dem zerbrechlichen Jungen so fest auf den Rücken, dass es diesen fast umgehauen hätte. »Super Idee! Das muss ich selbst irgendwann mal ausprobieren.« Er gluckste und die anderen Jungen stimmten mit ein.

Evie lachte auch, obwohl sie nicht fand, dass es lustig war, andere Leute zu beißen. Ihr hatte mal eine Katze in den Finger gebissen und das hatte zwei Tage lang wehgetan. Doch wenn das Beißen dazu führen würde, dass sie mit Hamilton zusammenbleiben konnte, würde sie es im Notfall auch tun.

»Setzt euch wieder hin, Kinder«, rief Miss Woodson von vorne. »Wir sind fast in Bonham. Ihr müsst eure Sachen einsammeln.«

Evie sah Hamilton verschwörerisch an, dann kletterte sie von der Sitzbank und lief nach vorne. Ihr Magen hüpfte nervös bei dem Gedanken an das, was passieren mochte, wenn der Zug anhielt, doch sie erinnerte sich an das, was Mama ihr immer geraten hatte, wenn sie verängstigt gewesen war.

Zurück auf ihrem Platz faltete sie die Hände und schloss die Augen.

Lass sie mir Hamilton nicht wegnehmen, lieber Gott. Bitte. Ich brauche hier unten auch jemanden, der mich lieb hat.

Eine Stunde später stand Evie gemeinsam mit Hamilton, Seth und Zach auf einem Podest im örtlichen Gerichtsgebäude und wartete darauf, dass die Familien hereinkamen und sie anschauten.

»Steht gerade, zappelt nicht herum und sprecht nur, wenn man euch etwas fragt.« Miss Woodson gab dieselben Anweisungen wie bei jedem Halt und ging ein letztes Mal an ihnen vorüber, um sie zu inspizieren. Vor Seth blieb sie stehen und krempelte die Ärmel seines Mantels bis zu den Handgelenken herunter, dann fuhr sie Evie übers Haar. Als sie sich in Richtung Zach bewegte, starrte dieser sie so finster an, dass sie ihn nicht zu berühren wagte. »Lächelt«, sagte sie mit einem Blick auf den Jungen, der am Podestrand Position bezogen hatte, »und denkt an eure Manieren.«

Die Familien kamen herein und Evies Herz fing an zu rasen. *Bitte lass jemanden mich wollen. Und Hamilton. Uns beide zusammen. Bitte.*

Sie tat alles so, wie Miss Woodson es gesagt hatte. Sie machte sich so groß wie möglich, zappelte nicht herum und lächelte. All das tat sie, während sie ihre Augen versteckte. Sie hielt den Blick gesenkt und beobachtete ihre Füße anstatt der Menschen, die durch den Gerichtssaal auf sie zukamen.

Hamilton stand nur wenige Schritte entfernt und sprach mit einem Mann und seiner Frau.

»Wir wollen einen Jungen, der uns auf den Feldern helfen kann«, sagte der Mann.

»Vergessen Sie bitte nicht den Vertrag, den Sie unterschrieben haben, Mr Potter.« Miss Woodson trat zu dem Grüppchen. »Jedes Kind muss wie ein Mitglied der Familie behandelt werden. Und wenn Sie von ihm die Arbeit eines Farmarbeiters verlangen, muss ihm diese auch bezahlt werden.«

»Ich weiß. Aber er will, dass ich auch seine Schwester nehme. Sie ist zu jung, um uns eine große Hilfe zu sein, und wenn ich ihm einen Lohn zahle, habe ich nicht mehr genug, um noch ein weiteres hungriges Maul zu stopfen.«

»Lass uns sie doch anschauen, John. Bitte. Sie hat das gleiche rotbraune Haar wie Nelly. Wenn ich wieder ein Mädchen in der Küche hätte, würde ich unsere Tochter vielleicht nicht mehr so sehr vermissen.« Ein grauer Rock schwang in Evies Sichtfeld.

Evie lächelte, so breit sie konnte. *Bitte nimm mich. Bitte nimm mich.*

Nun ging die Frau vor Evie in die Hocke. Um ihre Augen weiterhin zu verbergen, hielt Evie den Blick gesenkt.

»Wie ist dein Name, mein Kind?«

Evie schwang ein wenig vor und zurück, bis ihr wieder einfiel, dass sie ja nicht zappeln sollte. »Evangeline.«

»Das ist ein hübscher Name. Du erinnerst mich an meine Tochter, Nelly. Sie ist schon erwachsen und hat einen Mann geheiratet, der zwei Countys entfernt lebt, deshalb sehe ich sie nur sehr selten. Ich vermisse es, ein kleines Mädchen um mich zu haben. Ich könnte dir das Kochen und Nähen beibringen. Würde dir das gefallen?«

Evie nickte und ihre Aufregung wuchs. »Ja, Ma'am.«

Ein paar raue Stiefel erschienen neben dem grauen Rock. »Schau einen Menschen an, wenn er mit dir spricht.« Die harte, tiefe Stimme ließ Evie zusammenfahren.

Was sollte sie jetzt tun? Wenn sie ihnen ihre Augen zeigte, würden diese Leute sie nicht mehr wollen. Und wenn sie nicht aufblickte, würden sie denken, sie sei ungezogen.

»Vielleicht ist sie einfach nur schüchtern, John«, sagte die graue Frau. Ihre Hand legte sich unter Evies Kinn. »Meine Nelly hat braune Augen. Sind deine auch braun?«

Evie nickte. Das war ja keine echte Lüge. Schließlich hatte sie ein braunes Auge.

»Lass mich sie sehen.« Die Frau hob Evies Kinn hoch.

Vielleicht sollte sie nur ein Auge zeigen. Evie versuchte, das rechte zu öffnen und das linke zuzukneifen und verzog vor Konzentration den Mund.

»Schneid keine Grimassen, Mädchen«, bellte der Mann.

Der scharfe Ton erschreckte Evie so sehr, dass sie vergaß, ihr linkes Auge geschlossen zu halten.

Die Frau schnappte nach Luft und zog ihre Hand weg. »Ihre … Augen. Miss Woodson, was stimmt nicht mit ihren Augen?«

Evie senkte sofort wieder den Blick und blinzelte die Tränen zurück, die in ihr aufstiegen.

»Mit ihren Augen ist alles in Ordnung!« Hamilton lief an Evies Seite und griff nach ihrer Hand. »Sie kann wunderbar sehen. Das ist alles, was zählt, oder? Dass die Augen funktionieren. Meine Schwester ist klug und freundlich und sie ist stark für ihr Alter. Es wäre ein gutes Geschäft für Sie, uns beide zu nehmen. Sie müssten mir nicht mal einen Lohn zahlen. Ich arbeite umsonst für Sie, wenn Sie auch Evie nehmen.«

»Also werden ihre Augen ... nicht irgendwann normal?« Die Frau in Grau erhob sich, trat zurück und rieb sich die Arme, als hätte sie eine Gänsehaut.

Miss Woodsons blauer Rock kam ins Evies Sichtfeld. »Hamilton hat recht. Evangelines Sehfähigkeit ist nicht beeinträchtigt und sie ist ein sehr liebenswürdiges Kind.«

»Aber diese Augen sind ... befremdlich.« Die Frau trat noch einen Schritt zurück. »Sie jagen mir einen Schauer über den Rücken.«

»Dann ist es entschieden«, sagte Mr Potter. »Wir nehmen nur den Jungen. Nicht das Mädchen. Das können wir uns einfach nicht leisten.«

»Also gut.« Miss Woodson seufzte. »Mrs Dougal macht Ihnen die Papiere fertig, dann ...«

»Nein!« Hamilton stampfte mit dem Fuß auf. »Ich gehe nicht ohne meine Schwester.«

Evie starrte ihn an. Dass er so laut sprach, kannte sie gar nicht von ihm.

»Sei lieber nicht frech zu deiner neuen Familie, Junge.« Der Mann zeigte mit dem Finger auf Hamiltons Gesicht.

»Sie sind nicht meine Familie!« Hamilton hob seine Nase in die Luft. »Ich bin ein Pearson. Mein Vater hat Leute wie Sie in seiner Fabrik beschäftigt. Menschen, die so dumm waren, dass sie nur einfachste Tätigkeiten durchführen konnten. Zum Beispiel Pflanzen säen und ihnen beim Wachsen zuschauen.«

»Hamilton!« Miss Woodsons Stimme klang schockiert und spiegelte Evies Unglauben wider.

Der Mann verzog das Gesicht und wurde knallrot. »Nimm dich lieber in Acht, Junge.«

»Sonst was?«, forderte Hamilton ihn heraus. »Wollen Sie mich schlagen? Auspeitschen? In Ihrer Scheune anketten? Etwas anderes würde ich von einem Mann wie Ihnen auch nicht erwarten, der wahrscheinlich nicht einmal lesen kann.«

Mr Potter zitterte jetzt vor Wut und Evie hatte Angst, dass ihr Bruder zu weit gegangen war.

»Er meint es nicht so.« Miss Woodson legte ihre Hände auf Hamiltons Schultern und zog ihn weg von dem Mann, der wirklich aussah, als wolle er gleich zuschlagen. »Er hat nur Angst, von seiner Schwester getrennt zu werden.«

»Doch, ich meine es so.« Hamilton riss sich von Miss Woodson los und ging direkt auf den Farmer und seine Frau zu. »Und nicht nur er ist dumm, auch seine Frau. Warum sonst sollte man Angst vor etwas so Nichtigem haben wie zwei verschiedenen Augenfarben?«

Der Mann ballte die Hand zur Faust.

Evie sprang nach vorne und klammerte sich an ihren Bruder. »Hör auf, Ham-ton. Hör auf!«

»Er ist noch ein Kind, John.« Die Frau in Grau war vor ihren Mann getreten und legte beruhigend eine Hand auf seine Schulter.

»Ich lasse nicht zu, dass jemand so mit dir spricht, Georgia. Egal, wie alt er ist.« Er schob seine Frau beiseite und fuchtelte mit dem Finger vor Hamiltons Gesicht herum. »Wenn du noch einmal das Wort gegen meine Frau richtest …«

Hamilton sprang vor und biss den Mann in den Finger.

Der Farmer schrie, dann gab er Hamilton mit der anderen Hand eine Ohrfeige. Hamilton stolperte und Evie fiel mit ihm zu Boden. Frauen kreischten. Männer schrien. Und alles, was Evie tun konnte, war sich an ihren Bruder zu klammern und zu hoffen, dass alles wieder gut werden würde.

»Tja, das war ein absolutes Desaster.« Die Stimme der Echsenfrau tönte durch den Zug, der sie wieder dorthin bringen würde, wo sie hergekommen waren. Es würde keinen weiteren Halt geben und damit auch keine Chance mehr, eine Familie für sie zu finden.

»Das war doch kein Desaster«, sagte Zach grinsend und boxte Hamilton gegen die Schulter. »Das war brillant! Sehr gut, Kumpel. Ich bin echt beeindruckt.«

Hamilton grinste, als hätte man ihm einen Orden verliehen. Die Jungen hatten entschieden, gemeinsam hinten im Abteil zu sitzen. Zach hatte auf seiner Sitzbank sogar Platz für Seth gemacht, während Evie und Hamilton ihnen auf der nach hinten gerichteten Bank gegenübersaßen.

Evie hielt die anderen für verrückt, weil sie auch noch stolz auf ihr schlechtes Benehmen waren, doch Hamilton und sie waren noch zusammen, also würde sie sie nicht ausschimpfen. Das hatte die Echsenfrau ohnehin schon getan.

Die Jungen gingen die Ereignisse immer und immer wieder durch, bis es Evie langweilig wurde und sie einzuschlafen begann. So eine schreckliche Angst zu haben, erschöpfte ein kleines Mädchen, und sie hatte heute größere Angst gehabt als jemals zuvor in ihrem Leben. Langsam sank ihr Kopf auf ihre Brust.

»Hier, Evie.« Hamilton lehnte sich mit dem Rücken ans Fenster, wie Zach es vorhin auch schon getan hatte, und machte ihr Platz, sodass sie sich an seine Brust schmiegen konnte.

So schlief sie selig an ihren großen Bruder gelehnt, bis ein harter Ruck sie zu Boden schleuderte. Ihr Kopf schlug gegen ein Knie und sie schrie laut auf, als die Bremsen des Zuges kreischten.

Gepäck fiel von überall herunter. Ihre Begleiterinnen aus dem Waisenhaus schrien vor Angst. Hamilton rief Evies Namen, bevor er sich schützend über sie warf.

»Krabbel unter den Sitz und halt dich gut fest.«

Sie tat, was er gesagt hatte und klammerte sich mit aller Kraft an das eiserne Stuhlbein, mit dem der Sitz im Boden des Zuges verankert war. Dann kollidierte der Zug plötzlich mit irgendetwas. Diese unglaubliche Kraft riss Hamilton weg von ihr.

»Ham-ton!«

Ein lautes Ächzen erklang und der Zug begann zu kippen. Evie schrie immer wieder den Namen ihres Bruders.

»Halt dich fest, Evie! Lass nicht los!«

Und das tat sie. Bis der Zug auf die Seite kippte und sie gegen eine Fensterscheibe warf. Metall riss auf. Glas splitterte. Der Zug brach auseinander, als er seitlich der Böschung hinunterrutschte. Evie schrie immer noch und versuchte verzweifelt einen Halt zu finden. Der Zug rutschte über einen Felsen, wodurch das Glas neben ihr eingedrückt und sie selbst in die Höhe geschleudert wurde. Etwas traf sie in der Seite. Sie wimmerte, griff aber nach dem Huthaken und krallte sich verzweifelt mit ihren kleinen Fingerchen daran fest.

Es schien Tage zu dauern, bis der Zug seine schreckliche Rutschpartie beendet hatte. Als er endlich zum Liegen gekommen war, rief Evie nach ihrem Bruder und erwartete, dass er zu ihr käme.

Doch er kam nicht.

»Ham-ton!« Wo war er? War er verletzt? Evie fing an zu weinen. Er konnte nicht verletzt sein, sie brauchte ihn doch. »Ham-ton!«

Sie ließ den Haken los, rappelte sich hoch auf alle viere und erhob sich dann langsam. »Ham-ton!« Sie machte einen Schritt, dann noch einen. Glasscherben knirschten unter ihren Schuhen, ihre Beine zitterten. Ihr Kopf schmerzte, weil er gegen das Gepäckfach geknallt war. Suchend blickte sie sich um, konnte aber durch ihre Tränen nichts erkennen.

Plötzlich legten sich Arme um sie.

Sie wandte sich um, um ihren Bruder ebenfalls zu umarmen. Nur dass es nicht Hamilton war, sondern Seth. In seiner Brust war ein seltsames Geräusch zu hören, wenn er atmete, wie ein Pfeifen.

»Du bist verletzt.« Evie berührte seinen Kopf, wo Blut seine Haare verklebte.

»Geht schon«, sagte Seth und hielt sie fest. »Bleib hier … bei mir … Evangeline.« Sein Brustkorb hob und senkte sich schwer zwischen den Worten.

»Ich muss Ham-ton finden.« Sie versuchte sich loszumachen. Doch seine dürren Arme waren überraschend stark und er hielt sie fest.

»Noch nicht. Du musst … warten.«

Er machte ihr Angst. Wie seine Augen sie musterten. So traurig, so mitleidig. Wie die Leute sie angeschaut hatten, nachdem Mama und Papa in den Himmel gegangen waren.

Evie fing an zu zappeln. »Ham-ton! Ich will zu Ham-ton!«

Sie trat Seth auf die Zehen und riss sich los. Dann taumelte sie vorwärts, stolperte über einen Fensterrahmen, hielt sich jedoch schnell an einer Sitzbank fest. Alles war verkehrt herum. Zerrissen. Zerbrochen.

Sie entdeckte Zach, der nach vorne gebeugt hockte, die Hände unter einer großen Glasplatte, die er jetzt hochhob und beiseitekippte.

»Zach?«

Sie wollte ihn gerade fragen, wo Hamilton war, als sie sein Gesicht sah und ihre Worte ganz vergaß. Er sah nicht mehr böse aus. Er wirkte … verloren.

»Er hat mir das Leben gerettet«, murmelte er und starrte ins Leere. »Hat mich weggestoßen und mir das Leben gerettet.« Zach blinzelte, dann erst schien er sie zu erkennen. Er sprang auf und riss seinen Mantel vom Körper, als hätte dieser plötzlich Feuer gefangen. Dann drehte er sich um und warf den Mantel über etwas, das hinter ihm lag.

Seth ging zu ihm. »Wir müssen … sie hier rausbringen. Sie sollte … das nicht sehen.«

Sollte was nicht sehen? Evie sah von einem Jungen zum anderen. Was versteckten sie vor ihr? Und wo war ihr Bruder?

»Sie muss sich verabschieden«, widersprach Zach.

Verabschieden? Von wem denn?

»Evie?« Eine schwache Stimme unterbrach die Auseinandersetzung und alle erstarrten.

Hamilton!

Evie lief an Zach vorbei und fand endlich ihren Bruder. Er lag auf dem Rücken und bewegte sich nicht. Zachs Mantel bedeckte ihn. Sie taumelte dorthin, wo sein Kopf lag, und umarmte ihn. Doch er blieb einfach liegen. Er strich ihr nicht übers Haar, legte nicht seine Arme um sie, sondern lag nur bewegungslos dort.

»Ham-ton? Du musst aufstehen.« Sie ergriff seine Schulter und versuchte ihn hochzuziehen. »Steh auf, Ham-ton!«

»Langsam, Prinzessin. Du willst ihm doch nicht wehtun.« Zach kam an ihre Seite und tätschelte ihren Rücken. Es fühlte sich seltsam steif an, doch gleichzeitig warm. Und Evie war es so kalt, als wäre ihr Herz zu einem Eisklumpen erstarrt.

»Zach wird sich ab jetzt … um dich kümmern«, sagte Hamilton und musste darum kämpfen, die Augen aufzuhalten. »Er hat es mir versprochen und ich vertraue ihm … Du kannst ihm auch vertrauen.«

»Ich will aber nicht, dass Zach sich um mich kümmert. Ich will dich, Ham-ton.«

Ihr Bruder lächelte … oder versuchte es zumindest. »Ich weiß, Evie, aber ich kann nicht hierbleiben. Ich muss zu … Mama und Papa.« Er hustete und etwas Rotes lief aus seinem Mund.

Furchtbare Angst ergriff von ihr Besitz und sie fing an, am ganzen Körper zu zittern. Hamilton durfte sie nicht verlassen!

Zach half Hamilton, seinen Kopf zu drehen und wischte das Blut weg. Er war jetzt überhaupt nicht mehr der harte Kerl, als der er sich zuvor ausgegeben hatte. Als er fertig war, sah Hamilton Evie wieder an.

»Ich hab dich lieb, Schwesterchen. Für immer … und ewig.«

»Lass mich nicht allein, Ham-ton.« Ihre Stimme brach und sie sank auf seiner Brust zusammen. Weinte ihren Schmerz heraus. »Lass mich nicht allein.«

Etwas gurgelte in seiner Lunge; sie konnte es unter dem Mantel hören. Doch sie hörte auch Stimmen. Seth und Zach, die diskutierten.

»Sie werden euch nie zusammenbleiben lassen«, sagte Seth. »Sobald wir wieder in New York sind, werden sie euch trennen.«

»Deshalb gehen wir ja auch nicht nach New York.«

»Was?«

»Wir hauen ab.«

»Aber wir sind doch nur Kinder. Wie sollen wir …?«

»Wenn du nicht mitkommen willst, ist das deine Sache. Aber ich habe Hamilton etwas versprochen und ich breche mein Wort niemals. Ich bringe das Mädchen von hier weg. Wenn ich auf den Straßen von New York überleben kann, kann ich es auch in Texas. Wir werden es schaffen.«

»Aber sie werden uns suchen.«

»Dann ändern wir unseren Namen. Wir werden unsere eigene Familie mit eigenem Namen.«

Die Jungen wurden still und Evie hörte nur noch das gequälte Gurgeln in der Brust ihres Bruders. Dann verstummte auch das. »Ham-ton«, stöhnte sie und wusste genau, dass er gegangen war.

»Hamilton ist ein guter Name«, sagte Seth.

»Ja«, stimmte Zach zu. »Ab jetzt heißen wir Hamilton.«

Kapitel 1

Juli 1894 – Pecan Gap, Texas

Logan Fowler stieg vor dem Lucky Lady Saloon von seinem Pferd und die gespannte Erwartung summte in seinen Adern. Sieben Jahre. So lange hatte er damit gewartet, sich Gerechtigkeit zu verschaffen. Sieben Jahre der Entbehrungen und Vorbereitungen. Und der heutige Tag läutete den Anfang des Endes ein – für Zach Hamilton.

»Ich mache es wieder gut, Ma«, schwor Logan innerlich. Er klopfte seinem Pferd noch einmal auf den Hals, bevor er dessen Zügel um die Stange band. »Für Pa.«

Logan zog sich den Hut tiefer ins Gesicht. Die lange weiße Narbe, die sich quer über das linke Auge bis über die Stirn zum Haaransatz hinzog, erregte Aufmerksamkeit und er wollte so unauffällig wie möglich sein, wenn er Informationen einholte. Nicht dass die Narbe nicht auch ihre Vorteile gehabt hätte, vor allem in Saloons. Gefährlich auszusehen, brachte einem Mann Vorteile. Es verschaffte ihm Respekt.

Mit gerade einmal dreiundzwanzig Jahren hatte Logan hart daran gearbeitet, ein gefühlloses Äußeres zu erschaffen, das zu dem kalten Herzen passte, welches er sich in den letzten sieben Jahren angeeignet hatte. Er trug einen Bart, um seine Jugend zu verstecken, und eine Waffe, um sich die Leute vom Hals zu halten.

Logan blickte nach Westen, wo die Sonne noch hoch am Himmel stand. Zu früh, als dass sich schon das übliche Publikum im Saloon gesammelt hätte, doch er hatte seine Ankunft hier genau so geplant. Ein eingefleischter Spieler wie Hamilton würde sich nicht hier blicken lassen, bis der Whiskey schon eine Zeit lang geflossen war und das Geld der Zocker lockerer saß als zuvor.

Weshalb jetzt genau die richtige Zeit war, um sich Informationen zu holen.

Mit langsamen, großtuerischen Schritten ging Logan auf die Saloon-Tür zu und stieß sie auf. Er betrat das Etablissement und machte einen Schritt zur Seite; stand mit dem Rücken an der Wand, bis seine Augen sich an die Dunkelheit gewöhnt hatten.

Eine Frau mit knallrotem Haar und einem Korsett, das keinen Raum für Vorstellungskraft ließ, stand vorne auf der Bühne und diskutierte mit dem Pianisten über das Tempo eines Liedes. Eine Gruppe von vier Männern – Farmer, wenn man die Arbeitskleidung und die ernsten Mienen betrachtete – saß um einen Tisch und unterhielt sich darüber, wie wichtig es wäre, einen Populisten in den Kongress zu wählen. Doch Logan interessierte sich eigentlich nur für den Mann hinter der Theke.

»Durstig, Mister?«, fragte der Barkeeper, als Logan sich näherte. Er trocknete gerade ein großes Glas ab, dann nutzte er das Geschirrtuch, um den Tresen vor Logan noch etwas glänzender zu polieren. »Im Delta County ist der Alkoholverkauf eingeschränkt, aber ich habe eine Auswahl an Limonaden, Ingwerwasser, Kaffee oder Tee. Es gibt auch eine Speisekarte, falls Sie was essen wollen.«

Der Mann mit der breiten Brust lächelte seinen Gast freundlich an, musterte seine Erscheinung jedoch auch mit einer gewissen Vorsicht. Als Logan jedoch seinen Hut zurückschob und den Blick auf seine Narbe freigab, erkannte er den Ekel, den der Mann erst nach einigen Sekunden verbergen konnte, sofort und Wut stieg in ihm auf.

»Kaffee ist in Ordnung.« Logan lehnte sich mit dem Ellbogen so an die Bar, dass er die Tür und den Raum im Blick behalten konnte.

Die Lucky Lady war ein recht friedliches Plätzchen im Vergleich zu den Spelunken, die er in den letzten vier Jahren besucht hatte – ein nötiges Übel, wenn man Erfahrungen sammeln wollte, nicht nur Karten, sondern auch Gesichter zu lesen. Er hatte es gelernt, Bluffs zu erkennen und die Menschen einzuschätzen. Seine Zeit mit den übelsten Schurken zu verbringen, die die Menschheit hervorgebracht hatte, hatte ihn auch ein oder zwei Dinge über das Überleben gelehrt. Die Erinnerung an die zerbrochene Glasflasche, die sein Gesicht zierte, ermahnte Logan immer wieder, dass man niemanden unterschätzen durfte. Nicht einmal die rothaarige Sängerin, die sehr interessiert zu ihm herüberschaute, während sie ihre schwarzen Strümpfe hochzog. Frauen konnten ebenso heimtückisch sein wie Männer.

Der Barkeeper stellte einen braunen Keramikbecher vor Logan ab, dann nahm er die Kanne. Als er das Gebräu einschüttete, beäugte er Logan mit fragendem Blick. »Sind Sie auf der Durchreise?«

»Nein. Ich habe ein Stück Land oben am North Sulphur River gekauft. Will eine Weile hierbleiben.« Zumindest so lange, bis Zacharias Hamilton seine wohlverdiente Strafe bekommen hatte.

Der breite Mann starrte ihn skeptisch an, während er eine Dose mit Zucker neben den Kaffee stellte. »Sie sehen mir nicht gerade wie ein Farmer aus.« Sein Blick wanderte zu den vier Männern am Ecktisch und wieder zurück.

Logan zuckte mit den Schultern und warf zwei Stückchen Zucker in seinen Kaffee. »Haben Sie auch einen Löffel, Mr …?« Er zog die Pause in die Länge und wartete darauf, dass der Barkeeper ihm seinen Namen nannte.

»Dunn. Arnold Dunn.« Dieser wischte sich die Hand an der Hose ab und streckte sie dann über die Theke.

Logan schüttelte sie. »Logan Fowler.«

Dunn schien der Name nichts zu sagen. Kein Wunder. Vor sieben Jahren war die Stadt kaum mehr als ein kleines Nest gewesen. Dunn hatte zu dieser Zeit wahrscheinlich noch nicht einmal hier gewohnt. Erst 1888, als die Eisenbahnlinie gebaut worden war, hatten sich hier mehr Menschen angesiedelt. Was Hamiltons Straftat noch viel schlimmer machte. Das Land von Logans Vater hätte sich in seinem Wert mindestens verdreifacht, wenn er es bei Ankunft der Eisenbahn noch besessen hätte. Doch Hamilton hatte es ihm gestohlen, bevor es so weit hätte kommen können. Damit hatte er auch das Leben seines Vaters gestohlen.

Der Barkeeper ließ Logans Hand wieder los, dann nahm er einen Löffel und legte ihn neben Logans Tasse. Während Logan seinen Kaffee umrührte, blickte er sich schnell im Raum um, ob er auch wirklich keine Aufmerksamkeit erregt hatte. Dann brachte er wie nebenbei das Thema zur Sprache, das ihm am meisten unter den Nägeln brannte.

»Und haben Sie viele Spiele mit hohen Einsätzen hier?«

Dunn gluckste. »Ich hab den Laden nicht umsonst Lucky Lady genannt. Die höchsten Einsätze der Stadt. Spielen Sie?«

Logan nippte an seinem Kaffee und musterte sein Gegenüber. »Wenn es den richtigen Anreiz gibt.«

»Ah, Sie sind nur an den ganz großen Pötten interessiert, was?« Dunns Mund verzog sich zu einem Grinsen.

Logan fuhr fort, schlückchenweise seinen Kaffee zu trinken, und ließ den Mann denken, was er wollte. In Wahrheit verachtete Logan die Spielerei. Hasste die Gier, die damit einherging, das unnötige Risiko, den absurden Glauben, man könne das Schicksal beeinflussen. Er hatte gelernt, Karten zu zählen, die verschiedenen Möglichkeiten im Kopf durchzurechnen, die Gesichter zu lesen, doch er verlor noch immer. Nicht so oft wie die meisten anderen Spieler, und nicht öfter, als er gewann, doch oft genug, um ihn daran zu erinnern, dass es alles nur eine Illusion war. Niemand konnte das Schicksal beeinflussen. Diese Ehre gehörte allein Gott.

Er beäugte Dunn über den Rand seines Bechers hinweg. »Haben Sie ein paar große Spieler hier?«

Dunn zuckte mit den Schultern. »Die meisten Leute hier in der Gegend haben nicht viel Cash. Die Jungs von der Mühle spielen manchmal um Geld, wenn sie ihren Lohn bekommen haben, aber die anderen Gäste machen meist nur Freundschaftsspiele, um sich die Zeit zu vertreiben. Andererseits setze ich aber auch kein Limit für die Spiele oder werfe Leute raus, wenn es ein bisschen rauer zugeht. Das machen sie drüben bei Campbells. Es sei denn, jemand fängt an, meine Einrichtung zu zertrümmern. Das ist schlecht fürs Geschäft.«

»Und spielt hier auch ein gewisser Hamilton?« Logans Magen zog sich zusammen, als er versuchte, möglichst ruhig zu klingen. Er wollte nicht, dass der Mann merkte, wie sehr er an dieser Antwort interessiert war.

»*Zach* Hamilton?« Dunns Augenbrauen hoben sich.

Logan hob seinen Kaffee erneut an die Lippen und versuchte gelassen dreinzublicken. »Der Mann hat einen ziemlichen Ruf als Spieler und ich habe gehört, dass er hier in der Gegend wohnt.«

»Ja, er lebt hier. Ist wahrscheinlich sogar Ihr neuer Nachbar. Sein Land zieht sich bis zum Fluss hinunter. Aber ein Spieler?« Dunn schüttelte den Kopf. »Das kann ich mir nicht vorstellen. Früher soll er gespielt haben, aber die Zeiten sind wohl längst vorbei. Ich habe ihn hier jedenfalls noch nie eine Karte anfassen sehen. Und auch sonst nirgendwo in der Stadt.«

Logan erstarrte. Das konnte doch nicht sein. Der Falschspieler, den sein Vater beschrieben hatte, würde doch niemals seine Leidenschaft aufgeben. Den Nervenkitzel des Spiels, das Gefühl der Macht bei jedem Gewinn. Logan selbst musste manchmal dagegen ankämpfen und verachtete diesen Zeitvertreib zutiefst. Es ergab keinen Sinn, dass Hamilton sich einfach aus dem Geschäft zurückzog.

»Vielleicht reitet er rüber nach Ben Franklin, um zu spielen«, brachte Logan zwischen zusammengebissenen Zähnen hervor, während er seine Tasse abstellte. Das war doch möglich. Da Hamilton hier in Pecan Gap lebte, wollte er sich unter den Nachbarn wahrscheinlich keine Feinde machen. Wenn er sie am Spieltisch übervorteilte, konnte er anschließend schlecht mit ihnen Geschäfte machen. Der Kerl war klug genug, um seine falschen Spiele andernorts zu treiben, und Ben Franklin lag nur ein paar Meilen weiter weg von seinem Land als Pecan Gap. Oder vielleicht ritt er sogar bis nach Cooper. Größere Stadt, mehr Anonymität. Die Tatsache, dass er hier nicht spielte, bedeutete jedenfalls nicht, dass er überhaupt nicht spielte. Logan würde seinen Plan nicht aufgeben müssen. Er musste einfach nur geduldig sein und Hamiltons Gewohnheiten kennenlernen, ihm auf die Pelle rücken. Hamilton war klug und gerissen. Logan musste einfach noch klüger sein.

»Ich habe keine Ahnung, ob Hamilton nach Ben Franklin reitet«, sagte Dunn in Logans Gedanken hinein. »Aber er ist auch nicht gerade der gesellige Typ. Keiner der Hamiltons ist das.«

»Keiner der Hamiltons?« Die Frage kam ihm über die Lippen, bevor er seine Überraschung verbergen konnte. Schnell nahm er noch einen Schluck Kaffee und versuchte, ruhig zu bleiben.

»Ja, es sind drei.« Dunn sah sich verschwörerisch um, dann stützte er sich auf den Ellbogen ab, lehnte sich vor und senkte die Stimme. »Seltsame Bande. Sie behaupten zwar, sie wären Geschwister, aber wenn Sie mich fragen, sind die ganz sicher nicht miteinander verwandt. Sie sehen sich überhaupt nicht ähnlich. Und erst dieses Mädchen!« Er wandte sich ab und spuckte auf den Boden.

Logan hoffte, dass sich dort ein Spuckeimer befand, und versuchte, seine Abneigung gegen diese widerliche Angewohnheit zu verbergen. Irgendwie schmeckte der Kaffee plötzlich gar nicht mehr so gut.

Dunn wischte sich mit dem Handrücken über die Lippen, dann sah er Logan grimmig an. »Ich bin ja nicht abergläubisch oder so, aber ich könnte schwören, dass sie eine Hexe ist. Eine Missgeburt. Ihre Augen sind unterschiedlich. Komplett verschieden. Eins ist dunkelbraun und das andere so strahlend blau, dass es einem durch Mark und Bein geht.« Er erschauderte. »Ich spüre dieses blaue Auge immer auf mir, wenn sie hier ist. Wie es mich verflucht.« Er wandte wieder den Kopf um und spuckte aus.

Logan hob spöttisch eine Augenbraue. »Und ich dachte, Sie wären nicht abergläubisch.«

»Machen Sie sich nur lustig. Sie werden schon sehen, was ich meine, wenn Sie länger hier sind. Sobald sich diese Augen auf Sie richten, verändert Sie das. Warten Sie's ab.«

Logan interessierte sich nicht für irgendwelche Mädchen mit unterschiedlichen Augenfarben. Ihm ging es um Zacharias Hamilton. Obwohl, wenn Hamilton dieses Mädchen als seine Schwester bezeichnete, könnte Logan daraus vielleicht einen Vorteil für sich ziehen. Seine Ehre gestattete es ihm grundsätzlich nicht, Hand an eine Frau zu legen, doch wenn Hamilton eine emotionale Beziehung zu ihr hatte, konnte Logan diese Schwäche vielleicht ausnutzen.

Ein guter Spieler nutzte jedes Mittel, das ihm zur Verfügung stand, um zu gewinnen. Man bluffte, man machte dem Gegner Komplimente, man wiegte ihn in Sicherheit, um dann schließlich zuzuschlagen – alles Strategien, die er sich in den letzten Jahren angeeignet hatte.

Er zog eine Münze aus der Tasche und warf sie auf den Tresen. »Danke für den Kaffee.«

»Sie wollen schon gehen?«, fragte Dunn überrascht. »Sie haben ja noch nicht mal ausgetrunken.«

»Ich komme wieder.« Logan zwinkerte ihm zu. Der Barkeeper mochte die Manieren einer Küchenschabe haben, aber seine Informationen waren Gold wert gewesen. Den musste er sich unbedingt warmhalten. »Ich habe einen langen Ritt hinter mir und muss mich erst mal ausruhen. Aber ich hoffe, dass ich mich auch bald Ihren anderen Unterhaltungsangeboten widmen kann.«

»Ah.« Dunn grinste ihn wissend an und nickte in Richtung der Rothaarigen auf der Bühne. »Arabelle gefällt Ihnen wohl, hm? Sie hat vielleicht nicht die beste Stimme, aber sie ist die Beste im …«

»Ich hatte von Ihren Tischen gesprochen«, unterbrach Logan ihn. Himmel! Das Letzte, was er jetzt gebrauchen konnte, war eine Frau, die ihm im Weg war und alles nur noch viel komplizierter machte. Leider musste die Sängerin ausnehmend gute Ohren haben, denn sie stieg von der Bühne herunter und kam eilig in seine Richtung.

Schnell drückte er sich wieder den Hut in die Stirn und erhob sich. »Wir sehen uns später, Dunn.« Er winkte auf dem Weg hinaus lässig in Richtung der Farmer.

Als sich die Türen des Saloons sicher hinter ihm schlossen, atmete Logan auf. Doch nur einen kurzen Augenblick lang. Seine Gedanken kreisten um die neuen Informationen und was sie für ihn bedeuteten.

Er machte sein Pferd los und stieg mit fließenden Bewegungen auf, während sein Verstand raste. Hamilton verhielt sich nicht so, wie Logan es erwartet hatte. Er musste seinen Zeitplan neu gestalten, sein Konzept überdenken. Er musste die Gewohnheiten des Mannes in Erfahrung bringen und seine Schwächen kennenlernen.

Dann musste es eben so sein. Logan würde sich nicht die Chance auf Rache nehmen lassen, nur weil er die Dinge überstürzte. Er hatte einen langen Atem.

Er schnalzte mit der Zunge und Schamgar setzte sich in Bewegung. Zeit, sein neues Land in Augenschein zu nehmen. Er hatte das Land zwar eigentlich nur gekauft, um im Glücksspiel einen hohen Einsatz gegen Hamilton in der Hand zu haben, doch es würde ihm bis dahin auch gut als Ausgangspunkt für seine Nachforschungen dienen.

Sehr bald schon würde er Hamilton in- und auswendig kennen.

Kapitel 2

»Wag es nicht, dieses Schwein mit ins Haus zu bringen!«

Evangeline Hamilton erstarrte mitten in der Bewegung. Erwischt! Sie hätte schwören können, dass Seth Augen am Hinterkopf hatte – und Ohren überall anders. Zach mochte der Bruder sein, der in der Öffentlichkeit jeden einschüchterte, doch zu Hause war definitiv Seth der Diktator.

»Es ist sauber«, maulte Evangeline. Sie hatte vor wenigen Minuten erst den Schlamm von Hesekiel abgewaschen. Er liebte es, im Sommer kalt zu baden, und selbst *sie* hätte es nicht gewagt, ein schmutziges Schwein mit ins Haus zu nehmen. Vor allem, weil sie dann auch alles wieder hätte sauber machen müssen, was Hessy verschmutzte.

»Das ist mir egal.« Seths eintönige Stimme klang trügerisch freundlich, doch in ihr schwang ein harter Unterton mit.

Bei Zach gelang es ihr immer zu bekommen, was sie wollte, doch Seth war ein anderes Kaliber. Wahrscheinlich, weil er in den schlimmen Jahren nach dem Zugunglück derjenige gewesen war, der zu Hause hatte bleiben und auf sie aufpassen müssen, während Zach losgezogen war und jeden Job angenommen hatte, den er hatte finden können. Deshalb kannte Seth all ihre Tricks.

Evangeline verzog die Lippen. Nun ja, nicht *all* ihre Tricks.

»Ich muss nur schnell Hessys Band holen. Das habe ich in meinem Zimmer vergessen.« Sie nahm Hesekiel niemals ohne dieses Band mit nach draußen. Die knallrote Schleife war der einzige Schutz des Wildschweins gegen mögliche Jäger.

Nachdem Zach Hessy letzten Herbst fast erschossen hätte, hatte ihr älterer Bruder darauf bestanden, dass sie sich etwas überlegte, um ihn von anderen Tieren zu unterscheiden. Andernfalls hätte er ständig im Stall bleiben müssen. Die Schleife war die beste Idee gewesen, die ihr eingefallen war. Zugegeben, nicht gerade sehr männlich, doch Hesekiel schien es nicht zu stören. Und so konnte er sie auf ihren nachmittäglichen Streifzügen begleiten. Das Schwein hasste es nämlich, alleine zu Hause bleiben zu müssen. Es trampelte dann gegen den Zaun und quietschte herzzerreißend, sodass Evangeline es einfach nicht zurücklassen konnte.

»Hier.« Ein knallrotes Band erschien in der Tür. Zusammen mit Seths Arm.

Dieser Mistkerl hatte sie durchschaut.

Lachend nahm sie ihm das Band ab. »Du hattest es schon auf dem Küchentisch, gib's zu.«

Seth trat durch die halb offene Hintertür und grinste. »Nach fünfzehn Jahren mit deinen Streichen musste ich mir was überlegen, um die Oberhand zu behalten. Das ist meine einzige Chance.«

»Ach was.« Sie schlug ihm spielerisch auf den Arm.

»Aua!« Er griff sich an die Schulter und taumelte einen Schritt zurück.

Evangeline verdrehte die Augen. Wirklich! Er war zwanzig Zentimeter größer als sie und hatte geschätzt fünfundzwanzig Kilo mehr Muskelmasse. Um ihn ernsthaft zu verletzen, würde sie die Augen angreifen müssen, wie Zach es ihr beigebracht hatte. Oder die Leistengegend. Doch sie liebte Seth über alles und hätte ihm niemals Schmerzen zugefügt. Außerdem war er der Normalste in ihrer Bande und deshalb die beste Chance auf eine weitere Generation Hamiltons. Sie wünschte sich Nichten und Neffen.

»Bist du mit dem Jäten bei den Süßkartoffeln fertig?«, fragte Seth.

»Jepp. Ich habe da angefangen, wo du aufgehört hast und die letzten drei Reihen gemacht.« Wie man anhand ihres schlammverkrusteten Rocksaums sehen konnte. Ihre Finger und die Nägel hatte sie gereinigt, als sie Hessy gewaschen hatte. Sie mochte ein Hausschwein halten, doch das bedeutete nicht, dass sie wie eines aussehen wollte.

Seth nickte. »Danke. Ich war heute Morgen nicht so schnell, wie ich gehofft hatte.«

Evangeline winkte ab. »Kein Problem. Das Wetter ist heute wunderbar, da bin ich doch gerne an der frischen Luft.«

Vor Jahren schon hatten sie ein System entwickelt. Seth begann mit der Arbeit und sie beendete alle Arbeiten im Freien, während Zach sich um die wirklich anstrengenden Projekte kümmerte. Seths Asthma wurde schlimmer, wenn der Wind den Staub aufwirbelte, doch er weigerte sich, wie ein Invalide nur drinnen zu bleiben. Also hatte er es sich angewöhnt, schon am frühen Morgen draußen zu arbeiten, wenn die Luft noch frisch und rein war. Er arbeitete, bis der Druck in seiner Brust zu groß wurde, dann ließ er sie den Rest erledigen.

»Ich habe dein Katzengejammer übrigens bis ins Haus gehört.« Seth grinste, als er sich gegen den Türrahmen lehnte.

Brüder! Kritiker, alle beide. Als könnte einer von *ihnen* singen. Seths Stimme klang wie das Gejaule eines kranken Hundes und Zach – tja, Zach sang einfach nie. Nicht einmal in der Kirche. Niemand wusste, wie seine Stimme klang. Doch für Evangeline war Musik wie Sonnenschein. Sie liebte es zu singen. Je lauter, desto besser. Kirchenlieder, Volkslieder, selbst kleine ausgedachte Verse. Egal. Sie sang vor sich hin, was immer ihr Herz ihr vorgab. Manchmal, um Gott zu loben, manchmal einfach nur aus Spaß und manchmal, um die Einsamkeit zu vertreiben.

»Den Kartoffeln war das egal«, erwiderte sie und widerstand ihrem ersten Impuls, Seth einfach die Zunge herauszustrecken. Mit neunzehn Jahren war sie schon zu erwachsen für eine solche Reaktion. Jedenfalls theoretisch.

Seth verdrehte die Augen. »Die haben ja auch keine Ohren.«

Sie stupste ihm gegen die Schulter. Nicht dass das irgendeinen Effekt gehabt hätte.

»Dein Gesang war schwach, wirklich schwach.« Er grinste.

»Ach ja? Dann lass uns doch mal sehen, wie schwach ich wirklich bin.«

Sie zog sich Hesekiels Band übers Handgelenk, dann pikte sie Seth in den Bauch. Nicht nur mit einem Finger. Sie tat Dinge niemals halbherzig. Sie stach immer wieder mit der Hand zu, bis Seth sich zurückzog und die Hände hob.

Sie fühlte sich siegreich, bis eine starke Kraft sie von hinten schubste und seitlich gegen die Wand warf.

Evie schrie auf, bevor sie in Seths Armen landete. Hesekiel hatte jetzt freie Bahn. Er stürmte an den beiden vorbei in die Küche. Dabei klapperten seine Hufe auf dem Holzboden. Direkt vor dem Ofen ließ er sich nieder und grunzte glücklich vor sich hin.

Evangeline warf ihrem Bruder einen entschuldigenden Blick zu.

»Evie …« Seths Stimme hatte ihren spielerischen Klang verloren. »Wenn du nicht Schweinerippchen zum Abendessen willst, solltest du das Vieh schleunigst wieder nach draußen bringen, bevor ich mein Gewehr finde.«

»Es ist doch nicht seine Schuld, dass er die Küche so sehr liebt«, bettelte sie.

»Stimmt, eigentlich ist es deine Schuld. Wer bringt auch einen verstoßenen Frischling mit nach Hause und zieht ihn mit der Flasche groß? Als hätten wir hier in der Gegend nicht schon genug Probleme mit dem Wildschweinbestand, bringst du eins von diesen hässlichen Viechern auch noch mit ins Haus.«

»Hesekiel ist nicht hässlich. Außerdem hätte ich ihn niemals da draußen alleine lassen können ohne eine Mutter, die ihn beschützt. Seine leisen Schreie hätten mir fast das Herz gebrochen.«

Seth rieb sich mit der Hand über den Nacken. »Tja, jetzt ist er aber kein Frischling mehr. Er wiegt bestimmt siebzig Kilo. Und stürmt hier ins Haus, als wäre er der Familienhund«, grummelte er. »Das ist total albern.«

»Nein, das ist bezaubernd«, widersprach sie und ignorierte Seths abweisendes Schnauben.

Nachdem sie in ihrer Kindheit so viele Male abgelehnt worden war, konnte Evangeline es nicht ertragen, wenn ein anderes Lebewesen dasselbe Schicksal erleiden musste. Ihre Adoptivbrüder hatten sie zu sich genommen, sie hatten sie ernährt, sie aufgezogen, sie geliebt. Jetzt musste sie das Gleiche für alle tun, denen es ebenso ging. Selbst wenn es sich dabei um ein nicht allzu adrettes Wildschwein handelte.

»Komm, Hessy.« Sie klopfte sich aufs Bein und das wohlerzogene Tier sprang auf und trottete zu ihr.

Seth schüttelte den Kopf. »Er kommt sogar, wenn du ihn rufst. Das ist verrückt.«

Evangeline beugte sich leicht herab und tätschelte Hesekiels borstigen Rücken. »Er weiß eben, dass seine Mama ihn lieb hat. Nicht wahr, Hessy? Du bist so ein guter Junge.«

»Bitte.« Purer Sarkasmus schwang in Seths Stimme mit, als er an ihr vorbeiging und sich ein nasses Geschirrtuch schnappte. Er fing an, den Boden an der Stelle zu wischen, an der der Eber gelegen hatte.

Evangeline fühlte sich nicht angegriffen dadurch, dass sofort aller mögliche Schmutz, den Hessy hinterlassen haben mochte, aufgewischt wurde. In den vielen Jahren hatten sie herausgefunden, dass es für Seths Lunge am besten war, wenn sie das Haus absolut staub- und schmutzfrei hielten. Also hatten sie keine Teppiche in den Haupträumen und auch keine dekorativen Gegenstände auf den Arbeitsflächen. Alles war so leer, dass man ohne großen Aufwand jeden Morgen einmal durchwischen konnte.

»Hessy und ich werden heute noch mal den Wald im Osten erkunden, hinter dem Flussbett«, sagte sie, während sie die rote Schleife an dem Halsband des Wildschweines befestigte, welches Zach eigens dafür angefertigt hatte.

Es gab strenge Regeln in ihrer Familie – und eine davon war, dass sie niemals irgendwohin ging, ohne vorher Zach oder Seth Bescheid zu sagen. Dagegen war es nicht so, dass die Männer sie über jeden ihrer Schritte informiert hätten, weshalb sie sich häufig kontrolliert fühlte. Doch es war ja nicht so, als hätte diese Regel keinen guten Grund. Damals in der Schule, als Mary Lou Edison sie an den Haaren gezogen und sie eine Missgeburt genannt hatte, war sie weggelaufen. Zwei Tage lang hatte sie sich verlaufen. Irgendwann hatte sie ein Fremder zusammengerollt unter einer Eiche gefunden und sie zur Kirche gebracht, damit man sie dort finden würde. Evie hatte noch nie in ihrem Leben so schreckliche Angst gehabt. Oder gesehen, dass Zach so wütend wurde. Wenn sie nicht gesehen hätte, wie er sich heimlich die Tränen aus dem Gesicht wischte, während Seth sie erleichtert umarmt hatte, hätte sie gedacht, er liebte sie nicht mehr, so wie er herumgeschrien und ihr Vorhaltungen gemacht hatte. Doch dadurch hatte sie verstanden, dass auch er einfach solch eine große Angst um sie gehabt hatte. Und Angst, dass er sich nicht richtig um seine Familie gekümmert hatte.

Deshalb beschwerte sie sich auch jetzt nicht über diese Regel, obwohl sie inzwischen eine erwachsene Frau war. Sie wollte ihren Brüdern Sorgen ersparen. Das war das Mindeste, was sie tun konnte, nachdem diese sich in den letzten fünfzehn Jahren so gut um sie gekümmert hatten.

Was sie ihnen aber nicht sagte, war, was sie tatsächlich tat, wenn sie auf ihren Exkursionen war. Mit neunzehn Jahren durfte man auch ein paar Geheimnisse haben. Und in letzter Zeit hatte es am Ostrand ihres Landes merkwürdige Vorgänge gegeben. Hinweise auf menschliche Aktivität, wie ein erloschenes Lagerfeuer, Stiefelabdrücke oder Spuren eines Pferdes.

Dies war ein Rätsel, das es zu lösen galt, und sie liebte gute Rätsel. Um ehrlich zu sein, liebte sie alles, was die Monotonie ihrer alltäglichen Routinen durchbrach. Wenn sie ein normales Mädchen gewesen wäre, wäre sie einfach in die Stadt geritten und hätte sich mit ein paar Freundinnen getroffen. Vielleicht wäre sie sogar einkaufen gegangen. Hätte Süßigkeiten oder ein Haarband erstanden. Hätte gelacht und sich vorgestellt, wie es wäre, das Herz eines jungen, gut aussehenden Mannes zu erobern.

Aber sie war nicht normal. Und in die Stadt zu fahren, machte ihr nur das Herz schwer.

Das Starren, das Flüstern. Nicht alle taten es, aber dennoch genug Leute, dass sie jedes Mal am liebsten sofort wieder kehrtmachen würde. Einige Menschen spuckten sogar vor ihr aus oder wechselten die Straßenseite, als wären ihre Augen ansteckend. Natürlich geschah nichts dergleichen, wenn ihre Brüder sie begleiteten. Niemand würde es wagen, sie despektierlich zu behandeln, wenn Zach dabei war. Sein finsterer Blick verursachte nämlich unter den Bewohnern der Stadt noch viel mehr Angst, als ihre zweifarbigen Augen es taten. Doch wenn selbst Kinder es sich zum Spaß machten, die sogenannte Hexe mit einer Zwille abzuschießen oder sie anzustarren, um herauszufinden, ob sie sich in Stein verwandelte, lernte man, einfach zu Hause zu bleiben. Ihr Herz konnte auch nur eine gewisse Anzahl an Schlägen ertragen, bevor es dauerhaften Schaden nahm.

Also sang sie Lieder für die Süßkartoffeln, spielte mit Wildschweinen und suchte sich ihre kleinen Freuden, wo sie nur konnte. Und heute witterte sie ein Abenteuer, wobei sie die Identität des mysteriösen Besuchers aufdecken wollte.

War er Freund oder Feind? Es gab nur eine Möglichkeit, das herauszufinden: Sie musste spionieren.

Ihr Puls beschleunigte sich. List, Gefahr, das Risiko, entdeckt zu werden. Sie musste Vorkehrungen treffen. Schließlich war sie nicht eins dieser kopflosen Groschenromanhühner, die sehenden Auges in die Gefahr hineinliefen. Kein Wunder, dass sie dann einen Mann brauchten, der sie rettete. Sie setzten eben nicht das Gehirn ein, das Gott ihnen gegeben hatte.

Evangeline allerdings schätzte ihren vollkommen funktionstüchtigen Verstand und hatte vor, ihn zu benutzen. Sie würde auf Abstand bleiben und sich hinter den Bäumen verbergen. Hinweise sammeln und dabei nicht gleich auf alles anspringen, was sie entdeckte.

Wer auch immer der Eindringling war, er kannte das Gelände nicht so gut wie sie. Das gab ihr einen Vorteil. Und den würde sie nutzen.

Kapitel 3

Es mochten sieben Jahre vergangen sein, doch Logan erinnerte sich noch an jedes Detail des Terrains. Die Ausflüge seiner Jugend hatten sich in sein Gedächtnis eingebrannt, weswegen das Gelände wie eine Landkarte vor seinem inneren Auge sichtbar war. Sehr nützlich, wenn man sich ungesehen bewegen wollte.

Er kletterte ein Bachufer hinunter und hielt sich dabei an einer Ulme fest, um nicht zu stolpern. Eine Senke wie diese war die beste Möglichkeit der Deckung, da die Vegetation hier sehr spärlich war. Und da Logan in den letzten Minuten ein Prickeln im Nacken gespürt hatte, war er sich fast sicher, dass er hier draußen nicht alleine war.

Unten angekommen, entdeckte Logan Spuren in der feuchten Erde. Er untersuchte sie, aber erkannte schnell, dass es sich hier um die Abdrücke eines Vierbeiners handelte. Vielleicht ein Hirsch, aber noch wahrscheinlicher ein Wildschwein.

Er erschauderte. Widerliche Kreaturen waren das. Logan war einmal zwischen eine Bache und ihre Frischlinge geraten. Immer noch hatte er eine Narbe an der rechten Wade, wo ihn das wütende Tier mit seinen Hauern verletzt hatte. Doch das hier schien nur die Spur eines einzelnen Tieres zu sein, also würde er heute nicht wieder in eine solche Situation hineinstolpern. Gott sei Dank für die kleinen Gefälligkeiten!

Logan streifte seine Hand am Oberschenkel ab, um den Staub zu entfernen, und erhob sich dann wieder. Ein Tier alleine würde keine Probleme machen. Einzelgänger suchten normalerweise das Weite, wenn sie Menschen begegneten.

Als er dem Bachlauf weiter folgte, drang ein leises Geräusch an sein Ohr. Ein Wiehern. Logan hockte sich sofort wieder hin. Schamgar. Er hatte sein Pferd beim Lager gelassen. Und als früheres Militärpferd war Schamgar darauf trainiert, keinen Laut von sich zu geben. Wiehern tat er nur, wenn sich jemand mit einer Leckerei näherte. Vor allem mit Äpfeln oder Karotten. Doch wer sollte hier draußen in der Wildnis mit Leckereien für sein Pferd herumlaufen?

Langsam griff er sich an die Hüfte und zog seinen Revolver hervor, dann machte er sich lautlos zurück auf den Weg zu seinem Lagerplatz. Es konnte nicht Zacharias sein. Logan hatte seinen Erzfeind erst vor einer Stunde in einem Hirsefeld arbeiten sehen. Und aus den Beobachtungen der letzten Woche schloss er, dass der andere Hamilton-Bruder sich nie weit vom Haus entfernte. Irgend so ein Weichei, das Frauenarbeit lieber zu tun schien, als draußen an der frischen Luft zu sein. Dann blieb da noch die Schwester. Sie war schwerer zu beobachten gewesen, denn sie flitzte immerzu herum. Drinnen wie draußen. Es war nur möglich, sie zu finden, wenn sie anfing zu singen.

Ihr Gesang hatte aber nichts mit dem Gekrächze zu tun, das er bei Arabelle in der Lucky Lady gehört hatte. Die rauchige Stimme der Saloon-Sängerin hatte sinnlich klingen sollen, hatte bei der Männerwelt gewisse Vorstellungen entstehen lassen sollen. Aus Zacharias' Schwester schienen die Töne vielmehr hervorzusprudeln wie aus einem Geysir, in voller Lautstärke, egal ob jemand zuhörte oder nicht.

Logan rollte die Schultern gegen die Anspannung in seinem Nacken, als er das Bachufer hinaufkletterte. Was bei der bevorstehenden Konfrontation mit dem Mädchen geschah, war nicht seine Sache. Hamilton hatte sich auch nicht darum gekümmert, welche Folgen es für Ehefrau und Sohn hatte, als er seinen Vater zum Spiel verführt und ihn dann um sein Land und Heim betrogen hatte. Logan konnte ebenso rücksichtslos sein. Das musste er. Es war die einzige Möglichkeit, die Dinge wieder geradezubiegen.

Sein Kopf zuckte kurz über den Rand des Ufers und sofort sah er Schamgar.

Logan blinzelte. Einmal, zweimal. *Was, um alles in der Welt, war das denn?*

Sein perfekt trainiertes Pferd sprang herum wie ein Fohlen. Es warf den Kopf in den Nacken und präsentierte sich wie ein Halbstarker, der einem hübschen Mädchen gefallen wollte. Und das Mädchen bei ihm *war* hübsch, zumindest soweit Logan es von hier aus sehen konnte. Volles kastanienbraunes Haar schimmerte rötlich in der Sonne. Sie war schlank. Und lächelte so zauberhaft, dass es ihm selbst aus der Distanz den Atem verschlug. Herzlich lachte sie über Schamgars Possen, dann streckte sie dem Hengst die Hand entgegen. Eine leere Hand.

Logan runzelte die Stirn über das Verhalten seines Pferdes. Anscheinend war gar keine Leckerei nötig gewesen. So ein blödes Vieh! Wie hatte Schamgar so plötzlich seine militärische Ausbildung vergessen?

Schamgar trabte an die Seite des Mädchens, schnüffelte an ihrer Hand und schnaubte dann zufrieden, als sie ihre Hände an seine Wangen und ihre Stirn auf die seine legte. Scheinbar hatte sie ihn vollkommen gefesselt.

Da knackte es laut.

Logan zuckte selbst zusammen, dann senkte er den Blick auf seinen Stiefel, der gerade einen trockenen Ast getroffen hatte. Wie konnte er nur so idiotisch …

Ein Pfiff zerriss die Luft und ließ ihn wieder aufschauen. Seine Selbstvorwürfe mussten offenbar erst mal warten, denn das Mädchen lief los.

Logan kletterte den Rest des Ufers hinauf und versteckte sich hinter einer Eiche, während er mit sich selbst stritt, ob er ihr folgen sollte oder nicht. Sie hatte sein Lager gefunden und würde mit Sicherheit ihren Brüdern davon erzählen. Sollte er versuchen, sie aufzuhalten und davon zu überzeugen, den Mund zu halten? Würde das überhaupt funktionieren?

Das Mädchen war schnell.

Und sie kam direkt auf ihn zu.

Verflixt.

Logan steckte den Revolver weg und duckte sich in den Schatten des Baumes. Sie lief direkt an ihm vorbei und pfiff ein zweites Mal. Das laute Geräusch ließ ihn zusammenfahren. Sie hatte dafür überhaupt keine Finger gebraucht. Logan war beeindruckt.

Plötzlich ertönte ein Getöse im Bachlauf, genau da, wo Logan gerade hergekommen war. Ein Schnauben und ein Trampeln. Der Boden schien zu zittern.

Logans Mund wurde trocken.

Mist.

Er sprang aus seinem Versteck und lief dem Mädchen nach. Seine Stiefel rutschten auf den losen Steinen aus, doch er schaffte es, das Gleichgewicht zu halten. Logan wandte seinen Blick lange genug von ihr ab, um sichereren Boden zu erreichen. Dann machte sich Panik in ihm breit, als er nirgendwo mehr ihren grünen Rock erspähen konnte. Er hoffte, dass sie nach Hause in Richtung Westen lief, und schlug diese Richtung ein.

Da, etwas Weißes! Ihre Bluse! Logan legte noch einen Zahn zu. Doch hinter ihm wurde das Donnern lauter. Hektisch blickte er sich um und erblickte einen Eber in vollem Galopp. Schweiß trat auf seine Schläfen, gleichzeitig wurde ihm kalt vor Angst. Das Schnaufen kam näher. Wurde lauter. Er musste sich unbedingt zwischen das Mädchen und dieses Untier stellen!

Logan verlängerte seine Schritte. Zwischen den Bäumen entdeckte er sie. Hörte hinter sich das Grunzen des Ebers. Sah, dass dieser ihn mittlerweile überholt und das Mädchen fast erreicht hatte. Es gab also nur eine Chance, sich zwischen die beiden zu werfen.

Logan sprintete auf eine kleine Anhöhe und warf sich in die Luft.

Bevor seine Füße auf dem Boden aufkamen, traf seine Brust ihren Rücken. Seine Arme schlangen sich um sie und zogen sie zur Seite, damit die Wucht des Aufpralls sie nicht traf und er ihren Körper mit dem seinen schützen konnte.

Das Mädchen schrie auf. Er ließ sie los und wollte seine Pistole ziehen, doch das war ein Fehler. Die Frau wirbelte herum, riss das Knie hoch und rammte es ihm in die Leistengegend. Sofort wich alle Luft aus seiner Lunge und er brach zusammen, wobei er nur noch den Schmerz in der unteren Hälfte seines Körpers spüren konnte. Doch sie ließ nicht von ihm ab, sondern stieß mit den Fingern in Richtung seiner Augen. Jetzt musste er sich auch noch gegen diesen Angriff verteidigen.

Gütiger Himmel! Sie kämpfte ja derber als ein Raufbold im Saloon! Wenn er die letzten Jahre nicht in diesen anrüchigen Etablissements verbracht hätte, er hätte wahrscheinlich längst ein Auge verloren.

Als ihre Handkante nur knapp seine Nase verfehlte, entschied Logan, dass die Zeit der Ritterlichkeit nun vorbei war. Er schnappte ihre Handgelenke, schlang ein Bein um ihre Hüfte und rollte sie auf den Rücken. Mit dem anderen klemmte er dabei ihre Beine so fest, dass sie die Knie nicht mehr hochreißen konnte. Schließlich hatte er nicht vor, demnächst den Sopran in einem Knabenchor zu übernehmen.

Sie zappelte verzweifelt unter ihm und die Angst verzerrte ihr Gesicht.

»Seinen Sie still, ja?«, knurrte er und zuckte zurück, als sie versuchte, ihn mit ihrer Stirn zu treffen. »Um Himmels willen, Frau! Ich will Ihnen nichts tun, ich will Sie beschützen!«

»Wovor?«, wollte sie wissen.

»Vor dem …«

Wildschwein! Ein schwarzer Schatten erschien kurz in seinem Augenwinkel, bevor das Tier über ihm war und seine Schnauze in Logans Seite rammte. Die überwältigende Kraft schleuderte ihn von dem Mädchen. Aus Angst, sie würde zertrampelt werden, schlang er einen Arm um ihre Taille und zog sie wieder unter sich, während er auf allen vieren über ihr kniete. Mit zusammengebissenen Zähnen widerstand er dem Schubsen des Ebers, stemmte Hände und Füße in den Waldboden, um dieser unbändigen Kraft standzuhalten.

Wenigstens hatte das Mädchen aufgehört, sich gegen ihn zu wehren. In dieser Position wären ihr alle seine empfindlichen Körperteile ausgeliefert gewesen. Doch sie schrie weiter. »Nein.« Mit strenger Stimme, so wie es seine Mutter früher getan hatte, als er noch ein kleiner Junge gewesen war.

Der Eber zog sich zurück – wahrscheinlich um erneut Schwung für einen weiteren Angriff zu holen – und Logan nutzte die Gelegenheit. Er setzte sich auf, zog seinen Revolver und zielte auf das Untier.

»Nein!« Jetzt klang der Schrei der jungen Frau panisch.

Logan warf einen schnellen Blick in ihre Richtung, wollte die Bestie aber nicht einen Moment zu lange aus den Augen lassen. Er konzentrierte sich darauf, auf den Kopf zu zielen. Die Haut eines Wildschweines war zäh und wenn er nicht beim ersten Man traf, würde die Wut des Tieres sie nur noch weiter in Gefahr bringen.

Er musste endlich den Abzug betätigen. Danach konnte er sich um die Verrückte unter ihm kümmern. Doch die Frau schoss hoch und zerrte an seinem Waffenarm.

»Nicht schießen!«

Er riss sich los und schob sie unsanft weg.

»Sehen Sie nicht das rote Band?«, schrie sie und versuchte, auf die Füße zu kommen.

Logan visierte das Tier wieder an, sein Fokus lag zwischen den Augen des Tieres.

Die Frau warf sich auf seinen Rücken und riss ihn zu Boden. »Er ist nicht wild«, rief sie, während Logan sie von sich stieß und sie von ihm wegrollte. »Bitte!«

Das verzweifelte Flehen in ihrer Stimme zog an seinem Herzen, welches er doch so gestählt geglaubt hatte. Alle Sentimentalität, alle Weichheit hatte er doch ablegen wollen!

Logan hielt inne und musterte seinen Gegner. Eine schnaubende, hässliche schwarze Kreatur – allerdings nicht mehr angriffslustig –, an dessen Hals tatsächlich eine riesige rote Schleife hing.

Vielleicht sollte er *doch* schießen. Einfach aus Mitleid. Die Schande, solch ein mädchenhaftes Accessoire tragen zu müssen, würde jedem männlichen Wesen den Stolz rauben. Wahrscheinlich würde sich der Eber für den Gnadenschuss bedanken.

Das Mädchen sprang auf und lief an die Seite des Wildschweines. Sie ließ sich auf die Knie fallen und schlang die Arme um seinen Nacken. »Hesekiel ist keine Bedrohung für Sie, Mister. Bitte lassen Sie ihn einfach in Ruhe.«

Logan senkte seinen Revolver und schüttelte den Kopf. »Hesekiel?« Er erhob sich und steckte die Waffe in das Holster. »Kommt mir nicht sehr prophetisch vor.«

Sie lächelte breit und ihr Gesicht erhellte sich vor Freude. Die Reinheit dieser Emotion ließ ihn beinahe zurücktaumeln. Solche Gefühle sah man in Saloons und Holzfällerlagern nicht und er hatte in den letzten Jahren kaum Zeit an anderen Orten verbracht.

Dann vermasselte das Mädchen alles, indem sie dieses wundervolle Lächeln ihrem Schwein schenkte und ihr Gesicht gefährlich nahe an seinen Hauer schmiegte.

»Vorsicht.« Logan sprang vor, ergriff sie bei ihrem Ellbogen und zog sie weg von dem Eber. »Diese Tiere haben gemeine Zähne. Egal wie zahm er ist, er hat immer noch tierische Instinkte. Und Hauer.«

»Hessy nicht«, sagte sie. Dann machte sie sich frei und wirbelte herum. Sie konnte gerade noch die Hände hochreißen, um nicht gegen seine Brust zu prallen. Ihre Handflächen lagen nun auf seinem Hemd. Bei diesem Körperkontakt machte sein Herz einen kleinen Sprung. »Mein Bruder hat seine Hauer entfernt, als er noch klein war. Sonst hätte Zach mir nicht erlaubt, ihn zu behalten.«

Ein kluger Mann. Aber Logan respektierte Hamilton schon lange für seine Intelligenz. Es war sein Charakter, der ihn anwiderte.

Doch alle Gedanken an Zacharias waren wie weggeblasen, als die junge Frau jetzt das Kinn hob und ihn die volle Wucht ihres Blickes traf.

Ein Auge strahlte blau, das andere braun. Genau wie Dunn gesagt hatte. In ihrer Verschiedenheit verwirrend, ja, doch gleichzeitig waren sie so unglaublich leuchtend und ausdrucksstark, dass er diesen Anblick nicht anders als atemberaubend beschreiben konnte.

Sie starrte ihn ebenfalls unerschrocken an. Bis ihr Blick auf seine Narbe fiel. Er stählte sich gegen ihre Reaktion, wusste er doch, dass der Anblick nicht angenehm war. Dass der Makel eine Lücke in seiner Augenbraue hinterlassen hatte und die Haut auf seiner Wange weiß hervorstechen ließ, war ihm ebenfalls bewusst.

Etwas Weiches flackerte in ihren Augen auf, nur für einen Augenblick. Kein Ekel oder auch nur Unbehagen. Etwas, das sich anfühlte wie … Verbundenheit.

Er schüttelte den Kopf, um die seltsamen ihn überkommenden Gefühle abzuschütteln, und sagte das Erste, was ihm einfiel. »Warum haben Sie Ihrem Schwein den Namen Hesekiel gegeben? Ziemlich beleidigend für den Prophet, der Gott so gläubig gedient hat, finden Sie nicht?«

Ihr Mundwinkel zuckte und sie blickte ihn übertrieben erschüttert an. »Sie meinen also, dass Hesekiel kein prophetisches Erbe in sich trägt?«

Das fragliche Schwein grunzte und machte sich daran, zwischen den Wurzeln des nächstgelegenen Baumes in der Erde zu wühlen, dann rieb es seine Seite genüsslich an der Rinde des Baumes. Das Tier verhielt sich wie ein betrunkener Rüpel, dem es vollkommen egal war, wer ihm bei seinem peinlichen Verhalten zuschaute. Alles, was jetzt noch fehlte, war ein lautes Rülpsen.

Logan hob fragend eine Augenbraue. Die junge Frau sah ihrem Haustier kurz zu, dann brach sie in ein lautes Lachen aus. Das Geräusch klang wie das Klimpern jenes Kristalllüsters, an dem er sich einmal in einer Hotellobby den Kopf gestoßen hatte.

»Ich gebe zu, dass Sie recht haben«, nickte sie. »Hessy verhält sich wirklich ganz und gar nicht würdevoll. Aber als ich ihn damals als kleinen Frischling allein im Wald gefunden habe, schon halbtot, da wusste ich, dass er einen Grund zu Leben brauchte. Einen Grund, die Hoffnung nicht aufzugeben. Also habe ich ihn Hesekiel genannt.«

Da fiel es Logan wieder ein. »Weil Hesekiel krank geworden ist und sterben sollte, bis Gott ihm weitere fünfzehn Jahre schenkte?«

Ihre Augen funkelten, als wäre sie stolz auf seine Antwort. Als wäre er irgendein Halbstarker im Klassenzimmer. Er hätte beleidigt sein sollen. Warum nur schwoll seine Brust unter ihrer Anerkennung?

»Genau deshalb.« Da war es wieder, dieses Lächeln. Voller Sonnenschein und Regenbögen. Als hätte diese junge Frau niemals Not und Elend erlebt.

Logan blickte finster drein.

Ihr Lächeln trübte sich. Nur ein bisschen, doch genug, um ihm das Gefühl zu geben, er hätte die Kontrolle zurückerlangt. All dieses Lachen und Strahlen widerstrebte ihm.

Wieder fanden ihre Augen die seinen, doch die Verspieltheit war vollkommen aus ihrem Blick gewichen. »Jeder verdient es, wie ein Auserwählter behandelt zu werden. Auch wenn er nur ein einfaches Lebewesen ist.«

Diese einfache Aussage verblüffte ihn. Dann öffnete sie eine machiavellistische Hintertür in seinem Verstand. Diese Frau hatte ein verletztes Herz und den unleugbaren Wunsch, Böses zum Guten zu wenden und den Unterdrückten beizustehen.

Sie war das perfekte Ass in seinem Ärmel.

Kapitel 4

Der Mundwinkel des Fremden zuckte und ein Hochgefühl schoss durch Evangelines Magen. Sie hatte ihn zum Lächeln gebracht. Das hätte sie wohl nicht als Erfolg werten sollen, da sie ihn nicht kannte, und dennoch konnte sie nicht anders. Er erinnerte sie zu sehr an Zach, so hart und schroff, wie er war. Er hatte auch diese Schultern, die das Gewicht der ganzen Welt zu tragen schienen. Männern wie ihm musste man in Erinnerung rufen, dass es Gründe zum Lächeln gab. Man musste sie lehren, wie man lachte. Wie man den Sonnenschein in sein Leben ließ und nicht nur finstere Schatten.

Außerdem hatte er versucht, sie zu beschützen. Gut, vor einer Gefahr, die nie wirklich bestanden hatte. Dennoch honorierte sie sein heldenhaftes Verhalten. Immerhin war es nicht alltäglich, dass eine Frau einem Mann begegnete, der sich zwischen sie und einen wilden Eber warf. Und dann den Eber auf Bitten der Frau verschonte. Einem versponneneren Mädchen hätte das sicherlich den Kopf verdreht.

Evangeline hielt den Blick fest auf seine Augen gerichtet, während sie zu ignorieren versuchte, wie nahe er ihr gerade war oder dass ihre Hände noch immer an seiner breiten Brust lagen. Doch keine Chance. Schließlich räusperte sie sich und trat einen Schritt zurück. Er ließ die Arme sinken.

»Ich bin Evangeline Hamilton«, brach es aus ihr heraus und sie streckte ihm die Hand entgegen. »Sind Sie neu hier in der Gegend?«

Seine Finger schlossen sich mit einem festen Griff um die ihren. Nur ein kurzes Schütteln, dann ließ er sie wieder los.

»Ich bin seit ungefähr einer Woche hier.«

Sie wartete auf weitere Erklärungen, die aber nicht kamen.

Jepp. Er war genau wie Zach.

Tja, sie blickte auf fünfzehnjährige Erfahrung zurück, wenn es darum ging, wortkarge Männer zum Sprechen zu bringen. Sie würde sich nicht abwimmeln lassen.

»Da Sie noch nicht lange hier sind, wissen Sie wahrscheinlich nicht, dass Sie sich auf Hamilton-Land befinden.« Sie verschränkte die Arme vor der Brust, hob ihr Kinn und stellte sich breitbeinig hin. »Meinen Brüdern wird es nichts ausmachen, wenn Sie einen Hasen jagen, weil Sie Essen brauchen, aber wir mögen keine Landbesetzer.«

Seine Lippen zuckten. Warum mussten Männer immer grinsen, wenn sie versuchte, besonders böse zu sein? Es war mehr als ärgerlich. Evangeline funkelte ihn wütend an.

Sein Lächeln wurde nur noch breiter. »Mir sind die Grundstücksgrenzen bekannt. Mein Lager ist außerhalb Ihres Besitzes.«

»*Sie* aber nicht.« Sie entfaltete die Arme und tippte ihm mit dem Finger gegen die Brust.

Er starrte auf ihren Finger, dann hob er seinen eigenen und tippte ihr damit gegen die Schulter. »Weil ich versucht habe, *Sie* vor einer wilden Bestie zu retten.«

»Ja, vielen Dank, sehr wild.«

»Darum geht es nicht.« Jetzt verschränkte er die Arme und blickte sie von oben herab an. »Selbst ohne Hauer kann ein Eber gefährlich werden, wenn man ihn reizt.«

»Dann sollten Sie ihn lieber nicht reizen.« Evangeline nickte in Hessys Richtung, als könnte sie ihm jederzeit befehlen, einen Angriff zu starten. Das Einzige, was er jedoch zustande bringen könnte, wären verschmutzte Klamotten und eine Kopfnuss, die einen Mann aus dem Gleichgewicht bringen könnten. Doch irgendetwas sagte ihr, dass dieser Mann sich nicht so leicht umhauen lassen würde.

»Was ist mit Ihnen?« Er rieb sich über die Narbe, die über sein linkes Auge lief. Unbewusst? Oder versuchte er, sie mit seinem gefährlichen Charakter zu beeindrucken? Als ob sie sich von so einem kümmerlichen Makel einschüchtern lassen würde. Er hatte gerade versucht, ihr das Leben zu retten. Egal, wie verschroben er sich verhielt, er war nicht gefährlich.

»Ich lasse mich nicht so leicht reizen.« Um ihre Aussage zu untermalen, lächelte sie wieder. Wenn Zach ihr gegenübergestanden hätte, hätte sie dieses Wortgefecht beendet, indem sie ihm um den Hals gefallen wäre und ihm einen schmatzenden Kuss auf die Wange gedrückt hätte. Ihre unerwartete Zuneigung warf ihn immer aus der Bahn und bewahrte sie vor seinen ungeliebten Standpauken. Zu schade, dass sie das bei diesem Fremden nicht tun konnte.

Doch das alte Sprichwort, dass man Fliegen mit Honig fing, würde auch hier greifen, da war sie sich sicher.

»Danke übrigens.« Evangeline lächelte noch breiter, als er verwirrt blinzelte. »Für Ihre heldenhafte Rettungsaktion.« Sie nickte. »Nur, weil es nicht nötig war, bedeutet das nicht, dass ich es nicht zu schätzen weiß.«

Er räusperte sich und verlagerte sein Gewicht. »Gern geschehen.« Seine Stimme ging am Ende des Satzes nach oben, sodass es sich mehr wie eine Frage anhörte, doch Evangeline entschied sich dazu, es als erfolgreichen Themenwechsel anzusehen.

»Sie haben ein wunderschönes Pferd.« Sie trat zur Seite und drehte sich etwas. Sie hatte noch nie gut still stehen können. Und die kleine, rhythmische Bewegung beruhigte ihre Nerven.

Jetzt, wo die anfängliche Aufregung über die Entdeckung des Fremden und die aufregende Jagd vorbei waren, wurde ihr immer mehr bewusst, dass sie mit einem unbekannten Mann alleine war. Einem Mann, der sie wie eine Frau behandelte. Nicht wie eine Schwester und erst recht nicht wie eine Missgeburt mit verschiedenfarbigen Augen. Nein, wie eine *normale* Frau.

»Wirklich ziemlich gut aussehend«, sagte sie. »Ihr Pferd.« Auf den Pferdebesitzer traf diese Beschreibung allerdings auch zu. Seine welligen Haare, die sich über dem Kragen kringelten. Die stahlgrauen Augen, die ihre Härte verloren hatten und jetzt wie

Sturmwolken wirkten. Er war groß. Und stark. Vielleicht ein wenig rau. »Und freundlich.«

Er murmelte etwas darüber, dass Pferdeverstand auch nicht mehr das war, was es früher einmal gewesen war, doch Evangeline entschied sich dazu, diesen zynischen Kommentar zu überhören.

»Wie heißt es?«, fragte sie.

»Schamgar.«

Evangeline legte den Kopf schief. »Ist das auch aus der Bibel?«

»Jepp.«

Himmel! Musste man ihm denn jedes Wort aus der Nase ziehen? »Aus welchem Buch?«

»Richter.«

»War Schamgar ein Richter?«

»Jepp.«

Jetzt wirkte er langsam zugeknöpft. Das erkannte sie auch an den Falten um seine Augen herum. Bei Zach war es oft ähnlich, wenn der sie endlich loswerden wollte. Tja, nach all den Jahren, in denen sie mit den Jungs Zuckerhirse angebaut hatte, wusste sie, dass man eine Menge Rohr auspressen musste, um auch nur einen einzigen Krug Sirup zu erhalten. Zwar mochte sie nicht die Geduldigste sein, doch sie war definitiv hartnäckig. Wenn das hier ein geistiger Wettstreit werden sollte, würde sie ihn gewinnen.

Ihre leichten Drehbewegungen wurden etwas kraftvoller. »Ich kenne den Namen gar nicht. Wer war Schamgar?«

Ihr Möchtegernretter zuckte mit den Schultern. »Alles, was in der Bibel über ihn steht, ist, dass er Israel gerettet hat, indem er sechshundert Philister mit einem Ochsenstecken erschlagen hat.«

»Was ist ein Ochsenstecken?« Nicht dass es sie wirklich interessiert hätte, aber er hatte ihr gerade eine Antwort gegeben, die aus mehr als einem Wort bestanden hatte. Nun wollte sie gerne, dass er weitersprach.

Leider zuckte er nur wieder mit den Achseln und vernichtete so ihren hart erarbeiteten Siegesmoment.

»Na ja, jetzt wissen wir immerhin, dass wir etwas gemeinsam haben«, sagte sie.

Ihr Retter hob fragend eine Augenbraue. Jetzt schien er gar nichts mehr zu verstehen.

Evangeline lachte auf. Er war so stur, dass es fast schon albern wirkte. »Wir beide haben unseren Tieren Namen aus der Bibel gegeben.«

»Scheint so.«

»Und wo wir gerade von Namen sprechen«, sagte sie und versuchte, ihre Stimme auch weiterhin leicht klingen zu lassen, »Sie haben mir Ihren noch gar nicht genannt.« Sie lächelte und erwartete, dass er sich entschuldigte und sich ihr dann vorstellte.

Doch das tat er nicht.

Er stand einfach nur da – sein Blick wurde starr, sein Gesicht ausdruckslos wie ein Teich an einem windstillen Sommertag. Es war, als wäre das Feuer, das ihn angetrieben hatte, als er ihr zur Rettung geeilt war, vollkommen erloschen. Und das nur, weil sie ihn nach seinem Namen gefragt hatte?

Wer war dieser Fremde und warum war er hier?

»Ich habe Ihnen meinen Namen genannt«, sagte sie und hoffte, dass sie die Antworten schließlich bekommen würde, die sie suchte. »Jetzt sind Sie dran. Der Vertrauenszug rollt in beide Richtungen, das wissen Sie sicherlich.«

Ein ehemaliger Pokerspieler hätte sich besser unter Kontrolle haben sollen, doch Logan konnte nicht verhindern, dass seine Mundwinkel schon wieder zuckten. »Der *Vertrauenszug*?«

Sie hob ihre Augenbraue so hoch, dass es direkt komisch wirkte. »Was? Bevorzugen Sie einen Vertrauenswagon?«

Er schüttelte den Kopf über ihre Naivität. Sie dagegen grinste und ihre zweifarbigen Augen tanzten.

Was war das nur für eine Frau? Sie lachte einfach, anstatt ihm seine Worte übel zu nehmen. Es war lange her, dass ihn jemand überrascht hatte. Aus beruflichen Gründen beherrschte er es, die Menschen um sich herum zu lesen wie ein Buch, doch diese Frau hatte ihn von Anfang an überrascht. Zuerst mit ihrer wilden Kampftechnik, dann mit ihrem Eber. Welcher normale Mensch hielt sich ein Wildschwein als Haustier? Dann diese Mischung aus unschuldiger Freude und entschlossener Heiterkeit, die seine Haut jucken ließ und gleichzeitig dafür sorgte, dass er sich nach mehr davon sehnte. Und gerade, als er gedacht hatte, er hätte in ihr die verträumte Idealistin entlarvt, forderte sie ihn mit einem Kommentar heraus, der zeigte, dass hinter ihrem sonnigen Gemüt ein messerscharfer Verstand steckte.

Sollte sich diese Frau jemals an einen Spieltisch setzen, sie könnte sich ein Vermögen erbluffen.

Logan blickte in ihr ernstes Gesicht und sah einen Hauch Misstrauen. »Zug, Wagon, wie auch immer Sie es nennen wollen, ich reise nicht unbedarft durch die Lande«, erwiderte er schließlich. »Meiner Erfahrung nach wird zu viel Vertrauen schnell von den Menschen ausgenutzt.«

So. Jetzt war sie gewarnt. Was ab jetzt geschah, lag in ihrer Verantwortung.

»Das ist eine sehr zynische Sicht.« Ihre sanft geschwungenen Brauen senkten sich und das Misstrauen schien dahinzuschmelzen und ihrem Mitgefühl Raum zu geben. »Es tut mir leid, dass Sie so empfinden, aber ich kann Sie verstehen. Die Menschen können grausam sein und verletzend. Und das vollkommen ohne Grund.«

Und wieder hatte sie ihn überrascht. In ihren Augen stand echter Schmerz. Logan biss die Zähne zusammen. Wer würde diese freundliche, fröhliche Frau nur verletzen wollen? Doch dann fiel ihm wieder ein, was der Barkeeper in Pecan Gap über ihre Augen erzählt und wie er sich dabei verhalten hatte.

Und was war schließlich mit seinen eigenen Absichten? Logan versuchte, das unangenehme Ziehen in seinem Magen zu ignorieren. Er wollte ja nicht ihr persönlich schaden, versuchte er sich einzureden. Doch wenn er sich an ihrem Bruder rächte, würde das auch sie betreffen. Genau wie Hamiltons schändliches Handeln damals auch ihn und seine Mutter mit ins Unglück gestürzt hatte.

Nun, Gerechtigkeit durchzusetzen, forderte manchmal Opfer. Ein unangenehmer Nebeneffekt war das, aber nichts, wodurch er sich von seinem Weg abbringen lassen würde. Vielleicht könnte er ja irgendwie den Schaden für Evangeline begrenzen und die Folgen für sie so gering wie möglich halten. Auch wenn er diese Frau gerade zu seinem Vorteil benutzte.

Eine sanfte Berührung am Arm riss Logan aus seinen Gedanken.

»Egal, wie viele Menschen Sie bisher betrogen haben«, sagte sie mit sanfter, aber intensiver Stimme, »wenn Sie einen einzigen Menschen im Leben haben, auf den Sie zählen können, können Sie alle Widerstände überwinden.« Sie trat näher an ihn heran. »Dem falschen Menschen zu vertrauen, führt zu vorübergehender Enttäuschung, aber dem Richtigen zu vertrauen, bringt einem eine Stärke, die ein Leben lang anhält.«

Wenn jemand anderes diesen Satz gesagt hätte, hätte er sich vielleicht wie eine leere Phrase angehört, doch aus dem Mund dieser Frau klang er authentisch. Einem solchen tiefen Glauben konnte auch Logans Zynismus nicht standhalten. »Sie sind ein ganz besonderer Mensch, Evangeline Hamilton.«

Ihre Wangen wurden rosa und sie senkte die Lider. »Ich weiß, wie es sich anfühlt, von anderen verletzt zu werden.« Dann hob sie den Blick wieder und das Farbenspiel ihrer Augen raubte ihm erneut den Atem. »Und ich habe gelernt, vorsichtig zu sein, wenn ich mit Menschen zu tun habe, die nicht zu meiner Familie gehören. Aber ich erkenne auch, wenn jemand ein gutes Herz hat.«

Sie zog die Augenbrauen zusammen und musterte ihn genau. Logan musste richtig dagegen ankämpfen, sich unter ihrem Blick nicht zu winden.

»Sie sind ein Fremder, der mir weder seinen Namen noch den Grund seines Hierseins nennt. Sie sind wortkarg, stur und mögen ganz offensichtlich keine Wildschweine.« Sie grinste kurz, bevor sie wieder ernst wurde. »Das alles spricht gegen Sie. Und doch sind Sie mir zu Hilfe gekommen, als Sie mich in Gefahr glaubten, Sie kennen sich mit ochsensteckenschwingenden Charakteren aus der Bibel aus und Sie haben keine Bemerkung über meine Augen gemacht.« Sie wandte den Blick ab. Diese letzte Aussage schien das meiste Gewicht zu haben.

Logan schluckte und ein ungewollter Beschützerinstinkt flackerte in ihm auf.

»Das spricht dann wohl für Sie.« Sie räusperte sich und schaute ihn wieder an, wobei ihre unglaublichen Augen direkt an seiner sorgsam aufgebauten Maske der Abgeklärtheit vorbeizublicken schienen – einer Abgeklärtheit, die aufrechtzuerhalten ihm schwerer und schwerer fiel. »Ich habe noch nicht entschieden, welche Seite überwiegt. Irgendwelche Vorschläge?«

Lauf weg vor mir und schau dich nicht mehr um. Der Gedanke hallte in Logans Gehirn wider, doch die Worte erreichten seine Lippen nicht. Er würde sie schrecklich verletzen, wenn sein Spiel zu Ende ging, und doch wollte er sie nicht wegschicken. Schließlich bot sie ihm einen Vorteil seinem Gegner gegenüber. Und abgesehen davon mochte er sie.

Er hatte in den letzten sieben Jahren so viel Zeit unter Menschen verbracht, die er verabscheute, dass er gar nicht mehr gewusst hatte, wie es sich anfühlte, wenn man jemanden traf, der einem von Grund auf sympathisch war. Die Männer im Holzfällerlager waren rau und wenn sie gerade nicht die Axt schwangen, soffen sie Bier oder prügelten sich. Und in den Spielhöllen traf man entweder willensschwache Narren, denen man keinen Respekt zollen konnte, oder hinterhältige Betrüger, die für den nächsten Sieg ihre eigene Mutter verkaufen würden.

Obwohl ein echter Ehrenmann sie also zu ihrer eigenen Sicherheit weggeschickt hätte, streckte er Evangeline jetzt die Hand entgegen und atmete erleichtert auf, als sie diese ergriff.

»Ich bin Logan«, sagte er. »Ihr neuer Nachbar.«

Kapitel 5

Ein warmes Prickeln schoss Evangelines Arm hinauf, als Logans Hand sich um ihre legte. Seine langen Finger zerdrückten ihre kleineren fast in seinem festen Griff, doch der Ausdruck auf seinem Gesicht machte ihr Unbehagen belanglos. Da war irgendetwas. Ein alter Schmerz vielleicht? Verbitterung? Furcht? Was auch immer ihn antrieb, diese Sehnsucht nach einer Verbindung, die sie bei ihm wahrnahm, war nahezu greifbar. Sie ließ ihr Herz pochen und appellierte an ihr Mitgefühl, bis sie einen fast körperlichen Schmerz fühlte. Er hatte ihr ins Gesicht gesagt, dass er nicht leicht vertraute, doch sie erkannte, dass er es gern gekonnt hätte. Tief in seinem Inneren sehnte er sich nach mehr als einem einsamen Leben.

Er war verletzt. Alleine. Ihr Magen zog sich zusammen. Sie konnte seinen Schmerz ebenso wenig ignorieren wie ihren eigenen. Denn er *spiegelte* den ihren. Sie streichelte ihm in stiller Kameradschaft mit dem Daumen über seinen Handrücken.

Bei dieser Berührung zuckte er zusammen, ließ ihre Hand fallen und trat einen Schritt zurück. Sein Gesicht wurde ausdruckslos, alle Hinweise auf Verletzlichkeit waren wie weggewischt.

Doch Evangeline wusste besser als jeder andere, dass Seelenschmerzen nie wirklich verschwanden. Man konnte sie verdecken, verleugnen oder von sich weisen, doch ehe man nicht angenommen und geliebt wurde, brachten sie einem nur Unfrieden ins Herz. Sie selbst hatte auch noch einige empfindliche Stellen, die immerzu wehtaten, wenn sie angestupst wurden. Doch Zach und Seth hatten sie in den vergangenen Jahren so geliebt und angenommen, dass die Schmerzen der Vergangenheit tatsächlich nicht mehr so schwer wogen wie die Segnungen der Gegenwart.

Vielleicht hatte Gott sie in das Leben des Fremden gebracht, um das Gleiche für ihn zu tun.

Evangeline lächelte. »Also, mit *Nachbar* meinen Sie, dass Ihnen das Land nebenan gehört?«

»Jepp. Ich habe es vor ein paar Wochen als Geldanlage gekauft.«

»Als Geldanlage? Das heißt, Sie wollen gar nicht hierbleiben?« Die Enttäuschung, die sich in ihrer Brust breitmachte, hatte dort wirklich nichts zu suchen. Um Himmels willen, sie hatte ihn doch gerade erst kennengelernt. Einen verwandten Geist zu treffen, bedeutete nicht, dass sie ein Verlustgefühl empfinden sollte.

»Das habe ich noch nicht entschieden.« Er beäugte sie mit einem ausgesprochen maskulinen Blick, sodass sie das Gefühl hatte, ihr Haar richten zu müssen. Nicht dass das etwas gebracht hätte. Dank ihres Sprints durch den Wald und des anschließenden Kampfes mit ihrem Retter brauchte sie einen Spiegel, eine Bürste und mindestens zwölf neue Haarnadeln, um das Vogelnest zu bändigen, welches sie an ihrem Hinterkopf spüren konnte.

Endlich hatte sie einen Mann kennengelernt, dem ihre unterschiedlichen Augenfarben vollkommen egal zu sein schienen, und jetzt würde sie ihn wahrscheinlich mit ihrem ungestümen Benehmen abschrecken.

Evangeline richtete sich gerade auf und zupfte ein paar vertrocknete Blätter von ihrem waldgrünen Rock. Als würde das irgendwie helfen. Sie fühlte sich etwas besser, als Logan sich ebenfalls mit der Hand durchs Haar fuhr und ein paar Grashalme entfernte. Natürlich musste er sie sich nur von der Schulter klopfen und schon sah er wieder vorzeigbar aus.

Sie seufzte innerlich und vermisste die Zeiten, in denen sie in Seths abgelegten Hosen und mit kurzen Haaren herumgelaufen war und keinen Gedanken an ihr Äußeres hatte verschwenden müssen. Das Leben war viel einfacher gewesen, bevor Charlotte Clem, die Frau des örtlichen Baptistenpredigers, entschieden hatte, Evangeline in die Kunst des Frauseins und des weiblichen

Benehmens einzuführen. Mrs Clem war eine wunderbare Frau mit einem großen Herzen – und es wäre wirklich ziemlich peinlich gewesen, Logan in Kniehosen und mit geschorenen Locken zu begegnen –, doch an den Standard, den er von anderen Frauen gewohnt war, würde sie höchstwahrscheinlich sowieso nicht heranreichen.

»Ich weiß noch nicht, wie lange ich hierbleiben werde«, sagte Logan schließlich und brach damit das Schweigen, das mittlerweile schon unangenehm wurde. »Kommt drauf an, wie lange ich brauche, um meine Geschäfte zu tätigen.«

»Ihr Land zu verkaufen, meinen Sie?«

Er warf ihr einen Blick zu, der Evangeline warnte, dass diese Frage zu persönlich gewesen war.

Sie wusste, dass es unhöflich war, einen Mann über seine Privatangelegenheiten auszufragen, doch wie sollte sie ihn sonst besser kennenlernen? Ein leises Unbehagen machte sich in ihr breit. Wenn er nichts zu verbergen hätte, würde er sich dann nicht viel offener verhalten?

Andererseits, wie oft waren ihre Brüder und sie schon Fragen zu ihrer Vergangenheit ausgewichen, um ihr Geheimnis zu bewahren und ihre Familie intakt zu halten? Niemand hier glaubte ihnen wirklich, dass sie blutsverwandt waren, obwohl einige vermuteten, dass sie dieselbe Mutter, aber verschiedene Väter hätten. Dieses Gerücht war alles andere als schmeichelhaft für ihre hypothetische Mutter, weshalb Evangeline es immer entschieden zurückwies, wenn es in ihrer Gegenwart aufkam. Sie wusste nicht mehr viel von ihren leiblichen Eltern, aber die wenigen Erinnerungen erfüllten sie mit Wärme, Liebe und Glück. Sie würde nicht zulassen, dass irgendjemand schlecht über ihre Mutter sprach, auch wenn es nur um eine fiktive Version von ihr ging, die es nie tatsächlich gegeben hatte.

Vielleicht sollte sie Logan dieselbe Höflichkeit zukommen lassen, die sie auch von anderen erwartete, und ihn nicht länger bedrängen.

»Wie auch immer«, sagte sie schließlich und hoffte, wieder sichereren Boden zu beschreiten, »wenn Sie das Beste aus Ihrer Geldanlage herausholen wollen, sollten Sie Ihr Land verbessern. Bauen Sie eine Hütte. Roden Sie ein paar Bäume. So was in der Art.« Sie versuchte, nicht aufdringlich zu klingen; wollte nicht so wirken, als mische sie sich ein. Aber wenn sie ihn dazu brachte, länger hierzubleiben, würde sie ihn besser kennenlernen können. Eine Aussicht, die ihr wirklich gefiel. »Dann können Sie einen viel höheren Preis erzielen.«

Er verengte die Augen zu Schlitzen, als wüsste er genau, was sie vorhatte.

Hitze stieg in Evangelines Nacken auf, doch sie ignorierte es und behielt ihr Lächeln im Gesicht. Nur drehte sie sich unmerklich von Seite zu Seite, während sie auf seine Antwort wartete.

Eine Antwort, die eine Ewigkeit zu dauern schien. Er starrte sie einfach weiter an und sagte nichts. Jedenfalls nicht mit seinem Mund. Mit seinen Augen war das anders. Sie schienen hundert Fragen gleichzeitig an sie zu stellen und durchbohrten sie mit einer Intensität, die ihr das Gefühl gab, in ihr Innerstes zu dringen und die Antworten aus ihr herauszusaugen, ohne dass sie ein Wort sagte.

»Sie haben wahrscheinlich recht«, sagte er schließlich. »Ich denke drüber nach.«

Erleichterung durchströmte Evangeline und hob sie auf die Zehenspitzen zu einem kleinen Hopser. »Wenn Sie ein Haus bauen wollen, können Sie meine Brüder um Hilfe bitten. Die beiden haben auch unsere Räucherkammer gebaut und …«

»Nein.«

Die lautstarke Unterbrechung ließ sie zurück auf ihre Fußsohlen sinken.

Ein Muskel an Logans Kiefer zuckte und er wandte schnell den Blick ab. »Tut mir leid.« Er fuhr sich mit der Hand über die Narbe an seinem Auge, dann schaute er sie wieder an. »Ich wollte nicht unhöflich sein. Aber ich will Ihren Brüdern nicht verpflichtet sein. Niemandem, um ehrlich zu sein. Das ist mein Projekt und ich werde mich alleine darum kümmern.«

»Na gut.« Ihr Optimismus war sofort wieder da. Ohne Hilfe würde er viel länger brauchen, was auch bedeutete, dass er länger hierblieb. Und das hieß, dass sie mehr Zeit hatte, eine Freundschaft zu ihm aufzubauen.

Oder noch mehr.

Sofort verwarf sie diesen Gedanken wieder. Es war viel zu früh, um über so etwas nachzudenken. Sie hatte immer noch sehr viele Fragen über ihren neuen Nachbarn. Zum Beispiel, warum er sein Lager im dichten Gestrüpp in der Nähe ihres Grundstückes aufgeschlagen hatte, wo es auf seinem Land doch bestimmt viel angenehmere Orte gegeben hätte. Und warum ihn die bloße Erwähnung ihrer Brüder so aus der Fassung gebracht hatte, dass er nach ihr geschnappt hatte wie eine Schildkröte nach einem vorbeischwimmenden Fisch.

Jetzt, wo sie darüber nachdachte, war das Schnappen nicht die einzige Verhaltensweise, die Logan mit der alten Schildkröte verband, mit der Evangeline am Teich hinter der Räucherkammer früher oft gespielt hatte. Auch er war einzelgängerisch. Auch er hatte eine harte Schale, um die verletzlichen Stellen zu schützen. Auch er war perfekt in der Täuschung.

Vor allem dieser letzte Vergleich machte sie unruhig. Die Schildkröte hatte sich immer im Schlamm am Grunde des Teiches verborgen, bis man nur noch ihre Augen hatte sehen können. Dann hatte sie geduldig gewartet und schließlich zugeschlagen, wenn ein nichts ahnender Fisch zu dicht an sie herangeschwommen war.

Logan tat so etwas aber nicht, oder? Seine eigentlichen Absichten verschleiern, um dann zuzuschlagen? Evangeline schluckte. Falls doch, wer war dann seine Beute?

Zieh keine voreiligen Schlüsse, Evie. Schnappschildkröten wurden nur aggressiv, wenn man sie bedrohte. Von Natur aus waren sie scheu und mieden den Kontakt zu Menschen. Doch viele hielten sie für gefährlich und stellten ihnen deswegen nach. Vorschnelle Entscheidungen, die auf Vermutungen und nicht auf Fakten beruhten, führten häufig zu unnötigem Leid. Wie viele Male war sie aufgrund ihres Äußeren verurteilt worden? Sie konnte es gar nicht mehr zählen. Sie würde Logan nicht beurteilen, bevor sie ihn nicht besser verstand. Und um ihn zu verstehen, musste sie Zeit mit ihm verbringen.

Die raue alte Schildkröte im Teich hatte irgendwann sogar zugelassen, dass Evangeline ihren Panzer und sogar ihren Kopf berührte. Nach Wochen der Geduld und Freundlichkeit und einigen toten Bitterfischen, die sie ihr hingeworfen hatte, hatte das Tier ihr vertraut. Bei Logan würde ihr das auch gelingen.

Hoffentlich.

Evangeline lächelte ihn wieder an. »Also … brauchen Sie irgendetwas?«

Verwirrung schien sich in ihm breitzumachen. »Ob ich etwas brauche?«

»Sie wissen schon, Werkzeug oder so.« Himmel. Hätte sie noch etwas weniger intelligent klingen können? Sie fing an, sich etwas schneller hin und her zu drehen. »Als ich eben in Ihrem Lager war, habe ich auch nicht sehr viele Lebensmittel gesehen.«

Er hob eine Augenbraue. »Sie geben also zu, dass Sie in meinem Lager herumgeschnüffelt haben?«

»Natürlich.« Seine Augenbrauen verschwanden hinter seinen Haaren, so sehr schien ihre offene Antwort ihn zu schockieren. Endlich blieb sie still stehen, denn sie hatte ihr Selbstvertrauen zurückgewonnen. »Und geben Sie zu, dass Sie auf meinem Land herumgeschlichen sind?«

Er grinste, dann schüttelte er den Kopf.

Sie rollte mit den Augen. »Schon klar. Ihre Gattung ist eigensinnig.«

»Meine Gattung?«

Fast hätte sie *Schnappschildkröten* geantwortet, doch sie entschied sich für die höflichere, ebenso wahre Antwort. »Männer.«

Er gluckste und das warme, tiefe Geräusch rief seltsame Reaktionen in ihrem Magen wach. »Das ist keine Eigensinnigkeit, Miss Hamilton. Sondern Bestimmtheit. Eigensinnigkeit ist eher der *weiblichen* Gattung zuzuschreiben.«

Evangeline schnalzte mit der Zunge, auch wenn sie den Schlagabtausch sehr genoss. Wenn das so weiterging, würde sie sein Vertrauen innerhalb kürzester Zeit gewinnen. »Eigensinnig *und* verblendet. Es ist ein Wunder, dass Ihre Gattung so lange überlebt hat.«

»Verblendet? Ich muss doch sehr bitten.« Logan verschränkte die Arme vor der Brust und feixte mit einem beeindruckenden Maß an Überheblichkeit. »Ich reise mit einem Pferd, dem nützlichsten Tier, das der Menschheit bekannt ist. Sie haben ein Wildschwein dabei.«

»Ein sehr prophetisches Wildschwein«, verteidigte Evangeline Hessy loyal.

»Das Gärten durchwühlt, Bäume schwächt und den Boden aufgräbt.«

»So etwas macht Hessy nicht.« Es sei denn, er schaffte es, sich aus seinem Gehege zu befreien. Doch das war nicht mehr passiert, seit Zach den Zaun letzten Monat verstärkt hatte. »Er ist ein hingebungsvoller Begleiter.«

Logan ließ die Arme sinken, trat nahe an sie heran und senkte sein Gesicht so weit herab, dass es unangenehm nahe an ihrem war. »Und das, meine Liebe, ist der Kern der weiblichen Verblendung. Sie gestatten es den Gefühlen, die Logik zu beherrschen.« Alle Verspieltheit war aus seinem Gesichtsausdruck gewichen. Er starrte sie hart an. »Sie lassen sich von Ihrem Herzen leiten anstatt von Ihrem Verstand und das führt zu Ausbeutung, Schmerz und Enttäuschungen.«

Evangeline verengte die Augen und versteifte ihre Wirbelsäule. »Es macht einen aber auch empfänglich für Liebe, Freude und Hoffnung. Und das werde ich nicht aufgeben, also gehen Sie mit Ihrem Pessimismus woanders hausieren. Ich bin nicht interessiert.«

Sein Mund spannte sich etwas an, doch er führte den Streit nicht weiter. Er starrte sie einfach nur an. Evangeline hielt seinem Blick stand, ohne zurückzuweichen. Etwas hatte ihn verletzt. Und innerlich hart gemacht. Doch hinter der Fassade hatte er einen weichen Kern. Er war ihr zu Hilfe geeilt, als er sie in Gefahr geglaubt hatte. Und selbst jetzt war er darauf bedacht, sie zu ermahnen, damit sie ihr Herz schützte.

Evangeline war vertraut mit Verlusten, Schmerz und Vorurteilen. Doch sie hatte sich schon vor langer Zeit dazu entschlossen, ihr Leben nicht vom Kummer bestimmen zu lassen. *Denn ihr habt nicht einen Geist der Knechtschaft empfangen, dass ihr euch abermals fürchten müsstet; sondern ihr habt einen Geist der Kindschaft empfangen, durch den wir rufen: Abba, lieber Vater!* Das hatte sie gewählt. Sie hatte sich von Gott auf einen hellen Weg führen lassen, einen Weg, auf dem die Freude am Herrn ihre Stärke geworden war. Ein Panzer, so dick er auch sein mochte, war doch nicht vollkommen undurchlässig. Der Schmerz fand früher oder später immer einen Weg ins Innere. Die einzige Möglichkeit, ihn wirklich hinter sich zu lassen, war, die Dunkelheit gegen das Licht einzutauschen.

»Nehmen Sie Ihr Schwein und gehen Sie nach Hause zu Ihren Brüdern, Miss Hamilton«, knurrte Logan, wandte ihr den Rücken zu und hob seinen Hut auf, den er bei der Rettungsaktion vorhin verloren hatte. »Es ist besser für Sie, wenn Sie sich um Ihre eigenen Angelegenheiten kümmern, anstatt sich für seltsame Fremde zu interessieren, denen Sie alleine im Wald begegnen.«

Evangeline lächelte über seine knurrige Beschützerart, als er den Staub von seiner Hutkrempe klopfte. »Ach, kommen Sie schon. So seltsam sind Sie gar nicht, Mr …« Sie hielt inne und runzelte die Stirn, als sie bemerkte, dass er ihr gar nicht seinen Nachnamen genannt hatte.

Er wandte sich wieder zu ihr um. Seine Augenbrauen waren extrem hochgezogen, als wolle er sie davon überzeugen, dass er doch mehr als seltsam war.

Um Himmels willen! Musste sie wirklich die Frage stellen?

Er sagte nichts mehr, brachte nur seinen Hut wieder in Form.

Also gut. »Ich glaube, Sie haben mir Ihren Nachnamen nicht genannt.«

»Stimmt.« Er brauchte einen Moment, um sich den Hut wieder aufzusetzen, dann blickte er ihr in die Augen. »Besser, Sie kennen ihn nicht.«

»Warum?«

Sein Mund zuckte ungeduldig. »Müssen Sie *alles* infrage stellen?«

Sie zuckte mit den Schultern. »Normalerweise schon.«

Seine Augen weiteten sich etwas, dann stieß er verzweifelt die Luft aus. »Das merke ich.« Er musterte sie einen Augenblick lang, dann suchten seine Augen die ihren. »Sehen Sie, ich habe mich nicht zufällig für einen Landkauf in Pecan Gap entschieden. Meine Familie hat eine Geschichte hier in der Gegend, die ich momentan noch für mich behalten möchte. Denn wenn Sie sie kennen würden …« Er schaute zu Boden. »Würden Sie mich ganz anders sehen.«

Schmerzhafte Erinnerungen kamen in Evangeline auf. Ein kleines Mädchen, das zu Boden starrte und seine Augen versteckte und seinen Makel verbarg, weil es wusste, dass sonst alles aus sein würde. Die Menschen würden es mit anderen Augen sehen. Und sie würden es nicht mehr wollen.

Ihr Hals zog sich vor Mitleid zusammen. Vorsichtig streckte sie die Hand aus und berührte Logans Arm. Er hob den Kopf und ihre Blicke trafen sich.

»Wenn Sie mich erst besser kennen«, sagte sie, »werden Sie merken, dass ich mich nicht von Gerüchten oder Vorurteilen beeinflussen lasse. Ich bilde mir meine eigene Meinung. Aber jetzt will ich Sie nicht weiter bedrängen.« Sie lächelte ihn an und tätschelte freundlich seinen Arm, bevor sie die Hand wieder sinken ließ. Dann machte sie sich auf den Weg zu Hessy, der im Gras vor sich hin döste, wandte sich aber noch einmal um. »Morgen komme ich mit Brot und anderen Lebensmitteln zu Ihnen, um Sie hier zu begrüßen.«

Er runzelte die Stirn. »Das müssen … «

»Reine Nachbarschaftshilfe«, rief sie fröhlich über die Schulter und unterband damit jeden weiteren Einwand seinerseits. Hessy sprang auf, als sie zu ihm kam. »Bis morgen!«, rief sie, als sie so viel Abstand zwischen sich und ihn gebracht hatte, dass Logan unmöglich widersprechen konnte.

Ihr neuer Nachbar war also entschlossen, sie vor sich selbst zu schützen. Sie würde ihm diesen Gefallen nur allzu gern erwidern.

Kapitel 6

An diesem Abend rang Evangeline innerlich mit sich – während des gesamten Essens und noch weit in die Zeit des Abwaschs hinein. Sie hatte noch nie ein Geheimnis vor ihren Brüdern gehabt. Das war fast wie ein Familiengesetz, denn die Hamiltons achteten aufeinander, und zwar immer. Es war eine Tradition, die Offenheit und Ehrlichkeit verlangte, damit nichts Unvorhergesehenes geschehen konnte.

Auf der anderen Seite neigten Zach und Seth dazu, etwas überzureagieren, wenn es um ihre Schwester ging. Es konnte also bedeuten, dass die beiden nicht mehr nur auf sie achteten, sondern ihre Freiheit beschnitten und sie immer im Blick haben wollten. Solch eine Einschränkung war erdrückend. Und abgesehen davon ziemlich unangenehm, wenn sie plante, Logan nun häufiger zu besuchen. Und das tat sie definitiv.

Sie nagte an ihrer Unterlippe, während sie die Runde um den Tisch machte und erst Zach Kaffee einschenkte, dann Seth, und schließlich sich selbst.

»Die Hirse wächst etwas langsam. Vielleicht sollten wir sie nächstes Jahr mit dem Weizen wechseln«, sagte Zach, während er seine Tasse an den Mund hob und sich auf seinem hölzernen Stuhl zurücklehnte.

»Baumwolle bringt mehr Einnahmen als Getreide«, wagte sich Seth vor.

Zach biss die Zähne zusammen und sofort war der Raum von Anspannung erfüllt.

Evangeline warf Seth einen scharfen Blick zu. Wenn sie näher bei ihm gewesen wäre, hätte sie ihm auf den Hinterkopf gehauen. Nicht dass das einen großen Unterschied gemacht hätte. Er hätte es einfach ignoriert, wie er es nun mit ihrem Blick tat. Ihr Griff um die Kaffeekanne wurde fester. Warum musste er ausgerechnet heute Abend diesen alten Streit wieder aufwärmen? Sie musste bereits ein Minenfeld umrunden und brauchte daher beim besten Willen kein zweites.

»Alle hier in der Gegend bauen Baumwolle an.« Evangeline versuchte, ihre Stimme ruhig und fröhlich klingen zu lassen, als sie sich wieder hinsetzte und ihre Kaffeetasse ergriff. »Und wann sind wir jemals mit dem Strom geschwommen? Wir Hamiltons gehen unsere eigenen Wege. Außerdem, wenn alle nur noch Baumwolle anbauen, wird hier in der Gegend bald ein größerer Bedarf an Getreide herrschen.«

Sie schaute ihren älteren Bruder an und lächelte. »Ich vertraue deinem Instinkt, Zach. Wenn du glaubst, dass wir mit Getreide weitermachen sollten, dann tun wir das. Du hast bisher noch nie eine falsche geschäftliche Entscheidung getroffen. Denk doch nur daran, was für einen Gewinn unser Zuckerrohrsirup letztes Jahr abgeworfen hat! Wir haben fast viertausend Liter Melasse verkauft! Selbst wenn der Ertrag dieses Jahr schrumpfen sollte, verdienen wir immer noch mehr als genug, um gut über die Runden zu kommen. Und das dank deiner Entscheidungen.«

»Trägst du nicht ein bisschen dick auf, Evie?« Zach lächelte über seine Tasse hinweg und die greifbare Spannung ließ etwas nach. »Du musst nicht die Friedensstifterin spielen. Wir sind erwachsene Männer. Wir können mit einer kleinen Meinungsverschiedenheit hier und da umgehen.«

»Natürlich könnt ihr das.« Wenn eisiges Schweigen und grummeliges Herumstapfen für die nächsten zwei Tage als *damit umgehen* angesehen werden konnte, stimmte das auch. Aber sie brauchte ihre Brüder gut gelaunt. Deshalb zwinkerte sie Zach zu und wandte sich dann Seth zu. Sie legte ein stilles Flehen in ihren Blick, damit er das Thema fallen ließ. Zumindest für heute Abend.

Seth verwaltete die Gelder der Familie – er führte das Haushaltsbuch, studierte den Agrarmarkt, informierte sich über Trends und Neuerungen und überwachte die Konten. Er war das Gehirn hinter Zachs Muskelkraft. Seths kluge Investitionen hatten ihre Einnahmen und Erträge über die Jahre hin langsam steigen lassen. Anfangs hatte er nur das wenige zusammenhalten können, das Zach durch seine Gelegenheitsarbeiten verdient hatte. Direkt nach dem Zugunglück waren sie so häufig hungrig zu Bett gegangen, dass die nun erreichte Sicherheit für sie alle ein ersehntes Glück war. Doch es gab immer noch Grenzen, die nicht überschritten werden durften.

Und Baumwollanbau war eine dieser Grenzen.

Evangeline kannte nicht die Details. Zach sprach nie über seine Vergangenheit, aber sie wusste, dass er die Landwirtschaft hasste. Besonders den Baumwollanbau. Die Tatsache, dass er vor sieben Jahren freiwillig eine Farm gekauft und angefangen hatte, Hirse und Mais anzubauen, zeugte von seiner großen Liebe zu seinen Geschwistern. Sie war überzeugt, dass nichts anderes ihn jemals dazu gebracht hätte, den Ackerboden zu bestellen. In all den Jahren hatte er immer wieder bewiesen, dass er alles Menschenmögliche tat, um sie und Seth zu versorgen. Und wenn das nun einmal die Landwirtschaft war, machte er eben diese Arbeit. Auch wenn er jede Sekunde davon hasste.

Seth war früher immer damit zufrieden gewesen, Zach die Entscheidungen treffen zu lassen. Aber je älter er wurde, desto mehr schien er sich durchsetzen zu wollen. Und nach seinem entschlossenen Gesichtsausdruck zu urteilen, hatte er sich genau das gerade in den Kopf gesetzt.

»Baumwolle bringt doppelt so viel ein wie Getreide, das weißt du ganz genau«, widersprach Seth. »Ich verstehe nicht, warum wir nicht wenigstens ein paar Morgen davon anpflanzen können, um es auszuprobieren.«

Zach stellte langsam seine Kaffeetasse auf dem Tisch ab, wobei er den Henkel so fest umklammerte, dass seine Knöchel weiß hervortraten. »Nur zu«, sagte er und machte eine einladende Geste. »Wenn du Baumwolle anbauen willst, dann tu das. Aber ich werde dieses Feld nicht bestellen.«

Seth beugte sich vor und verengte die Augen. »Warum nicht? Du bestellst die Hirse, den Mais, das andere Getreide. Warum keine Baumwolle?«

»Ich habe meine Gründe.«

»Du hast deine Gründe.« Seths Stimme wurde lauter, seine Wut stieg. Er schob laut seinen Stuhl zurück und erhob sich.

»Bitte, Seth, lass es bleiben.« Evangeline streckte eine Hand nach ihrem Bruder aus, doch der wich zurück.

»Nein, ich werde es nicht bleiben lassen. Nicht dieses Mal.« Er stürmte um den Tisch herum, um Zach ohne Hindernis in die Augen schauen zu können. »All die Jahre hat er für uns entschieden, was gut und was schlecht ist. Aber wir sind keine Kinder mehr. Und das hier ist keine Diktatur.«

Zach hob seine Kaffeetasse wieder an die Lippen und trank einen Schluck. Er ignorierte den Angriff vollkommen, was Seth nur noch rasender machte. Evangelines Magen krampfte sich zusammen. Sie hasste es, wenn ihre Brüder so miteinander sprachen. Es geschah nicht oft, doch wenn es so weit war, brachte es manche ihrer längst verdrängten Ängste zurück an die Oberfläche. Ängste, wieder verlassen zu werden. Ängste, dass ihre kleine zusammengewürfelte Familie die Mühe und den Streit nicht mehr länger wert wäre und sie sich trennten.

Evangeline lief um den Tisch herum und stellte sich zwischen die beiden Männer, die sie mehr liebte, als alles andere auf der Welt. Sie legte eine Hand auf Zachs Schulter, die andere an Seths Ellbogen.

»Zach hat uns versorgt, als wir das noch nicht selbst konnten. Er hat unsere Familie zusammengehalten und uns ernährt. Er stellt uns immer an die erste Stelle. Immer.« Sie drückte Seths Arm, betete, dass er nachgeben würde. »Wenn er keine Baumwolle anbauen will, machen wir das auch nicht. Wir schulden es ihm.«

Seth blickte sie mit harten Augen an. Sah sie da Schmerz? »Und was ist mit dem, was er *uns* schuldet?«

Das erregte Zachs Aufmerksamkeit. Er wandte sich Seth zu, sein Gesicht eine ausdruckslose Maske, die Evangeline an einen anderen Mann erinnerte, mit dem sie heute schon zu tun gehabt hatte. »Und was genau schulde ich dir, *kleiner* Bruder?«

Seth machte sich aus Evangelines Griff los. »Respekt.«

Zach blinzelte. Zweimal. Dann kniff er die Lippen zusammen.

Seth fuhr unbeeindruckt fort. »Ich bin ein Mann, genau wie du, Zach. Kein Junge. Kein kleines Kind. Nur, weil ich nicht die gleiche Arbeit verrichten kann wie du, bedeutet das nicht, dass meine Meinung nicht zählt.«

Zach drehte sich auf seinem Stuhl und legte den Arm auf die Rückenlehne. »Und ich dachte, du wärst der Kluge in der Familie. Ich berücksichtige deine Meinung die ganze Zeit. Du hast die vollkommene Kontrolle über die Finanzen der Familie. Wenn du sagst, wir investieren, dann investieren wir. Ich gebe dir das komplette Geld, wenn wir die Ernte verkaufen oder ein Schwein zum Metzger gebracht haben. Das würde ich nicht tun, wenn ich dich nicht respektieren würde, Seth.«

»Trotzdem siehst du mich nicht als gleichwertig an. Ich bin nicht dein *kleiner* Bruder. Ich bin dein Partner. Trotzdem hast du Geheimnisse vor uns, als wären wir noch Kinder, die nicht mit ein paar Problemen umgehen könnten.«

Evangeline blickte von einem der jungen Männer zum anderen und spürte, dass es schon lange nicht mehr um die Baumwolle ging. Falls es überhaupt jemals darum gegangen war.

Zach erhob sich langsam und nutzte seine volle Größe, als er nun auf Seth hinabschaute. »Es ist besser, wenn manche Dinge im Verborgenen bleiben.«

»Besser für wen?« Seth trat näher, sodass Evangeline fast zwischen den beiden Männern feststeckte.

Warum konnte Seth es nicht einfach gut sein lassen? Doch wenn sie ehrlich war, konnte sie Seth verstehen. Diese Geheimnisse vergifteten Zachs Seele. Evangeline spürte es und Seth ganz offensichtlich auch. Jedes Jahr schien Zach sich emotional mehr von ihnen zu entfernen. Nicht dass er früher wirklich offen mit seinen Gefühlen umgegangen wäre, aber in letzter Zeit schien es so, als wolle er sie vor sich selbst beschützen. Was überhaupt keinen Sinn ergab, denn er war ihr Beschützer. Das war er schon immer gewesen.

»Willst du wirklich, dass hier überall Baumwollstaub herumfliegt, Seth? Wird deinem Asthma wahrscheinlich nicht gerade guttun.«

»Du weichst immer noch dem eigentlichen Thema aus, stimmt's, Zach?«

Fäuste ballten sich. Kinne wurden vorgereckt. Gütiger Himmel! Wollten sich die beiden etwa prügeln?

Evangeline stemmte ihre Hände gegen die Brustkörbe ihrer Brüder und schob sie auseinander. Dann rief sie das Erste, was ihr in den Sinn kam.

»Ich habe heute im Wald einen Mann kennengelernt.«

Beide Gesichter wandten sich ihr zu, richteten ihre Feindseligkeit auf sie. »Was?«

Na, immerhin waren sie sich jetzt wieder einig, auch wenn es auf ihre Kosten ging.

Evangeline lächelte. Jetzt musste sie nur noch einen Weg finden, sich aus dieser Sache herauszuwinden, ohne ihren geheimen Plan preiszugeben. »Ich habe heute im Wald einen Mann kennengelernt«, wiederholte sie.

Zachs Augenbrauen hoben sich. »Was für einen Mann?« Er war jetzt vollkommen im Beschützermodus. Wenn es um Evangeline ging, war alles andere vergessen. Hinter seinem rauen Äußeren steckte ein sehr weicher Kern. »Evangeline …«, knurrte er.

Na gut, er konnte diesen weichen Kern auch sehr schnell wieder verbergen. Doch damit wusste sie umzugehen.

»Reg dich nicht auf, Zach. Es war alles ganz harmlos.«

Seth stellte sich mit verschränkten Armen neben Zach. »Nichts ist wirklich harmlos, wenn es mit dir zu tun hat, Evie.«

Wirklich? Damit hatte sie nicht gerechnet. Sie starrte ihren zweiten Bruder fassungslos an. Nur weil es vielleicht diesmal nicht *absolut* harmlos gewesen war – immerhin hatte sie in Logans Lager herumgeschnüffelt und sich in seine Angelegenheiten eingemischt, die anscheinend nicht ganz koscher waren, oder warum sonst hatte er ihr seinen Namen nicht nennen wollen? –, bedeutete das ja nicht, dass sie sich *immer* so benahm.

»Wie hast du ihn getroffen?«, wollte Zach jetzt wissen.

»Er hat mich gerettet«, sagte Evangeline und hoffte, ihren Brüdern so klarzumachen, dass Logan keine Bedrohung darstellte. Doch anstatt sie zu beruhigen, regte ihre Anmerkung die beiden nur noch mehr auf. Seth warf die Arme in die Luft und Zach schnappte sie an der Schulter. Es schmerzte nicht, doch er erwartete eindeutig Antworten.

»Hat dich jemand bedroht?« Er sah sie eindringlich an und entdeckte den leichten Bluterguss, der sich auf ihrer rechten Wange bildete, weil Logan sie zu Boden geworfen hatte. Der blaue Fleck war nicht sehr stark, deshalb hatte sie gehofft, ihre Brüder würden ihn einfach übersehen. Wenigstens konnten sie die Abschürfungen an ihrer Hüfte und den Rippen nicht sehen. »Geht es dir gut?«

»Ja, alles in Ordnung. Und eigentlich war ich auch nie in Gefahr. Es war nur ein albernes Missverständnis.«

Zach beäugte sie skeptisch. »Ein Missverständnis, das einen Fremden dazu gebracht hat zu denken, dass er dich retten müsste?«

Evangeline zuckte mit den Schultern. »Vielleicht hat er angenommen, ich sei das Ziel eines Wildschweinangriffes.« Jetzt klang ihre Stimme leise.

»Hessy.« Wieder diese Synchronität, als ihre beiden Brüder den Namen ihres Haustieres mit einem Anflug von Verzweiflung ausriefen. Aber wenigstens schauten sie sie nicht mehr böse an. Zach ließ sogar ihre Schulter los.

»Jetzt tut doch nicht so, als wäre er die Wurzel allen Übels«, fauchte sie. »Hesekiel ist ein wunderbares Schwein und ein treuer Begleiter.«

»Er ist eine Nervensäge und eine Landplage«, korrigierte Seth sie.

Evangeline wäre ihm vielleicht böse gewesen, wenn in seiner Stimme nicht ein Lächeln mitgeschwungen wäre. Auch Zachs Lippen verzogen sich zu einem krummen Grinsen.

Sie warf ihre Arme um den Hals ihres älteren Bruders und küsste ihn auf die Wange. »Ihr habt ihn doch lieb und das wisst ihr auch.«

Zachs Arme legten sich um ihren Rücken und er drückte sie kurz an sich, bevor er sie wieder losließ. »Ich toleriere ihn.«

Seth verdrehte die Augen, als Evangeline auch zu ihm trat und ihn angrinste. »Weil ihr mich lieb habt.«

Vor allem Zach hätte diese Worte niemals ausgesprochen, doch sein Verhalten und seine unzähligen Opfer innerhalb der letzten Jahre bewiesen es. Also hatte sie sich vor ein paar Jahren dazu entschieden, die Worte für ihn zu sagen.

Zach rollte mit den Augen. »Nerv nicht.«

Sie zog die Nase kraus. »Tyrann.«

Sie grinsten sich an und Evangelines Herz füllte sich mit Liebe für ihre Familie. Sie trat an den Waschtrog, um die Kaffeetassen auszuspülen, doch Seths Stimme erklang hinter ihr.

»Ich glaube, du hast bei deiner Geschichte noch ein paar Details vergessen, Evie. Jetzt erzähl uns von dem Mann aus dem Wald.«

Kapitel 7

Logan stützte einen Ellbogen auf sein Knie, als er sich vorbeugte, um die Kreuzacht, die er gerade gezogen hatte, an die Karoneun zu legen, die mit anderen Karten einen Stapel seines Solitärspieles bildete. Er warf einen kurzen Blick auf den Nachmittagshimmel, an dem die Sonne schon sank, dann nahm er eine weitere Karte von dem Zugstapel in seiner Hand.

Herzdame. Nutzlos. Die konnte er nirgendwo anlegen. Nicht ohne schwarzen König, der auf sie wartete. Anders als der lächerliche Bube, der hier auf seinem Schlafsack saß und jedes Mal zusammenzuckte, wenn es im Gebüsch raschelte.

Logan warf die Dame mit Wut auf den Ablagestapel.

Sie würde nicht kommen. Natürlich nicht. Warum auch? Er hatte sie mit seiner schroffen Art vertrieben. Blödes Gewissen. Warum hatte er auch das Gefühl gehabt, sie warnen zu müssen? Evangeline Hamilton war die perfekte Beute. Naiv, weichherzig und seinem Feind vertraut.

Das Schicksal spielte ihm ein Ass zu und er warf es weg wie ein Idiot.

Vielleicht sollte er froh sein, dass sie ihrem Versprechen nicht folgte und wieder hierherkam. Sie mochte eine perfekte Schachfigur sein, doch sie war vor allem auch eine große Ablenkung. Er musste sich auf das Endspiel seines Planes konzentrieren, darauf, Gerechtigkeit zu erreichen. Was er nicht brauchte, war eine draufgängerische Waldelfe, die ihn mit Rührseligkeit überschüttete, lächerliche Klischees von Hoffnung und Freude zitierte und ihm sagte, dass er mit seinem Pessimismus anderswohin gehen sollte.

Logans Mund verzog sich zu einem Lächeln, als er sich an ihre Worte erinnerte. Sie mochte eine romantische Idealistin sein, doch sie besaß die Entschlossenheit eines Generals, wenn es darum ging, ihre Meinung zu vertreten. Kein Wunder, dass sein Pferd sie sympathisch gefunden hatte.

Ein leises Wiehern erklang hinter ihm.

Apropos Pferd …

Logan erhob sich und seine Augen suchten den Wald ringsherum ab. Sein Herz schlug in seltsamer Vorfreude, während er den Hals reckte und durch das Dickicht zu blicken versuchte. Eine Hand hielt er locker auf dem Kolben seines Revolvers, um sich noch ein letztes bisschen Würde zu bewahren. Doch dann hörte er die leichten Schritte, die sich näherten und die Schamgar schon über ihren sich nähernden Besuch informiert hatten.

Etwas Rotes blitzte durch die Bäume. Dunkelrot wie Wein. Sein Magen spannte sich an und das Herz schlug höher in seiner Brust. Da trat sie zwischen den Bäumen hervor. Ihr Rock schwang weit wegen ihrer entschlossenen Schritte. Die elfenbeinfarbene Bluse mit den zarten roten Streifen passte perfekt zu ihrem Rock und betonte ihre leichten Kurven, die er nur schwer ignorieren konnte. Der hohe Kragen und die hochgesteckten Haare betonten ihren zarten Hals, der ihm gestern, während ihres Zusammenstoßes, gar nicht aufgefallen war.

Sie war wirklich eine beeindruckende Schönheit. Das war ihm natürlich schon gestern bewusst gewesen, aber heute, so ganz ohne Schmutz im Gesicht und Blätter in den Haaren … Heute wirkte sie … frisch. Strahlend. Als hätte sie sich Gedanken um ihr Aussehen gemacht. Seinetwegen.

Ein Hauch Männlichkeit löste seine Gliedmaßen. Er stolzierte auf sie zu, lockerte den Griff an seinem Revolver und streckte stattdessen die Hand nach dem Korb aus, den sie bei sich trug. »Heute ohne Schwein?«

Evangeline schüttelte den Kopf und ihre mysteriösen Augen funkelten. »Das wäre wegen des Essens keine gute Idee gewesen.«

Er hob das Tuch, das den Korb bedeckte, und das köstliche Aroma traf ihn wie ein Schlag. Brot. *Frisches* Brot. Es war sogar *noch warm*.

Logans Mund wurde wässrig und sein Magen knurrte peinlich laut. Er hatte kein frisches Brot mehr gegessen seit … er wusste gar nicht mehr genau, seit wann. Seit dem letzten Mal, als er seine Mutter bei seiner Tante besucht hatte. Wie lange war das jetzt her? Fünf Monate? Sechs?

Der Koch im Holzfällercamp in Ost-Texas, wo er die letzten drei Jahre gewesen war, hatte trockene, krümelige Kekse serviert, die man nur mit Soße hatte herunterwürgen können. Und in den Saloons, die er besucht hatte, um seine spielerischen Fähigkeiten weiter auszubauen, war man eher daran interessiert gewesen, die männliche Lust an Whiskey, Frauen und Gewinnen zu stillen, als an gutem Essen. Jetzt plötzlich mit diesem Duft konfrontiert zu sein, den er anscheinend so schmerzlich vermisst hatte, erregte einen überraschenden Hunger in ihm.

Seine Besucherin kicherte. »Ich sehe, wie Ihnen das Wasser im Mund zusammenläuft. Keine Sorge, ich lasse Sie nicht warten. Es gibt kaum einen größeren Genuss als warmes Brot mit Butter.«

Logan sah sie fassungslos an. »Es gibt auch Butter?«

Die kleine Elfe lachte. »Natürlich. In einem kleinen Tontopf, den Sie im Fluss kühlen können.«

Logan streckte ihr eine Hand entgegen, als sie unwegsameres Gelände erreichten. Rosa zierte ihre Wangen, doch sie legte ihre Hand in die seine und gestattete ihm, ihr über einen kleinen Graben hinwegzuhelfen, der ihren Weg kreuzte. Nicht dass sie seine Hilfe gebraucht hätte – ihre Flucht gestern hatte ihre Trittsicherheit bewiesen –, doch er hatte die Manieren, die seine Mutter ihm beigebracht hatte, nicht vergessen.

Ein Picknickkorb, eine junge Frau in hübschen Kleidern, ein Kerl mit leerem Magen und ein gegenseitiges, unausgesprochenes Verständnis für stichelnde Kommentare – auf einen außenstehenden Beobachter hätte dieser Ausflug wie ein Spaziergang zweier Frischverliebter gewirkt. Doch so unschuldig waren Logans Absichten nicht. Natürlich hätte er dieser jungen Dame oder ihrem guten Ruf niemals geschadet, aber er würde ihr Informationen entlocken. Alle Informationen, die er brauchte, um Gerechtigkeit zu erlangen. Er wollte herausfinden, wie Hamilton arbeitete, was er schätzte, welche Geheimnisse er hatte. Eben alles, was Logan nutzen konnte. Er plante, Evangeline bis ins kleinste Detail auszuhorchen.

Und sie trotzdem nicht zu verletzen.

Das war wahrscheinlich nicht möglich, aber er würde es versuchen. Wenn sein Glück anhielt, würde ihr weiches Herz aufgrund seines eigenen schlimmen Schicksals vielleicht so stark bluten, dass er sie auf seine Seite ziehen konnte. Dann würde sie ihm eventuell sogar *helfen*, ihren Bruder zur Strecke zu bringen.

Sich mit der zarten Elfe zu verbünden, schien ihm plötzlich ein sehr angenehmer Gedanke. Leider waren die Chancen eines Trolls, eine Elfe für sich zu gewinnen, kleiner als die Kante einer Spielkarte. Aber lieber schlechte Chancen als überhaupt keine. Er hatte noch nie aufgegeben, bevor nicht alle Karten ausgespielt waren. Logan wusste, dass er sich Zeit lassen konnte, um seinen Vorteil auszubauen und ihn schließlich bestmöglich nutzen zu können. Er wusste, wie man gewann, und er hatte auch keine Angst davor, alles dafür zu tun.

»Ich war mir nicht sicher, ob Ihre Brüder Sie überhaupt herkommen lassen würden«, sagte er. »Einen Fremden im Wald treffen und so weiter.« Er warf ihr einen schnellen Seitenblick zu. »So, wie Sie sie beschrieben haben, sind sie ja doch recht beschützerisch.«

»Das sind sie«, versicherte sie ihm mit funkelnden Augen. »Aber nachdem ich ihnen von Ihrem beherzten Versuch erzählt habe, mich vor einem angreifenden Wildschwein zu retten, haben sie zugestimmt, dass ich Ihnen einen Essenskorb als Willkommensgeschenk bringe.« Sie grinste ihn an und er hatte das Gefühl, ein Geheimnis mit ihr zu teilen. »Die beiden sind nicht gerade begeistert davon, dass ich ein Wildschwein als Haustier halte, also hat Sie Ihr Versuch, Hessy zu erschießen, gleich in ihrem Ansehen steigen lassen.«

Diese Frau war einfach herrlich. Durch ihre tanzenden Augen und das schelmische Lächeln, das seinen Verstand schier betäubte, brauchte Logan einen Moment, bis ihm wieder einfiel, warum er diese Frage eigentlich gestellt hatte. Natürlich: Er musste wissen, was sie ihren Brüdern über ihn erzählt hatte. Sie wussten, dass er hier war, aber was noch?

»Ich bin trotzdem überrascht, dass keiner der beiden Sie hierherbegleitet hat.«

Sie hob ihr Kinn leicht an. »Die Frauen in der Stadt machen doch oft Nachbarschaftsbesuche ohne männliche Begleitung. Warum sollte ich es anders machen?« Sie verlangsamte ihren Schritt und sah ihn skeptisch an. »Es sei denn, Sie sind nicht der Gentleman, den Sie mir gestern vorgespielt haben.« Sie beugte sich etwas zurück und ihr Lächeln verschwand. »In diesem Falle sollten Sie wissen, dass ich niemals unbewaffnet unterwegs bin. Ich trage ein Messer im Stiefel und Sie können mir glauben, dass ich auch ganz genau weiß, wie ich es zu benutzen habe.«

Wunderbar. Jetzt machte er ihr also Angst. *Du hast noch einen langen Weg vor dir, Logan.* Er trat zurück und versuchte, seinen Charme spielen zu lassen. Seine rechte Hand legte er aufs Herz und verstärkte seinen Südstaatenakzent. »Ich schwöre Ihnen, Ma'am, dass Sie in meiner Begleitung nichts zu befürchten haben. Meine Mutter hat mir beigebracht, Frauen und ihre Tugenden gleichermaßen zu schützen. Ich wundere mich lediglich über das Vertrauen Ihrer Brüder in einen Mann, dem sie noch nie begegnet sind. Wenn Sie meine Schwester wären, wäre ich nicht so vertrauensselig.«

Ein paar Funken kehrten in ihre Augen zurück. »Wenn ich Ihre Schwester wäre, würde ich Ihrem übervorsichtigen Schutz genauso oft entkommen wie dem meiner Brüder.«

Er lachte kurz auf. »Das bezweifle ich nicht.«

Evangeline Hamilton liebte die Freiheit und hatte einen leicht rebellischen Charakterzug. Das ließ sich noch nutzen.

»Außerdem«, sagte sie und zuckte mit den Schultern, »habe ich ihnen genau gesagt, wohin ich gehe und wenn ich in einer Stunde nicht wieder zu Hause bin, wird Zach hierherkommen und Sie erschießen, weil er sich Ihretwegen Sorgen machen musste. Er ist immer sehr vorsichtig, wenn es um mich geht. Das ist süß, aber auch sehr einengend.«

Sie formulierte die Drohung so sachlich, dass Logan nicht sagen konnte, ob sie ernst gemeint war oder nicht. Hamilton hatte schon bewiesen, dass er andere ohne Rücksicht verletzte. Karten, Pistolen – einfach eine andere Art Waffe. Doch jetzt wusste Logan, dass der Mann eine große Schwäche hatte: seine Schwester.

»Dann sollten wir uns lieber beeilen, was?« Er führte sie zu seinem Lager und half ihr, sich auf seinen Schlafsack zu setzen. »Also, was ist da noch drin? Es fühlt sich nach mehr als nur einem Laib Brot an.« Er hob das Tuch und blickte in den Korb, dann stellte er ihn ab und setzte sich ihr gegenüber.

»Räumen Sie ihn ruhig aus«, sagte sie mit leichter Stimme. »Ich wusste ja nicht, was Sie mögen, also habe ich einfach eine Auswahl mitgebracht.«

Eine Auswahl an wahren Schätzen! Verblüfft über ihre Großzügigkeit staunte Logan innerlich, als er eine Köstlichkeit nach der anderen hervorholte. Äußerlich ließ er sich natürlich nichts anmerken. Zusätzlich zu dem Brot und dem Buttertöpfchen hatte sie auch eine rote Marmelade eingepackt. Erdbeere? Er hoffte es, denn das war seine Lieblingsmarmelade. Ein dicker Streifen geräucherter Schinken, eingepackt in braunes Papier. Ein Bund Buschbohnen.

Dann war noch ein Glas übrig. Er griff danach und hielt plötzlich inne. Ehrfürchtig nahm er diesen Schatz aus dem Korb. Pfirsiche. Süße, saftige gelbe Pfirsiche.

Er warf ihr einen schnellen Blick zu. »Die geben Sie mir?« Pfirsiche waren ein Luxus. Ein Geschenk für besondere Anlässe.

Evangeline zuckte die Schultern und senkte ihren Blick in den Schoß. »Wir haben ein paar Bäume neben dem Haus stehen. Ich mache jeden Herbst einige Gläser ein. Ganz bestimmt können wir eins abgeben, um unseren neuen Nachbarn zu begrüßen.«

Bäume neben dem Haus? Logan barg das Glas in seinem Arm, während er versuchte, sich die Emotionen nicht anmerken zu lassen, die gerade in seinem Inneren aufwallten. Seine Mutter hatte ein paar Bäumchen neben der Veranda gepflanzt. Das hatte er vollkommen vergessen. Sie hatte die Pflanzen mit viel Liebe gegossen, damit ihre Wurzeln sich tief in den Boden graben konnten. Er selbst hatte ihnen damals keine Aufmerksamkeit geschenkt und war viel zu beschäftigt damit gewesen, das Land zu erkunden. Was das für Obstbäume waren, hatte er nicht einmal gewusst, da sie gezwungen gewesen waren, das Land zu verlassen, bevor sie Früchte getragen hatten. Doch wenn diese Bäume tatsächlich die Bäume seiner Mutter waren …

Logans Hals schnürte sich zu. Er räusperte sich und zwang sich dazu, das Glas beiseitezustellen, als wäre es nicht das wertvollste Geschenk, das er in den letzten sieben Jahren bekommen hatte. Dann setzte er ein Lächeln auf. »Danke.«

Sie erwiderte sein Lächeln, doch ihre Augen blickten ihn forschend an und er spürte, dass sie sich nicht von seiner aufgesetzten Nonchalance narren ließ.

Logan wandte sich ab und werkelte an dem leeren Korb herum. *Bleib achtsam, Mann.* Er konnte es sich nicht leisten, ihr seine Schwächen zu zeigen. Sie würde dieses Wissen gegen ihn verwenden. Er musste seine Gefühle kontrollieren. Das Spiel in seine Richtung drehen. Alles andere war unwichtig.

Er fand noch zwei weitere Utensilien unten im Korb. Messer – eins, um das Brot zu schneiden, das andere, um die Butter zu verstreichen. Beide nahm er heraus, legte sie auf sein Bein und ergriff den Brotlaib.

»Leisten Sie mir Gesellschaft?«, fragte er und warf ihr einen verstohlenen Blick zu. »Dieser Schatz ist zu groß für mich alleine.«

Sie beugte sich vor, als wolle sie ein Geheimnis mit ihm teilen und flüsterte: »Warum glauben Sie, habe ich die Messer eingepackt?«

Er gluckste. »Eine Mitverschwörerin, ich verstehe.« Dann zwinkerte er ihr zu. »Eine Frau ganz nach meinem Geschmack.«

Evangeline grinste über seinen Scherz, aber seine seltsame Wortwahl fiel ihr dennoch auf. Mitverschwörerin. Was meinte er damit? Oder wollte er einfach nur flirten?

Sie ließ den Blick sinken. Himmel, wie sehr wünschte sie sich, dass er flirtete! Sie war noch nie Empfängerin einer solchen Aufmerksamkeit gewesen und ihr Magen flatterte bei dem Gedanken, dass dieser heldenhafte Retter, der sich mit wilden Tieren anlegte, sie attraktiv finden könnte. Oder vielleicht gar ihre Gesellschaft genoss.

Während das Messer sich durch die knackige Kruste des Brotes arbeitete, sah Evangeline auf und genoss die Möglichkeit, Logan genauer zu betrachten.

Er hatte seinen Bart gestutzt. Ihr Herz schlug schneller bei dieser Erkenntnis. Gestern noch hatte er etwas zerzaust und ungepflegt gewirkt. Irgendwie zottelig.

Heute waren die Zotteln verschwunden und die kurzen Haare betonten seinen kantigen Kiefer. Hatte er das ihretwegen getan? Weil er gut aussehen wollte für sie, wenn sie ihm das Essen brachte? Auch sein Hemd war frisch. Und obwohl seine Stiefel natürlich genauso abgewetzt waren wie gestern, klebte doch kein Schmutz mehr daran.

Evangeline richtete sich etwas gerader auf und strich ihren Rock glatt.

Natürlich konnte es auch sein, dass das alles gar nichts mit ihr zu tun hatte. Vielleicht hatte er einfach heute seinen Waschtag gehabt.

Und doch bestand die Möglichkeit, dass er es für sie getan hatte, um einen guten Eindruck auf sie zu machen. Sie knabberte an ihrer Lippe. Das würde sie jetzt einfach mal so glauben, bis das Gegenteil bewiesen war.

Logan blickte von dem Brotlaib auf, als spüre er ihre Blicke. Evangeline schaute weg. Ihr Blick fiel auf die Butter. »Wenn Sie mir eine Scheibe geben, schmiere ich sie schon mal für Sie.«

»Danke.« In seinen Augen lag nichts als Wärme, als sie ihm die erste, recht ungleichmäßige Schnitte abnahm.

Sie bestrich sie großzügig mit Butter, dann reichte sie sie ihm. »Hier. Ich schneide den Rest.«

»Gute Idee«, sagte er und schüttelte den Kopf über die vier Scheiben, die auf dem Brottuch lagen. Die Oberkante war einen Zentimeter dick, während die Scheiben nach unten hin nicht breiter waren als ein Zahnstocher. »Ich kann das offensichtlich nicht ganz so gut.«

Er reichte ihr das Messer mit dem Griff voran, und ihre Finger berührten sich dabei. Ihre Haut prickelte dort, wo er sie berührte, und ihr stockte der Atem. Er schien gar nicht in Eile, das Messer loszulassen, obwohl sie ihm das frische, warme Brot direkt unter die Nase hielt.

Evangeline verstärkte ihren Griff um das Messer und entzog es ihm. Logan mochte ihr Herz schneller schlagen und ihren Magen flattern lassen, doch sie war klug genug, sich ihren Verstand nicht von diesen flattrigen Gefühlen vernebeln zu lassen. Er war ein Mysterium, das es erst zu entschlüsseln galt, bevor sich zwischen ihnen irgendetwas entwickeln konnte.

Dankbarerweise schien er ihre stumme Botschaft zu verstehen und nahm ihr ohne weiteren Körperkontakt das Brot aus der Hand. Darauf bedacht, sich nicht mehr auf den Mann vor sich, sondern auf ihre Aufgabe zu konzentrieren, machte sich Evangeline daran, den Rest des Brotes in solch symmetrische Scheiben zu schneiden, dass sie einem Architekten zur Ehre gereicht hätten.

Als sie an der zweiten Scheibe war, biss Logan in sein Brot und fing an, mehr als ablenkende Geräusche von sich zu geben. Er stöhnte richtiggehend und stieß wohlige Laute aus, die keine Bäckerin mit einem Funken Stolz hätte ignorieren können.

Sie blickte auf und wurde sofort von dem seligen Ausdruck auf seinem Gesicht gefangen genommen. Mit geschlossenen Augen hatte er den Blick gen Himmel gewandt, und kaute und genoss, als hätte er eine köstliche französische Pastete auf der Zunge anstatt einer herkömmlichen Scheibe Brot.

»Oh … mmmmh …«, brachte er hervor, bevor er sich den Rest der Scheibe in den Mund schob. »Das ist so köstlich.«

Zumindest glaubte sie, das verstanden zu haben. Es war schwer das festzustellen bei seinem vollen Mund.

Sie beeilte sich, ihm eine zweite Scheibe zu schmieren. Sein Genuss war ihr eine absolute Freude, sodass sie ihm wahrscheinlich den ganzen Laib überlassen hätte, wenn er nach der dritten Scheibe nicht darauf bestanden hätte, dass sie auch etwas aß.

Der Mann schüttelte den Kopf und musste erst noch einmal schlucken, bevor er sprechen konnte. »Sie müssen denken, ich wäre von Wölfen aufgezogen worden.« Er legte seine Hand an ihre und führte die ihm angebotene Scheibe in Richtung ihres Mundes. »Bitte. Sie müssen auch etwas essen.«

»Sind Sie sich da sicher?«, neckte sie ihn, während sie versuchte, die Gefühle zu ignorieren, die seine Berührung in ihr auslöste. »Ich glaube nicht, dass ich dieses Brot auch nur halb so intensiv genießen kann wie Sie. Es wäre eine Schande, es an meinen undankbaren Gaumen zu verschwenden.«

»Ich bestehe aber darauf.« Endlich ließ er ihre Hand wieder los und ballte sie zur Faust, um sich gegen die Brust zu schlagen. »Ich schwöre, dass ich keinen weiteren Bissen essen werde, bevor Sie nicht an diesem Festmahl teilnehmen.«

»Nun, das können wir nicht zulassen. Immerhin ist es ein Geschenk. Es wäre schrecklich, wenn ich alles wieder mitnehmen und an Hesekiel verfüttern müsste.«

Logans schockierter Blick wanderte zwischen ihr und dem

Brot hin und her, als fürchte er, sie könne wirklich etwas so Schreckliches tun.

Evangeline lachte. »Hier.« Sie reichte ihm das Buttermesser und biss ein herzhaftes Stück von ihrem Brot ab.

»Das ist mein Mädchen.« Logan grinste und machte sich sofort daran, die fünfte Scheibe zu schmieren, ohne zu bemerken, welche Wirkung seine unbedacht dahingesagten Worte auf sie hatten.

Mein Mädchen.

Sie drangen in ihr Herz, das sich schon seit ihrer Kindheit nach genau dieser Zuneigung gesehnt hatte, und in ihre unerfüllten Träume nach Zugehörigkeit.

Eine ganze Weile lang waren ihr ihre beiden Brüder genug gewesen. Und natürlich liebte sie sie immer noch über alles in der Welt. Doch seitdem sie bemerkt hatte, dass Frauen in ihrem Alter oder sogar noch jünger, sich Männer suchten, mit ihnen zusammenkamen, Familien gründeten und glücklich wurden, war in ihr auch diese Sehnsucht entfacht. Die Sehnsucht nach einem Mann, einem ganz besonderen Mann. Einem, der an ihrem Äußeren vorbeiblickte und ihr Innerstes erkannte. Der ihre zusammengewürfelte Familie akzeptierte und ein Teil davon wurde. Der ihr die Chance geben würde, Mutter zu werden, damit sie ihren Kindern die Liebe und Annahme geben konnte, die sie selbst so schmerzlich vermisst hatte.

Ihre durcheinanderwirbelnden Gedanken nahmen sie dermaßen in Beschlag, dass sie immer langsamer kaute und erst fertig war, als Logan schon zwei weitere Scheiben Brot vertilgt hatte. Schließlich schien er gesättigt zu sein und wickelte den Rest des Brotes in das Tuch ein.

Während er die Enden des Tuches verknotete, suchten seine Augen die ihren. »Das war das beste Brot, das ich jemals gegessen habe, Evangeline Hamilton.« Seine Aufrichtigkeit umspülte sie wohlig und drang in die Risse ihrer Seele, die sich nach Anerkennung und Annahme sehnten. »Sie haben mich an einem Ort willkommen geheißen, der mir in der Vergangenheit nicht viel Freundlichkeit entgegengebracht hat.«

»Gern geschehen.« Was auch immer ihn belastete, sie hätte nichts lieber getan, als seine Wunden zu verarzten und ihn zu heilen.

Evangeline traf eine Entscheidung. Nein, sie legte vielmehr einen feierlichen Schwur ab. Sie würde für diesen Mann ohne Nachnamen beten, der belastende Geheimnisse und mysteriöse Absichten mit sich herumtrug. Sie würde jeden Abend vor dem Einschlafen und jeden Morgen nach dem Aufwachen für ihn beten. Sie würde um Heilung beten, um Segen und für Gottes Weisung auf seinen Wegen.

Als Logan schließlich aufsprang und ihr seine Hand reichte, damit sie sich ebenfalls erheben konnte, erkannte sie, dass sie am besten noch ein weiteres Gebetsanliegen auf ihre Liste setzte: Nämlich dass Gott ihr Herz schützte. Denn sie war auf dem besten Wege, sich innerlich auf ein Drahtseil zu begeben. Und Evangeline fürchtete, dass es kein Netz geben würde, welches ihren Sturz auffangen könnte.

Kapitel 8

Langsam liefen die Dinge aus dem Ruder.

Logan blieb zurück und beobachtete Evangeline, die ähnlich einem Blatt im Herbstwind über den Grund wirbelte, den er in den letzten Wochen gerodet hatte. Seine Brust schmerzte, als er die Freude auf ihrem Gesicht sah.

»Es ist perfekt!« Sie hörte auf, sich um die eigene Achse zu drehen, und schenkte ihm ihr strahlendstes Lächeln. »Oh Logan, es ist wunderschön. Mit Blick auf den Fluss im Norden und die Wälder im Süden und Westen. Und den Bachlauf immer in der Nähe, bis Sie einen Brunnen anlegen können. Einen besseren Ort hätten Sie nicht finden können.«

Und genau deshalb liefen die Dinge ja momentan so aus dem Ruder. Er hatte zwei Tage damit zugebracht, auf seinem Land hin und her zu reiten und den Ort zu finden, den sie am schönsten finden würde. Dann hatte er die letzten fünf Tage darauf verwendet, das Gestrüpp zu entfernen, Wurzeln auszureißen und den Boden zu ebnen, sodass er eine Hütte darauf bauen konnte. Und das alles nicht, um sein Land wertvoller und damit zu einer lukrativeren Beute für Zacharias zu machen, sondern, weil er sich genau das erhofft hatte: ihre Reaktion. Ihre Freude über seine Anstrengungen. Ihren Stolz über das, was er erreicht hatte.

Er hatte es einfach nur getan, um sie glücklich zu machen.

Nun ja, und um eine Ausrede zu haben, sie länger als nur die paar Minuten zu sehen, die er ihr abringen konnte, wenn sie Hesekiel auf seinen Abendspaziergang ausführte. Offensichtlich waren ihre Brüder nicht allzu begeistert darüber, dass sie Zeit mit dem neuen Nachbarn verbrachte und sie hatte das Gefühl, ihre täglichen Besuche auf eine Viertelstunde begrenzen zu müssen, um nicht den Verdacht ihrer Geschwister zu erregen.

Logan hatte nichts dagegen gesagt, doch er hatte sich eine Strategie überlegt, wie er ihr mehr Zeit abringen konnte. Sich selbst sagte er, dass das alles Teil seines Planes war, ihr Informationen zu entlocken, die er dann gegen ihren Bruder verwenden konnte. Doch sie jetzt so zu beobachten, hatte nichts mit seinem nächsten Schritt oder irgendwelchen Racheplänen zu tun. Er genoss einfach ihren Anblick.

»Sie sollten eine Veranda bauen«, verkündete sie und schritt den vorbereiteten Grund ab, dann streckte sie die Arme. »Genau hier.« Ihre Augen funkelten vor Aufregung. »Stellen Sie sich vor, wie wunderschön es wäre, hier auf der Veranda zu sitzen und den Sonnenuntergang zu beobachten.« Sie schlang die Arme um ihre Taille, während sie das Gesicht gen Himmel hob. »Mit einer Tasse Tee in der Hand. Und einem Hund neben sich, der seinen Kopf in Ihren Schoß legt.«

Warum musste sie solch ein Bild zeichnen? Vor allem mit dieser verträumten Stimme, als könne sie in die Zukunft schauen. Er hatte keinen Hund. Und Tee? Er verdrehte die Augen. Ein Mann trank Kaffee. Tee war etwas für Frauen.

Bei dem Gedanken an Frauen änderte sich das Bild vor seinem geistigen Auge. Die Veranda wurde breiter, sodass ein zweiter Stuhl Platz fand. Nein, eine Schaukel. Lang genug für zwei Personen, einen Mann *und* eine Frau. Und da war auch kein Hundekopf auf seinem Schoß. Nein, eine Frau legte ihren Kopf an seine Schulter und er seinen Arm um ihren Rücken. Seine Finger streichelten die ihren, während der Himmel sich grau und orange färbte. Eine Frau mit Feuer und Liebe in den Augen.

»Logan?«

Er zuckte zusammen, als das Bild plötzlich verschwand. »Entschuldigung.« Er räusperte sich und richtete sich auf. »Haben Sie etwas gesagt?«

Ein seltsamer Ausdruck trat auf ihr Gesicht, doch dann erhellte wieder das Lächeln ihre Züge. »Ich habe gefragt, ob Sie sich eine Veranda an Ihrem Haus vorstellen könnten.«

»Es ist nicht *mein* Haus, Eva. Haben Sie das schon vergessen?« *Sein* Haus war momentan besetzt. Von den Hamiltons, um genau zu sein. »Dieses Land ist nur eine Investition.«

Er erwartete, dass sie dagegen argumentierte oder seine trübsinnige Aussage mit einem Achselzucken abtat, wie sie es in den letzten Tagen oft getan hatte, und einfach weiter über die Raumaufteilung des Hauses reden würde. Stattdessen trat sie an den Rand der imaginären Veranda und starrte ihn an.

»Haben Sie mich gerade Eva genannt?«

Logan zuckte zusammen. »Mögen Sie das nicht?«

»Das ist es nicht. Mich … nennt einfach niemand so.« Sie hob das Kinn, als sei sie zu einer Entscheidung gekommen. »Aber es gefällt mir. Viel schicker als Evie.«

»So nennen Sie Ihre Brüder?« Er kam zu ihr herüber. Wenn er es schaffte, dass sie über ihre Brüder sprach, konnte er für heute wenigstens noch einen Erfolg für sich verbuchen. Und all das Roden und Landbegradigen wäre den schmerzenden Rücken und die Blasen an den Händen wert.

Sie lächelte liebevoll. »Ja. Es sei denn, sie sind sauer auf mich.« Sie verknautschte ihr Gesicht, um es ihm vor Augen zu malen, doch sie wirkte nicht verärgerter als ein Katzenjunges. »Dann nennen sie mich E-van-ge-line.«

Er lachte. Sie schaffte es vielleicht nicht, einen ärgerlichen Gesichtsausdruck aufzusetzen, doch sie imitierte perfekt die Stimme eines gereizten Bruders.

Vergnügt lachte sie mit ihm zusammen, nahm den ihr angebotenen Arm und ließ sich in Richtung des Baches führen. »Ich weiß nicht, wie ich reagieren würde, wenn sie mich anders nennen würden als Evie. Seit der Kindheit ist das mein Name.« Sie blickte ihn scheu von der Seite her an. »Aber *Sie* können mich Eva nennen.«

Sein Puls beschleunigte sich, als sie ihm diese spezielle Intimität gestattete, doch bevor er sich selbst deshalb rügen konnte, wirbelte Evangeline an seiner Seite voller Freude um die eigene Achse. Dann blieb sie stehen und strahlte ihn an.

»Vielleicht könnte ich Sie Gan nennen. Oder Lo.«

Er verzog angewidert das Gesicht, was ihm ein Kichern einbrachte.

»Oh, ich weiß!«, rief sie aufgeregt und stellte sich dicht vor ihn. »Log. Sehr stark und männlich, finden Sie nicht?«

Er verdrehte die Augen. »Trommeln Sie ein paar von uns zusammen und Sie haben im Nu ein Haus vor sich stehen.«

Sie lachte tief und laut, bis sie sich eine Träne aus dem Augenwinkel wischen musste. Aus dem des blauen Auges. Das lebhafte, funkelnde Blau strahlte Freude aus, ebenso wie ihr braunes Auge Wärme. Eine perfekte Kombination, die ihn in den letzten Tagen mehr und mehr angezogen hatte.

»Vielleicht sollten wir einfach bei Logan bleiben.« Nach diesem mürrischen Kommentar zog er sie weiter in Richtung Bachlauf, und starrte dabei auf den Boden vor sich anstatt auf die Waldelfe an seiner Seite.

»Das wäre wahrscheinlich am besten«, stimmte sie zu und immer noch färbte das Lachen ihre Stimme. »Obwohl es wirklich unsportlich von Ihnen ist, einen Namen zu haben, den man nicht abkürzen kann. Zacharias heißt Zach. Hesekiel Hessy. Obwohl, Seth können wir ja auch nur Seth nennen, also sind Sie doch in guter Gesellschaft.«

Eine angenehme Stille entstand zwischen ihnen, als die Bäume um sie herum dichter wurden und das Plätschern des Baches sie näher an ihr Ziel zog. Logan hatte heute Morgen nach dem perfekten Ort für eine Unterhaltung gesucht. Abgeschieden sollte er sein, vielleicht sogar ein wenig romantisch. Ein typischer Ort, an dem sich eine Frau wohlfühlte und aller Wahrscheinlichkeit nach ihren inneren Schutzschild sinken lassen würde. Diese Kurve im Bachlauf nun hatte alles, was er sich wünschte: einen malerischen Blick auf die Stelle, wo das Wasser zwischen Steinen entlangplätscherte und sich dann in einem kleinen Wasserfall einen Felsen hinunterstürzte, zudem Eichen und Pekannuss-Bäume, die Schatten spendeten. Und darüber hinaus hatte er selbst einen dicken Baumstamm näher ans Ufer gezogen, wo dieser als Bank diente.

Als sie um die Kurve gegangen waren und Eva den Atem anhielt, stieg die Aufregung in ihm. »Ich hatte gehofft, dass es Ihnen gefallen würde.«

»Es ist wunderschön.« Sie wandte ihm ihr strahlendes Gesicht zu und sein Herz zog sich vor Freude über die Wertschätzung seines Geschenkes zusammen. »So etwas haben wir auf unserem Land nicht. Es gibt einen kleinen Teich, der sehr hübsch anzuschauen ist«, sagte sie, während sie sich wieder dem Bachlauf zuwandte, »aber nichts, das hiermit zu vergleichen wäre. Ich könnte stundenlang hier sitzen.«

»Tja, wir haben vielleicht keine Stunden«, sagte Logan, als er auf den Baumstamm zu ihrer Linken zeigte, »aber ich kann Ihnen einen handverlesenen Sitzplatz und eine nur wenig fragwürdige Gesellschaft anbieten, wenn Sie sich vor Ihrem Rückweg noch mal ein wenig ausruhen wollen.«

»Tja, mein Lieber. Bei der fragwürdigen Gesellschaft bin ich mir nicht sicher.« Ihre Augen tanzten. »Ich muss an meinen guten Ruf denken.«

Logan spielte mit. Natürlich nur, um ihr zu schmeicheln. Es war alles Teil seiner Verführungsstrategie und auf keinen Fall hatte es etwas damit zu tun, dass sich sein Herz so viel leichter anfühlte, wenn sie sich neckten.

»Ich habe mich nicht richtig ausgedrückt. Ich meinte *fragende* Gesellschaft.« Er beugte sich zu ihr und schenkte ihr sein gaunerhaftestes Grinsen. Obwohl er keine Zeit gehabt hatte, es zu üben, da er in den letzten Jahren stets darauf bedacht gewesen war, sein Pokerface zu wahren, errötete sie. Teil eins seines Planes war damit erfolgreich gemeistert. »Ich werde Sie gnadenlos ausfragen, meine Dame.«

»Mich ausfragen? Aus welchem Grund, mein Herr?« Ihr Lächeln blieb bestehen, doch ein vorsichtiger Ausdruck erschien in ihren Augen.

»Natürlich, damit ich Sie besser kennenlerne.« Er wackelte mit den Augenbrauen. »Sie sind die faszinierendste Nachbarin, die ich jemals getroffen habe.«

Evas Blick wanderte zum Wasser hin, bevor sie ihn schüchtern anblickte. »Das bezweifle ich.«

»Es stimmt aber.« Und das tat es tatsächlich. Wieder beugte er sich zu ihr und senkte seine Stimme zu einem rauen Flüstern. »Bei meiner letzten Wohnstätte lebte links ein Apotheker mit Hakennase, der sich ständig bei meiner Mutter beschwerte, dass ihre Blumen sich in seinem Garten ausgebreitet hatten. Anscheinend reagierte er allergisch darauf.«

Eva hob argwöhnisch eine Augenbraue, doch Logan nickte und hob die rechte Hand, um seine Aufrichtigkeit zu bezeugen. Mr Pickwick war ein sehr unangenehmer, aber auch sehr realer Nachbar gewesen. Aber nichts im Vergleich mit Mrs Abernathy. »Auf unserer rechten Seite lebte eine sechzigjährige Witwe, die jedes Wort so laut schrie, als wäre nicht sie die Taube, sondern alle anderen um sie herum.«

Eva kicherte leise und die Vorsicht verschwand aus ihren Augen.

Logan führte sie zu seiner improvisierten Bank. »Sie sehen also, dass Sie all meine Nachbarn überstrahlen.«

»Tja, in diesem Fall kann ich wohl schlecht ablehnen.« Sie richtete ihren dunkelgrünen Rock, denselben, den sie am Tag ihres Kennenlernens getragen hatte, und setzte sich. Sein Baumstamm war etwas tiefer als eine normale Bank, also ergriff er ihren Ellbogen und half ihr. Sie lächelte dankbar und wartete darauf, dass er sich zu ihr setzte.

»Dann erzählen Sie mir doch mal von Ihrer Familie«, wagte er sich vor. »Unabhängig von der Tatsache, dass Sie jedes Mal unversehrt zurück nach Hause gekommen sind, bin ich doch erstaunt, dass keiner Ihrer Brüder hierhergekommen ist, um mir zu drohen, dass ich Sie in Ruhe lassen soll.«

»Zach hat drüber nachgedacht.« Sie grinste. »Aber nach unserem ersten Treffen und dem Willkommensessen, das ich Ihnen gebracht habe, war ich eher verschwiegen, was unsere Treffen angeht, deshalb sieht er wohl keinen Grund.« Sie ließ ihre Augen über den Bach wandern und legte die Arme um die Knie. »Er ist es gewohnt, dass Männer Abstand zu mir halten. Und ich zu ihnen.«

Wenn Arnold Dunn aus der Lucky Lady ein Beispiel dafür war, wie die Männer hier in der Gegend über Evangeline Hamilton dachten, war das der Beweis, dass diese Stadt voller Idioten war.

»Was ist mit Seth?«, fragte Logan weiter, da er die Unterhaltung zurück auf ihre Brüder lenken wollte. Wenn er zu lange über die verletzten Gefühle dieser wunderschönen Frau an seiner Seite nachdachte, würde ihn das nur von seinen Plänen abbringen. »Ist er denn kein Beschützertyp?«

»Er ist mehr der Scheltende.« Man hätte nach dieser Aussage ein entnervtes Seufzen erwartet, doch Evangelines Stimme war weiterhin voller Zuneigung. »Da wir in so jungen Jahren zu Waisen geworden sind, haben Seth und Zach mich großgezogen. Zach war der ältere, also hat er sich um unseren Lebensunterhalt gekümmert. Er war manchmal tagelang unterwegs und hat jede Arbeit angenommen, um genug Essen nach Hause zu bringen, damit wir überleben konnten. Eine große Verantwortung für so einen jungen Menschen.«

Logans Kiefer spannte sich an. Ihre Anerkennung für die Taten ihres Bruders war für ihn nur schwer zu ertragen. Vielleicht hatten sie wirklich schwere Zeiten hinter sich, aber das entschuldigte nicht, was Hamilton später Logans Familie angetan hatte. Wenn er genug Geld gehabt hatte, um sich in Kartenspiele mit hohen Einsätzen einzukaufen, hatte er auch genug Geld zu Verfügung gehabt, mit dem er seine Familie hätte versorgen können, ohne die Existenzgrundlage eines anderen Mannes zu stehlen.

Eva schwieg eine Weile und ließ den Blick über den Bachlauf schweifen. »Er mag damals wie ein Mann ausgesehen haben, weil er groß war und schon Bartflaum hatte. Aber Tatsache ist, dass er erst dreizehn Jahre alt war, als er sich dazu entschieden hat, sich um unsere kleine Familie zu kümmern.«

Ihre Mundwinkel spannten sich an und Falten entstanden auf ihrer Stirn. Als sie fortfuhr, lag eine Heftigkeit in ihrer Stimme, die vorher nicht da gewesen war. »Er hätte das nicht tun müssen. Sich um uns kümmern, wissen Sie.« Sie warf Logan einen schnellen Seitenblick zu, bevor sie sich wieder abwandte. Die Verbindung zwischen ihnen dauerte nur einen Herzschlag, und doch versengte sie ihn in ihrer Leidenschaft. »Er hätte sich auf einer Farm anstellen lassen und dort einen guten Lohn bekommen können. Er hätte ein Zuhause haben können und Sicherheit. Aber er hat geschworen, uns zusammenzuhalten und genau das hat er auch getan.« Ihre Stimme wurde wieder weicher. »Manchmal frage ich mich, was er wirklich dafür tun musste, um uns zu ernähren, ob er vielleicht schlecht behandelt oder ausgebeutet wurde. Aber er hat sich nie beschwert. Er hat einfach getan, was getan werden musste. Hat uns zusammen und am Leben gehalten.«

Logan wusste ganz *genau*, was Hamilton getan hatte. Er war zu einem Betrüger und zu einem Dieb geworden.

Da zupfte ein unangenehmes Gefühl an Logans Gewissen. Was war denn aus *ihm* geworden? Was hatte *er* getan, um den rechtmäßigen Besitz seiner Familie wieder zurückzubekommen? Viele Menschen sahen Spieler nicht anders an als Diebe. War er nicht genauso geworden wie der Mann, der den ganzen Schaden angerichtet hatte?

Wütend biss er die Zähne zusammen. Das war etwas vollkommen anderes, denn *er* war vollkommen anders. Er hatte niemals betrogen und niemals einen Gewinn von Männern genommen, die sich einen Verlust nicht leisten konnten. Jedenfalls nicht, dass er wüsste. Wieder zog sich sein Herz zusammen. Er mochte Gesichter lesen können, Gedanken aber nicht. Im Endeffekt war es nicht seine Schuld, wenn Leute mehr setzten, als sie sich leisten konnten.

Eine bleierne Schwere senkte sich über ihn. Zacharias Hamilton hatte wahrscheinlich genauso argumentiert, als er sich das Fowler-Land unter den Nagel gerissen hatte.

Er wollte sich nicht in seinem Feind widerspiegeln. Oder sich den kaltherzigen Mann, der das Leben seines Vaters gestohlen hatte, als einen Not leidenden jungen Mann vorstellen, der sich nur um das Wohl seiner Familie gesorgt hatte. Mitgefühl hatte er nicht für seinen Erzfeind empfinden wollen – sein Plan war gewesen, ihn besser kennenzulernen.

»Hört sich an, als wäre Ihr Bruder ein guter Mann.« Logan zwang die Worte über seine Lippen, obwohl sie ihm fast im Halse stecken blieben. Er musste Evas Vertrauen gewinnen. Nur darum ging es doch.

»Das ist er«, sagte sie mit unerschütterlicher Überzeugung. Diese arme, verblendete Frau.

»Und Seth?« Logan wechselte das Thema, da er Angst hatte, sich verdächtig zu machen, wenn er weiter nach Zacharias fragte.

Eva lehnte sich leicht zurück. »Seth hat eine schwache Lunge. Asthma, sagt der Arzt. Was bedeutete, dass er bei mir bleiben musste, als wir noch klein waren und sich um mich gekümmert hat.« Sie lachte leise. »Der Arme. Genau das wünscht sich doch jeder Junge – mit der kleinen, quengeligen Schwester daheim bleiben zu müssen und auf sie Acht zu geben.«

Logan schnaubte. »Ich kann mir nicht vorstellen, dass Sie jemals quengelig waren.«

Das Lächeln, welches er schon richtig vermisst hatte, erblühte von Neuem auf ihrem Gesicht. »Ich hatte meine Momente. Ich kann ein regelrechter Quälgeist sein, wenn ich mir etwas in den Kopf gesetzt habe.«

»*Das* glaube ich sofort.« Er rieb sich mit der Hand über den Unterkiefer. »Ich kann mich noch gut an den Schlag erinnern, den Sie mir verpasst haben.«

»Wenn wir ehrlich sind, haben Sie doch angefangen.« Sie stupste ihn mit der Schuler an und ihre Augen funkelten.

Wer hätte gedacht, dass es einen Mann so glücklich machen konnte, eine Frau zum Lächeln zu bringen?

»Seth ist mein bester Freund«, sagte Eva jetzt mit ernstem Blick. »Er ist der klügste Mensch, den ich kenne. Verbringt die ganze Zeit mit Lesen und vollbringt wahre Wunder mit unseren Finanzen. Zach war unser Versorger, aber Seth hat dafür gesorgt, dass wir von dem leben konnten, was Zach nach Hause gebracht hat.«

Wie falsch hatte er damit gelegen, dass Evas fröhliche Natur einem unbefangenen Leben entsprang. Sie hatte gelitten, vielleicht sogar mehr als er selbst. Sie hatte ihre Eltern verloren und in Armut gelebt. Trotzdem hatte die Dunkelheit der Not keinen Schatten auf ihre Seele geworfen. Diese strahlte immer noch mit einer Brillanz, die ihm den Atem raubte.

»Jahre haben wir gebraucht, um herauszufinden, wie wir Seths Leiden in den Griff bekommen. Jedes Mal, wenn Zach es geschafft hatte, ein paar Münzen extra zu verdienen, hat er Seth zu einem Arzt geschleppt. Er hat alles ausprobiert, was man ihm dort geraten hat. Räucherstäbchen, Asthmazigaretten und alle Mittelchen, die die Apotheke zu bieten hatte, aber nichts hat geholfen. Schließlich hat Zach das alles für Quacksalberei erklärt und Seth dazu gebracht, all seine täglichen Aktivitäten aufzuschreiben – was er aß, wohin er ging, was er tat. Und vor allem, wann er seine Anfälle hatte. Irgendwann haben sich dann Muster ergeben. Das war eine brillante Idee, und irgendwo auch sehr wissenschaftlich. Es hat Jahre gedauert und ich glaube, Seth führt sein Buch immer noch, aber irgendwann hat sich herausgestellt, dass Staub, Rauch und Katzen seinen Gesundheitszustand verschlechtern. Kaffeetrinken, leichte Bewegung und Fischessen verhindern Anfälle.«

Logan kämpfte gegen ein Kopfschütteln an. Wieder einmal war Hamilton der Held. Der Beschützer der Kranken und Schwachen. Der Recke in ihrer Geschichte wollte nicht recht zu dem Bösewicht in seiner eigenen passen. Hamilton verdiente Evas Loyalität nicht, diese Verehrung. Er war doch ein Dieb. Und ein Mörder.

Eva zuckte die Schultern und hatte dank seines Pokertrainings keine Ahnung von Logans Gedanken. »Ich weiß zwar nicht, wie die Ernährung die Lunge beeinflussen kann«, sagte sie, »aber ich merke, dass es so ist. Seth geht heute jeden Tag angeln und er hat keine Anfälle mehr, es sei denn, er überanstrengt sich. Und wir haben ein System. Gleich am Morgen geht er in den Garten und arbeitet. Wenn der Wind noch nicht auffrischt, kommt er sehr gut zurecht. Ich übernehme dann später, wenn er merkt, dass es anstrengend für seine Lunge wird. Die meiste Zeit des Tages verbringt er im Haus, wo er seine Umgebung kontrollieren kann, dann geht er nachmittags an den Fluss, um sein Abendessen zu fangen.«

Endlich etwas, das Logan nutzen konnte. Er speicherte die Information in seinem Kopf ab. Es war immer gut zu wissen, wann die Leute sich wo aufhielten. Dann war es leichter, sich genauer umzuschauen, ohne erwischt zu werden.

»Ich verdanke meinen Brüdern mein Leben«, erklärte Eva und wandte sich so weit um, dass sie Logan fest in die Augen schauen konnte. »Vor allem Zach. Er hat seine Zukunft geopfert, um meine zu sichern. Es gibt nichts, was ich nicht für ihn tun würde.«

Logan nickte freundlich, auch wenn ihm die Warnung, die in ihren Worten mitschwang, in den Ohren klingelte. Ihre Loyalität lag ganz klar bei ihren Brüdern. Und auch wenn Logan es hasste, musste er zugeben, dass Zach bei seiner Schwester alles richtig gemacht hatte. Obwohl sie nicht einmal wirklich mit ihm verwandt war, wenn man den Gerüchten in der Stadt Glauben schenken konnte.

Eva auf seine Seite zu ziehen, würde ein schwerer Kampf werden, das war ihm nun klar. Hamiltons Perfidität ans Licht zu bringen, würde nicht ausreichen. Er musste seine Chance nutzen. Er würde weiter hier sitzen und ihren Lobhudeleien auf ihren Bruder lauschen, wenn sich ihm auch der Magen dabei umdrehte. Eva war ein zu großer Pluspunkt in seinem Spiel und er durfte es sich mit ihr nicht verscherzen.

Kapitel 9

Evangeline warf einen verstohlenen Blick auf den Mann neben sich. Irgendetwas schien anders zu sein. Die Atmosphäre zwischen ihnen war plötzlich angespannt und unangenehm geworden, obwohl sich auf Logans Gesicht nichts dergleichen erkennen ließ. Er nickte ihr zu, seine Züge offen und höflich.

Vielleicht war das das Problem. Der Funke war erloschen.

Wahrscheinlich hatte sie zu lange über ihre Brüder gesprochen. Sie hatte sich gewünscht, dass Logan verstand, wie wichtig sie ihr waren, aber anscheinend hatte sie durch ihre Worte nur eine seltsame Distanz zwischen sich selbst und Logan geschaffen.

»Tut mir leid. Ich langweile Sie, nicht wahr?« Sie lächelte entschuldigend.

Logan lehnte sich zurück und seine Augen wurden groß. »Nein, auf keinen Fall.« Seine Finger fanden ihre Hand und er ergriff sie. »Vergeben Sie mir, wenn ich Ihnen den Eindruck vermittelt habe, dass ich nicht interessiert wäre. Nichts könnte der Wahrheit ferner liegen.«

Er fuhr mit dem Daumen über ihren Handrücken und ein angenehmes Schaudern überzog ihre Haut.

Logan schüttelte den Kopf, seine grauen Augen voller Bedauern. »Ich muss Ihnen ein Geständnis machen.« Er warf ihr einen unsicheren Blick zu und Evangelines Herz schmolz wie Sahne auf einem heißen Apfelkuchen. »Ein Geständnis, nach dem Sie vielleicht entscheiden werden, dass ich Ihrer Gesellschaft nicht würdig bin.«

Seine Finger um ihre Hand verspannten sich, als hätte er Angst, dass sie sich von ihm losmachen würde. Doch so war sie nicht. Sie wandte sich nicht von einem Freund ab, nur weil er etwas getan haben mochte, was die Gesellschaft nicht akzeptierte.

Was andere für gut und richtig hielten, war ihr vollkommen egal. Von engstirnigen Menschen, die nichts Besseres zu tun hatten, als tagein tagaus über andere zu urteilen, würde sie sich nicht ihre Meinung diktieren lassen. Sie traf ihre Entscheidungen selbst.

Er musste diese Wahrheit auf ihrem Gesicht erkannt haben, denn seine Augen fingen an zu strahlen. »Die Art und Weise, wie ich an das Geld gekommen bin, um dieses Land zu kaufen, war nicht gerade … traditionell. In den letzten Jahren habe ich in Holzfällerlagern gearbeitet, um meine Mutter und mich über die Runden zu bringen, aber als ich mich dazu entschieden habe, in Land zu investieren, brauchte ich mehr Kapital. Also … habe ich mein Einkommen am Pokertisch aufgebessert. Deshalb dachten Sie wohl gerade, ich sei nicht an Ihrer Geschichte interessiert. Ich habe jahrelang trainiert, meine Gefühle nicht nach außen dringen zu lassen. Vielleicht habe ich das zu gut trainiert.« Er blickte ihr in die Augen und wartete zweifellos auf ihre Verurteilung.

Obwohl sie alles andere als begeistert war, dass der Mann, für den sie sich interessierte, diese nicht gerade ehrenwerte Methode gewählt hatte, um sein Vermögen zu mehren, würde sie ihn nicht verurteilen. Jeder konnte sich schließlich bessern.

Bevor sie jedoch etwas in diese Richtung sagen konnte, fuhr er schnell fort.

»Ich weiß, es ist ein verabscheuungswürdiger Zeitvertreib.« Der Druck um ihre Hand wurde wieder größer. »Ich habe mich nur aus purer Verzweiflung dafür entschieden und als ich festgestellt habe, dass ich Talent hatte, habe ich meine moralischen Prinzipien hintangestellt, um meine Familie zu ernähren. Aber ich verachte die Spielerei. Ich habe schon zu viele Leben gesehen, die dadurch zerstört wurden.«

Nun, das klang doch vielversprechend. Evangelines Stimmung hob sich wieder. Er war doch halbwegs rehabilitiert.

»Eines dieser Leben war das meines Vaters. Vor einigen Jahren lockte man ihn in ein Spiel. Er pokerte hoch und verlor alles. Da er nicht mit dieser Schande leben konnte, hat er sich umgebracht.«

»Logan.« Sein Name kam klagend über ihre Lippen. Tränen trübten ihren Blick, als ein kaum zu ertragender Schmerz durch ihre Brust schoss.

Sie wusste, wie schlimm es war, die eigenen Eltern zu verlieren, doch ihre waren an einer schweren Krankheit gestorben. Sie hatten sie nicht willentlich im Stich gelassen. Welche Qualen musste Logan durchgestanden haben, seinen Vater auf diese schreckliche Art und Weise zu verlieren? Sie konnte sich seine Verzweiflung kaum vorstellen. Die Hilflosigkeit und die Wut, die er empfunden haben musste.

Evangeline berührte mit der freien Hand sein Knie. Sie wollte ihm irgendwie Trost spenden. »Es tut mir so schrecklich leid.« Die Worte waren irgendwie zu klein, zu unzureichend, doch etwas anderes wollte ihr nicht einfallen. Nichts, was sie sagte, konnte seine Situation verbessern. Nur die Zeit und Gottes Gnade konnten seine Wunden heilen.

Logan wandte sich ihr zu und unternahm jetzt keinen Versuch mehr, seine Gefühle zu verbergen. Purer Schmerz stand ihm ins Gesicht geschrieben. »Jedes Jahr rutscht meine Mutter weiter und weiter in ihre Melancholie und ich muss hilflos zuschauen.« Etwas Wildes loderte in seinen Augen. »Ich investiere nicht nur in dieses Land, um finanziell abgesichert zu sein, Eva. Dieser Kauf dient einem viel größeren Ziel. Er ist der erste Schritt auf dem Weg zu Gerechtigkeit und Wiedergutmachung gegen den Mann, der meinen Vater betrogen und unsere Familie zerstört hat. Das ist alles, was ich für meine Mutter tun kann, um sie aus dem Dunkel zu holen. Dem Dunkel, das sie zu verschlucken droht.« In seiner Stimme schwangen eine Rechtschaffenheit und eine Intensität mit, die ihr fast Angst machten. Für einen kurzen Moment funkelten seine Augen, dann senkte er den Blick in den Schoß und sein Ton wurde weicher. »Was müssen Sie jetzt nur von mir denken?«

Sie dachte, dass er unglaublich mutig war, diesen Teil seines Herzens mit ihr zu teilen. Was dieser Mann ertragen hatte! Sie machte ihre Finger los, nur um seine mit beiden Händen zu umfassen. »Gerechtigkeit ist wichtig, Logan. Zu viele Menschen leiden, weil die Leute zu ängstlich sind, Stellung zu beziehen oder zu beschäftigt mit ihren eigenen Problemen, um sich einzumischen. Ich bewundere Sie dafür, dass Sie die Dinge wieder zurechtrücken wollen, aber …«

Nein, das sollte sie nicht sagen. Er brauchte ihre Einmischung nicht. Er brauchte ihr Mitgefühl.

Er hob herausfordernd eine Augenbraue. »Aber?«

Sie schüttelte den Kopf. »Nichts.«

»Es ist nicht nichts, Eva.« Er hob ihre Hand und schüttelte den Kopf. »Sagen Sie es mir.«

Sie knabberte an ihrer Unterlippe.

»Eva?«

»Was ist mit Ihrer Mutter?«, brach es schließlich aus ihr heraus. »Glauben Sie nicht, dass sie *Sie* mehr braucht als Ihre Rache?«

»Es geht nicht um Rache, sondern um Gerechtigkeit.« Er biss die Zähne zusammen und zog seine Hände weg.

Eva sank in sich zusammen. Sie hatte gewusst, dass sie besser den Mund gehalten hätte.

»Und ich war ja auch bei ihr. Sieben Jahre lang. Erst die letzten drei Jahre habe ich in den Holzfällerlagern gearbeitet. Sie lebt bei meiner Tante und ich besuche sie regelmäßig. Aber meine Gegenwart scheint ihr nicht zu helfen. Sie verbringt die meiste Zeit des Tages in ihrem Zimmer, näht oder liest oder liegt einfach nur im Bett. Wir sehen uns nur bei den Mahlzeiten und selbst dann spricht sie kaum mit mir.« Er hielt inne. Schluckte. »Ich glaube, sie sieht meinen Vater, wenn sie mich anschaut.« Er fuhr sich mit der Hand übers Gesicht. »Sie hat ihn damals gefunden. In der Scheune. Als er es getan hatte.« Er seufzte so trauervoll, dass es Evangelines Herz brach. »Ich war mal wieder unterwegs. Habe nicht einmal den Schuss gehört. Als ich zum Abendessen nach Hause kam, hatte sie schon das Blut weggewaschen und seine Leiche mit ihrem besten Tischtuch zugedeckt. Sie hat mich losgeschickt, um den Bestatter zu holen. Hat nicht zugelassen, dass ich etwas anderes zu sehen bekomme, als die unversehrte Seite seines Gesichtes. Ich habe immer wieder versucht, mir vorzustellen, was es für sie bedeutet haben muss …« Er schüttelte den Kopf, beugte sich vor und stemmte die Ellbogen auf die Oberschenkel. Sein Gesicht verbarg er in den Händen.

Evangeline streichelte seinen Rücken, während Tränen über ihre Wangen strömten. »Quälen Sie sich nicht, Logan. Sie hat Ihnen diese Last absichtlich erspart. Aus Liebe. Eine Mutter beschützt ihren Sohn.«

Seine Schultern zuckten, doch er atmete tief ein und richtete den Blick gen Himmel, um seine Selbstkontrolle zurückzugewinnen. »An diesem Tag hat sie alles verloren. Ihren Mann, ihr Heim, ihre Zukunft. Jetzt lebt sie von den Almosen ihrer Schwester, in einem Haus, das nicht ihr gehört, mit einem Gewicht auf den Schultern, das jeden Tag schwerer zu werden scheint. Sie lächelt nie. Lacht auch nicht. Und nichts, was ich tue, scheint ihr zu helfen.«

Und das war die Krux an der Sache. Evangeline legte ihren Kopf an seine Schulter. Erinnerungsfetzen des Zugunglücks schossen ihr durch den Kopf. Zwar konnte sie sich nur noch an wenige Details erinnern. Zu jung war sie damals gewesen und Zach hatte sie damals, so gut er konnte, von Hamilton ferngehalten. Doch sie wusste noch, wie hilflos sie sich damals gefühlt hatte und wie beraubt. Und wie sie schließlich angefangen hatte, sich selbst Vorwürfe zu machen. Denn wenn sie und ihre blöden Augen nicht gewesen wären, hätte Hamilton ohne Probleme eine Familie gefunden, lange bevor der Zug verunglückt war.

Zum Glück aber hatte sie die vielen positiven Erinnerungen gehabt, an die sie sich hatte klammern können, und neue Brüder, die sich um sie gekümmert hatten. Irgendwann war das Lachen zurückgekommen und schließlich, dank etwas göttlichen Beistandes, war die Erde wieder ein Ort der Schönheit und Hoffnung geworden. Doch leider schien Logans Mutter in der Dunkelheit festzustecken, gefesselt von der Vergangenheit und außerstande, in die Zukunft zu blicken.

Logan sprang auf und Evangeline musste um ihre Balance ringen. »Meine Mutter verdient Wiedergutmachung«, rief er aus. »Sie verdient Gerechtigkeit. Vielleicht kann sie dann Frieden finden.«

»Frieden entsteht nicht außerhalb eines Menschen«, murmelte Evangeline leise. »Sie können ihn ihr nicht schenken, Logan. Sie muss ihn in sich selbst finden.«

Er wandte sich nicht zu ihr um. Da er einfach nur steif dastand und ihr den Rücken zudrehte, wusste sie nicht, ob er sie gehört hatte. Jedoch musste sie auch den Rest der Worte sagen, die in ihr nach außen drängten.

»Es gibt nur einen, der Frieden schenken kann. Er klopft an das Herz ihrer Mutter, auch jetzt. Aber es ist an ihr, ihm zu antworten.«

Stille herrschte. Eine angespannte, geladene Stille. Doch er stürmte nicht davon. Er drehte sich nicht um und beschimpfte sie, dass sie sich um ihre eigenen Angelegenheiten kümmern sollte. Auch vertrieb er sie nicht von seinem Land. Das hätte schon mal auf jeden Fall schlechter laufen können.

»Ich hatte einmal einen anderen Bruder«, sagte sie, schockiert über ihre eigenen Worte. Sie erhob sich und trat hinter Logan.

Evangeline sprach nie von Hamilton. Jedenfalls nicht außerhalb ihrer kleinen Familie. Ihre Brüder hatten ihr beigebracht, ihre Vergangenheit hinter sich zu lassen, als sie noch viel jünger gewesen war. Das war damals notwendig gewesen. Doch jetzt waren sie erwachsen. Jetzt konnte man sie nicht mehr trennen. Und der Zeitpunkt fühlte sich richtig an. Dieser Augenblick fühlte sich richtig an.

»Er und ich standen uns sehr nahe«, sagte sie mit steifen Worten. »Wir waren unzertrennlich, nachdem unsere Eltern gestorben waren. Er hatte so einen guten Charakter und wusste immer genau, was er sagen musste, wenn es jemandem schlecht ging.

Alle haben ihn geliebt. *Ich* habe ihn geliebt.« Sie atmete zitternd ein. »Er ist gestorben, als der Waisenzug in den Westen entgleist ist. Ich war erst vier Jahre alt, aber ich weiß noch genau, wie unglaublich schmerzhaft dieser Verlust war. Ich erinnere mich daran, dass ich mir Selbstvorwürfe gemacht habe. Ich hätte irgendetwas anders machen müssen. Ein anderer Mensch sein müssen. Ein Mädchen mit zusammenpassenden Augen, das die potenziellen Adoptivfamilien nicht durch den bloßen Anblick verschreckte. Dann wäre er nicht gestorben.«

»Eva, das stimmt nicht ...«, fiel er ihr ins Wort und wollte sich zu ihr umdrehen, doch sie brachte ihn zum Schweigen, indem sie ihm eine Hand auf den Rücken legte und ihn wieder von sich wegdrehte. Sie würde ihre Tränenströme nicht zurückhalten können, wenn er sie jetzt anschaute.

»Zach und Seth haben mir in diesen Tagen durch meine Trauer geholfen. Mit ihrer Geduld, mit ihrem Schutz und manchmal auch durch einen Klaps auf den Allerwertesten. Aber das war es nicht, was mich zurück ins Land der Lebenden geholt hat. Das war Gott.«

»Wie?« Logans Stimme klang rau.

Evangeline lächelte. »Er hat mir eine Blume geschenkt.«

Jetzt wandte sich Logan wieder zu ihr um und dieses Mal hielt sie ihn nicht davon ab. Die Falte zwischen seinen Augenbrauen war so tief, dass sie Kartoffeln darin hätte pflanzen können. »Eine … Blume?«

»Ich weiß, dass es sich für einen Erwachsenen albern anhören muss, aber für ein fünfjähriges Mädchen war es ein Wunder. Und in meinem Herzen weiß ich immer noch, dass es ein Geschenk Gottes war, das er nur für mich gedacht hatte.«

Er legte skeptisch den Kopf zur Seite, schwieg aber und wartete darauf, dass sie weitersprach.

»Wir lebten damals im Lagerschuppen der Pferdestation, in der Zach Arbeit gefunden hatte«, erinnerte sie sich und ließ den Blick über den Bachlauf schweifen. »Ich saß immer herum und beobachtete die Pferde und machte Matschkuchen nahe dem Wassertrog. Ich habe damals überhaupt nicht gesprochen, weil ich Angst hatte, etwas Falsches zu sagen und dass man mich dann meinen Brüdern wegnehmen würde. Jedes Mal, wenn jemand das Gatter betrat, habe ich mich im Schuppen versteckt und mich eingeschlossen. Bis eines Tages ein Junge kam, um das Pferd zu holen, das sein Vater ihm zum Geburtstag gekauft hatte.« Sie schüttelte den Kopf. Wie lange hatte sie diese Worte für sich behalten? »Das Haar des Jungen hatte die gleiche Farbe wie Ha..., wie das meines Bruders. Meines verstorbenen Bruders. Er hatte auch etwa die gleiche Größe. Er lächelte und lachte und klatschte in die Hände, als der Besitzer der Pferdestation ihm das Pferd vorführte. Er war so glücklich, so voller Leben. Genau so, wie mein Bruder es gewesen war. Genau so, wie *ich* vor dem Zugunglück gewesen war.« Sie seufzte. »Plötzlich wollte ich dieses Leben auch wiederhaben. Ich wollte nicht mehr traurig sein, wollte keine Angst mehr haben. Ich wollte lachen, klatschen und tanzen, so wie der Junge, der sich über sein Pferd freute. Doch ich hatte vergessen, wie. Innerlich fühlte ich mich so schwer. So dunkel.«

Evangeline wandte sich um und musterte Logan.

»Und da habe ich die Blume gesehen.« Sie lächelte bei dieser kostbaren Erinnerung. »Eine strahlende gelbe Sonnenblume. Sie wuchs aus der Lücke zwischen Schuppen und festgestampftem Boden. Der einzige Farbklecks in der ganzen Gegend. So viele Pferde und Menschen zertrampelten den Boden des Geländes jeden Tag, dass dort nicht einmal mehr Gras wuchs. Es gab dort nur Schmutz und Matsch und verwittertes Holz. Überall Braun und Grau. Außer dieser Blume. Einer Blume, die früher am Tag mit Sicherheit noch nicht da gewesen war.«

Logans Mund verzog sich skeptisch. Dafür machte sie ihm keinen Vorwurf. Das waren immerhin die Erinnerungen eines Kindes. Doch ihr Herz kannte die Wahrheit dessen, was an diesem Tag geschehen war.

»Wenn ich jetzt zurückdenke, sagt mir mein gesunder Menschenverstand, dass es sich vielleicht um ein schnell wachsendes Unkraut gehandelt haben muss, das ich früher am Tag nicht bemerkt hatte, weil es noch nicht aufgeblüht war. Aber das ist ja gar nicht das, worum es eigentlich geht. In der Tiefe meiner fünf Jahre alten Seele wusste ich, dass Gott diese Blume für mich dorthin gestellt hatte, damit ich sie genau in diesem Augenblick entdecke. Als sich meine Augen auf sie senkten, durchströmte mein Herz eine Wärme, die sich anfühlte wie ein Feuer, das man in einem längst erloschenen Kamin entzündet. Gott hat mich gesehen. Er hat sich um mich gesorgt. Und er hat mir gezeigt, wie ich die Trauer und Dunkelheit hinter mir lassen und ein neues Leben beginnen kann.«

Evangeline senkte den Blick auf ihre Schuhe, weil sich ihr plötzlich der Hals zuschnürte. Ihre Stimme fing an zu zittern. »Ich weiß, dass ich wie ein albernes Kind klinge, aber der Eindruck dieses Tages lebt immer noch in mir weiter.« Sie sammelte all ihren Mut und hob das Kinn, bis sie Logan in die Augen schauen konnte. In seine freundlichen, unvoreingenommenen Augen. »Wenn Gott ein Vlies nass werden lassen kann, obwohl kein Tau auf dem Boden liegt, und den Ölkrug einer Witwe gefüllt hält, obwohl eine Hungersnot herrscht, und wenn er die Sonne am Himmel stillstehen lassen kann, wer bin ich dann zu bezweifeln, dass er einem trauernden Kind eine Blume schenkt, damit es zurück ins Leben findet?«

Langsam hob sie die Hand und legte sie an Logans Wange. Seine Augen weiteten sich vor Überraschung, doch er wich nicht vor ihr zurück. »Er kann das auch für Ihre Mutter tun. Dafür werde ich beten. Und ich bete auch für Sie, Logan, dass Sie sich keine Lasten auferlegen, die eigentlich nur Gott tragen kann.«

Kapitel 10

Zwei Tage später klangen ihm Evas Worte immer noch in den Ohren, als Logan auf Schamgars Rücken saß und die kleine weiße Kirche am Rande der Stadt musterte. Einige Wagen standen im Hof und an der Pferdestange unter den Bäumen grasten verschlafen ein paar Tiere. Hier und da zuckte ein Schweif und verscheuchte Fliegen. Gesang drang durch die geöffneten Fenster und er hätte schwören können, Evas Sopran herauszuhören. Er grinste, als er sein Gewicht im Sattel verlagerte. Nur eine fantasievolle Vorstellung. Aus dieser Entfernung verschmolzen alle Stimmen zu einer Einheit. Doch hier und da sang eine Frauenstimme bei den hohen Tönen zu hoch und er stellte sich vor, dass es Eva war. Sie sang in der Kirche ohne Zweifel mit der gleichen Durchschlagskraft wie bei der Arbeit zu Hause.

Eva war so offen mit ihrer Meinung und ihrem Glauben. Sie strahlte Selbstbewusstsein aus. Deshalb hatte ihn ihre Zusage, für seine Mutter und ihn zu beten, so tief berührt. So mancher wohlmeinende Glaubensbruder mochte das Gleiche versprechen, dann aber so beschäftigt mit dem eigenen Leben sein, dass er es schnell wieder vergaß. Nicht so Eva. Er war sich nicht sicher, woher er es wusste, aber er spürte, dass sie regelmäßig für ihn und seine Mutter betete. Ihre aufrichtige, mitfühlende Natur konnte gar nicht anders.

Logan schüttelte den Kopf. Er konnte sich nicht daran erinnern, wann ihm das letzte Mal jemand versprochen hatte, für ihn zu beten. Oder wann er das letzte Mal versprochen hatte, für jemanden zu beten. Um ehrlich zu sein, betete er seit dem Tod seines Vaters ohnehin nicht mehr oft. Natürlich bat er Gott regelmäßig um Gerechtigkeit, doch nach seiner Unterhaltung mit Eva hatte er zum ersten Mal seit ... sehr langer Zeit für das Wohlergehen seiner Mutter gebetet.

Das Gefühl der Scham hatte ihn schwer getroffen, als Eva ihm dieses Versprechen gegeben hatte. Scham und Schuldgefühle gemeinsam. Er schickte seiner Tante jeden Monat Geld, um für die Unkosten seiner Mutter aufzukommen, obwohl diese seine *unrechtmäßig erworbenen Einkünfte*, wie sie die Gewinne aus seinen Pokerspielen nannte, strikt ablehnte. Es war egal, dass das meiste Geld, das er schickte, seinem Verdienst als Holzfäller entstammte. Weil er spielte, sah sie all seine Einkünfte als verdorben an. Tante Bess sah die Sache glücklicherweise viel pragmatischer, doch das entsühnte ihn nicht von seinen anderen Verfehlungen. Er hatte nicht für seine Mutter gebetet. Hatte Gott nicht darum gebeten, dass er ihr die Trauer nahm oder ihr half, dem Ehemann zu vergeben, der sie im Stich gelassen hatte – oder dem Sohn, der in dieser Hinsicht auch nicht viel besser war. Evangeline hatte da mit ihrer Beobachtung schon sehr richtiggelegen.

Es war, als könne sie direkt in seine Seele schauen. Das war nervenaufreibend, doch er wünschte sich innerlich mehr von dieser Verbindung. Er hatte so viele Jahre damit verbracht, sein wahres Ich vor anderen zu verbergen, dass ihn niemand wirklich kannte. Nicht einmal seine Mutter. Das machte einen Mann einsam. Hart. Verschlossen. Doch Eva blickte an der Maske vorbei auf den Menschen. Selbst die dunklen Seiten seines Charakters, die er hatte durchschimmern lassen, hatten sie nicht abgeschreckt. Das machte die Aussicht, sie wegen mehr als nur der Informationen über ihren Bruder zu verfolgen, wirklich reizvoll.

Deshalb war er jetzt hier und starrte auf die Kirche. Er sehnte sich danach, sich dem Gottesdienst anzuschließen, sich *ihr* anzuschließen. Um die bessere Version seiner selbst zu werden, zu der ihn ihre Worte herausgefordert hatten.

Doch er machte sich Sorgen darum, was passieren könnte, wenn Evas Bruder ihn sah. Würde Hamilton ihn erkennen? Logan konnte nicht riskieren, seinen Plan aufs Spiel zu setzen. Er hatte seinem Erzfeind erst am Pokertisch entgegentreten wollen, nicht schon so früh.

Doch das konnte sich als schwieriger herausstellen als geplant. Allem Anschein nach war Arnold Dunns Eindruck richtig gewesen: Hamilton hatte die Karten an den Nagel gehängt. Logan war nach Evas Besuch nach Ben Franklin geritten, um herauszufinden, wo Zacharias Hamilton spielte, doch im Seven Ponys Saloon hatte ihn noch nie jemand gesehen. Der einzige Mann, dem Hamiltons Namen überhaupt etwas sagte, kannte ihn nur, weil er im Herbst immer seinen Zuckerrübensaft bei ihm kaufte.

Gestern hatte Logan dann einen längeren Ritt nach Cooper unternommen, nur um das gleiche Ergebnis zu erhalten. Niemand in den Saloons der Stadt erinnerte sich daran, einmal Poker gegen einen Mann namens Zacharias Hamilton gespielt zu haben. Also spielte er entweder unter falschem Namen oder er hatte das Spielen wirklich aufgegeben. Eine Wendung, die es Logan schwer machen würde, seine Rache am Spieltisch zu suchen.

Deshalb hatte er sich dazu entschlossen, sein neues Land weiter zu verbessern, um den Anreiz zu erhöhen, bis er Hamilton schließlich herausfordern würde. Darüber hinaus wollte er sich weiter mit Eva treffen, um alles über den Mann in Erfahrung zu bringen, der den erwarteten Mustern nicht entsprach. Hamilton von Angesicht zu Angesicht zu begegnen, würde seinem Unterfangen ebenfalls dienlich sein, und Eva gewährte Logan Zutritt. Es war ein Risiko, seinem Angriffsziel so nahe zu kommen, doch jeder Spieler kannte den möglichen Lohn eines gekonnten Bluffs.

Logan setzte Schamgar in Bewegung und lenkte das Pferd in den Kirchhof. Nachdem er einen Platz gefunden hatte, um seinen Wallach anzubinden, stieg er langsam die vier Stufen zum Eingang hoch. Er nahm den Hut ab, fuhr sich mit der Hand durchs Haar, um sicherzugehen, dass es ihm nicht am Kopf klebte, und atmete dann tief ein. Er reckte die Schultern und öffnete die Tür.

Sofort wurde der Gesang lauter. Einige Stimmen waren nun besser herauszuhören, vor allem jene, die nicht ganz so melodiös waren. Vorsichtig darauf bedacht, keinen Lärm zu verursachen, schlich Logan durch den Vorraum in Richtung der Sitzbänke. Dort angekommen, fiel sein Blick auf drei Personen, die separiert von den anderen hinten in der letzten Reihe zu seiner Linken saßen. Eine leere Reihe vor ihnen trennte sie von der nächsten Familie vor ihnen.

Auf beiden Seiten, flankiert von ihren Brüdern, saß eine kleinlaute junge Frau mit rotbraunem Haar, den Kopf beim Singen gesenkt, der Mund bewegte sich kaum. Logan strengte sich an, ihre Stimme zu hören – die freien, unerschrockenen Töne, die weit über die Felder trugen –, doch er konnte sie beim besten Willen nicht ausmachen. Er stand nicht einmal fünf Schritte von ihr entfernt und konnte keinen Laut von ihren Lippen hören.

Seine lebensfrohe, dynamische, überschäumende Eva war zu jemandem geworden, den er kaum erkannte. Was war hier los?

Logan glitt in die letzte Reihe auf der rechten Seite. Der blonde Bruder – Seth – wandte sich ihm zu und nickte freundlich. Eva dagegen hielt den Kopf gesenkt und war nur fokussiert auf das Liederbuch in ihrem Schoß.

Doch es war der Mann zu Evas Linken, bei dessen Anblick sich Logans Magen zusammenzog. Starre Körperhaltung. Verschränkte Arme. Zusammengepresste Lippen. Ein Sünder in einem Raum voller Gläubiger. Unangenehm erschien er. Fast schon aggressiv. Zacharias Hamilton mochte nach außen hin sein altes Verhalten abgelegt haben – er mied die Saloons, spielte keine Karten mehr, ging sonntags in die Kirche –, doch Logan erkannte sein wahres Ich. Er hatte sich nicht geändert. Nicht wirklich jedenfalls. Wenn er den richtigen Anreiz bekam, würde er garantiert wieder zum Spieler werden. Logan musste nur herausfinden, welchen Knopf er bei ihm zu drücken hatte.

Gänzlich abgelenkt vom Schmieden seiner Pläne folgte er unbewusst dem Ablauf des Gottesdienstes, senkte den Kopf bei den Gebeten, sang leise die Lieder mit, die er noch aus seiner Kindheit kannte, und lauschte mit halbem Ohr der Predigt des

Pfarrers, in der es darum ging, wie Jesus die fünftausend gespeist hatte. Heimlich warf er einen Blick nach links, doch anstatt Hamilton ins Visier zu nehmen, blieben seine Augen an Eva hängen. Sie schaute immer noch nicht auf.

Logan runzelte die Stirn. Was stimmte nicht mit ihr?

Der Prediger sprach weiter und seine dunkle Stimme schwang durch den Kirchenraum. Er betonte Jesu Stärke, das Handeln der Jünger nach seinem Wort – auch wenn sie zweifelten – und die Verwunderung der Menge, als das Wunder geschah und alle satt wurden. Logan kannte das alles schon. Doch als der Pfarrer dann anfing, die Geschichte aus dem Blickwinkel des Jungen mit den Broten und den Fischen zu betrachten, änderte sich etwas. Es ergab sich eine neue Perspektive und Logan wurde förmlich davon angezogen.

»Wenn wir wollen, dass der Herr in unserem Leben mächtige Taten vollbringt, müssen wir das, was wir haben, in seine Hände legen«, erklärte der Pastor. »Dieser Junge hatte sein Mittagessen dabei, genug Nahrung, um ihn durch den Tag zu bringen. Er hatte alles geplant und alles unter Kontrolle. Er würde nicht hungern müssen. Er hätte jedes Recht der Welt gehabt, an diesen Broten und den Fischen festzuhalten. Sie gehörten ihm doch. Aber dann blickte er sich um und sah den Hunger seiner Nächsten, hörte vielleicht kleine Kinder schreien, weil sie litten. Und er traf eine Entscheidung. Er bot einem der Jünger seinen Proviant an, der ihn an Jesus weitergeben sollte.«

Der Prediger verließ das Pult und schritt vor dem Altar auf und ab. Als seine Augen über die Gemeinde wanderten, fanden sie Logan und blieben an ihm hängen. Nur für einen kurzen Moment, dann wanderten sie weiter.

War das ein Aufblitzen des Wiedererkennens gewesen? Die Clems waren hierhergekommen, zwei Jahre bevor die Fowlers Pecan Gap verlassen hatten. John Clem und Logans Vater hatten sich gekannt. Nicht sehr gut, da Pa kein Kirchgänger gewesen war, aber vielleicht gut genug, um eine gewisse Ähnlichkeit zu erkennen. Zum Glück bewahrte Logans Bart ihn davor, dass die Menschen in ihm den pausbackigen Jungen erkannten, der er einmal gewesen war, doch er musste sichergehen, dass Pastor Clem keine Verbindung herstellte.

»Die meisten von uns wollen ihre Probleme selbst lösen«, betonte der Geistliche, »wollen kontrollieren, in welche Richtung ihr Leben läuft.«

Logan rutschte in der Bank herum, deren Holz plötzlich viel härter zu werden schien.

»Aber bedenkt doch nur, was geschehen wäre, wenn der Junge sich für diesen Weg entschieden hätte.« Der Prediger ging zurück in die Mitte und hob seinen Zeigefinger. »*Einer* wäre satt geworden anstelle von fünftausend. Nur Gott kann durch ein Wunder unsere Brote und Fische vermehren. Und genau wie er die Jünger gebeten hat, sich um das Problem zu kümmern, bittet er uns um das Gleiche. Leider neigen wir dazu herumzuirren, wie es die zwölf getan haben, und nach eigenen Problemlösungen zu suchen, denn alles, was wir eigentlich tun müssen, ist, unsere Pläne, unsere Kontrolle abzugeben und sie wie die fünf Brote und zwei Fische in seine Hände zu legen. Wir können ihm alles übergeben, damit er das Unmögliche schafft.«

Logan runzelte die Stirn. Er brauchte nicht das Unmögliche. Er wollte einfach nur Wiedergutmachung.

Er zog seine Bibel aus der Manteltasche und nutzte das Lesezeichen, um die Bibel bei dem Vers aufzuschlagen, der ihm in den letzten Jahren Halt gegeben hatte. Sprüche 21,3. *Recht und Gerechtigkeit tun ist dem Herrn lieber als Opfer*. Der Herr schätzte Gerechtigkeit und gerechte Urteile. Diese Bestätigung beruhigte Logans Gewissen, bis seine Augen nach oben wanderten und er den Vers erblickte, der direkt vor dem stand, den er unterstrichen hatte.

Einen jeglichen dünkt sein Weg recht; aber der Herr prüft die Herzen.

Die wunden Stellen seines Gewissens begannen von Neuem, an ihm zu nagen.

Das war doch albern. Natürlich erschienen ihm seine Pläne recht – sie *waren* recht. Der Herr konnte noch so sehr an seinem Herzen zerren. Seine Motive waren rein: Er wollte Gerechtigkeit. Wollte wiedererlangen, was ihm gestohlen worden war.

Sein Finger fuhr auf der Seite nach unten zu den nächsten Versen, die er markiert hatte, die Verse sechs und sieben. *Wer Schätze sammelt mit Lügen, der ist ein flüchtiger Hauch unter denen, die den Tod suchen. Der Frevler Gewalt rafft sie selber weg; denn sie wollen nicht tun, was recht ist.*

Zacharias Hamilton hatte seinen Schatz durch einen Betrug bekommen. Er war mit Logans Vater nicht gerecht umgegangen, also würde Logan ihm Gerechtigkeit angedeihen lassen, indem er ihm wieder nahm, was rechtmäßig eigentlich seiner Familie zustand.

Der letzte unterstrichene Satz auf dieser Seite war Vers fünfzehn. *Dem Gerechten ist es eine Freude, zu tun, was recht ist, aber den Übeltätern ist es ein Schrecken.*

Die Freude würde zusammen mit der Gerechtigkeit kommen. Für ihn und für seine Mutter. Seine Sache war gerecht und nichts würde ihn von seinem Weg abbringen.

Der Prediger bot reuigen Sündern, die ein Gebet wünschten, an, nach vorne zu kommen. Logan fiel nicht in diese Kategorie, also ging er nicht zum Altar, sondern direkt hinaus in den Kirchhof. Er wusste, wie Pfarrer waren – sie stellten sich am Ende des Gottesdienstes an den Ausgang und ließen niemanden gehen, ohne ihn persönlich zu verabschieden. Nun, Logan würde John Clem nicht die Möglichkeit geben, ihn noch eingehender zu mustern. Zugleich war er aber auch noch nicht bereit zu gehen.

Es machte ihm nichts aus, für andere Menschen ein Rätsel zu sein, doch es gefiel ihm ganz und gar nicht, wenn andere ein Rätsel für ihn waren. Irgendetwas stimmte nicht mit Eva. Ihr unterwürfiges Verhalten in der Kirche passte nicht zu dem Menschen, den er bisher kennengelernt hatte. Eva war eine aufgeschlossene und mutige Frau, die ihrem Hausschwein eine rote Schleife umband, sich unbekannten Fremden in den Weg stellte und den neuen Nachbarn mit selbst gemachten Leckereien versorgte.

Logan drückte sich den Hut zurück auf den Kopf und ging zu der Stange, an der Schamgar angebunden war. Er tätschelte seinen Nacken und tat so, als würde er das Zaumzeug inspizieren, während er eigentlich darauf wartete, dass der Gottesdienst zu Ende ging. Er musste sich nicht lange gedulden, bevor der Pastor die Türen aufstieß und seine Schäfchen mit Handschlag verabschiedete.

Die Hamilton-Geschwister erschienen als Erste – kein Wunder, da sie ja die letzte Sitzbank zu bevorzugen schienen. Allerdings verwunderte Logan Evas Verhalten, die sich klammheimlich an dem Prediger vorbeistahl, während Seth Clems Hand schüttelte. Sie hielt das Kinn gesenkt, bis sie die Stufen hinuntergestiegen war, dann erst hob sie den Kopf und schaute sich um. Sobald sie ihn erblickte, wurde aus ihr wieder die lebhafte junge Frau, die er so gut kannte. Sie lief auf ihn zu.

»Sie sind da! Das freut mich so.« Sie lief um das Gespann herum, das zwischen ihnen stand und trat vor ihn.

Logan grinste. Dafür musste er Gesichtsmuskeln benutzen, die lange nicht trainiert worden waren, bevor Eva in sein Leben getreten war. »Ich hätte nicht gedacht, dass Sie mich sehen.« Er hätte nicht gedacht, dass sie überhaupt etwas gesehen hatte, mit dem Kopf gebeugt wie ein Hirtenstab.

Sie schlug ihm spielerisch auf den Arm. »Natürlich habe ich das. Nun, um ehrlich zu sein, habe ich nicht gleich erkannt, dass Sie es sind. Aber als Sie nach der Predigt aufgestanden sind, habe ich Ihr Gesicht gesehen. Während des ganzen Gottesdienstes hatte ich gehofft, dass Sie es sind.«

Logan grinste. »Haben Sie mich so sehr vermisst?«

Röte stieg in ihren Wangen auf, doch in ihren Augen tanzte der Schalk. »*Sie*? Nein. Aber Schamgar ist mir schon ziemlich abgegangen.« Sie tanzte um ihn herum und schmiegte sich an den Hals seines Pferdes. Dann stellte sie sich auf die Zehenspitzen, um ihre Stirn gegen seine Blesse zu legen. »Du hast mich auch vermisst, stimmt's? Ganz alleine mit diesem knurrigen Kerl. Es muss schrecklich gewesen sein.«

Schamgar schnaubte, dann warf er den Kopf hoch, als würde er ihr zustimmen. Eva lachte ein so wunderbares Lachen, dass Logan mitgrinsen musste. Er schaffte es jedoch schnell genug, es in ein Stirnrunzeln abzuwandeln.

Mit der flachen Hand klopfte er Schamgar auf den Rücken. »Verräter. Kein Hafer für dich.«

»Da bist du ja, Evangeline.«

Logan zuckte beim Klang der fremden Frauenstimme zusammen. Er hatte sich so daran gewöhnt, Eva für sich zu haben, und für einen Augenblick hatte er vergessen, wo sie waren.

Mrs Clem, die Frau des Predigers, lief auf sie zu, ihr Lächeln breit und einladend, die Augen voller Neugier. »Ich sehe, dass unser Neuankömmling doch nicht so unbekannt ist, wie ich dachte.«

Logans Herz zog sich vor Schreck zusammen, bis sie ihm die Hand entgegenstreckte und sich vorstellte.

»Charlotte Clem.«

Logan ergriff ihre Finger und verbeugte sich leicht.

»Ich bin die Pfarrersfrau.« Sie warf einen Blick über die Schulter zu dem Mann, der immer noch an der Tür stand und seine Gemeindemitglieder verabschiedete. »Wir sind sehr glücklich, dass Sie heute Morgen den Gottesdienst besucht haben. Werden Sie länger hier in Pecan Gap bleiben? Falls ja, müssen Sie unbedingt meinen John kennenlernen. Er ist nicht nur Prediger, obwohl das natürlich sein eigentlicher spiritueller Ruf ist.« Sie machte gerade so lange Pause, dass sie schnell einatmen und einen gottesfürchtigen Blick gen Himmel werfen konnte, bevor sie sich wieder Logan zuwandte. »Ihm gehört auch die Sägemühle.«

»Dann ist er wohl ein viel beschäftigter Mann.« Logan machte sich in Gedanken die Notiz, dass er bei Bedarf nach Ben Franklin fahren würde, um Holz für seine Hütte zu besorgen.

»Oh ja, das ist er.« Mrs Clem fächelte sich mit der Hand Luft zu. »Er war auch Postmeister, bevor Mr Wood dieses Amt übernommen hat. Ein guter Mann, dieser Mr Wood. Ihm gehört der neueste Gemischtwarenladen in der Stadt. Wenn Sie Lebensmittel oder andere Dinge benötigen, kann ich sein Geschäft nur empfehlen.«

Sie war wie ein Wirbelwind, wie sie so von einem Gesprächsthema zum nächsten wechselte, ohne dass Logan auch nur ein Wort sagen konnte. Aber so musste er wenigstens keine unangenehmen Fragen beantworten.

»Haben Sie Familie, Sir?« Mrs Clems Blick schoss von Eva zu Logan und wieder zurück und plötzlich wollte Logan am liebsten auf Schamgar springen und sich aus dem Staub machen. »Pecan Gap ist zwar ein kleiner Ort, aber wir haben eine gute Schule. Sogar eine Musiklehrerin haben wir, Mrs Miller. Viele Kinder in der Stadt nehmen bei ihr Klavierunterricht.«

Logan widerstand dem Drang, mit dem Finger seinen plötzlich viel zu engen Kragen zu lockern. Mrs Clem mochte eine fröhliche Natur haben, doch er erkannte eine Kupplerin, wenn er eine sah. Plötzlich schrillten in ihm die Junggesellen-Alarmglocken, dass er sich schleunigst aus dem Staub machen sollte.

»Sie macht ihren Job sicher gut, Ma'am.« Er warf Eva einen flehenden Blick zu, die viel zu amüsiert über seine missliche Lage zu sein schien.

»Natürlich tut sie das. Wie alle unsere Lehrer in Pecan Gap, Mr … Wie war Ihr Name doch gleich.«

Endlich erbarmte Eva sich seiner und unterbrach Mrs Clem. »Ist das nicht Mabel Edwards?« Sie zeigte auf eine schmalgesichtige Frau im dunkelblauen Kleid, die sich vor dem Pfarrer aufgebaut hatte und verhinderte, dass der Rest der Gemeinde die Kirche verlassen konnte. »Sie scheint sich über irgendetwas aufzuregen.«

»Um Himmels willen.« Charlotte Clems Gesicht fiel in sich zusammen und sie seufzte laut. »Der arme John. Ich rette ihn mal lieber. Mabel kann sehr … eigensinnig sein, wenn es um die Interpretation der Bibel geht. Sie scheint der Predigt nicht gerade intensiv gelauscht zu haben.« Mrs Clem stürmte davon, wirbelte dann aber noch einmal herum. »Ich hoffe, dass wir uns nächste Woche wiedersehen.« Dann eilte sie zu ihrem Mann, der ihrer ehefraulichen Rettung bedurfte.

»Danke.« Logan atmete erleichtert auf und lächelte seinen eigenen Schutzengel an.

Eva zuckte die Schultern. »Charlotte meint es nur gut. Sie ist ein bisschen … flattrig, aber von Herzen gut. Sie sucht mich am Ende des Gottesdienstes immer, um sicherzugehen, dass ich nicht verschwinde, ohne dass jemand mit mir gesprochen hat.«

Das war ein Kommentar, der der Klärung bedurfte. »Kommt es öfter vor, dass ...«

»Können wir fahren, Evie?« Eine raue Stimme erklang hinter ihnen und brachte Logan zum Schweigen.

Logan wandte sich um und beäugte den Mann, der sich erfolgreich von hinten angeschlichen hatte, obwohl er schon wusste, wen er vorfinden würde. Er ignorierte seinen sich zusammenziehenden Magen und setzte einen betont gelassenen Gesichtsausdruck auf. Obwohl ihm das Herz bis zum Hals schlug, ließ er sich nichts anmerken.

Zacharias Hamilton starrte Logan mit der Grausamkeit an, mit der ein Kojote seine Jungen beschützt. »Wer …«, seine Augen wurden schmal, als er Logan musterte, »… sind Sie?«

Kapitel 11

Logan zwang sich zu einem gewinnenden Lächeln, als er seine Hand ausstreckte. »Mein Name ist Logan«, sagte er, »und wenn Sie einer von Miss Hamiltons Brüdern sind, dann bin ich Ihr neuer Nachbar.«

Zacharias Hamiltons Finger schlossen sich um Logans Hand und drückten viel stärker zu, als es gewöhnlich üblich war. Seine Augen waren kalt, geradezu abschätzend. Logan verstärkte seinen eigenen Griff. Er musste Hamilton klarmachen, dass er sich nicht leicht einschüchtern ließ. Dann entschloss er sich dazu, eine Karte von dem Deck zu spielen, das Mrs Clem ausgeteilt hatte, und redete weiter, um zu verschleiern, dass er nicht seinen vollständigen Namen genannt hatte.

»Ihre Schwester war so freundlich, mir letzte Woche etwas zu essen vorbeizubringen. Die Erdbeermarmelade war ein Traum. Sie können froh sein, solche Köstlichkeiten regelmäßig zu genießen.«

»Evie ist diejenige, die süße Sachen mag.« Hamilton hatte seine Männlichkeit lange genug zur Geltung gebracht, dass Logans Fingerknochen schmerzten. Endlich ließ er Logans Hand los, dann verschränkte er die Arme vor seiner Brust. »Ich mag es nicht, wenn man mir Honig um den Bart schmiert. Ich bevorzuge mein Essen und meine Unterhaltungen geradeheraus.«

»Ja, Sie scheinen der Typ zu sein, der seinen Kaffee schwarz genießt.« Logan ignorierte die Anspielung, dass seine Worte nicht offen und ehrlich seien. Darauf würde er nicht anspringen. Hamilton konnte ihn böse anfunkeln und ihm Vorwürfe machen, er würde nicht nach der Pfeife eines anderen tanzen. Er war derjenige, der führte, und wenn er verbal über den Tanzboden wirbeln wollte, dann würde er das auch tun.

»Zach, sei nicht so unfreundlich zu unserem neuen Nachbarn.« Eva schlug ihrem Bären von einem Bruder auf die Schulter.

Logan beobachtete das Verhalten der Geschwister untereinander mit Interesse. Hamilton wandte Eva seinen funkelnden Blick zu, doch die Dolche, die seine Augen abschossen, machten scheinbar keinen Eindruck auf sie.

Was allerdings Eindruck machte, waren die Menschen, die langsam in ihre Richtung strömten. Als Eva sich Logan mit einem gewinnenden Lächeln zuwandte, fiel ihr Blick hinter ihn, wo das Klimpern von Zaumzeug und das Schnauben der Pferde andeutete, dass die Familien sich mit ihren Wagen auf den Heimweg machten. Ihr Lächeln verschwand und sie senkte den Kopf. Wieder verbarg sie ihre wunderschönen Augen vor ihm, indem sie auf ihre Füße starrte.

Logan war nicht der Einzige, der es bemerkte.

Sofort entfaltete Hamilton seine Arme und berührte Evas Schulter mit einer Sanftheit, die Logan von so einem harten Mann niemals erwartet hätte.

Leise murmelte er: »Ich hole die Kutsche.«

Eva knabberte an ihrer Unterlippe und nickte.

»Eigentlich«, mischte sich Logan ein und erntete dafür einen von Hamiltons Blicken, der voller geschmolzenem Eisen zu sein schien. Der hünenhafte Mann hatte sich bereits zwei Schritte entfernt. »Eigentlich hatte ich gehofft, dass ich Ihre Schwester zu Fuß nach Hause begleiten könne, da wir ja in der gleichen Richtung wohnen.«

»Nein.« Nachdem er diese knappe Antwort gegeben hatte, wandte Hamilton sich um und setzte den Weg zu seinem Gespann fort.

Tja, er redete wirklich nicht gerne um den heißen Brei herum.

»Gerne.«

Logans Herz klopfte freudig über den sanften Widerspruch dieser unglaublichen Frau. Er wusste es besser, als dass er zu viel in diese Situation hineininterpretiert hätte – jemanden nach

Hause zu bringen, war schließlich keine große Sache –, aber sie hatte gerade *seine* Wünsche über die ihres Bruders gestellt.

Was Hamilton ganz eindeutig nicht gefiel, denn er wirbelte herum und knurrte sie an: »Du kennst diesen Mann nicht, Evangeline. *Ich* kenne ihn nicht.« Er musterte Logan abschätzig. »Ich werde dich nicht alleine mit ihm gehen lassen.«

»Ich kenne ihn gut genug, um seine Begleitung anzunehmen.« Sie hob den Kopf, ihr inneres Feuer war stärker als der Wunsch, sich zu verstecken. »Wir werden auf einer öffentlichen Straße unterwegs sein und jeder wird uns sehen können. Es ist nicht unangemessen, wenn ein Mann eine Frau nach Hause begleitet.«

Hamiltons Gesicht wurde hart wie Stein, bis Eva ihn am Arm berührte und ihre bittenden Augen auf ihn richtete. Ein weniger geübter Beobachter hätte die Veränderung in ihm wohl nicht bemerkt, doch Logan sah genau, dass Hamiltons Entschlossenheit in diesem Augenblick bröckelte. Seine Gesichtszüge wurden einen Hauch weicher, seine Haltung ein wenig lockerer und seine Augen blickten zur Seite, als könnte er ihrem flehenden Blick nicht widerstehen.

Ihre leisen Worte machten alles nur noch schlimmer. »Bitte, Zach.« Ihre Stimme senkte sich sogar noch mehr und Logan musste sich anstrengen, um überhaupt noch etwas zu verstehen. »Er spricht mit mir und sieht mich an, als wäre ich normal.« Seine Brust wurde eng, als er das hörte. Sie *war* normal. Viel besser als normal, wenn man ihn fragte. »Bei ihm habe ich mich noch nie unwohl oder befangen gefühlt.«

Sie vertraute ihm? Ein betrügerischer Mann hätte bei diesen Worten innerlich gejubelt, doch Logan spürte stattdessen Ehrfurcht in sich aufsteigen und den tiefen Wunsch, dieser großen Verantwortung gerecht zu werden. Der Schmerz in seiner Brust intensivierte sich und ein seltsames Flattern erfasste seinen Magen.

»Wenn es dir dann besser geht«, sagte sie mit einem kleinen Lächeln um die Lippen, »können Seth und du uns ja im Wagen folgen.«

Hamilton schnaubte. »Während du läufst? Drei Meilen weit?« Er schüttelte den Kopf. »Farbe beim Trocknen zuzuschauen wäre ein angenehmerer Zeitvertreib.«

Logan versuchte nach außen hin gelassen zu bleiben, während er innerlich siegreich seine Hand zur Faust ballte. Eva über ihr seltsames Verhalten auszufragen, würde schwierig genug werden, ohne dass ihr überfürsorglicher Bruder jeden seiner Schritte beobachtete.

Hamilton kam wieder auf Logan zu und starrte ihn über Schamgars Rücken hinweg bedrohlich an. »Wenn meine Schwester in einer Stunde nicht zu Hause ist, werde ich sie holen.« Er beäugte Logan von oben bis unten. Logan reckte das Kinn und hoffte, dass Hamilton die Ähnlichkeit zu seinem Vater nicht erkennen würde. Zacharias runzelte die Stirn, als wäre er nicht sonderlich beeindruckt von dem, was er da vor sich sah. »Und ich verspreche Ihnen, dass es für Sie nicht gerade angenehm sein wird, wenn ich sie suchen muss.«

Logan nickte, als hätte er die offene Drohung nicht gehört. »Sie haben mein Wort, dass ich sie sicher nach Hause geleite.«

»Die Betonung liegt hier auf *sicher*, Mister. Selbst, wenn sie sich nur den Zeh anstößt, haben Sie ein Problem.«

»Ach, um Himmels willen.« Eva schubste ihren Bruder an der Schulter. Er wankte leicht, wich aber keinen Millimeter von der Stelle. »Ich laufe doch jeden Tag alleine durch die Landschaft. Da werde ich wohl gerade noch dazu fähig sein, auf einer geraden Straße nach Hause zu laufen, ohne mich selbst zu verletzen.«

»Es sind ja auch nicht deine Fähigkeiten, die ich hier infrage stelle.« Hamiltons starrer Blick wich nicht von Logan. Dieser wusste ganz genau, was Zacharias infrage stellte: seine Ehre. Doch demnach zu urteilen, wie Eva die Stirn runzelte, hatte sie diese Andeutung nicht verstanden.

»Angehört hat es sich aber danach«, grummelte sie. »Als bräuchte ich den Arm eines Mannes, um nicht über meine eigenen Füße zu stolpern. Du stellst mich hin, als wäre ich eine Invalidin.«

Logan schaffte es, den Blick von Hamilton zu lösen und strahlte Eva an. »Sie sind alles andere als invalide, Miss Hamilton. Ich finde Sie entzückend … widerstandsfähig.«

Ein Knurren entrang sich Hamiltons Kehle, doch Evas Kichern vertrieb den Laut. »Widerstandsfähig bin ich? Ich glaube, das ist das interessanteste Kompliment, das ich je bekommen habe.«

»Um Himmels willen.« Hamilton fuhr herum und winkte ab. »Macht von mir aus euren Spaziergang, aber lasst mich mit diesem idiotischen Geschwätz in Ruhe.«

Eva schnappte sich den Arm ihres Bruders und stellte sich auf die Zehenspitzen, um ihm einen Kuss auf die Wange zu geben. »Danke, Zach.«

Hamilton legte etwas ungeschickt seinen Arm um ihre Schulter, bevor er sie wieder losließ und einen Schritt zurücktrat. »Sei vorsichtig, Evie.« Er warf einen Blick über die Schulter zu Logan. Die Warnung darin war offensichtlich, genau wie die Sorge um seine Schwester. »Die Menschen sind nicht immer das, was sie zu sein scheinen.«

»Ich weiß.« Sie schaute ebenfalls zu Logan. »Aber wenn ich nicht versuche, an der Oberfläche vorbeizuschauen, werde ich die Wahrheit nie erfahren, oder?«

Logan hielt ihrem Blick einen kurzen Augenblick stand, dann sah er weg und biss die Zähne zusammen. Sie würde die Wahrheit früh genug erkennen. Die *ganze* Wahrheit. Inklusive der Vergehen ihres Bruders.

Logan machte gerade Schamgar von der Pferdestange los, als der blonde Bruder zu ihnen stieß. Ein fragender Blick zierte sein Gesicht, doch bevor er irgendetwas sagen konnte, bot Logan Eva seinen Arm.

»Wollen wir?«

Sie lächelte und legte ihre schmale Hand in seine Armbeuge. »Sehr gerne.«

»Was …?«, fragte der blonde Bruder und sein Blick folgte ihnen, als sie an ihm vorbeigingen.

»Der neue Nachbar«, schnaubte Hamilton, bevor er Seths Schulter ergriff und ihn in Richtung des Wagens zog.

Leider konnte niemand den Rest der starrenden Menschenmenge so leicht unter Kontrolle bringen. Evas Lächeln trübte sich immer mehr unter dem unangenehmen Glotzen. Die Unterhaltungen erstarben und viele Blicke folgten ihnen – einige neugierig, die meisten jedoch so, als betrachteten sie eine kuriose Zirkussensation. Es dauerte nur fünf Schritte, da hielt Eva ihren Kopf wieder gesenkt.

»Wer ist der Mann bei Grusel-Evie?« Ein paar junge Frauen in Evas Alter zeigten auf sie, als sie vorbeigingen. Sie hatten die Stimmen gesenkt, aber nur so weit, dass sie sichergehen konnten, noch immer deutlich gehört zu werden.

»Ich weiß nicht«, meinte eine andere, »aber seht euch seine Narbe an. Bestimmt ist er genauso verhext wie sie.«

»Vielleicht hat sie ihn auch mit einem Zauberspruch verhext und er ist irgendwie in einer Trance gefangen.«

»Wahrscheinlich. Sonst würde er doch nie ein Mädchen wie *sie* nach Hause begleiten.«

Wut flammte in Logan auf. Die *guten* Menschen von Pecan Gap brauchten eindeutig eine Lektion in Sachen Anstand und Manieren. Er funkelte die unausstehlichen Mädchen böse an und wünschte sich, er hätte ihnen die verdiente Antwort auf ihre gemeinen Worte geben können. Doch wenn er ausfallend wurde, brachte das die Frau an seiner Seite auch nicht weiter. Er würde sie höchstwahrscheinlich beschämen und sie würde sich noch weiter in sich zurückziehen. Stattdessen musste er jetzt eine andere Strategie anwenden.

Er beugte sich zu ihr. »Schämen Sie sich etwa für den Kerl mit der Narbe?«

Ihr Kopf fuhr hoch, genau wie er es gehofft hatte. »Nein! Auf keinen Fall. Ich …« Ihre Augen flogen von ihm zu den feixenden

Mädchen, dann zum Rest der Menge, die in kleinen Grüppchen im Kirchhof herumstanden. Wieder sank sie in sich zusammen.

»Gut«, sagte er. »Ich hatte mir schon Sorgen gemacht, als Sie den Kopf gesenkt haben.«

Seine Worte zeigten den gewünschten Effekt. Ihr Kinn hob sich und sie reckte voller Bestimmtheit den Kopf. »Sie verstehen das nicht«, flüsterte sie. »Sie starren mich an. Ich bin noch nie von einem … Mann nach Hause gebracht worden.«

Dieses Zögern ließ ihn hellhörig werden. Sie hatte etwas anderes sagen wollen. Vielleicht Verehrer? Dieser Gedanke beflügelte seine Schritte, obwohl er sich ein bisschen darüber wunderte, warum er ihre Sprechpause ausgerechnet mit *diesem* Wort ergänzte.

Er wollte nur, dass sie positiv von ihm dachte, versicherte er sich selbst, und vielleicht sogar romantisch. Je näher sie sich kamen, desto mehr Informationen würde er ihr entlocken können. Doch als ihre faszinierenden Augen die seinen trafen und ihre Wangen sich röteten, waren es keine Informationen mehr, die er eigentlich von ihr wollte.

Logan drückte ihre Hand an sich und schenkte ihr sein schelmischstes Grinsen. »Sie werden sich daran gewöhnen.« Er zwinkerte. »Ich möchte Sie nächste Woche nämlich auch nach Hause begleiten. Und übernächste. Bald wird es so normal sein, uns zusammen zu sehen, dass sich niemand mehr Gedanken darum macht.«

Ihre Augen wurden weich und er entdeckte einen feuchten Schimmer in ihnen. Einen Moment lang hatte er Angst, dass sie zu weinen anfangen würde, doch ihr Lächeln wurde nur breiter und sie schaute ihn so verträumt an, als hätte er gerade einhändig einen Drachen erledigt. Er versuchte, seinen Stolz zu ignorieren, und doch erwärmte dieser ihn von innen heraus. Es half ihm überhaupt nichts zu versuchen, sich an seine eigentlichen Ziele zu erinnern.

Sie gingen schweigend nebeneinanderher über den Kirchhof, Eva hielt den Kopf hoch erhoben und passte ihre Schritte den seinen an. Sie bogen in die Straße ein, die sie aus der Stadt bringen würde, und ließen Evas Brüder im Wagen passieren – den einen mit finsterem Stirnrunzeln im Gesicht, den anderen mit ehrlicher Sorge. Dann erst wagte Logan es, das Thema anzusprechen, das ihn am meisten beschäftigte.

»Warum verstecken Sie sich vor denen?«

Eva sah ihn erschrocken an. »Was?«

»In der Kirche. Sie schauen nicht auf. Nicht, als ich hereingekommen bin. Nicht bei der Predigt. Auch nicht beim Singen. Sie kamen mir dort vor wie eine vollkommen andere Person. Verschreckt und ängstlich. Gar nicht die Kampfelfe, die ich im Wald kennengelernt habe.«

Sie grinste. »Kampfelfe? Das gefällt mir. Noch mehr als *widerstandsfähig.*«

Er lachte auf. »Gern geschehen.«

Sie hielt seinem Blick kurz stand, bevor ihr Lächeln verschwand und sie den Blick auf die Straße senkte. »Ich … störe sie.«

»Was meinen Sie mit *stören*?« Er versuchte, seine Stimme so neutral wie möglich klingen zu lassen. Die Wut über die Grausamkeit der Leute, die es eigentlich besser wissen sollten, kochte wieder in ihm auf.

»Sie haben sie doch gehört. *Grusel-Evie.*« Ihre Stimme war kaum mehr als ein Kratzen, als sie diesen ekelhaften Spitznamen über die Lippen brachte. »So nennen sie mich seit der Schulzeit. Sie haben mich in der Pause mit Steinen beworfen, wenn der Lehrer nicht hingeschaut hat. Und mir gedroht, mich an einen Baum zu binden und mich zu verbrennen, wenn ich ihnen in die Augen schaue. Also habe ich sie nicht mehr angeschaut. Aber nicht alle sind so herzlos wie Ethel und Hortense«, erklärte sie schnell, als könnte sie seine wachsende Anspannung unter ihren Fingerspitzen spüren. »Inzwischen bin ich schon so lange hier, dass die meisten Menschen sich an meine sonderbaren Augen gewöhnt haben und gar nicht mehr darauf achten. Manche betrachte ich sogar als Freunde, zum Beispiel Charlotte Clem und Mrs Bishop.

Sie war meine Lehrerin, bevor sie geheiratet hat.« Ein sanftes Lächeln hob Evas Mundwinkel. »Sie hat Hortense einen ganzen Nachmittag lang in der Ecke stehen lassen, als sie gehört hat, dass sie mich beleidigt hat.« Das Funkeln kehrte in ihre wunderschönen Augen zurück. »Das war der beste Schultag meines Lebens.«

Logan lächelte, obwohl der Kloß in seinem Hals immer weiter anschwoll. Diese gutherzige Frau verteidigte die Stadtbewohner jetzt auch noch. Sie hatte nur zwei Freundinnen. Zwei. Und beide älter als sie selbst. Hatte Eva denn keine Vertrauten in ihrem Alter?

Die Wahrheit rammte ihm förmlich die Faust in den Magen. Nein, hatte sie nicht. Die Hamiltons blieben für sich, genau wie der Saloon-Besitzer gesagt hatte. Keine Fahrten in die Stadt, keine Einkaufstouren, keine Privatbesuche. Evas engster Freund war ein hässliches Wildschwein mit einer albernen Schleife.

»In der Kirche ist es normalerweise besser«, sagte sie, »aber ich verstecke meine Augen, damit es für die anderen einfacher ist, sich ohne … Ablenkung auf den Gottesdienst zu konzentrieren.«

Das wollte er so nicht stehen lassen. »Die Leute sind doch die ganze Zeit abgelenkt, Eva. Durch Donnerschläge. Oder eine Grille, die über den Boden hüpft. Oder ein quengelndes Baby. Wenn sie es nicht ertragen können, dass eine wunderschöne Frau in der Kirche sitzt und sie anlächelt, sollten sie über ihre eigene Schwäche nachdenken und nicht über das unveränderliche Aussehen, das Gott uns Menschen geschenkt hat.«

Eva blieb taumelnd stehen. »Sie … Sie finden mich schön?«

»Wechseln Sie nicht das Thema, Evangeline Hamilton.« Logan richtete den Zeigefinger auf sie, um sich selbst abzulenken. Natürlich fand er sie wunderschön. Wie sie ihn jetzt so anschaute, schüchtern und gleichzeitig voller Hoffnung, machte ihm diese Schwäche nur allzu bewusst. »Ich bin noch lange nicht fertig damit, Sie mir wegen Ihres Versteckspieles vorzuknöpfen.«

Sie knabberte an ihrer Unterlippe und schaute weg, dann setzte sie sich wieder in Bewegung.

Logan spürte die Wahrheit hinter ihrem Schweigen, doch er wollte sie nicht zu sehr drängen. Also ging er einfach neben ihr her. Schweigend, geduldig, unterstützend.

Die meisten Menschen konnten Schweigen nicht gut aushalten und fingen nach einer Weile an zu reden. Sie hatten noch gut zwei Meilen vor sich und er konnte warten.

Bevor sie auch nur hundert Meter zurückgelegt hatten, brach Eva die Stille.

»Vor ein paar Jahren kam ein Mann aus einer anderen Stadt – ein wichtiger Mann, denke ich, zumindest haben ihn alle so behandelt. Er war wohl ein bekannter Prediger. Natürlich hat man ihn gebeten, den Gottesdienst zu leiten.« Sie nahm ihre Hand von seinem Arm, doch Logan ließ nicht zu, dass sie sich von ihm losmachte. Er griff nach ihrer Hand und hielt sie in der seinen. Sie blickte fragend zu ihm auf.

Logan lächelte sie ermutigend an. »Was ist dann passiert?«

Eva konzentrierte sich scheinbar auf einen Punkt weiter vorne auf der Straße. »Er ist nach vorne gegangen und hat sich ans Pult gestellt. Dann hat er die versammelte Gemeinde gemustert, mit finsterem Gesicht, als würde er Feuer und Verderben auf jeden herabrufen, der es wagte, unter seinem Blick zu zucken.«

Es waren ihr noch so viele Details in Erinnerung. Das musste wohl ein Schlüsselmoment für sie gewesen sein, mit dem viele Emotionen verbunden waren. Wenn ihr Gehirn ihn auch nach so vielen Jahren nicht vergessen konnte …

»Er hatte gerade die Gemeinde angewiesen, die Köpfe zum Gebet zu senken, als sein Blick in der letzten Reihe ankam. Seine Augen wurden erst groß, dann hat er sie zu ganz schmalen Schlitzen verengt. Er hat seine Bibel an seine Brust gepresst und seinen knochigen Zeigefinger auf mich gerichtet. ›Dämon‹, schrie er. ›Wie kannst du es wagen, das Haus des Herrn zu entehren? Weiche!‹«

Empörung und Zorn durchströmten Logans Adern. Er war so schockiert, dass er weder sprechen noch gehen konnte. So abrupt blieb er stehen, dass Eva herumwirbelte und Schamgar gegen seine Schulter stieß. Das Einzige, was ihn vor einem Wutausbruch bewahrte, war das zarte, traurige Lächeln, das Evas Lippen umspielte.

»Sie hätten Zach sehen sollen.« Sie schüttelte den Kopf und lachte sogar leise. »Er war schon bis zur Mitte des Ganges gestürmt, um den alten Mann aus der Kirche zu prügeln, bis sich vier Männer auf ihn geworfen haben, um ihn zurückzuhalten.«

Logan hätte sich den Weg trotzdem freigekämpft.

»Mr Clem hat es geschafft, die Wogen zu glätten. Er hat den Mann von seinem Sohn zurück zu dessen Platz führen lassen, dann hat er sich offiziell bei meiner Familie und mir entschuldigt.«

Aber erst, als es schon zu spät gewesen war. Was, um Himmels willen, brachte einen Mann Gottes dazu, so etwas zu sagen?

»Charlotte hat mir später erklärt, dass der Mann schon seit einiger Zeit mit seinem schwindenden Verstand zu kämpfen hat. Die Familie hatte versucht, seinen Zustand zu verbergen, aber nach dem Vorkommnis in Pecan Gap haben sie ihn dazu gezwungen, sich aus dem Berufsleben zurückzuziehen und zu Hause zu bleiben, wo seine Ausbrüche keinen Schaden anrichten konnten. Es ist wirklich traurig, wenn man darüber nachdenkt. Nach all den Jahren des Dienstes für den Herrn sollte man nicht vergessen, was er alles Gutes getan hat. Er verdient es nicht, dass man nur von seinem verwirrten Zustand spricht.«

Verdient es nicht …? Logan starrte sie fassungslos an. Wie konnte sie so einfach vergeben? Geistig verwirrt oder nicht, der Mann hatte sie mit seinen brutalen Worten verletzt! Trotzdem empfand sie Mitleid mit ihm. Und Erbarmen. Natürlich erwartete Jesus von seinen Nachfolgern, dass sie ihre Feinde liebten, aber Logan hätte nicht gedacht, dass das auch wirklich jemand *tat*. Man konnte sie vielleicht tolerieren. Seine Feinde nicht körperlich anzugehen, schien ihm in den meisten Fällen schon Liebe genug zu sein. Aber was tat Eva? Sie lebte nach Jesu Vorbild und hob die Dinge auf ein Level, von dem er nicht gedacht hätte, dass es überhaupt existierte. Außerhalb von Predigten und Büchern und im wirklichen Leben.

Die Wahrheit stand ihr in ihr wunderschönes Gesicht geschrieben. Ein Schatten des Schmerzes und der Beschämung mochte von Zeit zu Zeit noch über ihr hängen, doch sie ließ sich davon nicht bestimmen oder kontrollieren.

Ein unangenehmes Nagen entstand in Logans Brust, aber er unterdrückte es. Eva redete weiter. Darauf musste er sich jetzt konzentrieren. Nicht darauf, dass sein Gehirn anfing, seine eigenen Motive zu hinterfragen.

»Es hat ein paar Wochen und bestimmt ein Dutzend Besuche von den Clems gebraucht, bis ich wieder in die Kirche gehen konnte«, gab sie mit einem verlegenen Seitenblick auf ihn zu, als würde er ob dieser menschlichen Reaktion geringer von ihr denken. »Zach hat gesagt, er würde keinen Fuß mehr in dieses scheinheilige Gebäude setzen, aber er wollte mich auch nicht alleine gehen lassen. Also haben wir unsere Reihe nach ein paar Monaten wieder in Beschlag genommen.«

»Und Sie haben angefangen, Ihre Augen vor den anderen zu verbergen, damit nicht der nächste senile Greis ausrastet?«

Sie drehte sich leicht um die eigene Achse, sodass ihr Rock um die Knöchel schwang. »So in der Art.« Sie seufzte und ihre Bewegung wurde langsamer. »Ich wünschte, ich könnte sagen, dass ich meine Augen nur senke, damit die anderen sich besser konzentrieren können. Aber um ehrlich zu sein, mache ich es, weil es einfacher für mich ist. Dann muss ich nicht sehen, wie die Menschen auf mich reagieren.«

Logan ließ Schamgars Zügel los und legte seine Hand an Evas Wange. »Wenn Sie Ihre Augen weiterhin verstecken, werden die anderen niemals lernen, Sie zu akzeptieren.« Sein Daumen streichelte über ihre zarte Haut. »Lassen Sie sie Ihr wahres Ich sehen, Eva. Die mutige, fröhliche Waldelfe, die überall Freude versprüht, wohin sie geht. Wenn die Menschen Ihren Charakter kennenlernen, werden sie das Äußere nicht mehr wahrnehmen.«

Er beugte sich vor, sein Blick wanderte zu ihrem Mund. Der Drang sie zu küssen war so groß, dass er fast vergessen hätte, dass sie mitten auf der Straße standen, wo jederzeit jemand vorbeikommen könnte. Zum Glück klirrte genau in diesem Augenblick ein Pferdegeschirr ganz in ihrer Nähe und brachte ihn zurück in die Realität.

Er hob den Kopf und suchte die Straße nach dem Wagen ab, der schon sehr nah sein musste. Doch es war nichts zu sehen.

»Ich habe auch etwas gehört«, sagte Eva und kniff die Augen zusammen, um die Gegend zu mustern. »Vielleicht neben der Straße?« Sie entzog ihm ihre Hand und ging ein Stück nach Norden. »Oh, sehen Sie. Dort unten am Fluss steht ein Wagen.« Sie zeigte auf einen kleinen Pfad, der von der Straße abging und zum Flussufer führte.

Logan trat neben sie und kniff ebenfalls die Augen zusammen. »Vielleicht macht jemand ein Picknick? Der Mann dort scheint eine zusammengerollte Decke oder einen Teppich oder so etwas zu tragen.« Die Entfernung war zu groß, um Details erkennen zu können, doch irgendetwas war seltsam. Die Bewegungen des Mannes wirkten schwerfällig. Selbst ein sehr schwerer Teppich würde einem Mann keine solche Mühe machen.

Bevor er Eva darauf aufmerksam machen konnte, war sie schon auf dem Weg zum Flussufer.

»Eva!« Er rannte ihr hinterher und schnappte sie sich, bevor sie ihre volle Geschwindigkeit entfalten konnte. An ihrem Arm zog er sie herum. Als er sie anschaute und die Bestürzung in ihren Augen sah, waren seine Sinne sofort in Alarmbereitschaft. »Was ist los?«, fragte er.

»Das ist kein Picknick. Das ist ein Mord!«

Kapitel 12

Evangeline versuchte, sich von Logan loszumachen. Jetzt war keine Zeit für lange Erklärungen. Sie musste zum Fluss gelangen, bevor es zu spät war.

Es wäre nicht das erste Mal, dass sich jemand dazu entschied, ein ungeliebtes Tier auf diese Art und Weise loszuwerden. Die Strömung des Flusses war nicht sehr stark und das Wasser an dieser Stelle auch nicht tief, aber wenn ein Tier in einen Kissenbezug oder ein Laken eingewickelt war, hatte es dennoch keine Überlebenschance. Es würde innerhalb kürzester Zeit jämmerlich ertrinken.

»Sie verstehen das nicht!« Sie zog Logan ein paar Schritte mit sich in Richtung des Flusses. »Wir müssen ihn aufhalten.«

»Eva.« Er riss an ihrem Arm. Da sie das nicht ignorieren konnte, schaute sie ihn an.

»Wir haben ein Pferd.«

Schamgar! Natürlich, damit wären sie viel schneller.

Evangeline lief sofort um Logan herum zu dem Wallach. »Helfen Sie mir rauf«, befahl sie ihm.

Zum Glück diskutierte Logan nicht. Er wartete nur so lange, bis sie ihre Hand an das Sattelhorn gelegt hatte, dann ergriff er ihren Fuß und half ihr in den Sattel. Dann schnappte er sich die Zügel und sprang hinter ihr auf, legte die Arme um sie und sein warmer Körper presste sich an ihren Rücken.

Schade, dass sie diese körperliche Nähe nicht angemessen genießen konnte. Aber schließlich ging es um Leben und Tod. Also griff sie in Schamgars Mähne und bedeutete Logan, sein Pferd anzutreiben.

Logan spornte Schamgar zum Galopp an und verließ den Weg. Er lenkte sein Pferd querfeldein, sodass sie die Distanz viel schneller überbrückten, als Evangeline es je zu hoffen gewagt hätte. Trotzdem hatte der Mann es mittlerweile geschafft, seine Last bis zum Wasser zu transportieren. Dort ließ er das Bündel fallen.

»Aufhören!«, schrie Evangeline.

Der Mann fuhr herum, war aber noch zu weit entfernt, als dass man ihn hätte erkennen können. Alles, was sie sehen konnte, waren der graue Hut, ein blaues Hemd und braune Hosen. Fast alle Männer im County waren so gekleidet.

Sie wandte sich im Sattel um. »Schneller, Logan.«

Er antwortete mit einem Schnalzen der Zügel, was Schamgar zu einem noch höheren Tempo antrieb.

Sie kamen dem Mann immer näher, doch je weiter sie sich von dem Weg entfernten, desto rauer wurde das Gelände. Ihre Geschwindigkeit verringerte sich zunehmend. Evangelines Herz klopfte. *Bitte, Herr, lass uns nicht zu spät kommen.*

Der Fremde stieß das Bündel mit dem Fuß tiefer ins Wasser und lief zu seinem Wagen. Evangelines Augen waren auf die dunkelgraue Wolle gerichtet, die sich schnell vollsog. Langsam ging das Bündel unter und wurde vom Strom mitgezogen, während sich der verantwortliche Unhold aus dem Staub machte.

Eine große Kreatur war das. Auf jeden Fall schwer genug, um auf den Grund des Wassers zu sinken. Vielleicht ein Hund oder eine Ziege. Tiere, die von einem Raubtier verletzt worden oder zu alt waren, um noch länger von Nutzen zu sein, fielen ihren überdrüssigen Besitzern häufig zum Opfer. Doch kein Tier verdiente solch eine grausame Behandlung. Sie alle waren Kreaturen Gottes. Man musste sie schützen und gut behandeln.

Die aufsteigenden Tränen trübten ihre Sicht. Schnell blinzelte Evangeline sie weg.

Als sie endlich das Flussufer erreichten, war der Wagen des Übeltäters bereits um die Kurve verschwunden, doch Evangeline machte sich sowieso viel größere Sorgen um das arme Tier im Wasser. Sobald Logan Schamgar angehalten hatte, versuchte sie das Bein über den Sattel zu schwingen und abzusteigen. Doch ihr Rock behinderte sie in der Bewegung.

»Langsam«, murmelte Logan ihr ins Ohr. »Ich hebe Sie runter.«

Und genau das tat er. Er sprang vom Pferd und streckte sofort die Hände nach ihr aus, um ihr zu helfen.

»Helfen Sie mir«, schrie Evangeline, als sie sich von ihm losmachte und in Richtung Fluss stürmte.

Sie watete in das knietiefe Wasser hinein und ihr war vollkommen egal, was dabei mit ihrem Sonntagskleid passierte. Die Strömung zog an ihrem Rock und Unterrock. Matsch drang in ihre Schuhe und die Strümpfe, als sie sich der schwarzen Decke näherte.

Sie bückte sich, ergriff den nassen Stoff und zog, so fest sie konnte, an dem Bündel. Kaltes Wasser spritzte auf, ihre Bluse wurde nass und der eiskalte Musselin klebte an ihrer Haut. Sie ignorierte es, biss die Zähne zusammen und zog mit all ihrer Kraft.

Anstatt das andere Ende zu ergreifen, bückte sich Logan und legte die Arme um die Mitte der Decke. Mit einem lauten Ächzen hob er den schweren Brocken aus dem Wasser.

Dabei strömte eine große Menge des eisigen Nasses aus der Decke und Evangeline watete tiefer in den Fluss hinein, um Logan schnell den Weg frei zu machen.

Die Muskeln an seinem Hals traten hervor und sein Gesicht wurde rot von der Anstrengung. Ihr eigener durchnässter Rock zerrte an ihr. Die vollgesogene Wolldecke musste unglaublich schwer sein. Was auch immer darin eingewickelt war, es zuckte nicht mehr. Das machte Evangelines unglaubliche Angst.

Sobald Logan das Ufer erreicht hatte, ging er in die Knie und rollte mit seiner schweren Last an Land. Evangeline war sofort da, um die gefangene Kreatur zu befreien. Endlich fand sie eine lose Ecke und zog daran. Während sie aufsprang, um mehr Kraft zur Verfügung zu haben, stemmte sie sich gegen den nassen Stoff und schaffte es endlich, ihn auseinanderzuwickeln. Logan half ihr und musste das Bündel dreimal um seine Achse drehen, bevor die Kreatur zum Vorschein kam.

Evangeline schnappte erschrocken nach Luft. »Gott im Himmel!«

Es war eine Frau. Mit dem Gesicht nach unten lag sie vor ihnen. Dunkles, strähniges Haar klebte an ihrem Kopf und sie trug ein schwarzes Kleid, das sich gänzlich um ihre Gliedmaßen geschlungen hatte. Sie bewegte sich nicht.

Sofort rollte Logan sie auf den Rücken. Evangeline kroch neben sie und legte das Ohr an das Gesicht der jungen Frau.

»Sie atmet nicht.« Den Blick auf Logan gerichtet betete sie, dass er wusste, was zu tun war. Die Haut der Frau war unnatürlich blass.

»Öffnen Sie ihren Kragen«, schnappte Logan und der Schock in seinen Augen wandelte sich in eine Entschlossenheit, die Evangelines schwindende Zuversicht wieder wachsen ließ.

Sie fummelte an den kleinen Knöpfen am Hals der Frau herum, während Logan das Mädchen aufrichtete. Evangeline runzelte die Stirn. »Was haben Sie vor?«

»Wir müssen das Wasser aus ihrer Lunge kriegen.« Er legte die Arme von hinten um den leblosen Körper, verschränkte die Finger und legte seine Hände unter die Rippen der Frau, dann riss er sie mit einer scharfen Bewegung nach oben. Dadurch wurde der Brustkorb der Frau zusammengedrückt.

Doch noch immer war die Frau bewusstlos. Mit grimmigem Gesicht wiederholte Logan die Bewegung. Und noch einmal. Und wieder.

Tränen strömten über Evangelines kalte Wangen. *Bitte, Herr. Bitte.* Sie selbst hielt die Hand der Frau, da sie nicht wusste, was sie sonst tun sollte. Kalte, nasse, leblose Finger. Evangeline drückte sie immer weiter und versuchte, sie zu wärmen.

Logan kniete sich breitbeiniger hin und zog wieder. Diesmal fester.

Aus dem Mund der Frau lief plötzlich Wasser. Evangeline griff nach ihrem Kopf und drehte ihn, während die Frau spuckte. Logan ließ sie los und rollte sie auf die Seite, schlug ihr dann fest auf den Rücken.

Die Frau hustete. Sie würgte. Und schließlich atmete sie wieder.

Danke, Gott!

»Es ist alles gut. Du bist in Sicherheit.« Evangeline strich der jungen Frau die Haare aus dem Gesicht. »Niemand wird dir etwas tun. Wir sind Freunde.«

Glasige grüne Augen blinzelten in die Sonne und versuchten, sich zu fokussieren. Als sie endlich Evangelines Blick fand, *ihre* Augen sah, fing das Mädchen an zu schreien. Sie warf den Kopf hin und her und jaulte wie ein verwundetes Tier. Dann riss sie sich von Evangeline los und krabbelte rückwärts. Sie versuchte, sich aufzurichten, doch ihre Füße verfingen sich in der nassen Decke. Auf allen vieren wollte die Frau davonkriechen, doch dazu fehlte ihr die Kraft. Sie brach zusammen, umschlang ihre Beine mit den Armen und blieb auf der Seite liegen. Leise wimmernd schaukelte sie vor und zurück.

Logan sah Evangeline verwirrt an. »Glauben Sie, sie ist verrückt oder so?«

»Ich weiß es nicht.« Eine solche Beeinträchtigung würde die Reaktion natürlich auch erklären, aber Evangeline kannte die Wahrheit. Ihre Augen hatten das Mädchen so in Panik versetzt. Sie hatte wahrscheinlich gedacht, sie wäre dem einen Horror entkommen, nur um jetzt von einer Flusshexe geholt zu werden.

Evangeline ignorierte den Schmerz, den diese Gedanken in ihr auslösten, und konzentrierte sich auf das halb ertrunkene Mädchen. Ihr Geisteszustand war vollkommen egal. Sie war in Sicherheit, das war alles, was zählte.

Langsam kroch Evangeline auf die junge Frau zu. »Ich weiß nur, dass sie Angst hat. Sie braucht unsere Geduld und Nähe.«

Sie versuchte, keine hektischen Bewegungen zu machen und legte der jungen Frau die Hand auf die Schulter. Diese zuckte zusammen und hörte auf zu wimmern, doch sie entrollte sich nicht und schaute auch nicht auf.

»Ich bin eine Freundin«, sagte Evangeline leise und beruhigend. »Du bist in Sicherheit. Er wird dir nicht mehr wehtun.«

Für viele lange Minuten lag die Frau dort zusammengerollt

und bewegte sich nicht. Sie sprach auch nicht. Und auch Evangeline rührte sich nicht. Sie ließ die Hand auf der Schulter der jungen Frau, damit sie sich an ihre Gegenwart gewöhnen konnte. Sie sollte wissen und spüren, dass ihr keine Gefahr mehr drohte.

Logan hockte sich neben sie und beobachtete das Geschehen. Er wurde nicht ungeduldig, schlug nicht vor, dass sie das Mädchen einfach aufs Pferd packen und nach Hause reiten sollten. Stattdessen sagte er nichts und schaute einfach nur zu. Bis der Wind auffrischte und das Mädchen zu zittern begann. Dann erhob er sich leise, zog seine Jacke aus und legte sie vorsichtig über den bebenden Körper.

Die Jackenärmel waren zwar nass, doch der meiste Stoff war trocken geblieben und musste noch seine Körperwärme enthalten, denn sofort wurde das Zittern weniger und die junge Frau seufzte auf.

Evangeline lächelte ihn dankbar an. Seine Handlungen bestätigten, was ihr Herz schon längst wusste: Logan war ein guter Mann. Ein freundlicher Mann. Er hatte seine Geheimnisse, aber im Inneren hatte er einen anständigen Kern, den man nicht leugnen konnte.

Als sie sich wieder der jungen Frau zuwandte, zog Evangeline ihre Hand unter der Jacke hervor und fing an, deren Haar zu streicheln. Sie strich ihr die nassen Strähnen aus dem Gesicht und legte diese auf die Seite. Endlich entspannte sich die Haltung der Fremden etwas und sie hob den Kopf, um Evangeline anzuschauen. Sofort zuckte sie wieder zusammen, doch dieses Mal versuchte sie nicht zu fliehen. Das verbuchte Evangeline als einen Erfolg. Sie versuchte, die Reaktion auf ihre verschiedenfarbigen Augen nicht zu nahe an sich heranzulassen, und setzte ihr gewinnendstes Lächeln auf.

»Du bist in Sicherheit«, wiederholte sie und hoffte, dass die junge Frau sich genug beruhigt hatte, um ihre Worte zu verstehen. »Wir wollen dir helfen.«

Das Mädchen wandte sich Logan zu. Der tippte sich an den Hut und nickte. »Ma'am.«

»Lebt deine Familie hier in der Nähe?« Evangeline berührte die Fremde wieder an der Schulter. Diese drehte ihren Kopf, machte aber keine Anstalten, zu antworten. »Können wir dich irgendwo hinbringen? Irgendwohin, wo du sicher bist?«

»Sie kennen sie nicht?«, fragte Logan.

Evangeline schüttelte den Kopf. »Nein. Vielleicht ist sie aus Ben Franklin.« Sie wandte sich wieder an das Mädchen. »Kommst du daher? Aus Ben Franklin? Sollen wir dich da hinbringen?«

Das Mädchen sprang auf und Logans Jacke rutschte ihr von den Schultern. Sie schüttelte angsterfüllt den Kopf.

»Gut«, beruhigte Evangeline sie und streckte ihr beide Hände entgegen. »Wir bringen dich nicht nach Ben Franklin. Was ist mit Pecan Gap? Kennst du da jemanden?«

Die Frau schüttelte den Kopf noch vehementer, dann wich sie weiter zurück. Ihre Augen schossen von Logan zu Evangeline, dann zu Schamgar.

Dachte sie darüber nach, das Pferd zu stehlen?

Logan musste das Gleiche vermutet haben, denn er stieß einen leisen Pfiff aus und das Tier trottete treu an seine Seite. Die Frau sank in sich zusammen und Tränen strömten über ihr Gesicht.

Evangelines Herz zog sich voller Mitgefühl zusammen. Das arme Mädchen brauchte Hilfe. Sie brauchte eine Freundin. Und vor allem trockene Kleidung, um Himmels willen. Und Evangeline war in der Lage, ihr all diese Dinge zu bieten.

»Tja, offensichtlich willst du nicht in die Stadt, also nehme ich dich erst mal mit zu mir nach Hause.« Sie marschierte auf die Frau zu und streckte ihr die Hand entgegen. »Ich bin Evangeline Hamilton.« Sie zeigte nach Osten. »Etwa zwei Meilen von hier lebe ich mit meinen Brüdern, Zach und Seth. Wir können dich vor dem beschützen, der dir das angetan hat. Unser Land ist ruhig und abseits der Straße. Wir bekommen kaum Besuch, also musst du dir keine Sorgen machen, dass jemand vorbeikommt und nach dir fragt. Logan ist unser Nachbar.« Evangeline nickte in seine Richtung. »Er wird uns dabei helfen, dich zu beschützen.«

Die Frau nagte hektisch an ihrer Unterlippe. Sie hatte ganz offensichtlich schreckliche Angst und wusste nicht, wem sie trauen konnte. Doch welche Möglichkeit hatte sie schon? Zwei Fremde, die sie vor dem sicheren Ertrinkungstod gerettet hatten, waren wohl besser, als sich alleine auf den Weg zu machen ohne Schutz, Geld oder Kleidung. Selbst, wenn einer von ihnen die Augen eines Dämons hatte.

»Du kannst so lange bleiben, wie du willst, und jederzeit wieder weggehen«, versprach Evangeline, die immer noch ihre Hand ausgestreckt hatte. »Bitte. Komm mit mir.«

Langsam, ganz langsam, streckte die junge Frau ihre Hand aus und ergriff Evangelines.

Evangeline selbst strahlte über diesen Erfolg und drückte die Finger des Mädchens. »Da bin ich aber froh! Du wirst es nicht bereuen, das verspreche ich dir. Du tust mir sogar einen Gefallen, wenn ich ehrlich bin«, plapperte sie vor sich hin, während sie Logans Mantel wieder aufhob und ihn der jungen Frau um die Schultern legte. »Ich bin seit Jahren die einzige Frau im Haus. Meine Brüder sind wunderbare Männer, das darfst du nicht missverstehen, aber ich kann nicht wirklich schwesterliche Geheimnisse mit ihnen austauschen.« Evangeline legte ihren Arm um das Mädchen, das ein paar Zentimeter kleiner war als sie selbst, und führte sie zu Schamgar. Das Mädchen hielt die ganze Zeit ihre Augen auf Evangelines Gesicht gerichtet, als könne sie ihr nicht trauen, ohne sie im Blick zu behalten. »Du wirst die erste Freundin sein, die bei mir übernachtet!« Evangeline war entschlossen, diesem traumatisierten Mädchen die Angst zu nehmen und eine gesunde Dosis Hoffnung zu schenken. Man konnte die Dunkelheit nicht ohne Hoffnung überstehen, das wusste Evangeline aus erster Hand. »Wir werden die besten Freundinnen werden. Du wirst sehen.«

Der Blick des Mädchens schien wieder glasig zu werden, doch als sie bei Schamgar angekommen waren, waren ihre Tränen versiegt und ein leises Licht war in ihre Augen getreten.

Evangeline wandte sich Logan zu. »Würden Sie uns bitte auf Schamgar helfen?«

Sein Gesicht trug einen ganz seltsamen Ausdruck, fast schon nervös schien er zu sein. Aber das ergab keinen Sinn. Er hatte keinen Grund, sich um irgendetwas Sorgen zu machen.

»Ich glaube nicht, dass sie den ganzen Weg laufen kann, Logan«, erklärte Evangeline leise. »Aber ich will auch nicht, dass sie sich alleine fühlt, also dachte ich mir, ich könnte mit ihr reiten. Aber dann haben Sie leider keinen Platz mehr auf Schamgars Rücken.«

Er schüttelte seine Benommenheit ab und verschränkte sofort die Hände, um ihr auf das Pferd zu helfen. »Natürlich. Ich führe Schamgar, während Sie beide reiten.« Er musterte das Mädchen kurz, dann senkte er die Stimme zu einem Flüstern. »Sind Sie sicher, dass wir sie nicht in die Stadt bringen sollten? Irgendjemandem sollten wir doch Bescheid sagen. Dem Gesetzeshüter oder so. Vielleicht kennt sie ja doch jemand.«

»Pecan Gap hat keinen Marschall. Wir müssten uns an den Sheriff von Cooper wenden. Und Sie haben doch gesehen, was sie für eine Angst hatte, als ich die Stadt erwähnt habe.« Evangeline sah ihn streng an. »Sie kommt mit mir nach Hause, Logan. Und Ende der Diskussion.«

»Nach Hause«, murmelte er und sein Blick löste sich von ihrem. »Genau.«

Kapitel 13

Logan setzte einen Fuß vor den anderen, bis sie das Grundstück erreicht hatten. Mehr brachte er nicht zustande. Fast hatte er das Gefühl, *er* wäre derjenige gewesen, der in die Decke gewickelt worden war. Ertrinkend, langsam sterbend. Sein damaliges Zuhause von Weitem zu sehen, war eine Sache. So nahe davorzustehen, dass er die Wand mit seiner bloßen Hand berühren konnte … Er hatte gedacht, darauf wäre er vorbereitet. Offensichtlich war er es nicht.

Logan führte Schamgar an der Scheune vorbei und sagte sich immer wieder, dass er sich auf das Haus vor sich konzentrieren sollte, doch trotzdem wanderte sein Blick schließlich gegen seinen Willen zur Seite. Das Scheunentor stand offen und innerhalb einer Sekunde war Logan wieder sechzehn und sah den leblosen Körper seines Vaters am Boden liegen, bedeckt mit dem Tischtuch seiner Mutter. Ein widerlicher Geschmack stieg in seinem Mund auf und er wankte. Doch schnell hatte er sich wieder gefangen und klammerte sich an Schamgars Zaumzeug, als sei dies seine einzige Verbindung zum Hier und Jetzt. Logan zwang sich dazu, weiterzugehen, einen Fuß vor den anderen zu setzen, und richtete seine Augen wieder auf das Haus.

»Zach!«, rief Eva und holte Logan damit abrupt wieder in die Gegenwart zurück. »Seth! Wir brauchen eure Hilfe.«

Noch ehe ihr Ruf verklungen war, riss Hamilton die Tür auf und sprang nach draußen, die Fäuste geballt, die Zähne zusammengebissen. Sein feuriger Blick blieb an Logan hängen. »Was haben Sie getan?«, knurrte er und kam auf sie zu.

Logan hob sein Kinn und stemmte die Füße in den Boden.

»Er hat das Leben dieser armen jungen Frau gerettet«, sagte Eva. »Das hat er getan.« Logan hätte schwören können, dass er hören konnte, wie sie die Augen verdrehte. Ihr Tonfall brachte ihn zum Grinsen, was Hamiltons Gesicht nur noch finsterer werden ließ. Noch ein Punkt für Logan. »Spiel dich nicht so auf und hilf mir mit unserem Gast.«

»Gast?« Hamiltons Kopf fuhr herum und er schaute seine Schwester mit einer Mischung aus Fassungslosigkeit und Horror an. »Was meinst du mit *Gast*?«

Logan war froh, dass er nicht der Einzige war, dessen Leben von dieser vehementen kleinen Waldelfe auf den Kopf gestellt wurde, die von seinem Wallach herabfunkelte.

»Ach, um Himmels willen. Hat denn keiner von euch Kerlen auch nur einen kleinen Funken Gastfreundschaft in sich stecken?« Eva blitzte Hamilton an, dann murmelte sie irgendetwas vor sich hin und ließ sich von Schamgars Rücken gleiten. »Seth. Gott sei Dank.« Der blonde Hamilton-Bruder kam vorsichtig auf Schamgar zu. Sein Blick schoss zwischen seiner Schwester und der Frau, die immer noch auf dem Rücken des Pferdes saß, hin und her. »Meine neue Freundin braucht Hilfe und Zach scheint der Aufgabe nicht gewachsen zu sein.«

Hamilton grunzte protestierend, doch Eva wandte ihm den Rücken zu und schaute stattdessen Seth an.

»Sei vorsichtig«, warnte sie ihn leise. »Sie hat etwas Schreckliches durchgemacht und braucht dringend ein heißes Bad, frische Kleidung und ein gutes Essen.«

»Kommen Sie, Miss«, sagte Seth freundlich, als er der Fremden die Hand entgegenstreckte. »Ich helfe Ihnen beim Absteigen.«

Die Freundlichkeit seines Bruders schien Hamilton aus seiner Erstarrung zu lösen. »Ich stelle den großen Kessel auf den Herd«, knurrte er, bevor er Logan einen letzten feindseligen Blick zuwarf und zurück zum Haus stampfte, »aber ich glaube, darüber müssen wir noch mal reden.«

Eva zuckte nicht einmal mit der Wimper. Sie hob ihr Kinn und funkelte seinen sich entfernenden Rücken an. »Nach dem Abendessen«, rief sie ihm nach. Sie wandte sich an Logan. »Und wir würden uns sehr freuen, wenn *Sie* uns auch Gesellschaft leisten würden.«

»Was?« Hamilton fuhr herum und schüttelte vehement den Kopf.

Doch Eva setzte ein unbeeindrucktes Lächeln auf. »Es ist ein sehr unangemessenes Dankeschön für Ihre Heldentat heute, aber ich hoffe, dass Sie zum Essen bleiben. Seths Sonntagsbraten ist köstlich und er macht immer mehr als genug.«

Zu wissen, dass Hamilton nichts lieber getan hätte, als ihn von seinem Grundstück zu schmeißen, machte Evas Angebot nur noch verlockender für Logan. Mit einem Nicken und dem brennenden Blick Hamiltons auf der Haut tippte er sich an die Hutkrempe. »Es wäre mir eine Ehre, Miss Hamilton. Ich würde sehr gerne mit Ihnen und Ihrer Familie essen.«

»Wunderbar.« Ihre Augen funkelten verschmitzt. Logan konnte nicht umhin, das Gefühl der Verbundenheit zwischen ihnen zu genießen.

Eva trat beiseite, als Seth der verletzten jungen Frau vom Pferd half. Als er seine Arme um sie legte, um sie zum Haus zu tragen, ergriff diese schnell Evas Hand. Sofort war aller Schalk aus ihrem Blick verschwunden und sie warf Logan einen entschuldigenden Blick zu.

Er nickte. »Ich finde mich schon zurecht«, versicherte er ihr. »Ich kümmere mich um Schamgar, Sie kümmern sich um sie.«

Sie nickte dankbar und seine Brust füllte sich mit einer seltsamen Wärme.

Das war gefährlich! Solcherart Gefühle konnten seinen Plan gefährden.

Logan schnalzte mit der Zunge und führte Schamgar in Richtung Scheune. Es war Zeit, sich daran zu erinnern, wer er war und warum er überhaupt hier war.

Seth trug die junge Frau in Evangelines Zimmer und setzte sie vorsichtig dort ab. »Ich hole die Wanne«, sagte er, »und bringe ein paar Decken. Die arme Frau zittert ja am ganzen Körper.«

Evangeline sah den sorgenvollen Blick ihres Bruders. »Danke.«

Als er weg war, ließ Evangeline die Hand der Fremden los und trat an den Schrank, um zwei Röcke und eine Bluse herauszusuchen. Nachdem sie die Kleidungsstücke auf dem Bett abgelegt hatte, wandte sie sich wieder der Frau zu, die sich bisher nicht gerührt hatte. Evangeline zeigte erst auf den einen, dann auf den anderen Rock. »Möchtest du lieber Rot oder Braun?«

Das Mädchen zeigte auf sich und hob erstaunt die Augenbrauen.

»Ja.« Evangeline berührte sie sanft am Arm, bedacht darauf, keine hektischen Bewegungen zu machen. Dann musterte sie sie von oben bis unten. »Rot, würde ich sagen. Kein Grau oder Schwarz mehr für dich.« Sie erschauderte, als sie an die schwarze Wolldecke dachte, in die man die Arme eingewickelt hatte. »Es sei denn, du bist in Trauer.« Sie beäugte das formlose schwarze Kleid der anderen. »Ich hätte auch etwas Dunkleres, glaube ich …«

Die Frau schüttelte den Kopf und zeigte auf den roten Rock.

Da musste Evangeline grinsen. »Dann also Rot.« Sie legte die Bluse auf den roten Rock. Dunkelrote Blumen zierten den Stoff. »Das wird dir wunderbar stehen mit deinen dunklen Haaren. Ich glaube, ich habe sogar irgendwo noch ein rotes Haarband.« Sie trat an die Kommode und holte frische Unterwäsche für sie beide aus der Schublade, dann nahm sie das Band aus einem Körbchen.

»Ich hab die Wanne«, rief Seth vom Flur her, wo er mit der großen Kupferwanne hantierte.

»Danke.« Evangeline warf die Unterwäsche auf das Bett und ging an ihrem Gast vorbei, um ihrem Bruder zu helfen, die Wanne an ihren gewohnten Platz an der Wand zu stellen. Sie nahm zwei Decken und ein Handtuch aus der Badewanne und legte alles auf ihren Schreibtischstuhl.

Zehn Minuten später hatte Zach die Wanne mit Wasser von

der Küchenpumpe und drei Kesseln mit kochend heißem Wasser gefüllt. Evangeline hielt prüfend die Hand ins Wasser. Ihre Haut war noch so kalt, dass die plötzliche Hitze etwas schmerzte, aber es war auszuhalten. Genau die Temperatur, die eine frierende Frau brauchte, um wieder warm zu werden.

Als die Männer die Tür hinter sich geschlossen hatten, wandte sich Evangeline ihrem Gast zu und klatschte in die Hände. »Das Wasser ist perfekt. Ich helfe dir aus deinem Kleid und du genießt erst mal die Wärme. Dann kann ich dir später beim Haarewaschen helfen und die Strähnen auskämmen. Ist das in Ordnung?«

Die Augen der jungen Frau wurden wieder feucht, doch sie nickte und Evangeline lächelte. Der Himmel wusste, dass dieses arme Geschöpf für einen Tag mehr als genug durchgemacht hatte. Sie durfte sich ruhig ein wenig verwöhnen lassen.

Als Evangeline ihrer neuen Freundin aus dem schwarzen Kleid half, musste sie ihre aufsteigende Wut unterdrücken. Blaue Flecken bedeckten den ganzen Körper. Dunkle Fingerabdrücke hatte sie an den Oberarmen, wo man sie anscheinend brutal festgehalten hatte. Dazu dunkle Schatten im Bauchbereich und dünne rote Striemen auf dem Rücken, als hätte man sie mit einem Stock oder einer Rute geschlagen.

Kein Wunder also, dass sie sich nicht mehr gewehrt hatte, als der Mann sie ins Wasser geschmissen hatte. Sie war ganz offensichtlich verprügelt worden und wahrscheinlich zu diesem Zeitpunkt sogar schon ohnmächtig gewesen. Evangeline würde vorsichtig sein müssen, wenn sie ihre Haare wusch. Vielleicht hatte man ihr auch auf den Kopf geschlagen, bevor man sie in diese schreckliche Decke gewickelt hatte.

Evangeline schniefte leise und blinzelte die Tränen weg. Das Mädchen brauchte jetzt kein Mitleid, sondern vor allem Hoffnung. Also berührte Evangeline sie am Ellbogen und schenkte ihr ein Nicken, das ein Versprechen trug: Sie würde ihr Kraft spenden, bis sie selbst in der Lage war, sich zu erholen. Dann half sie ihrem Gast ins Wasser.

Logan trat mit dem Fuß gegen den Zaunpfosten und legte die Arme auf der obersten Latte ab. Was tat er hier? Zum ersten Mal seit Jahren befand er sich auf dem Land seines Vaters. Die Rettung des fremden Mädchens bot die perfekte Ablenkung. Er hätte nach irgendetwas suchen sollen, das er gegen Hamilton verwenden könnte, irgendein Druckmittel, um ihn an den Spieltisch zu bringen.

Stattdessen lehnte Logan am Schweinepferch, beobachtete, wie Hesekiel sich voller Freude in einem Matschpfuhl suhlte, und machte sich Sorgen um eine Frau, die er nicht einmal kannte. Nicht zu erwähnen seine Gefühle für die Frau, *die* er kannte.

In der Scheune hatte er es nur wenige Minuten ausgehalten. Er hatte Schamgar Sattel und Zaumzeug abgenommen, ihn etwas abgerieben und ihn zur Quelle geführt, damit er trinken konnte. Dann hatte Logan diesem Haus, das ihm wie ein Grab vorkam und sich als einfache Behausung für Tiere erwies, den Rücken zugewandt und war in die entgegengesetzte Richtung davongegangen.

Er musste seinen dunklen Erinnerungen entkommen, wollte die Enge in seiner Brust loswerden, diesen Druck, der das Atmen immer schwerer zu machen schien. Als er dann das Wildschwein entdeckt hatte, war er sofort zu dessen Pferch marschiert und hatte sich an den Zaun gelehnt. Nicht weil er eine besonders enge Beziehung zu dem Tier gehabt hätte, sondern weil das Wildschwein ihn an seine viel schönere Besitzerin denken ließ, die das Dunkel in seinem eigenen Inneren vertreiben konnte. Und falls er jemals einen Lichtschimmer gebraucht hatte, dann jetzt.

»Ich habe schon gehört, dass Sie eine Geschichte mit Hessy haben.«

Logan richtete sich auf und drehte den Kopf, um Seth ein schiefes Grinsen zu schenken. Er hätte wahrscheinlich froh sein sollen, dass man den jüngeren Hamilton-Bruder ausgewählt hatte, um ihn genauer unter die Lupe zu nehmen. Eine Konfrontation mit Zach wäre ihm am heutigen Tag wirklich zu viel gewesen.

»Tja, ich habe versucht, ihn zu erschießen, als ich ihn das erste Mal gesehen habe«, sagte Logan und nickte in Richtung des Schweins. »Aber Ihre Schwester hat mich davon abgehalten.« Er verlagerte sein Gewicht wieder auf den Zaun, nachdem Seth sich mit dem Rücken dagegengelehnt hatte. »Ich dachte, wenn ich ein bisschen Zeit mit ihm verbringe, mag ich ihn vielleicht irgendwann.«

»Das hat bei mir bisher noch nicht funktioniert.« Seth verschränkte die Arme vor der Brust und seine hellblauen Augen musterten ihn eindringlich. »Aber hört sich nach einer guten Strategie an.«

Logan hob eine Augenbraue. »Versuchen Sie das Gleiche gerade bei mir?«

»Jepp.«

Die ehrliche Antwort ließ Logan kurz auflachen. »Und? Klappt es?«

Seth zuckte die Schultern. »Es ist noch zu früh, um das zu sagen. Aber Sie sollten gewarnt sein …« Er drückte sich vom Zaun weg, seine Arme immer noch verschränkt und sein Gesichtsausdruck alles andere als scherzend. »Wir leben seit Jahren damit, dass Evie immer wieder Streuner mit nach Hause bringt. Wir wissen, wie wir sie am besten beschützen.« Er nickte in Richtung des Wildschweines. »Wir haben Hessys Hauer entfernt, bevor er damit irgendeinen Schaden anrichten konnte.« Seth senkte den Kopf bedeutungsvoll in Richtung Logans Hosenbund, bevor er ihm wieder fest in die Augen blickte.

Logan tippte sich angesichts dieser brüderlichen Drohung zur Kenntnis nehmend an den Hut. »Das werde ich mir merken.«

»Gut.«

Sie schwiegen. Seth wandte sich wieder dem Pferch zu und stellte einen Fuß auf die unterste Zaunlatte, während sie beide das Tier betrachteten, das sie beide nicht mochten. Die Gefühle zwischen ihnen waren so ähnlich.

»Also, wie geht es dem Mädchen?«, fragte Logan schließlich und brach die Stille.

»Evie kümmert sich um sie.« Seth hob den Kopf in Richtung Sonne, als wäre Eva auch für ihn ein heller Strahl in einer dunklen Welt. »Etwas Besseres kann ihr im Moment wahrscheinlich nicht passieren.«

»Das stimmt. Ihre Schwester kann einen besser aufmuntern, als jeder andere, den ich bisher kennengelernt habe.«

»Hört sich an, als hätten Sie schon sehr viel Zeit mit ihr verbracht.« Seth musterte Logan von der Seite her und unternahm keinen Versucht sein Interesse zu verbergen.

Innerlich verfluchte Logan sich selbst. Dieser Kommentar war ihm über die Lippen gekommen, ohne dass er darüber nachgedacht hatte. Hätte er doch lieber den Mund gehalten. Gerade hatte er eine Karte ausgespielt, die er besser in den Händen behalten hätte. Eva brachte ihn einfach vollkommen aus dem Konzept.

Seth zog die Augenbrauen zusammen. »Wie viel Zeit genau haben Sie eigentlich mit ihr verbracht, *Nachbar*?«

Kapitel 14

Logan versuchte, seinen Kontakt zu Eva herunterzuspielen. »Wir haben uns hier und da ein paarmal getroffen. Sie war so freundlich, mir bei der Entscheidung zu helfen, wo ich am besten meine Hütte bauen sollte.«

Seth wirkte nicht gerade begeistert. »Uns hat sie erzählt, dass Sie nicht hier in der Gegend bleiben wollen. Dass Sie das Land nur als Investition gekauft haben.«

»Das stimmt auch.« Logan blinzelte nicht, als Seth ihn anstarrte. Stattdessen versuchte er, die Aura eines Mannes auszustrahlen, der nichts zu verbergen hatte. »Aber Ihre Schwester hat mich davon überzeugt, dass ich mit dem Land mehr Geld verdienen kann, wenn es etwas besser entwickelt ist.« Er zuckte mit den Schultern. »Ich habe keine anderen Verpflichtungen in nächster Zeit, also bin ich ihrem Vorschlag gefolgt. Ich habe den Boden schon entsprechend vorbereitet und will nächste Woche mit dem Fundament anfangen.«

»Hat Ihr Hierbleiben irgendetwas mit Ihren Absichten meiner Schwester gegenüber zu tun? Heute nach dem Gottesdienst haben Sie für ein großes Aufsehen gesorgt. Wenn Sie nur ihre Gesellschaft genießen wollen, während Sie Ihr Land bearbeiten, und sich dann aus dem Staub machen, wenn Sie einen Käufer gefunden haben, kann ich Ihnen nur davon abraten. Evie verdient es nicht, dass man mit ihren Gefühlen spielt, vor allem nicht vor den Augen der ganzen Stadt. Mein Bruder und ich werden ein solches Verhalten nicht akzeptieren.«

»Das sollten Sie auch nicht.« Logan drückte sich vom Zaun weg und biss die Zähne zusammen. »Sehen Sie, ich weiß, dass Sie Ihre Schwester beschützen wollen, und das respektiere ich auch. Aber sie und ich kennen uns erst seit wenigen Wochen. Es ist viel zu früh, um irgendwelche speziellen Absichten zu entwickeln. Was ich Ihnen aber versichern kann, ist, dass ich Evangeline sehr schätze. Sie ist eine besondere Frau. Sie ist gutherzig. Und witzig. Und sie hat keine Angst davor, jemanden ordentlich zusammenzustauchen, wenn es nötig ist.« Ein Grinsen zupfte an seinen Mundwinkeln, als er zum Haus hinüberschaute.

Die sanfte Brise, die die beiden Männer umweht hatte, frischte plötzlich so stark auf, dass Logans nasse Hosenbeine zu flattern anfingen. Der Staub auf dem Hof wurde aufgewirbelt und biss ihm in den Augen. Er drehte sich blinzelnd um und sah, dass Seth die Augen weit aufgerissen hatte. Sein Mund öffnete sich und er rang nach Luft, dann brach er in raues, röchelndes Husten aus. Immer wieder versuchte er, zu Atem zu kommen, legte sich die Hand an den Hals. Schnell riss er sein Hemd hoch und presste es sich auf Mund und Nase. So taumelte er in Richtung des Hauses, doch auf halbem Weg zur Veranda brach er zusammen. Auf dem Rücken liegend rang er nach Luft, röchelte schwach. Es hörte sich an, als würde er sterben. Logan lief an seine Seite und versuchte sich an das zu erinnern, was Eva ihm erzählt hatte. »Ich helfe Ihnen.« Er schnappte sich Seths linken Arm und zog ihn hoch. Sie mussten sofort aus diesem Wind heraus.

Seth wehrte sich nicht gegen ihn, doch er tat auch nichts, um ihm zu helfen. Logan legte sich Seths Arm über die Schulter und schlang seinen freien um seine Taille. »Hamilton!«, schrie er und versuchte, Seth aufrecht zu halten. »Kommen Sie her!«

Zacharias stieß die Tür auf und warf Logan einen hasserfüllten Blick zu, bevor seine Augenbrauen erschrocken in die Höhe schossen. Er lief die Stufen hinunter. Innerhalb eines Herzschlages war er bei Seth und stützte seinen Bruder. Gemeinsam schafften die beiden Männer es, Seth die Veranda hinauf und in die Küche zu schleppen. Hamilton trat die Tür zu und setzte seinen Bruder auf den Stuhl neben dem Ofen.

»Langsam und gleichmäßig, Seth. Erinnere dich an die Übungen.« Hamilton sprach erstaunlich ruhig angesichts der Panik, die durch Logans Venen jagte. »Langsam und gleichmäßig.« Doch Zacharias war alles andere als ruhig, das erkannte Logan an dessen mit Furchen durchzogener Stirn, als er sich umwandte. »Nehmen Sie das Handtuch und befeuchten Sie es. Dann schütten Sie Kaffee ein.«

Nachdem er den rauen Befehl ausgestoßen hatte, wandte er sich wieder seinem Bruder zu, zog Seth den Mantel aus und warf ihn in die Ecke neben der Tür. Dann riss er Seths Hosenträger herunter und knöpfte sich sein Hemd vor.

Logan entdeckte ein Geschirrtuch neben der Spüle. Er schnappte es sich und beeilte sich, Wasser aus der Pumpe zu schöpfen, immer angetrieben von Seths röchelndem Husten. Er drückte die überschüssige Flüssigkeit aus und lief zurück zum Tisch.

»Hier«, sagte er und hielt Hamilton das Tuch hin.

Der schob die Teller in die Mitte des Tisches, die schon fürs Mittagessen dort standen, und nahm ihm das Tuch ab. Er wischte seinem Bruder über das Gesicht. Entfernte er so den Staub? Das musste es sein, denn kurz darauf säuberte er auch seinen Nacken und die Hände und warf das staubige Hemd ebenfalls in die Ecke zu dem Mantel. Jetzt saß Seth nur noch in Hose und Unterhemd in der Küche.

»Kaffee!«, schnappte Hamilton und Logan sprang los zum Herd.

Er öffnete die Schranktüren, bis er einen Becher fand, dann nahm er die Kanne von der Kochplatte. Der Herd war immer noch der gleiche, an dem auch seine Mutter schon gestanden hatte. Doch er schob die Erinnerungen beiseite und konzentrierte sich darauf, die braune Flüssigkeit einzugießen und sie zum Tisch zu tragen. Gerade, als er den Becher abgestellt hatte, schwang eine Zimmertür auf.

»Hier ist das heiße Wasser, das übrig geblieben ist«, sagte Eva und lief mit einem Porzellanwaschbecken herbei. Sie drückte sich an Logan vorbei und stellte die dampfende Schüssel vor Seth ab. »Ich habe die Aufregung gehört.«

Hamilton drückte sanft den Kopf seines Bruders über die Schale. Interessanterweise drängte er ihn nicht dazu, tief einzuatmen, sondern sagte ihm, dass er die Wärme spüren sollte. Dass er seine Augen schließen und sich entspannen sollte.

Er war so gut zu ihm. Seine tiefe Stimme klang weich und beruhigend und er sprach rhythmisch, sodass Seths Atem sich seiner Sprache anpassen konnte.

Seths Hand zitterte, als er nach dem Kaffee griff. Eva half ihm, die Tasse zum Mund zu führen. Er mochte nicht dazu in der Lage zu sein einzuatmen, doch er schüttete den Kaffee in sich hinein, als hinge sein Leben davon ab. Und das tat es ja anscheinend auch, wenn es stimmte, was Eva ihm erzählt hatte.

Aus dem Augenwinkel sah Logan eine Bewegung an der Tür. Er wandte sich um und sah die junge Frau, die sie aus dem Fluss gezogen hatten. Sie war sauber, ihre dunklen Haare waren gekämmt und geflochten und die Enden waren mit einem roten Band zusammengebunden, das perfekt zu ihrem Rock passte. Ihr angstvoller Blick glitt von einer Person zur nächsten, bis sie schließlich Logan musterte. An ihrem Gesicht erkannte er, dass sie eine Erklärung brauchte.

Er trat näher an sie heran und erklärte leise: »Er hat Asthma.« Dann erinnerte er sich daran, dass sie mental vielleicht nicht ganz auf der Höhe war, und klopfte sich gegen die Brust. »Er hat schwache Lungen. Der Staub da draußen tut ihm weh.«

Die junge Frau richtete ihren Blick wieder auf die drei am Esstisch, dann schaute sie zurück zu Logan und wollte weitere Details wissen.

Vielleicht war sie doch nicht so eingeschränkt, wie er gedacht hatte. Sie wusste auf jeden Fall, wie sie mit ihrem Gesicht kommunizieren konnte. Selbst jemand, der nicht Poker spielte, hätte ihre nonverbale Kommunikation ohne Probleme verstanden.

»Es geht ihm gleich wieder besser«, versicherte Logan ihr und hoffte, dass das auch stimmte. Hamilton und Eva schienen sehr genau zu wissen, was sie tun mussten, also bedeutete das wohl, dass Seth schon öfter solche Anfälle überstanden hatte. »Er muss nur seine Lungen beruhigen, damit sie wieder vernünftig arbeiten können.«

Die junge Frau schien ebenfalls helfen zu wollen, denn sie ging um Logan herum an den Herd. Dort nahm sie das Handtuch, das er soeben benutzt hatte, um sich die Hand nicht an der heißen Kaffeekanne zu verbrennen, und nutzte es, um Seths Tasse wieder aufzufüllen. Dann setzte sie sich ihm gegenüber an den Tisch, faltete die Hände, senkte den Kopf und fing an zu beten. Zumindest vermutete Logan das. Ihre Augen waren geschlossen und ihr Mund bewegte sich, doch sie gab keinen Laut von sich.

Logan folgte ihr an den Tisch, stützte sich auf die Stuhllehne und senkte gleichfalls den Kopf. Es erschien ihm richtig, obwohl er es seltsam fand zu beten, wenn niemand die Worte hörte. Doch damit konnte er leben.

Hilf seinen Lungen, Herr.

Nicht gerade das eloquenteste Gebet, aber er vermutete, dass das ausreichen würde. Was musste noch gesagt werden? Logan öffnete die Augen. Die Frau aus dem Fluss hatte offensichtlich mehr Ideen als er, denn ihre Lippen bewegten sich jetzt schon minutenlang. Logan blickte die Hamiltons an und sein Herz zog sich zusammen, als er den Schmerz auf Evas Gesicht sah. Ein Zusatz zu seinem kurzen Stoßgebet kam ihm in den Sinn.

Eva hat in ihrem Leben so viel Leid erlebt. Sie darf keinen weiteren Bruder verlieren. Bitte schütze ihn.

Es hatte schon etwas Ironisches, dass er für einen Hamilton betete, während er in genau der Küche stand, die sie ihm vor Jahren geraubt hatten. Doch er bereute es nicht. Wie könnte er, wo Eva gerade jetzt zu ihm herüberschaute und ihn so unendlich dankbar ansah? Außerdem wünschte er diesen Menschen ja grundsätzlich nichts Schlechtes. Er wollte nur Gerechtigkeit für seinen Vater und Wiedergutmachung für seine Mutter.

Seth trank nun seine zweite Tasse Kaffee. Als er sie abstellte, öffnete die junge Frau auf der anderen Seite des Tisches die Augen. Die beiden starrten sich an, ihre Blicke verschmolzen und um sie herum schien einen Moment lang nichts anderes mehr zu existieren. Seths gepresster Atem beruhigte sich und seine Wirbelsäule entspannte sich.

Ob es der Kaffee gewesen war, die Gebete oder die Anwesenheit der mysteriösen jungen Frau, Seth schien es von Sekunde zu Sekunde deutlich besser zu gehen. Die Anspannung fiel allmählich von ihm ab.

Alle fünf saßen sie eine Zeit lang schweigend da und lauschten Seths langsamen, gleichmäßigen Atemzügen, als wären sie die Endakkorde eines raffinierten Orchesterstückes.

»Gut«, brach Eva schließlich mit tapferem Lächeln die Stille. »Dann richte ich mal das Essen an.«

Seths Gesicht wurde rot und er sprang auf. »Ich, ähm, hole mir mal ein frisches Hemd.« Er warf einen schnellen Blick zu dem Mädchen, das sich ebenfalls erhoben hatte. »Tut mir leid wegen all der Aufregung. Ich hoffe, der Braten ist nicht zu trocken geworden.«

»Selbst wenn, ist das immer noch besser als die Dosenbohnen mit Dörrfleisch, die ich eigentlich für heute geplant hatte.« Logan lachte und erntete ein kleines Grinsen von Seth, bevor dieser die Küche verließ.

»Zach«, schlug Eva vor, »wie wäre es, wenn du mit Logan die Badewanne ausleerst, während wir Frauen uns um das Essen kümmern?«

Die Blicke der Angesprochenen trafen sich. Dabei wirkte Zacharias genauso abgeneigt wie Logan selbst.

»Das schaffe ich schon alleine«, knurrte Hamilton. »Logan ist unser … Gast. Er sollte … sich im Wohnzimmer ausruhen oder so etwas.«

Logan runzelte die Stirn. Er würde sich vor Eva nicht als Drückeberger darstellen lassen. »Ich bin nicht der Typ, der sich im Wohnzimmer entspannt, während andere arbeiten«, sagte er und biss die Zähne zusammen. »Ich kann Ihnen gerne helfen.«

Hamiltons Augen wurden schmal. »Ich sagte, dass ich es alleine schaffe.«

Logan kniff ebenfalls die Augen zusammen. »Und *ich* sagte, dass ich gerne helfe.«

Hamilton trat einen Schritt vor und Logan folgte seinem Beispiel.

Bis ihm ein Geschirrtuch ins Gesicht klatschte. Erschrocken griff er nach dem feuchten Stoff. »Was …?« Er sah zu der Quelle der Attacke hinüber.

Eva stand am Herd, hatte die Hände in die Hüften gestemmt und verdrehte beide Augen – das braune *und* das blaue. Sie zeigte mit dem Daumen in Richtung Flur. »Der erste Raum links, Logan. Vielleicht schafft ihr es ja, ohne überall auf dem Boden Wasser zu verschwappen. Ist wahrscheinlich etwas viel verlangt, da eure Egos euch ziemlich im Weg zu stehen scheinen. Aber ich vertraue euch.« Sie versüßte die Schelte mit einem Lächeln und plötzlich war es ihm viel wichtiger, ihren Wünschen zu entsprechen, als seinen Stolz aufrechtzuerhalten.

Logan warf das Geschirrtuch zurück und grinste. »Jawohl, Ma'am.«

Er beäugte Hamilton misstrauisch, während er zunächst zu den Haken an der anderen Wand der Küche ging und seinen Hut dort aufhängte, den er in all der Hektik um Seths Anfall noch auf dem Kopf getragen hatte.

Wieder einmal wurde deutlich, dass Hamilton weich wurde, wenn es um seine Schwester ging, denn er seufzte und verdrehte die Augen. Dann schnappte er sich die Waschschüssel, die Eva aus ihrem Zimmer mitgebracht hatte und marschierte zu ihrem Zimmer. »Also gut, dann kommen Sie halt«, knurrte er, obwohl Logan ihm schon längst folgte.

Doch als sie Evas Zimmer erreicht hatten, zögerte Logan doch wegen all der Erinnerungen, die auf ihn einströmten.

Das war sein Zimmer. Sie nutzte sein Zimmer.

Die Einrichtung war natürlich eine andere. Sein Bett und der kleine Schreibtisch waren zusammen mit ihren anderen Habseligkeiten eingepackt worden, als er mit seiner Mutter von hier weggegangen war. Doch die Wände waren gleich geblieben, das Fenster zeigte immer noch in die gleiche Richtung und die Dielen … Logan trat in den Raum und drückte mit der Stiefelspitze gegen das dritte Bodenbrett. Jepp. Es knarzte noch immer. Er hatte früher stets darauf achten müssen, nicht auf genau dieses Brett zu treten, wenn er sich spätabends noch in die Küche gestohlen hatte.

»Ich dachte, Sie wollten mir helfen.« Hamiltons aggressiver Tonfall holte Logan schlagartig zurück in die Gegenwart. Sein unfreiwilliger Gastgeber schüttete den Inhalt der Waschschüssel in die Wanne, dann stellte er sie auf den Waschtisch.

Logan nickte knapp. »Will ich auch.«

»Tja, dann sollten Sie aufhören, die Sachen meiner Schwester anzustarren, und Ihr Ende der Wanne hochheben.«

»Verstanden.« Logan bückte sich und nahm den Griff mit der rechten Hand.

Er hatte sich nicht wirklich im Raum umgesehen, aber jetzt, wo Hamilton es gesagt hatte, sah er plötzlich die ganzen femininen Accessoires, die das Zimmer schmückten. Die geblümte Tagesdecke, Bürsten und Haarnadeln auf dem Waschtisch, eine Porzellanstatue auf der Fensterbank. Sie hatte sein Zimmer zu ihrem eigenen gemacht.

Und zum ersten Mal erschien es ihm falsch, ihr das zu nehmen.

»Wann immer Sie bereit sind, Eure Majestät.« Hamilton starrte Logan aus seiner gebeugten Position an.

Logan erwiderte den finsteren Blick, während er sich aufrichtete und die Wanne anhob. Rückwärts ging er aus dem Raum.

Eva das Zuhause zu rauben fühlte sich vielleicht falsch an, doch es Zacharias Hamilton zu nehmen, war definitiv richtig.

Kapitel 15

Evangeline lächelte, als sie der Frau neben sich den letzten Teller zum Abtrocknen reichte. Sie musste wirklich herausfinden, wie sie hieß. Eigentlich hatte sie vorgehabt, ihr während des Haarekämmens private Fragen zu stellen, doch das Mädchen hatte einfach nur nach unten gestarrt, während Evangeline die Knoten entwirrt hatte, und hatte nicht auf sie reagiert. Danach war Seths Asthmaanfall dazwischengekommen.

Die junge Frau war offensichtlich Arbeit gewohnt. Sie war sofort aufgesprungen, als Eva sich die Schürze umgebunden hatte. Und sie kannte sich im Kochen aus. Die dunkle Soße, die sie gezaubert hatte, hatte den Braten und die Kartoffeln gerettet, sonst wäre das Essen wirklich zu trocken gewesen. Nicht dass sich irgendjemand beschwert hätte. Dass Seth wieder normal atmen konnte, war jede Einschränkung wert.

Dieser Anfall war besonders schlimm gewesen. Es war der erste, den er seit Monaten gehabt hatte, und der ernsthafteste seit über einem Jahr. Normalerweise ergriff Seth alle möglichen Vorkehrungen, um seine Lungen zu schonen, doch der ungewohnte Besuch musste ihn abgelenkt haben. Gott sei Dank war Logan da gewesen und hatte nach Zach gerufen.

Natürlich wäre Seth wahrscheinlich gar nicht draußen gewesen, wenn er es nicht als seine Pflicht angesehen hätte, Logan auszufragen. Doch es war nicht Logans Schuld. Ihre überfürsorglichen Brüder neigten eben zu Übertreibungen, wenn es um sie ging. Das konnte man nicht kontrollieren.

»Ich glaube, es ist Zeit für den Familienrat«, verkündete Seth, sobald die junge Frau den letzten Teller abgestellt hatte.

Evangeline unterdrückte ein Seufzen. Apropos Übertreibungen … Sie würde alles in die Waagschale werfen müssen, um

Zach davon zu überzeugen, dass ihre neue Freundin bleiben durfte.

Die junge Frau reagierte nicht auf Zachs Kommentar, aber sie kannte ihn ja auch nicht. Was ganz gut war, denn er konnte doch sehr Furcht einflößend sein.

Derweil mischte sich Logan ein. »Ich glaube, dann bleibe ich noch.« Er schob seinen Stuhl etwas zurück und streckte die langen Beine aus. Offenbar machte er es sich gemütlich. Auf Logan schien ihr Bruder also nicht gerade Furcht einflößend zu wirken.

Als Zach ihn böse anfunkelte, grinste Logan nur und nahm einen weiteren Schluck Kaffee.

»Sie gehören aber nicht zur Familie, Logan.«

Dieser zuckte mit den Schultern. »Das Mädchen auch nicht. Aber ich gehe mal davon aus, dass sie hierbleiben darf. Außerdem geht es bei dem Familienrat doch um ihre Situation, oder?« Er verschränkte die Arme. »Da ich sie aus dem Fluss gezogen habe, habe ich wohl ein Mitspracherecht, wenn es um ihr Wohlergehen geht.«

Die Muskeln in Zachs Kiefer zuckten.

Evangeline berührte die junge Frau am Arm und führte sie zum Tisch. Dabei funkelte sie Zach böse an und setzte sich. Sie berührte ihren Bruder am Ellbogen, während sie mit leiser Stimme – als würde das einen Unterschied machen – sprach. »Jemand hat versucht, sie umzubringen, Zach. Je mehr Leute sich um sie kümmern, desto besser.«

»Jemand hat versucht, sie *umzubringen*?« Zach schlug mit der Hand auf den Tisch und sprang auf. Er schrie fast. So viel zum Thema Feingefühl. »Alles, was du gesagt hast, war, dass Logan sie aus dem Fluss gezogen hat. Du hast mit keinem Wort erwähnt, dass jemand sie töten wollte.«

Das Mädchen zuckte zurück und lehnte sich so weit von Zach weg, wie es nur möglich war. Da ergriff Seth sanft ihre Hand. Ihr Kopf fuhr herum und zuerst wollte sie sich offenbar losmachen.

Doch als sich ihre Blicke trafen, entspannte sie sich und wurde eindeutig ruhiger.

»Mach mal halblang, Zach«, warnte Seth. »Du machst ihr Angst.«

Zach atmete geräuschvoll aus und ließ sich wieder auf seinen Stuhl fallen. Er fuhr sich mit der Hand durchs Haar und versuchte, sein Temperament unter Kontrolle zu bringen.

Ihr älterer Bruder war immer leicht in Rage zu bringen, wenn es um seine Familie ging, doch er war auch ein guter Stratege. In den letzten Jahren war er ihr Fels gewesen. Ein starker Fels. Ein verlässlicher Rückhalt. Sie vertraute ihm, dass er das Richtige tun würde. Tja, wenn sie nur gewusst hätte, was in dieser verzwickten Situation das Richtige war …

Endlich schaute Zach zwischen ihr und Logan hin und her. »Fang einfach vorne an.«

Evangeline warf Logan einen Blick zu. Dieser nickte. Dann sah sie ihre neue Freundin aufmunternd an, bevor sie sich wieder Zach zuwandte.

»Logan und ich haben unten am Fluss einen Wagen entdeckt. Ein Mann hatte irgendetwas in eine Decke eingewickelt. Ich hatte Angst, dass er ein Tier im Fluss ertränken will.« Warum war ihr Mund plötzlich so trocken? Und warum zitterte ihre Stimme? Das hier waren ihre Brüder; ihnen konnte sie doch alles sagen. Aber plötzlich fühlte sie sich den Tränen nahe.

All die Angst und Wut, die sie empfunden hatte, als sie erkannt hatte, was da vor sich ging, schienen plötzlich wieder da zu sein. Und wie musste sich da erst die Frau zu ihrer Linken fühlen?

Logan musste ihr Unbehagen gespürt haben, denn er legte seinen Arm auf ihre Rückenlehne. Er berührte sie dabei gar nicht, doch allein dieses Zeichen seiner Unterstützung und Nähe gaben ihr neue Kraft.

»Ich konnte doch nicht zulassen, dass dieser Kerl einem Geschöpf Gottes etwas antut«, fuhr sie ruhiger fort, »also hat Logan mir aufs Pferd geholfen und wir sind hinunter an den Fluss galoppiert. Ich habe geschrien, damit der Mann aufhört.«

Zachs Blick flog zu der jungen Frau. »Ich vermute, dass der Mistkerl kein Tier in die Decke gewickelt hatte?«

Evangeline schüttelte den Kopf.

Zach beugte sich vor und stemmte die Ellbogen auf den Tisch. »Hast du ihn erkannt?«

»Nein. Er ist mit seinem Wagen weggefahren, bevor wir nahe genug waren, um sein Gesicht zu erkennen. Und dann war ich auch viel zu beschäftigt mit der Rettung, um mir Gedanken um ihn zu machen.«

»Er war nicht allzu groß«, warf Logan ein. »Vielleicht ein Meter fünfundsiebzig. Eine bullige Gestalt, aber da er mit seiner Last ziemliche Probleme hatte, würde ich sagen, dass seine Statur nicht von Muskeln herrührt. Außerdem dunkles Haar und gebräunte Haut. Einen grauen Hut mit schwarzem Hutband trug er und ein blaues Hemd, eine braune Hose. Sein Wagen hatte einen gefederten Sitz, bestand aus verwittertem Holz und trug keinen Schriftzug oder irgendeine Farbe. Das Gespann bestand aus zwei Tieren: einem grauen, Stockmaß etwa einhundertfünfzig Zentimeter, mit dunkler Mähne und Schweif; und einem schwarzen, eher an die hundertsechzig Zentimeter, mit weißen Fesseln an beiden Hinterläufen.«

Evangeline starrte Logan fassungslos an, als er seine Liste heruntergerattert hatte. Wie hatte er sich das alles merken können? Hatte er ein fotografisches Gedächtnis? Alles, woran sie sich noch erinnerte, war der graue Hut gewesen. Logan war einfach unglaublich.

Und vor allem unglaublich attraktiv.

Sie lehnte sich etwas näher zu ihm. Er war gut aussehend und heldenhaft. Darüber hinaus konnte er mit Krisen umgehen und war dazu noch brillant. Ihr Herz war in ernster Gefahr.

Doch diese Gefahr war nichts im Vergleich zu dem, was diese junge Frau erlebt hatte.

Zach nickte Logan dankbar zu, dann wandte er sich an ihren Gast. Er schaffte es, seine Stimme freundlich und ruhig klingen zu lassen, wie er es getan hatte, als er Seth beim Atmen geholfen hatte. »Wer hat versucht, Sie umzubringen, Miss?«

Sofort senkte sie den Kopf und schüttelte ihn leicht von rechts nach links.

»Wissen Sie es nicht oder wollen Sie es nicht sagen?«

Sie erwiderte nichts. Zuckte nicht einmal mit den Schultern. Fast so, als ob …

Evangeline überlegte einen Moment, dann erhob sie sich langsam. Logans Hand rutschte von ihrem Platz auf der Rückenlehne, während er selbst ihr mit den Augen folgte. Er hob fragend eine Augenbraue, doch sie lächelte ihn nur kurz an. Sie ging hinter den Tisch zum Herd, wo eine große Metallpfanne im Wasser einweichte.

Während Seth die Hand der jungen Frau ergriffen hatte und ihr so nonverbal Schutz zusprach, nahm Evangeline die Pfanne und leerte das Wasser aus. Zach befragte die Frau wieder zu dem Mann, der sie hatte umbringen wollen, und wieder reagierte sie nicht.

Evangeline ging mit der Pfanne ein paar Schritte in der Küche auf und ab. Weder Zach noch Seth schenkten ihr ihre Aufmerksamkeit. Logan allerdings musterte sie fragend.

Er würde seine Antwort schon bald bekommen. Genauso wie sie.

Als Evangeline direkt hinter der jungen Frau stand, hob sie die Pfanne und ließ sie einfach fallen.

Der Knall war so laut, dass alle drei Männer erschrocken aufsprangen, selbst Logan. Nur das Mädchen blickte erstaunt die drei aufgeregten Männer an.

»Um Himmels willen, Evie!«, schrie Zach.

Sie war sich sicher, dass er sie wütend anstarrte, doch sie hielt den Blick einzig auf die junge Frau gerichtet, die sich jetzt langsam umwandte, um zu sehen, was hinter ihr geschehen war.

Evangeline bückte sich und hob die Pfanne auf, dann formte sie mit den Lippen eine Entschuldigung. *Tut mir leid. Ich hoffe, ich habe dich nicht zu sehr erschreckt.* Sie sprach ohne Stimme, doch das war egal. Das Mädchen lächelte und schüttelte den Kopf, um zu sagen, dass alles gut war.

»Du kannst mich nicht hören, stimmt's?«, fragte Evangeline.

Die Augen des Mädchens weiteten sich vor Schreck und sie sprang auf, warf dabei ihren Stuhl um.

»Ist schon in Ordnung.« Besorgt, dass die junge Frau versuchen würde davonzulaufen, stellte Evangeline die Pfanne beiseite und streckte ihr die leeren Hände entgegen. »Ich bin immer noch deine Freundin.« Sie sprach langsam und laut, bis sie merkte, wie albern das doch war. Grinsend sprach sie wieder normal und fügte ein paar Handbewegungen hinzu, von denen sie hoffte, dass sie die Kommunikation leichter gestalten würden. »Du musst unglaublich klug sein«, sagte sie und zeigte an ihre Stirn. »Zu verstehen, was die Menschen sagen, obwohl du gar nichts hörst.« Sie tippte sich ans Ohr und presste dann die Hand aufs Herz. »Ich bin beeindruckt.«

Tränen glänzten in den Augen ihrer neuen Freundin. »Ich bin unvollkommen«, sagte sie und die Worte klangen verschwommen. Dennoch verstand Evangeline sie. Jedoch, akzeptieren würde sie diese Worte nicht. Sie konnte nicht zulassen, dass diese wunderbare Frau sich selbst als minderwertig ansah.

Sie zeigte mit dem Finger erst auf ihr eines, dann auf ihr anderes Auge. »Das bin ich auch.« Sie zeigte auf alle Anwesenden. »Das sind wir alle.«

Die junge Frau drehte sich langsam um. Zuerst zu Seth – dessen Asthmaanfall sie bestimmt nicht so schnell vergessen würde –, dann zu Zach und schließlich zu Logan. Jeder der Männer nickte ihr zu, bestätigte damit, dass er seine eigenen Fehler und Unzulänglichkeiten hatte.

Logan nickte ebenfalls, er hob aber auch eine Augenbraue, als versuche er, Evangeline irgendetwas mitzuteilen. Irgendetwas

Wichtiges. Etwas über Fehler und Unzulänglichkeiten vielleicht? Doch die Geheimnisse, die ihren Nachbarn umgaben, würden warten müssen. Sie musste sich jetzt um andere Dinge kümmern.

Evangeline zog die Aufmerksamkeit der jungen Frau zurück auf sich, indem sie sie an der Schulter berührte, und sagte das, was ihr auf dem Herzen lag. »Die Menschen versuchen, ihre Schattenseiten zu verbergen und so zu tun, als wäre alles in Ordnung, aber niemand ist perfekt. Deshalb brauchen wir uns gegenseitig.« Sie zeigte auf Zach und Seth. »Meine Brüder machen mich stärker. Sie kennen meine Schwachstellen und lieben und unterstützen mich. Und ich tue dasselbe für sie.« Sie ergriff die Hand der jungen Frau und drückte sie fest. »Lass uns das Gleiche für dich tun. Wir können dir helfen. Wir können deine Familie sein.«

Das Mädchen zitterte. Ihr Kinn bebte. Ihre Augen wanderten unsicher von einem zum anderen und Angst und Hoffnung schienen in ihnen miteinander zu ringen. Dann drehte sie sich wieder zu Evangeline um und wählte, mit einem festen Nicken, die Hoffnung.

Kapitel 16

Diese Frau war beeindruckend. Um ehrlich zu sein, waren sie das beide. Man lernte schließlich nicht jeden Tag eine Frau kennen, die zwar taub war, die Menschen um sich herum aber trotzdem verstehen konnte. Doch es war nicht die junge Frau aus dem Fluss, die Logan verblüffte. Es war Eva.

Wir sind alle unvollkommen. Eva hatte das von sich selbst gesagt, ohne sich zu schämen. Sie hatte nur gewollt, dass ein Mädchen, das Angst hatte, aus ihrer Gesellschaft ausgestoßen zu werden, sich sicher fühlte.

Wer tat denn so etwas?

Die Gesellschaft brachte den Menschen von klein auf bei, dass man seine Schwächen verbergen musste. Der Selbsterhaltungstrieb verlangte das. Deshalb zog er selbst den Hut tief in die Stirn, um seine Narbe zu verbergen. Deshalb verschwieg er seinen Nachnamen. Deshalb bluffte er beim Poker, wenn er schlechte Karten hatte. Um erfolgreich zu sein, musste man einen Schein um sich herum aufbauen.

Eva hingegen stand, ohne zu zögern, zu ihren Kanten. Trotz ihrer eigenen Unsicherheit wegen ihrer Augen und ihrer Geschichte mit Außenstehenden, die sie deshalb abwerteten, gab sie offen ihre Unzulänglichkeit zu und bot sie dieser Fremden an wie ein Geschenk.

Mehr noch, sie bot ihr ein Zuhause und eine Familie an.

Logan rieb sich mit der Hand über den Brustkorb, der plötzlich unangenehm eng wurde. Würde Eva *seine* Fehler und Geheimnisse auch akzeptieren, wenn er sie endlich offenbarte, oder galt ihre Großzügigkeit nur denjenigen, die unmittelbare Hilfe brauchten?

Und warum war ihm das überhaupt so wichtig? Er wollte ja nicht in die Familie der Hamiltons aufgenommen werden. Sie waren doch der Feind. Oder zumindest war *einer* von ihnen der Feind. Denn Eva konnte er nicht über denselben Kamm scheren, nicht einmal, um seine Zweifel zu beruhigen, die mit alarmierender Regelmäßigkeit aufkamen, wenn er in ihrer Gesellschaft war.

Sie konnte nicht älter als zwölf gewesen sein, als ihr Bruder Logans Zuhause gestohlen hatte. Zu jung, um verantwortlich zu sein, zu unschuldig, um zu erkennen, dass eine schreckliche Sünde begangen worden war. Eva hatte wahrscheinlich nie danach gefragt, wie ihr Bruder seiner kleinen zusammengewürfelten Familie ein Heim und Sicherheit bieten konnte. Sie konnte Logan nicht für die Taten ihres Bruders verantwortlich machen.

Doch er würde ihrem Bruder auch nicht ihretwegen verzeihen. Logan hatte schließlich auch Familie. Er hatte eine Mutter, die sich auf ihn verließ, und die seit dem Tag, als sie ihren Ehemann tot aufgefunden hatte, nicht mehr dieselbe war. Das wäre niemals geschehen, wenn Zacharias Hamilton Rufus Fowler nicht um sein Land betrogen hätte.

»Haben Sie etwas zu sagen, Logan?« Die leise, tiefe Stimme seines Erzfeindes riss ihn aus seinen Gedanken.

Logans Blick schoss nach rechts und ihm lagen anklagende Worte auf der Zunge. Doch der Mann neben ihm wirkte eher neugierig als feindselig. Logan verbiss sich seine Antwort.

Hamilton hob eine Augenbraue. »Ihr Gesicht hat sich verdunkelt. Haben Sie etwas dagegen, dass das Mädchen bei uns bleibt? Glauben Sie, dass sie eine Bedrohung für Evie ist?«

Die Frau aus dem Fluss. Richtig. Logan schalt sich innerlich. *Konzentrier dich, Mann.* Mit seinem Hintergrund als Spieler konnte Hamilton Körperhaltung und Gesichtsausdruck wahrscheinlich ebenso gut lesen wie Logan selbst. Vor ihm musste er viel vorsichtiger sein.

Eine entsprechend düstere Erklärung zu finden, fiel Logan leider nicht schwer, als er die beiden Frauen musterte, die sich einträchtig an den Händen hielten.

Logan senkte seine Stimme ebenso wie Hamilton. »Das kommt

darauf an, wie dringend dieser Kerl das Mädchen tot sehen will. Wenn er sie einfach nur loswerden wollte, ist es ihm vielleicht egal, wo sie jetzt ist. Wenn er sie aber aus einem bestimmten Grund umbringen wollte, wird er wahrscheinlich nach ihr suchen. Obwohl ich nicht glaube, dass er weiß, wer wir sind. Sie sollte hier einige Zeit lang sicher sein.«

»Den Gedanken hatte ich auch schon.« Hamilton deutete in Richtung des Tisches, damit sich alle wieder setzten. »Warum fangen wir nicht mit etwas ganz Einfachem an«, sagte er, als die beiden Frauen sich gesetzt hatten. Er ließ sich ebenfalls auf seinem Stuhl nieder und schaute die Frau aus dem Fluss an. »Wie heißen Sie?«

Die junge Frau warf Eva einen Blick zu, die ihr aufmunternd zunickte. Sie zögerte kurz, senkte den Blick auf ihre Hände, die im Schoß lagen und knabberte an ihrer Unterlippe, als überdächte sie ihre Optionen. Nach einigen Momenten reckte sie schließlich das Kinn.

»Christie Gilliam.«

Hamilton nickte. »Es freut mich, Sie kennenzulernen, Miss Gilliam.« Er presste sich die Hand auf die Brust. »Ich bin Zach Hamilton.« Dann streckte er seinen Arm aus und ergriff Seths Schulter. »Das ist mein Bruder, Seth.« Schließlich nickte er in Evas Richtung. »Unsere Schwester, Evangeline, und unser, ähm, Nachbar, Logan.«

Logan ignorierte die wenig euphorische Vorstellung und lächelte Christie an.

Ihre hellgrünen Augen trafen ihn. »Danke, dass Sie mich gerettet haben.«

Ihre Dankbarkeit war ihm unangenehm, also zuckte er mit den Schultern. »Ich habe Sie nur aus dem Wasser gezogen. Eva hat erkannt, dass Sie in Gefahr waren. Ihr müssen Sie danken.«

Christie ergriff wieder Evas Hand. »Danke.«

»Ich bin froh, dass wir rechtzeitig gekommen sind.« Eva sah sie fest an. »Wer hat das getan, Christie? Wer wollte dich ertränken?«

Die junge Frau senkte wieder den Kopf. »Ich weiß es nicht. Nicht wirklich.«

Das hieß, sie hatte jemanden im Verdacht? Logan runzelte die Stirn. Wen? Und warum wollte sie denn seinen Namen nicht nennen?

»Ich wurde von hinten niedergeschlagen«, erklärte sie. »Das ist das Letzte, an was ich mich erinnere, bevor ich am Fluss aufgewacht bin. Ich habe meinen Angreifer nicht gesehen.«

»Waren Sie zu Hause, als es passiert ist?«, fragte Seth.

Christie antwortete nicht. Eva drückte ihre Hand, um ihre Aufmerksamkeit zu erregen, und nickte dann in Richtung ihres Bruders. Seth wiederholte seine Frage.

»Nein.« Christie schüttelte den Kopf. »Ich bin aus der Stadt nach Hause gegangen, wo ich etwas für meinen Stiefvater abgeliefert habe.«

Seth beugte sich vor, damit sie seinen Mund besser sehen konnte. »Welche Stadt? Ben Franklin?«

Sie nickte. »Ja.«

»Hatten Sie Geld dabei?«, fragte Zach, nachdem er mit der Hand gewunken hatte.

»Ein bisschen.«

Logan schüttelte den Kopf. »Ein Überfall ergibt doch keinen Sinn. Als der Räuber sie niedergeschlagen hatte, hätte er sie nicht umbringen müssen. Sie hatte ihn ja nicht gesehen.«

»Das stimmt«, sagte Eva und Zufriedenheit durchströmte Logan. Gut, hier ging es nicht wirklich um verschiedene Meinungen, aber es gefiel ihm trotzdem, sie an seiner Seite zu wissen.

Er wollte sie an seiner Seite haben. Immer, egal worum es ging.

»Und es würde die blauen Flecken erklären«, fügte sie hinzu.

Logans Blick fuhr über Christies Gesicht. Er konnte keine blauen Flecken sehen. »Welche blauen Flecken?«

Christies Gesicht wurde rot und sie senkte bei seiner Frage den Kopf.

Oh. Also waren die Verletzungen an Stellen, die man nicht sehen konnte, wenn sie bekleidet war. Daher musste Eva sie beim Baden entdeckt haben.

Diese wunderbare Frau berührte nun Christies Arm. »Es tut mir leid. Ich wollte dich nicht in Verlegenheit bringen. Aber jemand hat dich verletzt. Vielleicht hat dich dieselbe Person in den Fluss geworfen.«

»Mein Stiefvater ist nicht gerade geduldig, aber ich glaube nicht, dass er so weit gehen würde«, sagte Christie. »Er ist faul. Und feige. Ohne mich müsste er sich ja selber um seine Auslieferungen kümmern.«

»Sind Ihre Lieferungen denn so mühselig?« Seth betrachtete ihre zarte Statur und schien zu demselben Schluss zu kommen wie Logan – jede Arbeit, die eine so schlanke Frau machen konnte, würde ein Mann leicht übernehmen können.

Ein spöttisches Lächeln trat auf ihr Gesicht. »Es ist nicht die Arbeit, sondern das Risiko, das er nicht eingehen will.«

Seth hob eine Augenbraue. »Was genau liefern Sie denn aus?«

»Schwarzgebrannten.« Christie zuckte bei diesem Bekenntnis leicht zusammen, als erwarte sie, dass ihre neuen Freunde ihre Meinung ändern und sie doch nicht mehr hier willkommen heißen würden. »Mein Stiefvater ist Schwarzhändler.«

Logan stieß einen Pfiff aus. Die Berufswahl ihres Stiefvaters eröffnete natürlich eine ganze Welt unangenehmer Möglichkeiten. Da es im Delta County ein Verbot von hochprozentigem Alkohol gab, war es für einen Mann mit niederem Charakter ein einträgliches Geschäft, aus Getreide Schnaps zu destillieren. Die meisten Schwarzbrennereien waren so klein, dass die Gesetzeshüter sich nicht darum kümmerten, also war das Risiko, entdeckt zu werden, minimal. Tatsache war, dass der eine oder andere unter der Hand sogar selbst ein paar Flaschen abstaubte, um im Gegenzug ein Auge zuzudrücken. Und während die normalen Kunden harmlose Bürger waren, die gelegentlich nach einem etwas härteren Drink verlangten, hätte eine prominentere Klientel durchaus ein Problem, wenn entdeckt würde, dass sie wissentlich gegen das Gesetz verstieß.

»Die Taten deines Stiefvaters haben nichts mit dir zu tun.« Eva hatte wieder ihren sturen *Ich verteidige dich bis zum bitteren Ende auch wenn du selbst nicht an dich glaubst*-Blick, den Logan so bewunderte. Ihr Herz mochte bluten, doch sie war eine Kämpferin. Eine Kämpferin, die sich nicht scheute, mit gebrochenen, schwachen und vernarbten Soldaten zusammen zu sein und sie in den Kampf gegen jeden Feind zu führen, der sich ihnen in den Weg stellte.

Christie schüttelte den Kopf. »Aber ich war beteiligt. Ich habe für ihn ausgeliefert. Sein Geld eingesammelt. Das Essen gegessen, dass er verschafft hat. Kleidung getragen, die er mit der Schwäche anderer verdient hat.«

»Hattest du eine Wahl?«, übte Eva weiter Druck aus. »Hast du jemals versucht, Nein zu sagen?«

Logan sah sofort, wohin Evas Blick wanderte. Zu den blauen Flecken. Das Mädchen war zum Gehorsam geprügelt worden. War gezwungen gewesen, das zu tun, was nötig war, um zu überleben. Sie musste sich keine Selbstvorwürfe machen, wenn sie ihrem Stiefvater nicht freiwillig geholfen hatte.

Christie zuckte mit den Schultern. »Am Anfang habe ich ein paarmal versucht, mich zu wehren, aber das hat ihn nur wütend gemacht. Meine Mutter hat früher die Auslieferungen für ihn übernommen, aber sie ist vor zwei Jahren gestorben, als ich sechzehn war. Als sie weg war, hat Earl von mir verlangt, diese Verantwortung zu übernehmen. Zuerst habe ich versucht, so zu tun, als würde ich ihn nicht verstehen. Mama hat ihm nie erzählt, dass ich taub bin. Sie dachte, es wäre sicherer für mich, wenn Earl denkt, dass ich nur etwas langsam bin. So wollte er nichts mit mir zu tun haben. Und eine ganze Weile lang hat es auch funktioniert.« Sie sah sich in der Runde um. »Ich habe mein Gehör erst verloren, als ich mit zehn Jahren Scharlach bekommen habe. Daran ist auch mein Vater gestorben. Vor dem Fieber war ich

Klassenbeste.« Stolz zuckte in ihren Augen, bevor sie wieder traurig wurden. »Leider hat Pa ein paar Schulden angehäuft, bevor er gestorben ist. Earl hat meiner Mutter angeboten, sich um das Finanzielle zu kümmern, wenn sie ihn heiratet. Sie hat Earl nicht geliebt, aber sie hatte Angst, dass man uns auf einen Armenhof bringt, wo wir mit Kriminellen und Geisteskranken hätten leben müssen. Also wählte sie das kleinere Übel. Ich habe meine Bücher versteckt, meinen Stolz heruntergeschluckt und so getan, als wäre ich eingeschränkt, wenn Earl in der Nähe war. Aber ich war entschlossen dazu, nicht zu der Idiotin zu werden, für die er mich hielt.« Sie atmete tief ein. »Also habe ich mich mit Mamas Handspiegel in meinem Zimmer eingeschlossen und stundenlang Mundbewegungen geübt, habe trainiert, welche Buchstaben zu welchen Lippenformen passen. Wenn Earl weg war, habe ich meine Lieblingsbücher rausgeholt und Sätze aus *Black Beauty* und *Heidi* gelesen, bis ich alle Bewegungen auswendig gelernt hatte. Danach habe ich geübt, indem ich die Verkäufer angestarrt habe, wenn sie meine Mutter bedienten, oder die alten Männer, die vor der Schmiede standen. Es war wie ein Spiel. Bis Mama gestorben ist.« Christie senkte den Blick auf ihre Hände und fing an, an ihrem rechten Ärmel herumzuzupfen. »Wenn ich nicht sofort verstanden habe, was er von mir wollte, hat Earl mich geschlagen. Hat mir Schimpfnamen verpasst oder Dinge nach mir geworfen. Er hatte einen Bart, deshalb war es schwer, von seinen Lippen zu lesen. Ohne Mama, die mir geholfen hat, habe ich viele Fehler gemacht.«

Logan fuhr sich mit der Hand über die Wangen und spürte seinen kürzlich gestutzten Bart. Er spürte seine Lippen, also würde sie ihn hoffentlich ohne Probleme verstehen können.

Was für eine unglaublich schreckliche Situation für eine junge Frau, die erst ihre Mutter verlor und dann von ihrem Stiefvater misshandelt und zu gesetzeswidrigem Handeln gezwungen wurde!

»In den letzten Monaten ist es besser geworden«, sagte sie

dann und hob wieder das Kinn. »Ich verstehe mittlerweile, was er von mir will, und er hat sich für meine Auslieferungen eine einfache Strategie überlegt. Earl bindet verschiedenfarbige Bänder an die Krüge, die ich ausliefern soll und die zu den entsprechenden Farben bei den Verstecken passen. Ein ausgehöhlter Baumstumpf mit einem blauen Strich, ein Wagen mit einem grünen Sitz, ein rotes Scheunentor und so weiter. Ich liefere immer sonntags aus, wenn die gottesfürchtigen Menschen in der Kirche sind. Natürlich hinterlassen auch einige von genau diesen gottesfürchtigen Menschen ihr Geld in diesen Verstecken.«

Zachs Stuhl knarzte, als er sein Gewicht verlagerte. »Und haben Sie auch heute Morgen ausgeliefert, als der Angreifer zugeschlagen hat?«

Christie runzelte die Stirn. »Entschuldigung, das habe ich nicht verstanden.«

Zach wiederholte seine Frage langsamer. »Haben Sie eine Auslieferung gemacht, als sie angegriffen wurden?«

Sie nickte. »Ja.«

Logan strich sich mit der Hand über den Mund, um sicherzugehen, dass sein Bart so flach wie möglich lag, bevor er die Frage stellte, die ihm schon seit mehreren Minuten auf der Zunge lag. Er winkte, um ihre Aufmerksamkeit zu erregen. »Was war heute anders? Ist etwas schiefgelaufen? Haben Sie etwas gesehen, dass Sie nicht hätten sehen sollen?«

Die junge Frau legte den Kopf zur Seite und ihre Hände lagen still. »Ich glaube nicht. Ich habe die Krüge abgeliefert und das Geld eingesammelt wie immer. Ein Kunde hat ein schmales Buch hinterlassen anstatt Bargeld, aber das ist nicht ungewöhnlich. Wenn die Leute kein Geld haben, überlassen sie uns meistens etwas anderes von Wert. Wenn Earl unzufrieden damit ist, regelt er das später mit dem Kunden. Mein Job ist es nur, das nach Hause zu bringen, was in den Verstecken deponiert wurde. Also habe ich das Buch genommen, es in meine Tasche gesteckt und dann weitergemacht.« Sie kratzte sich an der Nase. »Der Angriff kam erst ungefähr zwanzig Minuten später, als ich schon auf dem Heimweg war.«

Logans Spielerinstinkte schlugen an. Sie bluffte. All diese unnötigen Details. Die wachsame Körperhaltung. Die Hand am Gesicht. Sie sagte ihnen nicht die ganze Wahrheit. Die Frage war nur … warum?

Kapitel 17

Christie brauchte nicht lange, um sich bei den Hamiltons einzuleben. Sie war so versessen darauf, ihren Unterhalt zu bestreiten, dass Evangeline im Haushalt nur noch halb so viel zu tun hatte wie früher. Ein Umstand, der es Evangeline erlaubte, mehr Zeit auf ihre nachmittäglichen Übungen zu verwenden – die zufälligerweise lange Spaziergänge in der Natur beinhalteten. In einer Natur, die sie sich mit einem ganz speziellen Nachbarn teilte, der ihr Herz schneller schlagen ließ, wann immer er sie anlächelte. Oder sie auf diese besondere Weise anschaute. Und wenn er sie erst berührte … dann war das Herzklopfen vorprogrammiert.

Wer hätte gedacht, dass es – abgesehen von der Freundschaft zu einer Weggefährtin – solche Vorteile haben würde, eine Schwester zu haben? Nicht nur, dass Christie Evangeline ungeliebte Aufgaben im Haushalt abnahm, sie lenkte auch noch Seth ab. Evangeline grinste, als sie mit Hesekiel den schmalen Pfad zur Grenze von Logans Land entlangging. Seth fragte sie in letzter Zeit viel seltener darüber aus, wo sie hingehen wollte und was sie vorhatte. Sie hätte gerne geglaubt, dass er sie endlich wie eine Erwachsene behandelte und ihr vertraute, doch Evangeline war klar, dass er ihr nur deshalb mehr Freiheiten ließ, weil er dann seinerseits seine Freiheiten bei Christie genießen konnte.

Die beiden waren sich in den letzten Wochen sehr nahe gekommen.

Das war wirklich süß. Christie schien ein Band mit Seth zu verbinden, das noch tiefer ging als das, was sie und Evangeline als Frauen verband. Vielleicht sah sie Seth als Gleichgesinnten – als jemanden, der eine Einschränkung hatte und gelernt hatte, sie zu kontrollieren, anstatt sich von ihr kontrollieren zu lassen, genau wie sie es tat.

Christie hatte es sich zur Aufgabe gemacht, für Seth mehrfach am Tag jeden noch so kleinen Winkel vom Staub zu befreien. Damit konnte selbst Evangeline nicht mithalten. Wer dachte schon daran, dass Staub sich auch auf Türrahmen ansammelte? Evangeline konnte dort nicht hinschauen, also existierte dort auch kein Staub für sie. Christie sorgte dafür, dass immer eine Kanne Kaffee auf dem Herd stand und begleitete Seth jeden Tag zum Angeln. Er brachte in letzter Zeit immer zwei oder drei Fische nach Hause anstatt eines einzelnen. Wie die Frau es allerdings schaffte, sich jeden Tag von Wels und Barsch zu ernähren, war Evangeline ein Rätsel. Obwohl sie den Wunsch verstehen konnte, eine Mahlzeit mit dem Mann einzunehmen, den man attraktiv fand. Der kleine Korb an ihrem Arm, der Küchlein und einen Topf Honig enthielt, bewies das nur allzu gut.

Sie pfiff Hessy zu, der an der Wurzel einer Eiche stehen geblieben war und zu wühlen anfing, dann folgte sie weiter dem Fußpfad, der sich durch ihre regelmäßigen Besuche bei Logans Hütte allmählich verbreiterte. Ein Lied tanzte ihr durch den Kopf und sie summte die Melodie im Rhythmus zu ihren Schritten. Der Korb schwang vor und zurück, als endlich die Hütte in Sicht kam.

Es war ein wirklich hübsches kleines Häuschen. So gemütlich und wunderbar heimelig. Und sie konnte einfach nicht aufhören, ,sich vorzustellen, dass sie auch irgendwann einmal dort leben würde. Das war noch einfacher, da Logan sie immer und immer wieder um Rat gefragt hatte, als er das Häuschen erbaut hatte.

Apropos Logan, wo war er nur? Normalerweise hörte sie sein Hämmern oder Sägen, lange bevor sie die Hütte erreichte. Heute hörte sie nur das Zwitschern einer Drossel und Hessys Schnauben hinter sich. Evangeline reckte den Kopf und ihr Summen erstarb, als sie sich nach der vertrauten Gestalt umschaute. Kein schwarzer Hut, der in der Landschaft herumhüpfte. Kein attraktiver Bart, keine faszinierenden grauen Augen in Sicht.

»Hallo!«, rief sie. »Logan?«

Keine Antwort.

Verflixt. Sie hatte ihn verpasst. Evangelines Schritte verlangsamten sich, doch sie ging den Rest des Weges bis zur Hütte. Sie konnte sich ja anschauen, welche Fortschritte er seit gestern gemacht hatte. Vielleicht konnte sie auch in der Küche einen Tee trinken. Gut, sie hatte keinen Tee – und auch keinen Tisch –, aber es gab Kuchen und Honig. Was konnte man sich mehr wünschen? Außer einer etwas attraktiveren Gesellschaft als einem schlammigen Wildschwein …

Sie würde ihren Ausflug trotzdem genießen. Würde sich an der Aussicht erfreuen. Obwohl es vielleicht ein bisschen windig war. Aber es war ohnehin niemand da, den sie mit perfekt frisiertem Haar beeindrucken konnte. Nicht dass davon nach ihrem Fußmarsch durch den Wald noch viel übrig geblieben wäre.

Evangeline ging durch die Aussparung, die bald die Vordertür werden würde, und schlenderte in das Haus. Sie kürzte den Weg zur Küche ab, indem sie sich unter den halb fertigen Wänden hindurchduckte und vom Eingangsbereich aus die beiden Schlafzimmer durchquerte.

Seit gestern hatte sich scheinbar nichts getan. Es waren keine neuen Bretter an die Rückwand genagelt worden, an der er gestern noch gearbeitet hatte. Noch immer reichte ihr die Verkleidung kaum bis zur Hüfte. Auch Logans Werkzeugkiste stand noch an Ort und Stelle.

Sie stellte ihren Korb ab und kniete sich daneben, strich mit den Fingern über den Griff des Hammers, der ganz obenauf lag. Den hielt er normalerweise in seiner Hand und arbeitete damit, während er dieses Haus baute. Hammer, Wasserwaage, Hobel und Säge. Solche maskulinen Sachen, stark und zweckhaft. Genau wie der Mann, dem sie gehörten.

Der Mann, mit dem sie gerne ihren Nachmittag verbracht hätte. Zu schade, dass das nichts werden würde. Evangeline seufzte leise. Es machte ihr mehr zu schaffen, als es sollte, dass Logan weggegangen war, ohne sie über seine Pläne zu informieren, doch schließlich war das sein gutes Recht. Immerhin hatte sie keinen Anspruch auf ihn. Jedenfalls noch nicht.

Dieser Gedanke entlockte ihr ein Grinsen. Mit neuer Energie sprang sie auf und wirbelte herum, dass ihr Rock schwang wie eine Trompetenblume. Der Nachmittag war voller ungeahnter Möglichkeiten, genau wie ihre Zukunft. Sie musste es einfach nur wagen, sie zu erkunden. Vielleicht sollte sie runter zu der Stelle am Bach gehen, die Logan ihr gezeigt hatte, ihre Schuhe und Strümpfe ausziehen und die Füße im Wasser kühlen. Perfekt an einem warmen Sommertag. Selbst Hessy könnte baden. Sie blickte an ihrem gelben Kleid hinab. Oder vielleicht lieber doch nicht. Sie hatte den Rock gerade erst gewaschen.

Evangeline durchquerte den Raum und ging zur zukünftigen Hintertür. Auf halbem Weg dorthin, klangen die Sohlen ihrer Schuhe auf den Holzdielen plötzlich hohl. Sie blickte nach unten und entdeckte ein Viereck. Der Rübenkeller. Logan hatte ihn ihr nie gezeigt, da es dort ohne Laterne vollkommen dunkel war. Vielleicht hatte er ja *daran* gearbeitet. Wahrscheinlich war er gerade auf dem Weg in die Stadt, um zusätzliches Baumaterial zu besorgen.

Evangeline steckte die Finger in die Aussparung und hob die Tür an. Leichtgängig und ohne zu quietschen schwang diese auf. Evangeline klappte sie ganz auf und legte sie auf den Boden. Zwischen den Scharnieren war ein Seil angebracht. Seltsam. Normalerweise brachte man das Seil auf der Seite an, die den Scharnieren gegenüberlag. Dann konnte man, wenn man in den Keller geklettert war, die Tür hinter sich zuziehen. Zum Beispiel, wenn ein Sturm drohte oder ein Angriff. Doch dieses Seil war so dicht bei den Scharnieren befestigt, dass man keinen Hebel hätte, um die Tür zu schließen. Logan war jedoch zu gewissenhaft, um einen solchen Fehler zu machen, also musste das Seil einen anderen Zweck erfüllen.

Sie kniete sich hin und spähte in das dunkle Loch. Es roch nach feuchter Erde. Die Sonne fiel von Westen her hinein und beleuchtete einen kleinen Teil. Viel war allerdings nicht zu sehen, der größte Teil lag im Schatten.

Moment. Da lag doch etwas! War das Logans Staubmantel? Evangeline hatte ihn ein-, zweimal damit aus der Stadt kommen sehen, aber in der Sommerhitze war es nicht gerade das praktischste Kleidungsstück. Er musste sich dazu entschieden haben, ihn im Keller zu lagern. Eine vernünftige Entscheidung. Dann konnte sich auch niemand daran vergreifen, wenn er unterwegs war.

Was hatte er noch dort unten versteckt? Evangeline biss sich auf die Unterlippe, dann sah sie sich um. Ihr Puls beschleunigte sich. Sie konnte doch nicht … Die Habseligkeiten anderer Leute zu durchsuchen war ein Vertrauensbruch. Ein Eindringen in die Privatsphäre.

Aber vielleicht konnte sie so etwas über Logan in Erfahrung bringen – etwas, das die wahren Gründe seines Hierseins erhellte? Obwohl sie sich nun schon wochenlang kannten, hatte er ihr beispielsweise immer noch nicht seinen Nachnamen verraten. Und obwohl sie sich Mühe gab, sich deshalb keine Gedanken zu machen, fand sie es doch mehr als seltsam. Er versteckte irgendetwas vor ihr. Vielleicht etwas, das mit seiner Suche nach Gerechtigkeit für seinen Vater zu tun hatte.

Was, wenn er irgendetwas Gefährliches plante? Etwas, durch das er verletzt werden könnte? Sie hatte keine Ahnung, was in Saloons vor sich ging, aber sie hatte schon von Pokerspielen gehört, die in einer Schießerei geendet waren. Von Messer- und Faustkämpfen, die tödlichen Schaden angerichtet hatten.

Ein neuer Gedanke traf sie. Warum hatte Logan ausgerechnet dieses Stück Land für eine Investition gewählt, als er hierhergekommen war? Sie hatte ihm diese Frage noch nicht gestellt, aber nachdem sie so viel Zeit mit ihm verbracht hatte, wunderte sie sich schon. War es ein Zufall gewesen oder geplant? Hatte sein Racheplan irgendetwas mit ihrer Familie zu tun? Logan und Zach gerieten jedes Mal aneinander, wenn sie sich begegneten. Bisher hatte sie es lediglich auf Zachs Abneigung gegenüber einem potenziellen Verehrer seiner Schwester geschoben. Aber was, wenn mehr dahintersteckte?

Eine unerwünschte Schwere ergriff von ihr Besitz. Logan war ein guter Mann, argumentierte ihr Herz. Er rettete Frauen vor Wildschweinen und aus Flüssen, er half Männern mit Asthmaanfall, er lachte und scherzte mit ihr und sah sie wegen ihrer verschiedenfarbigen Augen niemals abwertend an. Und trotzdem hatte er Geheimnisse und suchte nach Vergeltung. Denn es *war* Vergeltung, egal wie oft er es auch als Gerechtigkeit bezeichnen mochte. Hatte sie Seth und Zach gegenüber nicht die Verpflichtung, alles zu unternehmen, um sie zu schützen? Sie hatten in den letzten Jahren alles für sie getan, selbst wenn es ab und an moralisch fragwürdig gewesen war. Jetzt konnte sie sich einmal revanchieren.

Sie wollte Logans Vertrauen nicht missbrauchen. Er war ihr wirklich sehr wichtig. Doch wenn es nur den leisesten Verdacht gab, dass seine Absichten ihrer Familie gegenüber nicht ehrenhaft waren …

Evangeline reckte die Schultern. Zach und Seth standen an erster Stelle. Sosehr sie Logan auch mochte, er gehörte nicht zu ihrer Familie. Solange das der Fall war – und war es nicht verrückt, über eine Zukunft mit ihm nachzudenken, wenn sie gerade im Begriff war, ihn zu hintergehen? –, gehörte ihre Loyalität ihren Brüdern.

Sie ergriff das Seil, dessen Existenz nun Sinn ergab, und ließ sich in den Keller hinab. Gut, es war mehr ein Fallen als ein Hinablassen, wenn man die Geschwindigkeit betrachtete, mit der ihr Körper nach unten rauschte, nachdem sie den Kontakt zum Boden verloren hatte. Sie schaffte es, ihren Fall abzubremsen, doch die Schmerzen in ihren Handflächen brachten sie dazu, ihren hektisch gefassten Plan noch einmal zu überdenken.

Ach, egal. Jetzt, wo sie schon einmal hier unten war, konnte sie sich auch umschauen.

Sie rieb ihre Hände gegeneinander, um die Schmerzen zu vertreiben, und ging zu Logans Staubmantel, dessen Taschen sie emsig durchsuchte. Nichts. Außer fünfunddreißig Dollar in der rechten Tasche, aber Evangeline war nicht interessiert an Geld. Informationen waren ihr viel wichtiger.

Nur um sicherzugehen, dass sie nichts übersehen hatte, erhob sie sich, hielt den Mantel am Saum vor sich und schüttelte ihn kräftig. Wieder nichts. Seufzend legte sie ihn wieder zurück und kroch tiefer in den Keller. Dort sah sie etwas Unförmiges liegen. Aufgeregt schnappte sie es sich und zog es in den kleinen Lichtkegel unter der Tür.

Seine Satteltaschen. Ihre Finger zitterten, als sie nach der Schnalle griff.

»Tut mir leid, Logan«, murmelte sie, doch ihre Worte trugen nicht gerade dazu bei, ihr schlechtes Gewissen zu beruhigen. *Für meine Brüder*, sagte sie sich.

Sie griff in die erste Tasche und holte den Inhalt heraus. Ein sauberes Hemd. Hosen. Ein Kamm. Eine Geldbörse mit einigen Münzen. Sie schob ihre Hand tiefer in die Tasche, bis nach unten zum Saum, doch abgesehen von einigen Bröseln unter ihren Fingernägeln fand sie nichts mehr.

Dann wandte sie sich der zweiten Satteltasche zu, die dünner war als die erste. Sie fand Streichhölzer, Trockenfleisch und zwei weitere Säckchen mit Münzen. Wie viel Geld trug Logan eigentlich mit sich herum? Mit sinkendem Mut schob sie ihre Hand wieder in die Tasche. Da raschelte etwas. Etwas Glattes, wie Papier.

Ihr Magen zog sich zusammen und Evangeline atmete tief ein und aus, dann zog sie den Schatz aus der Tasche. Es war ein Brief. Sie hielt den Umschlag ins Licht und kniff die Augen zusammen, um die Adresse zu entziffern. An Logan Fowler vom Delta County Grundbuchamt in Cooper.

Fowler. Genugtuung erfüllte sie. Endlich hatte sie eines seiner Geheimnisse aufgedeckt. Seinen Namen. Logan Fowler. Es war ein guter Name. Stark und rechtschaffen. Und auch irgendwie vertraut. Warum nur kam ihr der Name bekannt vor?

Evangeline schüttelte diesen Gedanken ab. Darüber konnte sie später nachsinnen. Jetzt musste sie sehen, was sich in dem Umschlag befand, bevor der Mann, dem er gehörte, zurückkam.

Als sie den Zettel herausgenommen hatte, entfaltete sie ihn und hielt ihn ins Licht.

Sehr geehrter Mr Fowler,

es freut mich, Ihnen mitteilen zu können, dass das Land, für das Sie sich interessieren, zum Verkauf steht. Die vierzig Morgen direkt nordöstlich des Landes von Zacharias Hamilton können Sie bei uns im Grundbuchamt erwerben. Bitte kümmern Sie sich um alle nötigen Bankunterlagen, bevor Sie sich zu diesem Zweck mit dem Grundstücksmakler treffen.

Mit freundlichen Grüßen
R. W. Downing

Evangeline hob den Kopf, während ihr das Herz in die Magengrube sank. Es war kein Zufall gewesen, der ihren neuen Nachbarn in ihr Leben gebracht hatte. Aus irgendeinem Grund kannte er Zach und wollte in seiner Nähe leben. Doch warum? Zach schien Lo-gan jedenfalls nicht zu kennen.

Sie sackte zusammen und fühlte sich plötzlich schwach. Evangeline durfte nicht zulassen, dass Logan Zach etwas antat. Doch sie konnte sich kaum vorstellen, dass der Mann, in den sie sich gerade immer mehr verliebte, so etwas vorhaben könnte. Logan wusste, wie viel ihr ihre Brüder bedeuteten und wie dankbar sie ihnen war. Er wusste, wie sehr die Hamiltons aufeinander zählten.

Es musste bestimmt eine andere Erklärung geben.

Wieder blickte sie auf den Brief. Er war vor mehr als vier Monaten abgeschickt worden. Vielleicht hatten sich die Dinge seitdem geändert. Vielleicht hatte Logan jetzt, wo er sie, Zach und Seth kennengelernt hatte, seine Pläne geändert – wie auch immer sie ausgesehen haben mochten. Vielleicht wollte er nun wirklich in dieser gemütlichen kleinen Hütte leben. Vielleicht würde er sie heiraten und so zum ständigen Nachbarn ihrer Familie werden. Möglich wäre das doch.

Schritte auf den Dielen oben ließen sie zusammenfahren. Sie stopfte den Brief zurück in den Umschlag und versteckte ihn wieder in der Satteltasche. Dann räumte sie alles schnell wieder ein. Nur die Schnalle wollte sich nicht schließen lassen, so sehr zitterten ihre Hände. Also schob sie das belastende Beweisstück schnell wieder in die Dunkelheit zurück, als die Schritte näher kamen.

Sie wandte den Kopf nach oben und setzte ein breites Lächeln auf. Ein Gesicht erschien in der Öffnung. Es war dunkel, behaart und mit einer enormen Schnauze versehen.

Evangeline presste die Hand ans Herz. »Himmel, Hesekiel. Du hast mich vielleicht erschreckt.«

Ihr Haustier starrte sie einfach nur an, als könne es nicht glauben, in was für eine Situation seine Besitzerin sich da manövriert hatte.

»Verschwinde!« Evangeline winkte dem Schwein zu. »Du weißt ganz genau, dass du nicht ins Haus darfst.«

Sie hätte schwören können, dass das Wildschwein mit den Schultern zuckte, bevor es mit klickenden Hufen davonlief. So ein unverschämtes Vieh!

Evangeline fuhr sich mit dem Handrücken über die Stirn, um den Schweiß wegzuwischen, der sich dort angesammelt hatte. Sie sollte wohl schleunigst aus diesem Loch verschwinden, um nicht wirklich noch entdeckt zu werden. Nachdem sie sich die Zeit genommen hatte, Logans Satteltasche ordentlich zu verschließen und wieder an Ort und Stelle zu deponieren, ergriff sie das Seil und zog.

Ihre Arme spannten sich an und ihr Körper hob sich. Die Öffnung war nur ein paar Fuß über ihrem Kopf. Es sollte nicht allzu schwer sein, hier wieder herauszukommen. Ihre Beine traten durch die Luft, ihre Hände brannten.

Sie ließ sich zurück auf den Boden fallen und rieb ihre schmerzenden Handflächen. Kopfschüttelnd verfluchte sie ihre peinlich schwache Oberkörpermuskulatur.

Schließlich stieß Evangeline mutlos den Atem aus. Sie steckte fest. Offensichtlich hatte sie doch mehr mit diesen dämlichen Groschenromanheldinnen zu tun, als sie gedacht hatte.

Kapitel 18

Logan sammelte seine Solitärkarten vom Boden auf und mischte sie energisch. Anspannung breitete sich in seinem Unterarm aus, als er die Bewegung zwei weitere Male wiederholte. Sein Opfer hätte mittlerweile längst hier sein sollen. Logan blitzte die Sonne an, die den Zenit schon längst überschritten hatte.

Er hatte gedacht, dass er zu diesem Zeitpunkt schon längst wieder zu Hause sein würde und seine Entdeckung mit Eva teilen könnte. Er wünschte, er könnte sich in diesem Moment in ihrer Ehrfurcht über seine investigativen Fähigkeiten sonnen. Oder dass er wenigstens ihrem Lob über seine mittelmäßigen Schreinerkünste lauschen und das Essen genießen könnte, das sie ihm heute mitgebracht hätte. Doch stattdessen saß er hier in der Nähe von Ben Franklin und wartete auf einen faulen Schwarzhändler, der ihm seine Lieferung bringen sollte.

Logan hatte sich unter den tief hängenden Ästen einer Eiche niedergelassen und konnte aus diesem Versteck heraus das Schulgebäude und das Toilettenhäuschen beobachten. Auf den überdachten Abort waren wunderschöne violette Blumen gemalt worden, mit Sicherheit von einem übereifrigen Schulmädchen. Doch das Violett passte perfekt in das System, das Miss Gilliam beschrieben hatte.

Logan teilte sich eine weitere Runde Karten aus, seine achte. Er lag zwei zu fünf hinten, und dass er die ganze Zeit verlor, hob seine Laune nicht gerade. Er warf einen genervten Blick auf den leeren Pfad und schüttelte den Kopf. *Jetzt bring endlich den Whiskey. Ich habe wichtigere Dinge zu tun, als hier herumzusitzen und zu warten.*

Die Schule war schon vor einer Stunde zu Ende gewesen und die Schüler waren lärmend in alle Richtungen davongestoben.

Etwa dreißig Minuten später hatte auch der Lehrer das Gebäude verlassen, sich in einen schwarzen Einspänner gesetzt und war in Richtung Stadt davongefahren. Seine äußere Erscheinung erweckte den Eindruck, als hätte es ihm nicht geschadet, den halbstündigen Marsch in die Stadt zu Fuß zurückzulegen, doch ohne das schützende Dach der kleinen Kutsche, hätte wahrscheinlich sein kahler, hutloser Kopf gelitten.

Logan nahm das Herzass, das er gerade umgedreht hatte, und legte es zur Seite. Er platzierte auch die Herzzwei auf dem neuen Stapel und drehte die Karte darunter auf, den Kreuzkönig. Er runzelte die Stirn über die fünf Karten, die sich noch unter dem König befanden und an die er nicht herankam, bis der Mann, der auf ihnen lag, aus dem Weg war. Und der König würde nicht verschwinden, bis sich ein neuer Pfad öffnete, genau wie Logan sich nicht hier wegbewegen konnte, bis der Schwarzbrenner auftauchte. Er konnte nur vermuten, worauf der Kerl wartete. Wahrscheinlich auf Weihnachten.

Ein Knurren stieg in seiner Kehle auf, als er die nächste Karte umdrehte. Warten zerrte an seinen Nerven, vor allem, wenn das Ziel in Sichtweite war. Er hatte die letzten zweieinhalb Wochen damit verbracht, sich an die Spieltische zu setzen und so den Bewohnern von Ben Franklin näherzukommen, um im perfekten Augenblick das Thema Schwarzgebrannten zur Sprache zu bringen. Gestern Abend war es dann endlich so weit gewesen.

Er hatte absichtlich eine nicht unbeträchtliche Summe an einen Kerl namens Bellows verloren, der seinen Sieg lauthals gefeiert und damit die anderen Spieler beleidigt hatte. Das hatte Logan genutzt, um sich mit seinen ebenfalls sieglosen Mitspielern zu verbrüdern. Ein Kommentar über den Mangel an hochprozentigem Alkohol, um so einen Verlust zu verschmerzen, hatte ausgereicht, um zu einer Flaschenparty hinter der Pferdestation eingeladen zu werden.

Der Besitzer – es war der Mann mit dem zweithöchsten Verlust des Abends – war im Stall verschwunden und mit einem Krug zurückgekehrt, der mit einem braunen Band markiert war. Er hatte das Gefäß entkorkt, das anschließend zwischen den Männern hin und her gewandert war. Logan hatte so getan, als würde er mitmachen, hatte seine Lippen aber immer zusammengepresst, wenn er selbst den Krug angesetzt hatte. So hatte er einen klaren Verstand behalten.

Als die Party sich mit herzhaften Rülpsern und brüderlichen Rückenklopfern aufgelöst hatte, hatte Logan es gewagt, die Frage in den Raum zu werfen, wie er an einen Krug Schwarzgebrannten kommen könnte, um ihn mit nach Pecan Gap zu nehmen. Der Stallbesitzer, jetzt deutlich redseliger als in nüchternem Zustand, hatte ihm auf die Schulter geklopft und versprochen, seinem neuen Freund einen Krug zu besorgen. Er hatte ihm eine horrende Summe abgenommen, zweifellos um eine Art Kommission für sich einzustreichen, dann hatte er Logan gesagt, er solle sich ein Zimmer im Hotel nehmen und auf eine Nachricht warten.

Die Nachricht hatte er allerdings erst kurz vor heute Mittag erhalten, als man ein Stück Papier unter seiner Tür hindurchgeschoben hatte. Der Hotelangestellte hatte nicht gewusst, wer sie hinterlassen hatte, oder er hatte es nicht zugeben wollen. Jack Simmons, der Stallbesitzer, war der wahrscheinlichste Verdächtige. Aber wer auch immer die Nachricht verfasst hatte, er hatte sich kurz gehalten. Zeit und Ort waren alles, was zu lesen war.

Fünf Uhr.

Plumpsklo hinter der Schule.

Logan hatte seinen Beobachtungsposten um zwei Uhr eingenommen, dreißig Minuten bevor der Unterricht geendet hatte. Der Schwarzbrenner würde lange vor der angegebenen Zeit schon wieder verschwunden sein, aber nicht so früh auftauchen, dass ihn ein Kind beobachten konnte. Zumindest war es das, was Logan vermutete. Deshalb hatte Logan erwartet, dass er so gegen vier auftauchen würde, was mittlerweile – Logan zog seine Taschenuhr hervor und klappte sie auf – schon vor fünfunddreißig Minuten gewesen wäre.

Hatte man ihn betrogen? Logan klappte die Uhr wieder zu und stopfte sie zurück in seine Jackentasche. Er, ein Spieler, ausgenommen von einer Bande Betrunkener? Auf keinen Fall! Seine Finger spannten sich an und die Ecken der Karten drückten in seine Handfläche. Wenn innerhalb der nächsten Stunde niemand auftauchte, würde er zur Pferdestation gehen und sein Geld zurückfordern.

Kaum hatte er den Gedanken zu Ende gedacht, da erschien ein Mann mit Jutesack über der Schulter am Waldrand nördlich des Schulhauses.

Logan brach sein Spiel ab, sammelte die Karten ein und steckte sie in seine Tasche. Langsam erhob er sich aus seiner sitzenden Position in die Hocke und starrte unter den tief hängenden Ästen hervor.

Dieser Mann war viel größer als der am Fluss und auch dünner. Und er hinkte leicht mit dem linken Fuß. Der Mann am Fluss war auch nicht gerade sehr sicher auf den Beinen gewesen, aber das hatte wohl eher etwas mit Miss Gillians Gewicht zu tun gehabt. Darüber hinaus zierte ein hellbrauner Hut diesen Kopf anstatt eines grauen. Dunkle Hosen und ein schludriges Baumwollhemd – zu unspezifisch, um hilfreich zu sein. Kein Wagen war zu sehen, anhand dessen ein Vergleich möglich gewesen wäre.

Als der Mann den Abort erreicht hatte, schwang er sich mit einem sichtbaren Zusammenzucken den Sack von der Schulter. Er rieb sich einen schmerzenden Fleck und lockerte die Muskeln, bevor er die Tür öffnete und den Sack hineinschleppte.

Vielleicht hatte er eine Verletzung? Dadurch, dass er eine Frau an den Fluss geschleppt hatte?

Logan glaubte das nicht. Der Mann am Fluss hatte Miss Gilliam vor sich getragen, was keine Muskelschmerzen in der Schulter verursachen würde. Wenn er das viele Grau im Bart des Mannes betrachtete, war Rheuma eine viel wahrscheinlichere Erklärung. Das könnte auch erklären, warum er seine Frauen die Arbeit hatte machen lassen.

Logan konnte es nicht mit absoluter Sicherheit sagen, aber er war relativ überzeugt davon, dass Miss Gilliam recht gehabt hatte. Ihr Stiefvater hatte nicht versucht, sie umzubringen.

Trotzdem war er ein verabscheuungswürdiger Mensch. Logan verzog angewidert seine Lippen, als Earl nach mehreren Minuten wieder aus dem Toilettenhäuschen kam, seine heruntergelassenen Hosenträger wieder hochschob und die Knöpfe seiner Hose schloss.

Wirklich? Er hatte sich dort erleichtert, wo ein Kunde seine Lieferung abholte? Nicht, dass ein Plumpsklo jemals gut roch, besonders im Sommer nicht, aber so ein Verhalten konnte doch nur geschäftsschädigend sein. Obwohl Logan zugeben musste, dass es ihm eine Ausrede bot, warum er hier war, sollte ihn doch jemand gesehen haben.

Logan verzog das Gesicht und blieb in seinem Versteck, wo er darauf wartete, dass der Mann wieder dorthin verschwand, wo er hergekommen war.

Nur dass er das nicht tat. Stattdessen drang er von hinten ins Schulhaus ein.

Was hatte er vor? Logan bewegte sich, wäre am liebsten näher herangekrochen, doch er wagte es nicht, sein Versteck zu verlassen. Das Spiel war noch nicht vorbei. Er würde seine Karten noch ein wenig länger für sich behalten müssen.

Weniger als eine Minute später kündete das Geräusch einer sich schließenden Tür davon, dass Earl an der Vorderseite hinausgegangen war. Was auch immer er getan hatte, es hatte nicht lange gedauert.

Zu neugierig, um die Sache auf sich beruhen zu lassen, schaute Logan noch einmal auf seine Uhr. Ein bisschen zu früh, aber er konnte es überzeugend wirken lassen.

Er verließ seinen Posten und lief so leise wie möglich durch den Wald zurück zur Stadt. So langsam, wie Earl unterwegs war, würde es kein Problem sein, ihn weit hinter sich zu lassen. Im Verborgenen zu bleiben, war da schon schwieriger, aber

Logan hielt sich so lange wie möglich im Schatten der Bäume, bevor er schließlich langsamer wurde und auf die Straße schlenderte.

Er hielt seinen Schritt so locker und unauffällig wie möglich, schwang die Arme an den Seiten und pfiff ein improvisiertes Lied, als er die Kurve umrundete, die ihn zu Earl bringen müsste. Und genau in der Biegung kam er ihm auch schon entgegen.

»Hallo.« Logan hob den Hut zum Gruß, während er Earl musterte.

An dem alten Mann schien sich nichts verändert zu haben. Keine ausgebeulten Taschen. Seine Hände waren leer. Nur der Jutesack hing über seiner Schulter. Ein Sack, der nach der Lieferung eigentlich leicht über der Schulter hätte baumeln müssen.

Earl hob die freie Hand und tippte sich an die Hutkrempe, wobei er etwas grunzte, das ein Gruß hätte sein können. Oder ein lautes Magenknurren. Das war selbst mit zwei gut funktionierenden Ohren schwer zu sagen. Kein Wunder, dass Miss Gilliam so große Schwierigkeiten gehabt hatte, mit ihrem Stiefvater zu kommunizieren.

Logan zeigte in die Richtung, in die er ging. »Liegt die Schule in dieser Richtung?«

»Jepp.« Earl hielt den Blick gesenkt.

Sein schlechter Versuch, unerkannt zu bleiben, war wirklich lachhaft. Doch es gab keinen Grund, ihn nervös zu machen, also drückte sich Logan den Hut zurück auf den Kopf und grinste wie ein Einfaltspinsel. »Danke!«

Als Earl an ihm vorbeihumpelte, tat Logan so, als wolle er ihm nachwinken, und drehte sich halb um sich selbst. Irgendetwas Kleines, Rechteckiges steckte in dem Sack. Es konnte natürlich auch schon vorher darin gewesen sein, zusammen mit dem Whiskeykrug, aber sein Instinkt sagte Logan, dass Earl diesen Gegenstand aus dem Schulhaus geholt hatte.

Hatte Jack Simmons die Bezahlung in ein Buch gepackt und es im Klassenzimmer hinterlassen? Das wäre möglich. Aber warum hatte Earl nicht einfach die Banknoten eingesteckt und das Buch liegen gelassen? Das ergab keinen Sinn.

»Ihnen noch einen schönen Tag«, rief Logan und imitierte Evas muntere Laune, als er seinen Weg fortsetzte.

Earl wandte sich nicht um, hob einfach eine Hand. Dieses Mal grunzte er nicht einmal.

Logan ließ ihn ziehen und behielt seine langsame Geschwindigkeit bis zur Schule bei. Dort angekommen, erhöhte er die Geschwindigkeit. Innerhalb von zwanzig Minuten hatte er den Schwarzgebrannten unter der Eiche vergraben und Schamgar vom Flussufer, etwa eine Viertelmeile von der Schule entfernt, geholt.

Nachdem er aufgestiegen war, trieb Logan Schamgar zum Galopp an. Wenn er sich beeilte, konnte er Eva vielleicht noch vor dem Abendessen einen Besuch abstatten.

Doch als er zum Gehöft der Hamiltons kam – seltsam, dass er angefangen hatte, so über den Besitz seines Vaters zu denken –, vertrieb das Chaos, das sich ihm bot, alle Gedanken an eine leckere Mahlzeit. Hesekiel lief schnaubend zwischen der Hintertür und seinem Pferch hin und her. Zacharias schnallte sich sein Holster um und Seth stritt mit Miss Gilliam darüber, dass er sich auch von seinem Asthma nicht von dem abhalten lassen würde, was getan werden musste.

Die einzige Person, die er nicht sah, war Eva.

In seinem Magen bildete sich ein steinharter Knoten.

Kapitel 19

Logan ließ Schamgar an die Veranda herantraben. »Was ist hier los?«

Zacharias spießte ihn mit seinem Blick förmlich auf. »Was machen Sie hier? Sie sollten bei Evie sein.« Er spuckte ihm die Anschuldigung geradezu entgegen. Jedes seiner Worte ließ die Angst in Logan wachsen.

»Was meinen Sie damit, dass ich bei ihr sein sollte? Ich habe sie seit gestern nicht mehr gesehen.« Er beäugte Seth, der ihm entgegenkam und dessen gerunzelte Stirn Logans Sorgen nur noch wachsen ließ. »Ich habe heute Nacht in Ben Franklin geschlafen.«

Seth kam auf Schamgar zu, blieb aber in gebührendem Abstand stehen, um nicht den Staub einzuatmen, der das Fell des Tieres bedeckte. Augenblicklich versuchte Logan, seine Bewegungen so minimal wie möglich zu halten, um keinen weiteren Schmutz aufzuwirbeln.

»Wusste Evangeline, dass Sie in Ben Franklin sind?«, wollte Seth wissen.

Logan schüttelte den Kopf. »Nein. Ich wollte eigentlich nicht so lange bleiben, aber mir ist etwas dazwischengekommen.« Er warf einen Blick zur Veranda, wo Miss Gilliam händeringend stand, dann schaute er zurück zu Seth.

Der jüngere Hamilton-Bruder schien zu verstehen, worauf er anspielte. Er hob eine Augenbraue und warf einen Blick über seine Schulter zu der hübschen Brünetten. Er wollte nach Details fragen, das spürte Logan, doch Evas Verschwinden hatte Vorrang vor Miss Gilliams Situation.

Zacharias marschierte auf sie zu. »Wenn Evie nicht wusste, dass Logan unterwegs ist, können wir trotzdem bei ihm anfangen zu suchen.« Er warf seinem Bruder eine Schachtel Patronen zu, die dieser mit einer Hand aus der Luft fing. Das Klappern der Munition schickte Logan eine Gänsehaut über die Arme. »Hol ein Seil und Laternen«, befahl Hamilton, während er zur Scheune lief. »Hoffentlich finden wir sie, bevor es dunkel wird, aber falls nicht, will ich keine Zeit damit verschwenden, dass wir erst noch welche holen müssen.«

Logans Griff um Schamgars Zügel spannte sich an und das Pferd machte einen Schritt zur Seite. »Wie lange ist sie schon weg?«, wollte er von Seth wissen.

»Seit ein paar Stunden.« Seth folgte seinem Bruder zur Scheune und Logan ritt mit Schamgar langsam neben ihm her. »Ich bin schon etwas nervös geworden, als sie nicht heimgekommen ist, um mir bei der Abendessensvorbereitung zu helfen. Aber als Hessy dann ohne sie hier aufgetaucht ist, wusste ich, dass etwas nicht stimmt.« Seth blieb am Scheunentor stehen und sah Logan an. »Sie lässt ihr Schwein nie ohne Aufsicht herumlaufen. Hat zu viel Angst, dass ein Jäger es erschießen könnte.«

»Ich weiß«, murmelte Logan und erinnerte sich an ihre erste Begegnung. Sie war so versessen darauf gewesen, ihr Haustier zu verteidigen, so dynamisch, so … lebendig. Doch so durfte er nicht denken. Er musste fokussiert bleiben. Fokussiert darauf, sie zu beschützen. »Sie ist klug«, sagte er mehr zu sich selbst als zu Seth. »Und mutig. Ich bin mir sicher, es geht ihr gut.«

Bitte, Herr, lass es ihr gut gehen.

Seth antwortete nicht und das nagte an Logans Zuversicht. Das dauerte alles viel zu lange. Eva war irgendwo dort draußen und sie brauchte ihn.

Logan lenkte Schamgar herum. »Ich reite schon los.«

»Warten Sie!«

Er zögerte, weil ihm sein Instinkt sagte, dass er keine Zeit mehr vergeuden durfte. Doch wider Willen führte er sein Pferd noch einmal herum.

»Wo ist Ihre Hütte?«, fragte Seth.

»Nordöstlich des Bachlaufs, der an der Grenze Ihres Landes

fließt. Eva geht normalerweise durch den Wald, aber wenn Sie die Pferde nehmen, müssen Sie den kleinen Pfad nutzen, der nach einer Viertelmeile von der Straße abgeht. Ich binde ein Taschentuch an einen Ast, damit Sie es nicht verpassen, aber ich kann nicht länger warten.«

»Reiten Sie.« Seth winkte. »Finden Sie meine Schwester.«

»Das werde ich.«

Logan trieb Schamgar zum Galopp an und sein Herz klopfte ihm bis zum Hals. Er *würde* sie finden. Etwas anderes war nicht akzeptabel.

Er lenkte sein Pferd die Straße entlang und zog im Reiten sein Taschentuch hervor. Da er keine Zeit verlieren wollte, indem er abstieg, führte er sein Pferd dicht an das Gebüsch heran, das neben dem kleinen Pfad wucherte, wickelte das Tuch um einen Ast und knotete es fest. Dann nahm er die Geschwindigkeit wieder auf und trieb Schamgar so schnell an, wie er es auf dem unebenen Grund wagte.

Sobald die Lichtung in Sicht kam, fing Logan an, Evas Namen zu rufen. Er sprang aus dem Sattel, noch bevor Schamgar ganz zum Stehen gekommen war, und lief auf seine Hütte zu.

»Eva?« Er bückte sich unter einer Wand hindurch und sah sich um. Kein Rock, kein hübsches, rotbraunes Haar. »Eva!«

»Hier!«

Gott sei Dank.

Logan konnte zum ersten Mal, seit er bei den Hamiltons losgeritten war, frei atmen. »Wo?«, rief er. »Wo bist du?« Ihre Stimme klang seltsam dumpf.

»Im Keller.«

Im Keller? Er senkte die Augen und entdeckte das gähnende Loch im Boden. Um Himmels willen! In seiner Eile hätte er direkt auf sie fallen können. Er ließ sich auf die Knie fallen und spähte über den Rand.

»Sind Sie verletzt?«

»Nein.« Ihr wunderschönes Gesicht blickte zu ihm auf und in

ihren Augen schimmerte Dankbarkeit und … war das Schuld? Doch das konnte nicht sein. Seine Sinne mussten ihm einen Streich spielen, weil seine Nerven noch blank lagen. Dennoch blieb das nagende Gefühl in seinem Hinterkopf.

Er schüttelte es ab und lächelte erleichtert. Eva war unverletzt. Das war alles, was zählte.

Logan bedeutete ihr, zurückzutreten. »Ich komme runter«, sagte er. »Gehen Sie zur Seite.«

Sie gehorchte und Logan ergriff das Seil und ließ sich in den Keller hinab. Auf halbem Weg fiel sein Blick auf seinen Staubmantel, der ordentlicher zusammengefaltet war als sonst und der die Satteltaschen gänzlich bedeckte.

Sein Magen zog sich zusammen. Vielleicht hatte sie *doch* einen Grund, sich schuldig zu fühlen.

Er verbarg sein Misstrauen und setzte einen neutralen Gesichtsausdruck auf, als seine Füße den Boden berührten. Dann wandte er sich Eva zu.

»Ach, Logan!« Sie flog auf ihn zu, ihre Arme schlangen sich um seine Taille. Dann schloss sie die Augen und legte ihre Wange an seine Schulter. »Ich hätte nicht hier runterklettern sollen. Ich wollte den Keller erkunden, das war ein Fehler.«

Ein Fehler, weil sie sich selbst gefangen hatte oder weil sie herumgeschnüffelt hatte?

Dann erschauderte sie und der Grund ihres Hierseins war ihm plötzlich vollkommen egal. Sie war da, in seinen Armen, und offensichtlich ging es ihr nicht gut.

»Ich habe versucht, am Seil nach oben zu klettern, aber meine Hände haben so geschmerzt und dann war es hier so dunkel und ich war so … alleine.« Sie blickte zu ihm auf und Tränen glänzten in ihren Augen. »Selbst Hessy hat mich verlassen.« Ihre Unterlippe zitterte, doch sie biss sich darauf und verbarg wieder ihr Gesicht. »Normalerweise bin ich nicht so ein Schwächling. Sonst habe ich keine Angst vor der Dunkelheit.« Sie schniefte. »Aber ich war so lange hier unten und ich habe irgendwann angefangen, mir Sorgen zu machen, dass Ihnen etwas zugestoßen ist. Sie sind einfach nicht zurückgekommen!« Ihr Griff verstärkte sich noch. »Ich bin so froh, dass Sie da sind.«

Plötzlich war das alles, was zählte. Dass er hier bei ihr war. Sein Herz klopfte wie eine zu schnelle Lokomotive. Er hatte sich noch nicht von der Sorge um sie erholt. Ihr Körper in seinen Armen zitterte. Alle Gedanken an Schwarzbrenner und die Hamiltons und die Verantwortung seiner Familie gegenüber waren plötzlich vergessen und seine Gefühle übernahmen das Steuer.

Gefühle der Zusammengehörigkeit. Gefühle des Verlangens.

Logan gab das Denken auf. Seine Hände fuhren über ihren Rücken und bewegten sich über ihre Schultern hinweg zu ihrem Nacken. Sie fühlte sich unglaublich gut an in seinen Armen. Seine Wange lag an ihrem Haar, er genoss ihren Duft. Sie hob den Kopf und er sah das Funkeln in ihren Augen. Automatisch legten sich seine Hände an ihre Wangen.

Sie atmete ein und ihre Lippen teilten sich. Logans Daumen liebkosten ihre Haut, sein Blick senkte sich auf ihren Mund. Nichts anderes existierte mehr. Nur Eva. Nur sie beide.

Ihre Augen schlossen sich und er konnte sich nicht länger zurückhalten. Logan presste seine Lippen auf die ihren. So wunderbar süß waren sie, so perfekt, so … *Eva.* Sie stellte sich auf die Zehenspitzen, um seinen Kuss mit Hingabe zu erwidern, und schmiegte sich an ihn. Freude erfüllte ihn. Licht überwältigte ihn und überschäumendes Glück. Er wollte alles. Er wollte sie. Ein warmer Triumph durchströmte ihn, als sie seine Jacke ergriff und ihn näher an sich zog, als fürchtete sie, dass er ihr zu entkommen versuchte.

Niemals. Sie gehörte zu ihm.

Logans Finger gruben sich in ihr Haar, als er den Kuss intensivierte, und Evas leises Seufzen erhitzte sein Blut.

Ein dumpfes Trommeln erklang und Logan brauchte einen Augenblick, um zu verstehen, dass es nicht von seinem klopfenden Herzen herrührte, sondern von oben kam. Hufschläge.

»Logan!« Zacharias Hamiltons laute Stimme zerriss die Luft.

Eva sprang zurück und entzog sich Logans Armen. Ihre großen Augen blinzelten, als könne sie nicht glauben, was gerade geschehen war. Daraus konnte er ihr keinen Vorwurf machen. Er mochte zwar nicht gar so unschuldig sein wie sie selbst, doch auch er war fassungslos darüber, welchen Effekt dieser Kuss auf seinen Körper gehabt hatte. Er ballte die Hände zu Fäusten, um das Zittern zu unterdrücken.

»Evie! Wo bist du?« In Seths Stimme schwang die gleiche Panik mit, die Logan selbst vor wenigen Minuten noch empfunden hatte.

»Im Keller«, rief Logan. »Es geht ihr gut.« Er räusperte sich und zwang seine Gedanken dazu, sich zu sortieren. Dann wandte er sich Eva zu. »Lass mich deine Hände sehen.«

Sie streckte sie ihm entgegen und er umfasste sie vorsichtig. Logan runzelte die Stirn über die roten Striemen und die an einigen Stellen abgeriebene Haut. Er biss die Zähne zusammen. Eine Leiter. Gleich morgen würde er eine bauen.

Jetzt griff er nach seinem Tuch, um wenigstens die eine Hand zu verbinden, die schlimmer aussah, doch seine Tasche war leer. Der weiße Stoff, den er normalerweise immer bei sich trug, flatterte nun an einem Ast im Wind.

Gut, dann Plan B. Der Keller war nur zwei Meter fünfzig hoch. Er könnte sie rausheben und sie würde das Seil dabei noch nicht einmal berühren müssen.

Er legte seine Hände an Evas Hüfte und zog sie zu sich.

»Logan.« Sie wich zurück. »Meine Brüder sind gleich da.«

Er grinste. »Wo denken Sie hin, Miss Hamilton«, stichelte er grinsend. »Ich will dir doch nur nach oben helfen, ohne dass du das Seil anfassen musst.«

»Ach so.«

War das Enttäuschung in ihrer Stimme? Er hoffte es. Der Himmel wusste, dass er sie am liebsten sofort wieder in seine Arme gezogen hätte, anstatt sie ihren Brüdern zu übergeben. Hätte er gewusst, dass er sie alleine und unverletzt in seinem Keller finden würde, hätte er ihren Brüdern niemals den Weg gewiesen.

Eilige Schritte erklangen auf den Dielen.

Er trat hinter Eva und legte beide Hände an ihre Hüfte. »Bei drei springst du nach oben.« Er bückte sich etwas und gab den Rhythmus mit den Knien vor. »Eins.« Er verbreiterte seinen Stand. »Zwei.« Er verstärkte den Griff seiner Hände. »Drei!«

Sie sprang und er hob sie hoch. Mit gebeugten Knien setzte er sie auf seine Schulter, dann stellte er sich gerade hin. Leise ausatmend trat er an die Kellerwand und Eva streckte die Hände nach den Männern aus, die von oben nach ihr griffen.

»Vorsicht mit ihren Händen«, warnte Logan. »Das Seil hat ihr die Haut aufgerissen.«

Zacharias und Seth packten sie an den Unterarmen und zogen sie zu sich. Eva verschwand aus seinem Sichtfeld. Sofort machte sich Logan daran, ihr hinterherzuklettern, doch als er oben angekommen war, kümmerten sich die beiden schon um ihre Schwester. Sie verbanden ihre Hände mit ihren Taschentüchern und bombardierten sie mit Fragen, während Eva ihnen versicherte, dass alles in Ordnung sei und sie fragte, ob es Hesekiel gut ginge.

Logan schien geradezu vergessen zu sein. Selbst Eva schaute ihn nicht an, kein einziges Mal.

Plötzlich wurde er unsicher.

Bereute sie ihren Kuss oder versuchte sie einfach nur, ihn vor ihren Brüdern geheim zu halten?

Er warf noch einen Blick in den Keller, als er die Tür schloss. Vielleicht hatte sie auch herausgefunden, wer er wirklich war.

Dieser Verdacht ließ das Stechen in seiner Brust zu einem echten Schmerz anwachsen.

Kapitel 20

»Geht es dir wirklich gut? Wir hatten große Angst um dich.« Christie hob ihre Augen von Evangelines Handflächen, die sie mit Salbe bestrich.

Evangeline lächelte und nickte. »Ja. Alles in Ordnung. Nichts außer ein paar Kratzern und verletztem Stolz.« Sie verdrehte die Augen. »Es ist doch meine eigene Schuld, wenn ich meine Nase in Dinge stecke, die mich nichts angehen.« Sie berührte Christies Knie mit der rechten Hand. »Es tut mir leid, dass ihr euch Sorgen gemacht habt.«

Die beiden Frauen hatten sich in ihr Zimmer zurückgezogen, Evangeline mit der Begründung, dass sie sich waschen und umziehen müsste, Christie mit der Erklärung, dass sie sich auch gut ohne männliche Aufsicht um die kleinen Wunden ihrer Freundin kümmern konnte.

Gerade tupfte Christie ein letztes Mal Salbe auf die geröteten Stellen. Obwohl sie sehr vorsichtig war, schmerzte die Berührung. Evangeline zuckte zusammen, entzog Christie ihre Hand jedoch nicht.

»So aufgeregt habe ich Seth noch nicht erlebt«, sagte Christie, während sie einen Verband um Evangelines rechte wickelte. »Ich hatte Angst, seine Lungen würden das nicht mitmachen.«

Evangelines Herz erwärmte sich ob der Sorge der jungen Frau um ihren Bruder. Vielleicht würden sie und Christie in gar nicht allzu ferner Zukunft tatsächlich Schwestern sein. Wäre das nicht wunderbar? Christie und Seth könnten hier leben, sie und Logan nebenan … Jetzt bräuchte sie nur noch eine Frau für Zach, dann wäre das Märchen perfekt.

Nachdem Christie die Bandagen fertig angelegt hatte, blickte sie auf und Evangeline beugte sich lächelnd zu ihr herab. »Ich bin froh, dass du dich um ihn kümmerst. Er mag es nicht, bemuttert zu werden, aber es kann nie schaden, wenn man jemanden hat, der für einen kämpfen würde.«

Röte stieg in Christies Wangen auf. »Mit dem Bemuttern hast du recht. Er ist richtig stur geworden, als ich ihn überreden wollte, Zach die Suche nach dir zu überlassen.« Sie knabberte an ihrer Unterlippe, als wüsste sie nicht, ob sie weitersprechen sollte, dann schaute sie Evangeline tapfer an. »Ich habe vielleicht gesagt, dass es dir nichts nützen würde, wenn er auf dem Ritt einen Anfall bekommt«, gab sie zu. »Das hat er natürlich nicht gut aufgenommen.«

Evangeline lachte auf. »Nein, das kann ich mir vorstellen.« Sie lehnte sich weiter vor, um Christies Schulter zu streicheln, achtete aber darauf, dass ihre Lippen weiterhin zu sehen waren. »An den Stolz eines Mannes sollte man nicht rühren. Ich habe gelernt, die Fähigkeiten meiner Brüder nie infrage zu stellen. Ihnen eine Strafpredigt wegen ihrer Starrsinnigkeit zu halten, geht allerdings vollkommen in Ordnung.«

Christie lachte und Evangeline stimmte mit ein. Oh, wie sehr sie es liebte, eine Vertraute an ihrer Seite zu haben, eine Freundin, der sie sich mitteilen konnte! Das war wahrlich war ein Segen. Apropos …

Evangeline warf einen schnellen Blick zur Tür, um sicherzugehen, dass sie auch wirklich geschlossen war.

Christie runzelte die Stirn. »Was ist los?«

Evangeline spürte, wie ihre Wangen warm wurden, als sie Christie wieder in die Augen schaute. Sie senkte ihre Stimme zu einem Flüstern – Gott sei Dank hatte sie eine Freundin, bei der es vollkommen egal war, wie laut sie sprach – und offenbarte das Geheimnis, das sie schon den ganzen Abend mit sich herumgetragen hatte.

»Logan hat mich geküsst«, formte sie mit den Lippen.

Christies grüne Augen wurden groß, bevor sich ihr Mund zu einem breiten Lächeln verzog. Sie hüpfte aufgeregt auf der Matratze auf und ab, während sie Evangelines unverbundene Hand ergriff. »War es so wundervoll, wie man sagt?«

Evangeline grinste und nickte. »Ich habe noch nie zuvor einen Mann geküsst«, gab sie zu, »also habe ich keine Vergleichsmöglichkeit, aber ich könnte mir nicht vorstellen, wie es noch besser sein könnte.« Wieder spürte sie Logans starke Arme um ihre Taille, seine Finger in ihrem Haar, das Summen ihres Körpers, als er seine Lippen auf die ihren gepresst hatte.

Himmel! Wahrscheinlich hatte sie sogar *laut* gesummt, so intensiv waren ihre Gefühle gewesen!

Doch Logan schien diese Geräusche nicht bemerkt zu haben. Sein Fokus war in dieser besonderen Situation wohl auf etwas anderes gerichtet gewesen …

Evangeline schnappte sich ein kleines Büchlein von ihrem Nachtschrank und fächelte sich Luft zu. Du meine Güte! Wärmte Seth draußen das Abendessen über einem Lagerfeuer auf? Sie hätte schwören können, dass die Temperatur in ihrem Zimmer gerade um mehrere Grad gestiegen war.

»Ich bin auch noch nie geküsst worden«, vertraute Christie ihr an, jetzt ebenfalls flüsternd. Evangeline legte das Buch wieder beiseite. »Wollte ich auch nie. Nicht von den Männern, die bei Earl ein und aus gegangen sind.«

Sie schaute schnell zur Tür, sagte zwar nichts weiter, aber das musste sie auch nicht. Evangeline konnte es auf ihrem sehnsüchtigen Gesicht lesen. Der neue Mann in ihrem Leben war ganz anders als alle anderen bisher. Blond, blauäugig und ein wunderbarer Koch. Und vor allem las er gerne. Evangeline wusste gar nicht mehr, wie oft sie abends nach Hause gekommen und die beiden einträchtig im Wohnzimmer lesend vorgefunden hatte. In letzter Zeit saßen Seth und Christie dabei sogar nebeneinander auf dem Sofa.

Evangeline drückte Christies Hand, um ihre Aufmerksamkeit wieder zu erlangen. »Wenn es der *richtige* Mann ist, kann sein Kuss dein Herz zum Singen bringen.«

»Ist das passiert, als Logan dich geküsst hat?«, wollte Christie schüchtern wissen. »Hat dein Herz gesungen?«

»Oh ja.« Evangeline lächelte verträumt. »Es hat so sehr gesungen, dass ich wahrscheinlich sogar laut mitgesummt habe. Ich hoffe, er hat es nicht bemerkt.«

Christie kicherte. »Ich habe gesehen, wie er dich anschaut. Du könntest ein ganzes Gesangbuch vorsingen und es würde ihm nichts ausmachen.«

Evangeline wandte den Kopf ab, doch sie konnte das breite Grinsen einfach nicht von ihrem Gesicht vertreiben. Hatte Christie wirklich recht? Hatte Logan sie in den letzten Wochen so lieb gewonnen, dass er über ihre Eigenarten hinwegsehen konnte?

Oder, was viel wichtiger war, über ihre Schnüffelei heute?

Ein Klopfen an der Tür riss sie aus ihren Gedanken.

»Das Abendessen ist fertig«, rief Seth.

Evangeline ergriff Christies Hand und stand auf. »Wir sind gleich da.«

Christie verstand sofort, worum es ging, und erhob sich ebenfalls. Bevor sie Evangeline in die Küche folgte, trat sie vor den Spiegel an Evangelines Waschtisch, um ihre Frisur und den Sitz ihrer Bluse zu kontrollieren.

Als sie in den Raum kamen, suchten Seths Augen sofort nach Christie, obwohl er dafür um seine Schwester herumschauen musste. Erst, als Zach Evangeline fragte, ob es ihr besser ging, richtete sich auch Seths Aufmerksamkeit auf sie.

»Ja, Evie. Wie geht es deinen Händen?«, fragte er und setzte die Schöpfkelle wieder in Bewegung, die seit Christies Ankunft hier in der Küche über dem Suppentopf geschwebt hatte. Nun senkte er die Kelle in den Suppentopf auf dem Herd und schüttete eine großzügige Portion Gemüsesuppe in eine Schüssel.

Evangeline grinste, als sie an den Tisch trat. »Viel besser. Christie hat sehr einfühlsame Hände.«

Die Suppenkelle entglitt Seth und knallte gegen den Rand des Suppentopfes, was Evangeline kichern ließ.

»Lassen Sie mich Ihnen helfen.« Christie flog zu ihm und hielt ihm den nächsten Suppenteller hin. Sein Nacken wurde rot, doch er machte ihr Platz.

Evangeline wandte sich zu Zach um, um ein wissendes Lächeln mit ihm zu teilen, doch er starrte nur finster vor sich hin. Sie umrundete den Tisch und schob ihren Arm unter seinem hindurch.

»Warum guckst du so missmutig? Ich finde es schön, dass die beiden sich so wunderbar verstehen.«

Sein Starren wurde weicher, doch sein Blick verlor nicht an Intensität. »Du weißt, dass ich immer nur das Beste für euch wollte, stimmt's?«

»Natürlich.« Sie musterte sein Gesicht, bekümmert über die Schatten in seinen Augen. »Was willst du mir damit sagen, Zach?«

Er stieß den Atem aus und blickte in Richtung Fenster. »Nichts, ich …« Er machte sich von ihr los und trat näher an den Tisch heran. Dort stützte er sich auf einen Stuhl. Seine Knöchel wurden weiß. »Die Dinge ändern sich momentan.« Er hatte die Stimme gesenkt, damit nur Evangeline ihn hören konnte. »Und ich will sichergehen, dass sie sich zum Besseren wenden.«

Immer noch der Beschützer. Zach mochte es meist schaffen, sein großes Herz hinter Knurren und bösen Blicken zu verstecken, doch es bestimmte dennoch jede seiner Handlungen und Entscheidungen – ob er es nun zugeben mochte oder nicht.

Wieder schob Evangeline ihren Arm unter seinem hindurch und legte ihren Kopf an seine starke Schulter. »Es tut mir wirklich leid, dir das sagen zu müssen, großer Bruder, aber Seth und ich sind keine Kinder mehr. Du musst uns nicht mehr vor der Welt und allen Problemen darin beschützen. Du hast uns beigebracht, wie wir alleine zurechtkommen. Vielleicht ist es an der Zeit, uns das endlich tun zu lassen.«

Er versteifte sich und antwortete eine Weile lang nicht. Evangeline hatte schon Angst, dass sie ihn durch ihre Worte verletzt hatte, und musterte aufmerksam sein Gesicht. Doch bevor sie ihn fragen konnte, ließ er den Stuhl los und wandte sich ihr zu.

»Vielleicht hast du recht.«

Als das Wasser zu zischen anfing, nahm Logan ein Halstuch in die Hand und hob den Kaffeekessel vom Lagerfeuer. Er öffnete den Deckel, warf eine Handvoll Kaffeepulver hinein, schwenkte gut durch und stellte ihn beiseite, um ihn ziehen zu lassen. Als Nächstes schnappte er sich die Pfanne, in die er schon Speckstreifen gelegt hatte, und stellte sie aufs Feuer. Speck, Bohnen und Kaffee. Ein echtes Männeressen war das. Rustikal, rau – und alles, was er zustande brachte.

Gott sei Dank hatte er entdeckt, dass Eva ihm frisch gebackene Küchlein und Honig dagelassen hatte, nachdem ihre Brüder sie mitgenommen hatten. Er hatte schon zwei gegessen. Nur seiner großen Selbstdisziplin hatte er es zu verdanken, dass er zwei der kleinen Köstlichkeiten für später aufgehoben hatte. Doch er wusste, dass sie da waren. Er hörte, wie sie ihm aus dem Korb zuriefen, ihn anbettelten, sie zu verschlingen. Aber er hatte schon so lange gewartet, da konnte er auch noch länger warten. Eines von ihnen würde er nutzen, um den Bratensaft des Schinkens aufzusaugen und es in die Bohnen bröseln. Das andere würde er als Nachtisch mit Honig bestreichen und nach dem Essen genießen.

Logan schluckte den Speichel hinunter, der sich in seinem Mund angesammelt hatte, und nutzte eine Gabel, um den Speck zu wenden. Das Fett brutzelte und spritzte und ein heißer Tropfen traf ihn am Handgelenk. Er riss den Arm zurück und rieb die schmerzende Stelle an seiner Hose.

Eva war doch gerade gar nicht hier und trotzdem konnte er sich kaum konzentrieren.

Er konnte schon gar nicht mehr nachzählen, wie oft er ihren Kuss im Keller hatte Revue passieren lassen. Wie sie in seinen Armen gelegen hatte. Wie süß ihre Lippen geschmeckt hatten. Nicht einmal der Honig konnte da mithalten.

Doch die Erinnerung hatte auch einen bitteren Beigeschmack, denn Eva hatte den Brief vom Grundbuchamt gefunden. Das bedeutete, sie kannte seinen Nachnamen, und wahrscheinlich berichtete sie jetzt gerade ihren Brüdern, was sie über ihn herausgefunden hatte.

Logan griff nach dem Kaffeekessel und schwenkte ihn noch einmal, dann wendete er weiter den Speck. Seit sieben Jahren arbeitete er daran, Gerechtigkeit für seine Familie zu erlangen. So viele Versprechen, die er seiner Mutter gegeben hatte, würden vielleicht niemals erfüllt werden, weil er sich von einem hübschen Gesicht und einem sonnigen Gemüt hatte ablenken lassen. Sein Blick wanderte von der orangen Glut des Feuers hin zu dem dunklen Umriss seiner Hütte. *Seiner* Hütte? Ha! Es war ihre Hütte, ganz allein ihre. Der Grundriss, die Gestaltung, selbst die alberne Leiter in den Keller, auf die er die letzten zwei Stunden verwendet hatte, anstatt wie jeder normale Mensch zu Abend zu essen. Das alles war nur für sie.

Egal, wo er hinschaute, erinnerte er sich an die Freude, die sie versprüht hatte, vom ersten Tag an, als er den Boden für das Fundament vorbereitet hatte und sie darauf entlanggetanzt war. Voller Überschwang hatte sie imaginäre Veranden und Wohnzimmer gemalt. Veranden und Wohnzimmer, die er Wirklichkeit hatte werden lassen. Die hölzernen Konstruktionen schienen ihre Wärme aufgenommen zu haben, ihre freudvolle Natur. Denn jeder Raum trug die Erinnerung an ihr Lächeln. Das ging sogar so weit, dass er sich am Ende eines Arbeitstages dabei ertappte, wie er in den unfertigen Räumen herumlungerte, um ihr dadurch näher zu sein. Und um die Leere in seiner Seele zu lindern. Er hatte sogar seinen Schlafsack im Eingangsbereich ausgerollt und träumte jede Nacht davon, dass sie neben ihm liegen würde.

Logan biss die Zähne zusammen, als er die Pfanne vom Feuer nahm. Dann öffnete er den Kaffeekessel und fügte kaltes Wasser aus seiner Feldflasche hinzu, damit sich das Pulver absenkte.

Er musste sich jetzt konzentrieren und sich fest auf seinen Plan fokussieren. Bevor die Frau, die ihm so unter die Haut ging, ihn ihren Brüdern auf dem Silbertablett servierte.

Er schnappte sich einen Streifen Speck und schob ihn sich in den Mund – kaute entschieden, als könnte das Eva aus seinen Gedanken verbannen. Aber natürlich funktionierte es nicht. Schließlich schnappte er sich das vorletzte Küchlein und bröselte es in das Fett. Dann schob er es sich mit einem Löffel in den Mund. Was war er nur für ein hoffnungsloser Fall!

Doch als Schamgar leise zu wiehern begann, schaffte Logan es endlich, das zu tun, was er den ganzen Abend vergeblich versucht hatte – sich zu konzentrieren.

Hufgetrappel näherte sich, Leder knirschte und das Licht einer Laterne hüpfte im Zwielicht auf und ab. Vom Feuer geblendet, erhob sich Logan und zog sich in die Dunkelheit seiner Hütte zurück. Langsam nahm er seine Pistole aus dem Holster und visierte den sich nähernden Reiter an. Durch die blendende Laterne konnte er ihn nicht erkennen, doch Logan kannte nur einen Mann, der einen Grund hatte, ihn heute hier zur Rede zu stellen.

»Wenn Sie das sind, Hamilton«, rief er, »dann geben Sie sich besser zu erkennen, bevor mein Finger den Abzug zieht.«

Kapitel 21

»Ganz ruhig, Logan. Ich bin es nur.«

»Seth?« Nicht der Hamilton, den Logan erwartet hatte. Er ließ seine Waffe sinken und trat aus dem Schatten. »Was machen Sie hier? Es ist schon fast dunkel.« Ein schrecklicher Gedanke kam ihm in den Sinn. »Ist etwas mit Eva?« Seine Schritte überbrückten die Distanz zwischen ihm und seinem Besucher, als er vorsprang. »Waren die Verletzungen schlimmer als erwartet?«

Seth winkte ab. »Evie geht es gut.«

Gott sei Dank. Logans Puls beruhigte sich etwas und seine Schritte wurden langsamer, bis er bei Seth war.

»Sie und Christie sind früh zu Bett gegangen.« Der Wind änderte die Richtung und etwas von dem Rauch von Logans Lagerfeuer wehte zu ihnen herüber. Seth hob den Arm vor den Mund und hustete. »Christie ist der Grund«, wieder ein Husten, »warum ich hier bin.«

Logan nahm die Zügel von Seths Pferd. »Hinter dem Haus ist ein Pfad, der zum Bachlauf führt. Gehen Sie dahin, während ich mich um Ihr Pferd kümmere und das Feuer lösche.« Das Letzte, was er jetzt brauchte, war, dass Evas Bruder hier bei ihm an einem Asthmaanfall starb.

Seth brachte ein Nicken zustande und schwang sich unter weiterem Husten von seinem Pferd. »Danke.«

Logan führte den rotbraunen Wallach zu Schamgar und band ihn an, dann brachte er Kaffeekessel und Pfanne in Sicherheit, bevor er Erde auf das Feuer warf. Er dachte auch kurz darüber nach, den Inhalt seiner Feldflasche auf die Glut zu gießen, aber nachher, wenn Seth wieder weg war, musste er die Flammen neu entzünden. Da konnten ein paar Glutnester unter der Erde nur hilfreich sein.

Er schob sich zwei weitere Bissen Speck-Bohnen-Krümel in den Mund, dann nahm er einen guten Schuck Wasser, bevor er sich auf den Weg zum Bachlauf machte. Auf halbem Weg drehte er noch einmal um und lief zurück zu seinem Lager. Kaffee! Seth hatte das Zeug in sich hineingeschüttet, als wäre es ein magisches Heilmittel, als er neulich seinen Asthmaanfall gehabt hatte. Es konnte also nicht schaden, ihm etwas mitzubringen. Also schnappte sich Logan den Kessel und seine Blechtasse und ging wieder zum Bach hinunter.

Dort fand er Seth, der am Wasser kniete und aus der Handfläche trank.

»Ich habe Kaffee mitgebracht«, sagte Logan.

Seth wandte sich um und seine Augen fanden den Kessel. Er sprang auf. »Super. Danke.«

Logan füllte den Becher fast bis zum Rand und reichte ihn seinem Nachbarn mit der Warnung »Er ist ganz frisch.«

Seth nickte, setzte ihn aber trotzdem sofort an die Lippen und kippte ihn in sich hinein. Es musste schrecklich brennen. Logan zuckte voller Mitleid zusammen, doch Seth trank noch drei weitere Schlucke, bevor er den Becher absetzte und vorsichtig einatmete. Als er merkte, dass er nicht mehr husten musste, konzentrierte er sich ganz auf Logan.

»Was haben Sie in Ben Franklin herausgefunden?«, wollte Seth wissen. »Über Christie?«

Wow. Er musste dieses Mädchen wirklich gern haben. Immerhin hatte er es nicht einmal vier Stunden ausgehalten, bevor er losgeritten war, um Logan wegen des Kommentars zu befragen, den dieser heute geäußert hatte.

Logan grinste. »Es hat Sie ziemlich erwischt, was?«

Seth hob eine Augenbraue. »Fast so sehr wie Sie.«

Diese Antwort ließ ihn wieder nüchtern werden. Das hatte die Wahrheit nun einmal so an sich. Logans Lächeln verschwand, als er seinen Nachbarn musterte. »Ich fürchte, es gibt nicht allzu viel zu berichten. Noch nicht.«

»Aber Sie wissen etwas.« Seth stieß den Atem aus und stellte die Kaffeetasse auf einem flachen Felsen ab, dann schritt er am Bachlauf hin und her. »Derjenige, der Christie umbringen wollte, ist immer noch auf freiem Fuß. Vielleicht versucht er es irgendwann noch einmal. Und ich bin im Haus gefangen und kann nichts anderes tun, als sie in meiner Nähe zu halten. So gewinnt man nun einmal keinen Kampf, indem man rumsitzt und wartet, bis der Feind zuschlägt. Verdammt, ich weiß noch nicht einmal, wer der Feind überhaupt ist! Er könnte plötzlich vor der Tür stehen und ich würde es erst wissen, wenn es zu spät ist.«

Logan trat nach einem Stein. »Ich weiß auch nicht, wer es ist, aber ich weiß sehr sicher, wer es nicht ist.«

Seths Kopf fuhr herum. »Wer?«

»Ihr Stiefvater. Earl.«

Seth runzelte die Stirn. »Können Sie das erklären?«

Logan trat den Stein mit Schwung in den Bach, dann stellte er den Kessel auf den gleichen Felsen wie Seth die Tasse. »Ich habe mir natürlich auch Sorgen um die Frau gemacht.«

»Sie heißt Christie.«

Logan hob entschuldigend die Hände. »Richtig. Christie.« Seths Stirnrunzeln wurde nicht weniger, als Logan Miss Gilliams Vornamen benutzte. Himmel! Logan war sich langsam nicht mehr sicher, ob die Hamiltons nicht doch miteinander verwandt waren. Wenn man sie ärgerte, starrten sie einen an, als wäre man ein Schwerverbrecher. »Ich habe sie aus dem Fluss gezogen, schon vergessen? Ihr Wohlergehen liegt mir am Herzen.«

»Sagen Sie mir einfach, was in Ben Franklin passiert ist.«

»Etwas an Miss Gilliams Erzählung über diesen Tag kam mir komisch vor. Ich glaube nicht, dass sie gelogen hat«, erklärte Logan schnell, als Seths Brauen sich schon wieder zu einem tiefen V verzogen. »Aber ich denke, dass sie mehr weiß, als sie zugegeben hat. Also wollte ich eigene Nachforschungen anstellen, ganz unauffällig natürlich. Ich wollte nicht, dass irgendjemand sie mit mir in Verbindung bringt und so vielleicht ihren Aufenthaltsort herausfindet. Also habe ich mich auf die Spur konzentriert, die wir schon hatten – Whiskey.«

Seths Augen funkelten. »Sie haben den Schwarzbrenner ausfindig gemacht.«

Logan nickte. »Ich habe ein paar Wochen gebraucht, um die Spieler im Seven Ponys kennenzulernen und zu einer ihrer Partys hinter der Pferdestation eingeladen zu werden. Der Krug, den sie rumgereicht haben, hatte ein braunes Band um den Henkel.«

Seth verschränkte verstehend die Arme. Mit Farben gekennzeichnete Krüge waren Earls Visitenkarte.

Logan berichtete Seth weiter über die relevanten Details – natürlich ließ er seine Pokerkünste dabei außen vor, denn die gingen den anderen ja nun wirklich nichts an. »Ich habe den Kommentar fallen lassen, dass ich auch an dem Schwarzgebrannten interessiert wäre. Der Besitzer der Pferdestation hat mein Geld genommen und ein Treffen für den nächsten Nachmittag verabredet. Deswegen musste ich über Nacht bleiben.«

»Und …?«

»Und dann habe ich mich am Treffpunkt versteckt und gewartet, bis der Krug abgeliefert wird.«

Seth entfaltete seine Arme wieder. »Woher wissen Sie, dass es Earl war? Vielleicht hat er jemanden angeheuert.«

Logan schüttelte den Kopf. »Glaube ich nicht. Der Mann hat genau Miss Gilliams Beschreibung entsprochen. Buschiger Bart, etwas älter, faules Auftreten, hatte einen Leinensack über der Schulter, in dem er den Whiskey transportiert hat. Ich bin mir sicher, dass es Earl war. Und er war definitiv nicht der Mann am Fluss. Da bin ich mir hundertprozentig sicher.«

»Also wissen wir immer noch nicht, wer sie umbringen wollte.« Seth schnappte sich die Kaffeetasse und kippte den restlichen Inhalt in einem Zug hinunter, bevor er sie wieder auf den Felsen knallte.

»Vielleicht nicht.«

Seth schaute Logan erwartungsvoll an, ein Funken Hoffnung glitzerte in seinen Augen.

»Sie haben öfter mit ihr gesprochen als ich. Aber ich hatte den Eindruck, dass sie nicht viel rausgekommen ist und dass Earl sie eher an der kurzen Leine gehalten hat.«

Seth nickte. »Christie scheint keine Freundinnen in Ben Franklin gehabt zu haben, aber das überrascht mich auch nicht. Sie ist dort nicht zu Hause, sondern erst dorthin gezogen, als ihre Mutter diesen Earl geheiratet hat. Um ihre Taubheit vor Earl zu verbergen, musste sie sie auch in der Stadt geheim halten und alle glauben machen, dass sie sehr einfach gestrickt ist. In den letzten Wochen konnte sie zum ersten Mal die Frau sein, die sie wirklich ist.« Er rieb sich den Nacken. »Ich will mir gar nicht vorstellen, wie ihr Leben ausgesehen haben muss. Sie verschlingt unsere Bücher, als stürbe sie, wenn sie das Wissen nicht in sich aufsaugen kann, und sie kann die schwierigsten Themen diskutieren wie ein Gelehrter. Und sie rechnet im Kopf schneller, als ich es mit Stift und Papier zustande bringe. Sie ist einfach brillant. Wieder in ihr altes Leben zurückzukehren, wieder in dieser Lüge gefangen zu sein – das würde sie umbringen. Aber sie kann sich auch nicht für immer verstecken. Ich werde nicht zulassen, dass sie ein Gefängnis gegen das andere tauscht. Sie verdient ein freies und volles Leben. Und das kann sie nicht haben, wenn ihr Mörder immer noch frei herumläuft.«

»Tja, eine Weile muss sie sich aber noch verstecken. Im Seven Ponys hängt eine Vermisstenanzeige. Das heißt, jemand sucht nach ihr. Vielleicht Earl, vielleicht der Mann, der sie ertränken wollte. Auf jeden Fall sollen Hinweise an den Stadtmarschall gehen. Sein Name ist der einzige auf der Anzeige.«

Seth runzelte die Stirn. »Wenn der Mann, der sie angegriffen hat, noch einmal zurück zum Fluss gegangen ist, hat er gesehen, dass sie verschwunden ist. Er wird vermuten, dass sie noch lebt. Und dann kommt er sehr schnell darauf, dass Sie und Evie Christie gerettet haben müssen.«

»Genau. Also müssen wir uns im Hintergrund halten.« Nun begann Logan, am Bachlauf hin und her zu gehen. »Wir müssen

Christie dazu bringen, uns mehr Informationen zu geben. Details darüber, wo genau sie war und was sie direkt vor dem Angriff getan hat.« Er trat näher an Seth heran und legte ihm eine Hand auf die Schulter. »Ihnen vertraut sie. Ihnen würde sie sich bestimmt öffnen.«

Seth wiegte den Kopf hin und her und schüttelte Logans Hand ab. »Ich kann sie nicht einfach aus heiterem Himmel befragen«, brauste er auf. »Ich muss ihr von Ihren Ermittlungen erzählen. Und ihr erklären, dass wir ihr helfen wollen.«

Logan versteifte sich. »Ich weiß nicht, ob das eine gute Idee ist. Was, wenn sie sich sperrt? Sie könnte wütend werden, weil wir uns einmischen. Oder noch schlimmer – sie könnte weglaufen.«

Seth erstarrte sichtlich bei diesem Gedanken. Langsam wandte er sich um und reckte sein Kinn vor. »Ich darf mich von meiner Angst, sie zu verlieren, nicht davon abhalten lassen, das Richtige zu tun.« Seine leise Stimme klang voller Gewissheit. »Geheimnisse erzeugen Distanz. Sehen Sie sich doch nur an, wie Christies Leben vorher war: keine Freunde, keine engen Beziehungen. Alles nur, weil sie ihr Geheimnis bewahren musste. Ich werde nicht in diesen Teufelskreis rutschen. Sie liegt mir sehr am Herzen und ich werde immer offen und ehrlich zu ihr sein.« Er blickte zur Seite, als er diese letzten Worte sprach. Scheinbar hatte er noch andere Geheinisse, die er mit ihr teilen wollte. Weil er nicht wollte, dass irgendetwas zwischen ihm und Miss Gilliam stand.

Eine Situation, die Logan unangenehm an seine Beziehung zu Eva erinnerte. Vielleicht war es ja ganz gut gewesen, dass sie den Brief im Keller gefunden hatte. Das war eine Chance für ihn, reinen Tisch zu machen – oder um ihr Vertrauen und ihre Loyalität zu testen. Seth war Manns genug, das Risiko einzugehen, und Logan würde es ihm gleichtun. Nur dass sein eigenes Risiko dabei ungleich größer war, denn er jagte nicht nach der Bedrohung, sondern er *war* die Bedrohung.

Doch mit diesem Problem würde er sich morgen auseinandersetzen.

»Ich glaube, der Schlüssel, um den Mann zu finden, der Miss Gilliam töten wollte, ist das Buch, das sie gefunden hat«, sagte Logan.

Seth runzelte die Stirn. »Welches Buch?«

»Das, was sie als Bezahlung gefunden hat. Sie hat doch erzählt, dass anstatt des Geldes ein Buch in dem Versteck gelegen hat.«

Ein nachdenklicher Ausdruck stand auf Seths Gesicht, als er sich vorbeugte, um sich noch eine Tasse Kaffee einzuschütten. »Sie glauben, dass das Buch der Schlüssel ist, weil es das einzig Ungewöhnliche an diesem Tag war? Ein bisschen weit hergeholt, oder?«

»Mag sein. Aber heute ist ein weiteres Buch aufgetaucht, als Earl meinen Whiskey geliefert hat.«

Die Kaffeekanne knallte auf den Stein und Seth blickte ihn erstaunt an. »Ein zweites Buch?«

Logan nickte. »Nachdem Earl meinen Krug im Toilettenhaus der Schule abgestellt hat, ist er nicht gleich verschwunden. Stattdessen ist er in das leere Klassenzimmer gegangen und als er wieder rauskam, hatte er etwas Dünnes, Rechteckiges in seinem Sack.«

»Ein Buch.«

»Jepp.« Logan stemmte seinen Fuß gegen den Felsen und stützte die Arme auf seinen Oberschenkel. »Zwei Bücher in solch einer verdächtigen Situation können kein Zufall sein. Sie müssen herausfinden, wo Miss Gilliam das Buch eingesammelt hat. Ob es in der Schule war. Und was sie über den Lehrer weiß. Er war viel besser gekleidet als der Mann am Fluss und hatte einen schicken Einspänner, aber seine Statur war dieselbe, wissen Sie. Bullig, übergewichtig.«

Logan schloss die Augen und versuchte, sich an das Pferd zu erinnern, das vor den Buggy des Lehrers gespannt gewesen war. Es war schwarz gewesen, aber hatte es nicht weiße Fesseln gehabt wie eins der Tiere, das den Wagen am Fluss gezogen hatte? An diese Möglichkeit hatte er bisher noch gar nicht gedacht. Er war mehr auf den Mann konzentriert gewesen als auf die Pferde.

Er knurrte frustriert. »Ich kann mich nicht an genug Details von dem Pferd erinnern, das den Einspänner gezogen hat. Es war schwarz, so wie das zweite Pferd am Fluss, aber das ist alles, an was ich mich erinnere.« Er wirbelte herum. »Ich hätte besser aufpassen müssen.«

Seth runzelte die Stirn. »Ich dachte, Earl wäre allein in der Schule gewesen. Oder war der Lehrer auch noch da?«

»Nein.« Logan winkte ab, immer noch verärgert über sich selbst. »Ich habe ihn mehr als eine Stunde vorher beobachtet, als er sich nach der Arbeit auf den Heimweg gemacht hat.«

»Dann hatten Sie also keinen Grund, ihn zu verdächtigen?«

Logan ballte die Hand zur Faust. »Es ist mein Job, auf die Details zu achten! Auf alle.«

Seth hob erstaunt eine Augenbraue. »Sind Sie ein Gesetzeshüter oder was?«

Das brachte Logan zum Lachen. »Nein.« Er schüttelte den Kopf und mahnte sich dazu, sich besser zu konzentrieren. *Werd jetzt nicht nachlässig. Sei entspannt.* »Nur Geschäftsmann. Ich mache meine Abschlüsse einfach schneller, wenn ich meine Konkurrenten genauestens beobachte. Daher meine Angewohnheit, mir alles zu merken.«

Seth musterte Logan etwas länger, als es ihm angenehm war, dann wandte er den Blick ab. »Also frage ich Christie nach dem Buch und dem Lehrer. Sonst noch etwas?«

Logan zuckte die Schultern. »Fangen Sie damit an, dann folgen Sie Ihren Instinkten.«

»So wie Sie es tun?«

»Normalerweise schon, ja.«

Nur bei Eva war er so durcheinander, dass er keine Ahnung mehr hatte, welchem Pfad er folgen sollte.

Ich darf mich von meiner Angst, sie zu verlieren, nicht davon abhalten lassen, das Richtige zu tun. Seths Worte kamen Logan wieder in den Sinn. Es schienen herausfordernde, drängende Worte zu sein.

Vielleicht war die Zeit der Geheimniskrämerei nun endgültig vorbei.

Kapitel 22

»Ich gehe spazieren«, rief Evangeline Seth zu, als sie durch die Küche zur Hintertür lief.

Christie hatte sich vor ein paar Minuten ein Buch genommen und war im Wohnzimmer verschwunden. Daher vermutete Evangeline, dass ihr Bruder kein Problem damit hätte, wenn sie sich heute früher auf den Weg machte. Sie hatte ihre Aufgaben heute Morgen in Rekordzeit erledigt, angetrieben von einer Mischung aus schlechtem Gewissen und Vorahnung.

Sie musste ihre Herumschnüffelei eingestehen und sich bei Logan entschuldigen. Und dann musste sie ihn über ihre Entdeckung ausfragen. Denn diese beiden Dinge gingen eng miteinander einher. Es tat ihr natürlich leid, dass sie sich ohne Erlaubnis bei ihm umgeschaut hatte, aber nicht, dass sie dabei neue Facetten an dem Mann entdeckt hatte, der allmählich ihr Herz eroberte. Vielleicht würde er sie sogar wieder küssen, wenn er ihr ihre Neugier verzeihen konnte.

Während sie sich vorstellte, wie Logans Arme sich um ihren Körper legten, tanzte sie förmlich über den Dielenboden.

»Warte, Evie.« Seth trat in die Küche und unterbrach ihre Träumereien. »Geh noch nicht.«

Sie runzelte die Stirn. »Warum nicht?«

Wollte er sie von Logan fernhalten? Dazu hatte er kein Recht. Sie hätte ahnen sollen, dass er irgendeinen albernen Große-Bruder-Beschützerinstinkt aus dem Ärmel schütteln würde. Tja, er konnte sagen, was er wollte. Sie war eine erwachsene Frau und sie würde sich nicht …

»Es geht um Christies … Situation.«

Ihre Wut verrauchte augenblicklich.

Sie ließ den Türknauf los und lief auf ihren Bruder zu. »Was? Wieso? Weiß Zach Bescheid?«

Seth nickte. »Ich habe ihm gestern Abend alles erzählt.«

Evangeline hob die Augenbrauen. »Gestern Abend?«

»Nachdem ich bei Logan gewesen bin.«

»Du bist zu Logans Hütte geritten? Alleine?« Evangeline taumelte und musste sich am Tisch festhalten.

Es war nicht so, dass Seth ein Einsiedler war. Er fuhr einmal in der Woche in die Kirche und half manchmal bei Arbeiten in der Nachbarschaft aus, aber er ging niemals alleine irgendwohin. Zach oder sie selbst fanden immer eine Ausrede, um ihn zu begleiten. Nur für den Fall.

»Ich bin kein Invalide, Evie. Ich kann abends ganz alleine zu unserem Nachbarn reiten, wenn ich das möchte.«

»Natürlich kannst du das.« Sie zog ein entnervtes Gesicht, da sie wusste, dass er Mitleid mehr als alles andere verabscheute. »Ich schreibe dir nicht vor, wann du zu kommen und zu gehen hast, genauso wenig wie ich das von dir akzeptieren würde.« Eine kleine Erinnerung an ihre Unabhängigkeit hier und da konnte nicht schaden. »Ich bin nur überrascht. Ich wusste nicht, dass ihr befreundet seid.«

»Sind wir auch nicht.« Und nach seinem grimmigen Gesicht zu urteilen, wollte er diesen Zustand so schnell auch nicht ändern.

Sture Böcke waren sie, alle beide. Aber Seth und Zach würden sich an Logan gewöhnen müssen, denn sie würde ihn behalten.

Natürlich nur, wenn er sie tatsächlich haben wollte.

Was er bestimmt tat, oder? Ein ehrenhafter Mann küsste eine Frau schließlich nur, wenn er ernsthafte Absichten hatte.

»Ich habe von Logans Nachforschungen in Ben Franklin gehört«, sagte Seth und vertrieb mit einem Schlag ihre romantischen Gedanken. »Also wollte ich ihm ein paar Fragen stellen.«

Logan hatte nach Christies Angreifer gesucht? Warum hatte er ihr davon nichts erzählt? Andererseits hatte er ihr auch nicht seinen Nachnamen verraten, also sollte sie über seine Geheimniskrämerei nicht allzu erstaunt sein. Doch das bewahrte ihr Herz nicht davor, sich vor Schmerz zusammenzuziehen, als sie Seth ins Wohnzimmer folgte.

Gut, auch sie hatte ihre Geheimnisse. Wenn man kleinlich sein wollte, kannte Logan auch nicht ihren wirklichen Nachnamen. Ihren Geburtsnamen. Und sie hatte ihm auch noch nicht ihre Schnüffelei gebeichtet. Das machte schon zwei Geheimnisse. *Was siehst du aber den Splitter in deines Bruders Auge und nimmst nicht wahr den Balken in deinem Auge? Du Heuchler, zieh zuerst den Balken aus deinem Auge; danach kannst du sehen und den Splitter aus deines Bruders Auge ziehen.*

Evangeline presste die Lippen zusammen und setzte sich auf das Sofa. Das Problem bei auswendig gelernten Bibelversen war, dass sie einem zu den ungünstigsten Zeitpunkten in den Sinn kamen.

»Ihr beide seht so böse aus«, sagte Christie mit zitternder Stimme. »Habe ich etwas falsch gemacht?«

»Nein.«

»Absolut nicht.«

Christies Augen wanderten hin und her und ihre Stirn runzelte sich, als sie versuchte, Seths und Evangelines gleichzeitige Verneinung zu verstehen.

Seth eilte zu ihr, beugte sich vor und griff nach Christies Hand. Ihre Blicke trafen sich. Langsam legte sie ihre Finger in die seinen.

»Wir wollen, dass du in Sicherheit bist«, sagte Seth und streichelte mit dem Daumen über Christies Hand. »Und wir wollen dir helfen.«

»Ihr *helft* mir doch.« Christie sah schnell zu Evangeline, bevor sie ihren Blick wieder auf Seth richtete. »Ihr habt mir euer Zuhause geöffnet und mich hier aufgenommen.« Kurz senkte sie die Augen in den Schoß, dann hob sie sie wieder. »Ihr schaut nicht auf mich herab, weil ich taub bin oder weil mein Stiefvater Schwarzbrenner ist.« Ihre Lider blinzelten schneller, weil ihre Augen feucht wurden. »Ich verdanke euch mein Leben.«

»Ich bin froh, dass du bei uns bist.« Seth lächelte, doch das schien Christie nicht zu beruhigen.

Jetzt, wo Evangeline darüber nachdachte, fiel ihr auf, dass Seth die junge Frau duzte. So nahe waren sie sich schon gekommen? Hatte Christie ihr nicht gestern noch erzählt, dass sie noch nie einen Mann geküsst hatte? Die Verbindung zwischen ihr und Seth schien dennoch viel tiefer zu gehen.

Trotzdem wand sich die junge Frau in ihrem Sitz. Offenbar spürte sie die wachsende Spannung. Evangeline spürte sie auch und legte die Hände in den Schoß.

Seth stützte die Ellbogen auf seine Knie und legte seine andere Hand ebenfalls auf Christies. Ihre zarten Finger waren nun vollkommen von den seinen umfangen. »Ich möchte dir ein paar Fragen zu dem Tag stellen, an dem du angegriffen wurdest.«

Die junge Frau runzelte die Stirn. »Warum? Ich habe euch doch schon alles erzählt.«

»Nicht alles.«

Christie versteifte sich.

Auch Evangeline setzte sich aufrechter hin. Sie musste sich unglaublich zusammenreißen, um die Unterhaltung nicht mit ihren eigenen Fragen zu unterbrechen, aber sie war nur hier, um Informationen zu erhalten und moralische Unterstützung zu spenden.

»Erzähl mir von dem Buch, das du an diesem Tag an dich genommen hast.« Seths Augen blickten entschuldigend, auch wenn sein Kinn entschlossen nach vorne gereckt war.

Christie machte sich von Seth los und lehnte sich zurück. »Es war nur ein Buch.«

Seth richtete sich nicht auf, sondern verharrte in seiner hockenden Position. »Aber du hast es gelesen, richtig?«

Evangeline wünschte, Christie könnte die Liebe hören, die in seiner Stimme mitschwang. Dann hätte sie gewusst, wie viel sie ihm bedeutete und wie sehr er ihr helfen wollte.

»Ich habe doch gesehen, wie sehr du Bücher liebst«, neckte er sie. »Du kannst gar nicht an einem Buch vorbeigehen, ohne einen Blick hineinzuwerfen.«

Christie biss sich auf die Unterlippe und wandte sich ab. Ganz offensichtlich wollte sie nicht antworten. Aber wenigstens hatte sie nicht den Raum verlassen. Sie wollte also bleiben, doch etwas machte ihr schreckliche Angst. Was war das nur?

Seth kniete sich vor ihr auf den Boden, streichelte ihre Wange und strich die Haare zurück, die ihr ins Gesicht gefallen waren. Erst dann wandte er sanft ihren Kopf zu ihm um.

Evangelines Atem stockte, als sie die Tränen in Christies Augen sah. Ihr Herz trieb sie dazu, an die Seite ihrer Freundin zu eilen und sie zu umarmen, doch ihr Verstand sagte ihr, dass Seth derjenige war, den sie jetzt brauchte.

Christies Kinn zitterte. »Du verstehst das nicht.«

»Dann erklär es mir«, sagte er. »Lass mich dir helfen.«

Wieder biss sie sich auf die Unterlippe und richtete den Blick in Richtung Zimmerdecke.

Seth streichelte ihre Wange und richtete ihre Aufmerksamkeit wieder auf sein Gesicht. »Wer hat das Buch dort hinterlassen?«, drängte er. »War es der Lehrer?«

Christie zuckte schockiert zurück.

Der Lehrer? Evangeline runzelte die Stirn. Aus Ben Franklin? War Logan deshalb dort gewesen?

»Sag es mir, Liebling.« Seth fing Christies Hand wieder ein. »Bitte. Wir können dir helfen.«

Sie schüttelte den Kopf. »Es ist zu gefährlich. Wenn er herausfindet, dass ihr sein Geheimnis kennt …« Sie erschauderte. »Er könnte dir etwas antun. Oder Evie. Das darf ich nicht zulassen.«

»Er kann nicht wissen, dass du es uns gesagt hast«, gab Seth zu bedenken. »Er weiß nicht einmal, wo du bist.«

Christie presste ihre Lippen zusammen.

Seth baute sich vor Christie auf und seine Augen fokussierten sie. Evangeline kannte diesen Blick – er holte immer die Wahrheit aus einem heraus, egal wie bedacht man darauf war, ein Geheimnis für sich zu behalten. Christie hatte keine Chance.

»Gut«, sagte Seth und sein Ton wurde schärfer. Christie mochte seine Stimme nicht hören, aber sie spürte die Veränderung in der Luft und erkannte sie an seiner Körperhaltung, denn ihre Augen wurden größer. »Dann findet er vielleicht irgendwann heraus, dass du noch lebst und wo du dich aufhältst. Woher soll er wissen, ob du uns nicht längst alles erzählt hast? Er kann dieses Risiko auf keinen Fall eingehen. Also, egal ob du es uns sagst oder nicht, wir sind in Gefahr. Der einzige Unterschied ist nur, dass wir Vorkehrungen treffen können, um uns zu schützen, wenn wir alles wissen.«

Christies Schultern sanken in sich zusammen. »Ja«, flüsterte sie. »Das Buch gehörte Mr Benson.«

»Und du hast es gelesen?«

Sie nickte kaum merklich.

Als sie Seth wieder in die Augen zu blicken wagte, fragte er: »Wo warst du, als du es gelesen hast? Könnte Benson dich gesehen haben?«

»Das weiß ich nicht. Ich habe gewartet, bis ich fast zu Hause war. Im Schutz von ein paar Bäumen habe ich es dann geöffnet. Normalerweise geht Benson in die Kirche, um vor den Eltern seiner Schüler als ein rechtschaffener Mann dazustehen. Deshalb habe ich mich in Sicherheit gewiegt.« Ein wütender Blick trat in ihre Augen. Sie beugte sich vor und ihre Hände flogen auf Seths. »Ich musste das Risiko eingehen, Seth.« Ihre Knöchel wurden weiß, während sie weitersprach. »Earl verschließt die Kontobücher immer in einer Metallkiste unter seinem Bett. Es war das erste Mal, dass er mir vertraut hat, eines von ihnen zu holen. Und ich konnte die Gelegenheit nicht ungenutzt verstreichen lassen.«

»Also sind Earl und Benson Partner?«

Evangeline kannte diesen Ausdruck auf dem Gesicht ihres Bruders. Er wägte die Fakten ab, zählte eins und eins zusammen und schmiedete Pläne – genauso wie er es tat, wenn er sich nach einer neuen Investition umschaute.

Evangeline war noch immer mit den Kontobüchern beschäftigt gewesen und warum Christie sie unbedingt hatte lesen wollen, als Seths Gedanken schon viel weiter waren. Kein Wunder, dass er das Vermögen der Familie in den letzten Jahren so stark vermehrt hatte. Er schien immer drei Schritte voraus zu sein.

»Keine echten Partner«, beschrieb Christie. »Mr Benson hat ein ausgeklügeltes Tauschsystem mit Earl aufgebaut. Er bekommt einen Krug Schwarzgebrannten in der Woche dafür, dass er die Kontoführung übernimmt. Earl gibt ihm Bestelllisten und Lieferbelege und Mr Benson trägt alles fein säuberlich in die Bücher ein.«

Seth hob eine Augenbraue. »Ich verstehe nicht ganz. Warum wolltest du unbedingt einen Blick in die Bücher werfen?«

»Weil dort nicht nur die Einnahmen der Schwarzbrennerei aufgeführt sind«, verriet Christie, als sei es das skandalöseste Geheimnis der Welt. »Sie beinhalten auch unsere Haushaltsbücher.«

Seth schüttelte den Kopf. »Ich verstehe immer noch nicht, warum … «

»Ich versuche, meinen kleinen Bruder zu finden«, brach es aus Christie heraus.

Evangeline wäre fast vom Sessel gefallen, als sie nach vorne schoss. »Was?«

Christie musste die Bewegung im Augenwinkel gesehen haben, denn sie blickte von Seth hinüber zu Evangeline. »Meine Mutter hat ein Kind bekommen, bevor sie gestorben ist. Einen kleinen Jungen, Archie.« Ihre Stimme brach und sie musste ein paarmal ein- und ausatmen, bevor sie weitersprechen konnte. »Ich habe ihn seit zwei Jahren nicht gesehen. Als Mama gestorben ist, war Archie erst ein Jahr alt, nicht einmal ganz entwöhnt. Earl wollte sich nicht mit einem Baby belasten und hat es mir nicht zugetraut, mich um ihn zu kümmern. Also hat er Archie weggegeben. Zu seiner Schwester, glaube ich, aber ich bin mir nicht sicher. Eines Tages hat er ihn mitgenommen und ist ohne ihn wiedergekommen. Er hat mir meinen Bruder genommen und gesagt, ich solle ihn vergessen. Als ob ich das jemals könnte.« Christie wandte sich verzweifelt an Seth. »Was, wenn seine Schwester genauso brutal ist wie er? Ich kann den Gedanken nicht ertragen, dass dieser kleine, süße Junge leidet. Er ist erst drei Jahre alt. Ich wollte natürlich auch nicht, dass er unter Earl leiden muss, aber wenn ich Archies Aufenthaltsort ausfindig gemacht hätte, hätte ich ihn mir schnappen und mit ihm davonlaufen können. Deshalb wollte ich unbedingt in die Bücher schauen. Earl muss doch Geld an seine Schwester überweisen, um für Archies Unterhalt zu sorgen. Ich wollte eine Adresse oder den Namen einer Bank herausfinden, damit ich irgendwo mit meiner Suche anfangen kann.«

Seth senkte den Kopf und drückte einen sanften Kuss auf ihre Hände, die in seinen lagen. Dann sah er Christie fest an. »Wir finden ihn, Christie. Das schwöre ich dir. Was auch immer dazu nötig ist, wir finden ihn.«

Ein leises Seufzen drang aus Christies Kehle und über Evangelines Wange kullerte eine mitfühlende Träne. Erinnerungen an Hamilton erfüllten ihr Herz. Christies Bruder war noch am Leben. Sie konnten ihn finden und wieder mit ihr zusammenbringen. Evangeline würde alles in ihrer Macht Stehende dafür tun, dass diese kleine Familie wieder zusammenfand.

»Danke.« Christie beugte sich vor und presste ihre Wange an Seths. »Danke, danke, danke.«

Evangeline erhob sich, um den beiden ihre Privatsphäre zu lassen, doch Seth hielt sie mit einem Blick auf. Langsam machte er sich von Christie los und half ihr aufzustehen. Sie ließ seine Handgelenke los und er legte seinen Arm um ihre Taille.

»Ich habe noch eine weitere Frage an dich, Christie«, sagte er.

Sie schniefte und nickte.

»Warum sollte Benson dich angreifen, wo es doch Earls Kontobuch war, was du angeschaut hast? Das ergibt für mich keinen Sinn.«

Christies Gesicht wurde hart. »Weil er mir nicht Earls Buch

übergeben hat. Er hat aus Versehen sein eigenes in dem Versteck deponiert.«

Evangeline schaute ihren Bruder verwirrt an, dann richteten sie beide ihren Blick wieder auf Christie.

»Der Halunke veruntreut Geld von der Schulbehörde.«

Kapitel 23

Logan stand vor der Tür, deren Schwelle seine Füße als Kind so häufig überquert hatten. Dann nahm er den Hut ab. Und räusperte sich.

Um Himmels willen, Mann. Klopf einfach an. Es ist ja nicht so, als wolltest du ihr einen Heiratsantrag machen oder so. Du willst sie einfach nur besuchen.

Bei ihr zu Hause. Mit einem ihrer Brüder in der Nähe. Der andere war glücklicherweise draußen und bearbeitete die Hirse. Das hatte Logan extra überprüft. Trotzdem war es das erste Mal, dass er aus eigenem Willen hierherkam. Technisch gesehen war das gestern Abend natürlich auch schon ein Besuch gewesen, aber in all der Aufregung um Eva war er ja nicht einmal von seinem Pferd abgestiegen, also zählte das nicht. Außerdem hatte er da ja auch keine Zeit gehabt, nervös zu werden.

Ganz im Gegensatz zu jetzt. Er starrte auf die Hintertür, und ihm sank der Mut, während er insgeheim darauf hoffte, dass ihm ein weiterer Zwischenfall in die Quere kam. Viel lieber wäre es ihm gewesen, wenn er bei seiner Hütte mit Eva hätte sprechen können, doch er war viel zu ungeduldig, um darauf zu warten, dass sie ihn am Nachmittag besuchen würde. Warten war etwas für Feiglinge. Welcher Mann zwang seine Frau schon dazu, das Werben zu übernehmen? Männer waren die Jäger. Seth und Zacharias wussten von ihm, also gab es keinen Grund, sich länger zu verstecken. Es war Zeit, Anspruch auf die Frau zu erheben, die er zu der seinen machen wollte.

Eine Absicht, die ihm erst gestern Abend wirklich klar geworden war. Natürlich hatte dieser Gedanke schon eine Zeit lang in seinem Hinterkopf herumgespukt. Es war nicht so, als hätte er es nicht kommen sehen. Dass es ihm so den Boden unter den

Füßen wegziehen würde, hätte er aber nicht erwartet. Dass sich seine Welt auf den Kopf stellen und er die Wahrheit mit einem Paukenschlag erkennen würde.

Er liebte sie. Wenn er sie verlor … ja, das wäre viel schmerzlicher als die Erkenntnisse von gestern Abend.

»Wollen Sie den ganzen Tag dort herumstehen oder klopfen Sie auch irgendwann mal an?«

Logan wirbelte herum, wobei sein Hut fast davonflog, während sein Herz heftig zu klopfen anfing. »Hamilton!«

Gütiger Himmel, er hatte ihn nicht einmal kommen hören! Sein Erzfeind stand keine fünf Fuß von ihm entfernt, direkt neben der Veranda – und grinste. So viel zu Logans Beobachtungsfähigkeit.

»Ich habe Sie gar nicht kommen hören«, sagte Logan.

War es möglich, dass das Grinsen noch breiter wurde? Zacharias Hamilton schien seinen Spaß zu haben. »Und? Zählen Sie die Jahresringe im Holz?«

Sehr witzig.

Logan zuckte mit den Schultern. »Jeder muss ein Hobby haben.«

War da ein Funken Wärme in Hamiltons stahlharten Augen? Der Himmel stehe ihnen bei, wenn sie nun auch noch anfingen, sich zu mögen.

Nicht dass das Logan von dem abgehalten hätte, was getan werden musste. Gegenseitiger Respekt würde den finalen Showdown für Eva vielleicht weniger zur Qual machen – was Logan mit jedem Tag wichtiger wurde.

»Tja, falls Sie dann irgendwann fertig sind, können Sie mir gerne nach drinnen folgen.« Er zeigte nach oben in Richtung Dach. »Seth hat mich nach Hause gerufen, also gibt es vielleicht irgendwelche interessanten Entwicklungen wegen Christie.«

Logan reckte den Hals und sah, dass ein blaues Band in der Brise flatterte. Noch etwas, was ihm entgangen war. Natürlich war er von der anderen Seite hergeritten, aber trotzdem – sein Stolz musste heute empfindliche Schläge hinnehmen.

»Wir haben schon vor Jahren einen Flaschenzug zwischen Seths Fenster und den Schornstein angebracht, damit er mir signalisieren kann, falls er Hilfe braucht. Rot heißt, dass es einen Notfall gibt. Blau, dass ich kommen soll, sobald ich kann.«

Ganz schön clever.

Logan senkte seinen Kopf wieder und wandte sich dem Mann zu, der seinem Vater Besitz und Leben genommen hatte. Dieses Mal stieg ihm nicht die Galle auf, wie es das erste Mal geschehen war, als er Hamilton auf dem Land seines Vaters gesehen hatte. Und auch der altbekannte Hass pulsierte nicht mehr durch seine Adern. Ein dumpfer, nagender Schmerz hielt sich zwar noch immer in seinem Herzen, aber der war nichts mehr im Vergleich zu dem lodernden Feuer, das ihn so viele Jahre lang erfüllt hatte.

Er wurde weich. Und was noch viel schlimmer war, er konnte nicht viel mehr als ein innerliches Kopfschütteln darüber zustande bringen.

»Also hat Seth Ihnen von seinem kleinen Ausflug gestern Abend erzählt?«

»Jepp.« Hamilton ging die Verandatreppe hinauf, doch anstatt sich einfach an Logan vorbeizudrücken, blieb er stehen und streckte ihm die Hand entgegen. »Ich habe Sie wohl falsch eingeschätzt. Was Sie für Christie tun … ist eine gute Sache.«

Logan starrte verblüfft die ihm dargebotene Hand an. Wenn Hamilton erst seine wahren Beweggründe erfuhr, würden sich diese Finger zur Faust ballen und nach Logans Kiefer schlagen.

Doch er konnte diese Geste nicht einfach ignorieren. Also hob er langsam die Hand und reichte sie Hamilton, während er sich zu einem gelassenen Gesichtsausdruck zwang, obwohl sich ihm der Magen umdrehen wollte. Ihr Kontakt beschränkte sich zum Glück auf das Nötigste, da keiner von ihnen die seltsame Situation länger ertragen wollte, doch die Hand des Feindes zu schütteln, erschütterte Logan dennoch.

Sein Feind war in einer Hinsicht sogar zu einem Verbündeten

geworden. Miss Gilliam brauchte ihre Hilfe und Seth war nicht der einzige Hamilton-Bruder, der sich um ihr Wohlergehen sorgte.

Hamilton stieß die Tür weit auf und marschierte in die Küche. »Kommen Sie?«

Logan folgte und schloss die Tür hinter sich. Seine Mutter hatte ihn so oft ausgeschimpft, weil er immer vergessen hatte, sie zu schließen, dass er ihre Stimme noch immer von den Wänden widerhallen hörte. Sie hätte sich auch über seine Stiefel beschwert, deshalb hatte er schon beim Absteigen darauf geachtet, dass sie sauber waren.

Natürlich war es aber nicht die Stimme seiner Mutter, die er jetzt hörte, sondern Evas.

»Wir müssen es dem Marschall in Ben Franklin melden.«

»Nein!« Das kam von Miss Gilliam. »Du verstehst das nicht. Sie denken, ich wäre minderbemittelt. Sie werden mir nicht glauben, vor allem wenn sein Wort gegen meines steht. Nicht ohne Beweise. Er isst jeden Samstag mit dem Bürgermeister und dessen Frau zu Abend. Außerdem sitzt er im Kirchvorstand und überlässt den Populisten das Schulhaus für ihre politischen Veranstaltungen. Er ist in der ganzen Stadt beliebt. Und ich bin nur die Stieftochter des Schwarzbrenners.«

Logan hörte den letzten Teil des Gesagten lauter, weil er schon das Wohnzimmer betreten hatte. Seth stand neben der überreizten Miss Gilliam und legte ihr beschützend eine Hand auf die Schulter, während Eva vor dem kleinen Sofa stand und einen sturen Gesichtsausdruck aufgesetzt hatte.

»Dann wenden wir uns an den Sheriff in Cooper«, ließ sie nicht locker. »Benson ist ein Krimineller. Du wirst nicht eher sicher sein, als bis er nicht hinter Gittern ist.«

Logan ging an Zacharias vorbei und trat neben Eva. »Aber wenn sie ohne Beweise aussagt«, sagte er sanft, »bringt sie sich nur in unnötige Gefahr.«

Eva fuhr herum. »Logan? Was machst du denn hier?«

»Ich habe ihn an der Hintertür gefunden. Er hat dort herumgelungert«, erklärte Zacharias – eine absolut hilfreiche Unterstützung.

Eva runzelte die Stirn. »Was?«

Logan warf Zacharias ein finsteres Starren zu. Der lachte nur. »Ignorier ihn einfach.« Dann wandte sich Logan wieder Eva zu. »Hat Christie sich an irgendetwas Wichtiges erinnert?« Er warf auch Seth einen Blick zu, um ihn in das Gespräch einzubeziehen.

»Sie hatten recht mit dem Buch«, erklärte Seth. »Es war ein Kontobuch. Benson hilft Earl offensichtlich mit der Buchhaltung. Nur dass er aus Versehen eins von seinen eigenen Büchern im Versteck gelassen hat anstatt einem von Earl. Darin waren Beweise enthalten, wie kreativ er mit den Geldern des Schulamtes umgeht.«

»Seht ihr? Er ist ein Krimineller.« Eva und ihr unschuldiges Herz. Sie dachte offensichtlich, dass alle Gesetzeshüter Gutmenschen waren, ehrlich und ritterlich, und dass sie alles tun würden, um einer jungen Frau zur Seite zu stehen.

Logan dagegen wusste es besser. Seth und Zacharias ebenfalls, wie er anhand ihres finsteren Starrens vermutete. Und selbst ein ehrlicher Gesetzesmann konnte ohne Beweise nichts ausrichten. Das Kontobuch war verschwunden, höchstwahrscheinlich von Benson persönlich wiederbeschafft, und da Christie ihren Angreifer nicht gesehen hatte, konnte sie auch keine Anklage gegen ihn erheben.

Logan konnte auch nicht aussagen, dass Benson der Mann gewesen war, den er am Fluss gesehen hatte. Sie waren einfach zu weit weg gewesen, um ihn mit Sicherheit zu identifizieren. Alles, was er sagen konnte, war, dass der Mörder die gleiche Statur hatte wie Benson, aber das konnte ja auch nur ein Zufall sein. Und den alten, schäbigen Wagen hatte er wahrscheinlich von irgendjemandem ausgeliehen. Vielleicht sogar von Earl.

Logan legte seine Hand auf Evas Schulter und wartete, bis sie ihre lebhaften zweifarbigen Augen auf ihn richtete. »Der Sheriff kann ohne Beweise niemanden verhaften. Und wenn Miss Gilliam gegen Benson aussagt« – er warf Seth einen Blick zu – »wird der wissen, wo sie sich versteckt und wer ihr hilft.« Er streichelte Evas Arm und versuchte, sowohl sie als auch sich selbst für den Gedanken zu stählen, den er im Begriff war auszusprechen. »Nicht nur Miss Gilliam wäre dann in allerhöchster Gefahr, sondern auch du und deine Brüder.«

Eva funkelte ihn aufsässig an. Wie sehr er ihren Mut liebte! »Wir können uns doch nicht einfach zurücklehnen und abwarten, Logan.«

Er lächelte sie an, glücklich über die Chance, noch einmal ihr Held sein zu können, bevor er von seinem weißen Pferd in den Staub stürzen würde. »Ich bin niemand, der sich einfach zurücklehnt und abwartet.«

Ein Schnauben erklang neben ihm, doch Logan ignorierte es. Evas Gesicht erhellte sich voller Zuversicht und Vertrauen in ihn. Das war alles, was zählte. Er genoss diesen Augenblick sehr, denn es war vielleicht das letzte Mal, dass sie ihn so anschauen würde. Doch davon durfte er sich jetzt nicht ablenken lassen, denn sie mussten endlich handeln.

»Ich sagte ja schon, dass wir nicht ohne Beweise zum Sheriff reiten können. Wie wäre es also, wenn wir welche besorgen?«

Evangelines Herz barst fast durch die Gefühle, die sie plötzlich durchströmten. Liebe … und Angst. Logan wirkte so fähig, wie er dort breitbeinig stand und dieses schiefe Lächeln aufgesetzt hatte. Doch sosehr sie Christie helfen wollte, gefiel es ihr doch zugleich gar nicht, dass Logan so ein großes Risiko auf sich nehmen sollte.

Ein Räuspern unterbrach ihre Gedanken. »Ich helfe.«

Zach. Natürlich. Evangeline lächelte ihren Bruder dankbar an. Zach mochte sich zwar wie ein einsamer Wolf aufführen, doch von Natur aus war er ein Beschützer. Er würde niemals tatenlos danebenstehen, wenn eine Frau Hilfe brauchte.

»Ich auch«, sagte sie sofort und verschränkte die Arme vor der Brust, damit niemand auf die Idee kam, dass sie sich kaltstellen lassen würde. »Was kann ich tun?«

Logan biss die Zähne zusammen. »Du kannst dich so weit von Mr Benson fernhalten wie möglich.«

Und da war es auch schon passiert. Doch sie würde auf keinen Fall zulassen, dass …

»Bitte!« Christie hob die Hände an den Kopf, als kämpfe sie gegen einen Wirbelsturm. »Ihr sprecht alle so schnell. Ich verstehe überhaupt nichts.«

Evangeline warf Logan einen blitzenden Blick zu, um ihn zu warnen, dass diese Diskussion noch lange nicht beendet war, dann trat sie neben Christie. »Tut mir leid«, sagte sie. »Das war unhöflich von uns.«

»Darum geht es doch gar nicht«, erwiderte Christie. »Ich will wissen, was ihr plant.« Sie bewegte sich von Seth weg, näher zu Logan. »Sie wollen nach dem Kontobuch suchen?«

Logan warf seinen Hut auf das Sofa. »Jepp. Ich denke, ich weiß, wo er die Bücher aufbewahrt, zumindest die, die Earls Geschäftsbewegungen enthalten. Und wenn er seins mit Earls Büchern verwechselt hat, muss er sie ja an derselben Stelle lagern.«

»Aber könnte es nicht sein, dass er durch die Verwechslung vorsichtiger geworden ist?«, fragte Christie. »Sie könnten am falschen Ort suchen.«

Logan zuckte die Schultern. »Möglich. Aber das werden wir erst wissen, wenn wir nachgeschaut haben.«

Seth trat an Christies Seite und Evangeline folgte ihrem Bruder. Zach gesellte sich ebenfalls dazu, sodass sie einen Kreis bildeten.

Seth ergriff Christies Hand und drückte sie. »Wie oft lässt Earl seine Bücher von Benson aktualisieren?«

»Alle zwei Wochen.«

»Dann haben wir ja noch Zeit.« Seth warf Logan einen bedeutungsvollen Blick zu. »Wenn Earl sein Kontobuch gestern von

Benson zurückbekommen hat, bleiben uns noch zwölf Tage für eine gute Strategie.«

Logan runzelte die Stirn. »Warum sollten wir warten, bis Earls Kontobuch wieder in Bensons Besitz ist? Wir wollen doch an Bensons Bücher herankommen.«

»Bensons Machenschaften aufzudecken und ihn hinter Gitter zu bringen, ist ein wichtiges Ziel. Aber es ist nicht das einzige.« Seth führte Christies Hand an seine Lippen und küsste sie zärtlich. »Wir müssen auch noch einen kleinen Jungen finden.«

Christies Augen füllten sich mit Tränen und ihre Unterlippe zitterte. Evangeline tätschelte ihrer Freundin den Rücken, während auch ihre eigenen Augen feucht wurden.

»Wenn wir Bensons Buch jetzt schon entwenden, verschrecken wir Earl und verspielen unsere Chance, an die Informationen heranzukommen, die wir darüber hinaus brauchen. Wir müssen auf jeden Fall auch einen Blick in *sein* Buch werfen, also müssen wir warten, bis es wieder in Bensons Besitz ist. Zwei Fliegen, eine Klappe.«

Logan runzelte die Stirn, wodurch die Narbe an seinem linken Auge noch stärker betont wurde. »Was hat das alles mit einem kleinen Jungen zu tun?«

Evangeline berührte seinen Arm. »Das erkläre ich dir später. Wir beide müssen sowieso miteinander reden.«

Sie ignorierte die erhobenen Augenbrauen der beiden anderen Männer im Raum und sah unverwandt auf Logan. Seine grauen Augen wirkten plötzlich umwölkt und … voller Furcht.

Plötzlich erschien es weit weniger gefährlich, einen mörderischen Schullehrer zur Strecke zu bringen, als ihrem undurchschaubaren Nachbarn ihr Herz zu öffnen.

Kapitel 24

»Lass uns vorne rausgehen«, sagte Evangeline und führte Logan durch die Wohnzimmertür, wo sie endlich dem Starren ihrer Brüder entkamen.

Dankenswerterweise hatten weder Zach nach Seth irgendetwas gesagt, aber die warnenden Blicke, die sie ihr zugeworfen hatten, hatten nicht gerade dazu beigetragen, ihren rasenden Puls zu beruhigen. Sie hörte ihre Mahnung, besonders vorsichtig zu sein, in ihrem Kopf. So als hätten sie sie ihr laut zugerufen.

Vorsichtig zu sein, brachte einen im Leben aber nicht immer weiter. Manchmal musste man auch ein Risiko eingehen, wenn man das bekommen wollte, was man sich wünschte. Und sie wünschte sich Logan – jeden komplizierten, geheimen, heldenhaften Teil von ihm.

Als er ihr die Tür aufhielt, lief sie an ihm vorbei, dann lehnte sie sich über das Verandageländer und griff nach dem reifen Pfirsich, der ihr schon heute Morgen ins Auge gesprungen war. Die Erntezeit war so gut wie vorüber, aber ein köstliches kleines Geschenk hing noch versteckt zwischen den Blättern.

Evangeline zupfte es von dem Ast, wischte es an ihrer Schürze sauber und streckte es Logan mit einem Lächeln entgegen. »Für dich.«

Na gut, *ja*, sie versuchte ihn zu bezirzen. Ihr war wieder eingefallen, wie sehr er die eingemachten Pfirsiche geliebt hatte, die sie ihm bei ihrem ersten Besuch mitgebracht hatte. Bestimmt liebte er die frischen Früchte ebenso sehr.

Sie wollte, dass er so gut gelaunt wie möglich war, bevor sie ihm ihren Verrat gestand.

Logans Augen trafen die ihren, dann nahm er das Geschenk entgegen. Seine Fingerspitzen berührten ihre Haut und sofort stockte Evangeline der Atem. Jetzt stand keine Angst mehr in seinem Gesicht – nur noch Leidenschaft und Wertschätzung und eine Verbindung, die so intensiv war, dass sie sich am liebsten um ihn geschlungen hätte wie wilder Wein um eine mächtige Eiche.

Langsam nahm Logan ein Messer aus der Scheide an seinem Gürtel. Er fuhr mit der Klinge durch das Fruchtfleisch und süßer Saft tropfte hervor. Der Wind trug das süße Aroma zu ihr herüber. Er wischte das Messer an seiner Hose ab und steckte es zurück in die Scheide, dann drehte er die Hälften vorsichtig auseinander.

»Wollen wir ihn teilen?« Er streckte ihr den Pfirsich hin.

Evangeline nahm ihn aus seinen Fingern, wobei ihre Haut die seine berührte und auf ihren Armen sofort eine wohlige Gänsehaut entstand.

Himmel! Seit wann war es so eine intime Angelegenheit, sich eine Frucht zu teilen? Wärme stieg in ihren Wangen auf und sie wandte sich vor der Intensität seiner grauen Augen ab. Evangeline hob den Pfirsich an die Lippen und hoffte, dass es ihr ein wenig Ablenkung bringen würde, das Obst zu essen, doch ein kleines Rinnsal der süßen Flüssigkeit lief ihren Mundwinkel hinunter, was ihre Verlegenheit nur noch steigerte.

Bis Logan es zärtlich mit dem Daumen wegwischte. Sie schaute ihn überrascht an, doch er blickte ihr gar nicht in die Augen. Stattdessen starrte er ihren Mund an. Es war ein sehnsüchtiger Blick. Genau wie der gestern im Keller, bevor er sie geküsst hatte. Ihr Herzschlag wurde schneller und ihr Atem flach. Wie gern sie ihn wieder geküsst hätte …

Doch nicht hier. Nicht auf der Veranda, wo Seth und Zach sie sehen konnten, wenn sie aus dem Fenster schauten oder aus der Tür traten. Was nicht sehr unwahrscheinlich war bei deren zupackender Art.

Anstatt sich also auf die Zehenspitzen zu stellen, wie sie es am liebsten getan hätte, und ihre Lippen auf Logans zu pressen, wirbelte sie herum und lief die Treppe hinunter.

»Am Teich gibt es einen hübschen Platz«, rief sie über die Schulter. Sie versuchte zu lächeln, brachte diese leichtherzige Bewegung aber kaum zustande, so sehr stritten die Gefühle in ihr. »Wir können uns hinsetzen und reden.«

Sein Mund spannte sich an und auch sein Blick kühlte sich ab. Diese Veränderung war kaum zu sehen, und dennoch ging sie Evangeline durch Mark und Bein.

Er brachte ein Grinsen zustande, als wäre nichts passiert, und lief die drei Stufen hinunter zu ihr. »Klar.« Er versenkte seine Zähne in dem halben Pfirsich und ging ohne ein weiteres Wort an ihr vorbei, als wisse er genau, wie er zum Teich käme. Evangeline atmete tief ein und aus und stählte sich für das Gespräch, das gleich auf sie zukommen würde. Es war besser so – zumindest sagte sich Evangeline das, als sie hinter Logan herging und die Räucherkammer links liegen ließ. Schon wieder wusste Logan, wo er entlanggehen musste.

Sie runzelte die Stirn. Dann verlangsamte sie ihre Schritte so weit, dass er vorgehen konnte.

Sie hatte ihm den Teich noch nie gezeigt. Ja, sie hatte ihn ihm beschrieben, natürlich, hatte aber nie genau gesagt, wie man am schnellsten dorthin kam. Trotzdem marschierte er hinter der Räucherkammer in Richtung Westen weiter, als leuchte ihm ein heller Stern den Weg.

Als er sich zwischen zwei Pekannussbäumen hindurchduckte, die einer Ansammlung von Felsen am Südufer des Teiches Schatten spendeten, wusste sie, dass dies kein Zufall sein konnte. Er führte sie mit traumwandlerischer Sicherheit zu der einzigen Sitzmöglichkeit an dem kleinen Gewässer.

Zwischen den Bäumen blieb sie stehen und musterte ihn skeptisch. »Du warst schon einmal hier.«

Er erstarrte in der Bewegung und drehte sich langsam zu ihr um. Ein tiefes Seufzen erklang, noch bevor er ihr in die Augen schaute.

»Du hast recht. Das war ich.« Er blickte in Richtung Haus, seine Züge so traurig, dass es ihr fast das Herz zerriss. »Ich bin hier aufgewachsen.«

»Was?« Sie schüttelte zweifelnd den Kopf, doch das half auch nicht dabei, seine seltsamen Worte besser zu verstehen. »Was meinst du … «

»Komm«, sagte er und streckte ihr die Hand entgegen. »Ich erkläre dir alles. Versprochen.«

Sie legte ihre Finger in die seinen. Die Berührung war immer noch warm und beruhigte sie sofort. Was auch immer er ihr zu sagen hatte, es konnte so schlimm nicht sein. Nicht wenn er sie mit dieser Zärtlichkeit berührte. Eigentlich sollte sie aufgeregt sein, sagte sie sich, als er sie zu dem Felsen führte, auf dem sie normalerweise saß und die Schnappschildkröte fütterte. Logan würde endlich seine Geheimnisse offenbaren. Also vertraute er ihr. Und sie war ihm wichtig. Er wollte alle Hindernisse zwischen ihnen ausräumen. Das war doch etwas Gutes, oder?

Logan ließ ihre Hand los, damit sie ihren Rock unter sich drapieren konnte, als sie sich hinsetzte. Es gab keinen Platz mehr, auf den er sich neben sie hätte setzen können, doch er blieb dicht bei ihr und lehnte sich mit der Hüfte an den Felsen.

Dann bückte er sich, nahm ein Steinchen und warf es in flachem Winkel auf die Wasseroberfläche. Der Kiesel tanzte davon. Dieser Anblick ließ ein seltsam unruhiges Gefühl in ihr aufsteigen. Da Evangeline nicht wusste, was sie sagen sollte, und nicht einfach drauflosplappern wollte – wo es doch um ein Gespräch ging, das ihrer beider Zukunft bestimmen würde –, steckte sie sich noch ein Stück Pfirsich in den Mund.

Logan lächelte, doch seine Augen wirkten traurig, als er den Kopf schief legte und das süße Obst musterte. »Meine Mutter wäre glücklich, dass ihr Baum so gute Frucht bringt.«

Evangeline schluckte den Bissen hinunter und wischte sich die Lippen ab. »*Ihr* Baum?«

»Mhm.« Er schaute auf seinen eigenen Pfirsich, doch seine Augen schienen die Frucht gar nicht richtig wahrzunehmen. »Sie hat meinen Vater monatelang gedrängt, Obstbäume anzupflanzen. Pfirsiche, Äpfel, Birnen. Er hat immer wieder gesagt, dass wir nicht das Geld für so ausgefallenen Schnickschnack hätten. Sie hat argumentiert, dass es kein Schnickschnack wäre, wenn sie für den Winter Obst einlegen und somit Vorräte anlegen könnte. Es hat fast ein Jahr gedauert, bis Vater schließlich mit ein paar Setzlingen zu Hause aufgetaucht ist. Rechts und links der Veranda hat er sie eingepflanzt. Meine Mutter hat diese Bäumchen wie Kinder behandelt. Sie hat sie gegossen, gedüngt und im Winter mit Tüchern zugedeckt.« Logan schüttelte den Kopf. »Ich glaube, die Bäume zurückzulassen, ist ihr schwerer gefallen als Vaters Grab.« Er sah Evangeline wieder an. »Was ihm zugestoßen war, wusste sie. Aber was aus ihren Bäumchen werden würde, war unklar. Danke, dass du dich um sie gekümmert hast.«

In Evangelines Kopf drehte sich alles. Logans Mutter hatte ihre Pfirsichbäume gepflegt! Hatte ihr Überleben gesichert, sodass die Hamiltons jetzt von den Früchten leben konnten.

Mit diesen Pfirsichen hatte Evangeline Charlotte Clem für die Kochstunden bezahlt. Aus diesen Pfirsichen hatte sie Marmelade gekocht und den Sirup hergestellt, den Zach jeden Sonntagmorgen auf seine Pfannkuchen goss. Diese Pfirsiche hatte sie gerade benutzt, um die Stimmung des Mannes, in den sie sich verliebt hatte, aufzuhellen.

»Das hier war dein Zuhause?« Warum kam ihr der Gedanke so absurd vor? Warum fiel es ihr so schwer, sich das vorzustellen?

Logan nickte. »Ja.« Er deutete mit dem Kinn in Richtung Haus. »Ich habe meinem Vater geholfen, das Haus zu bauen, in dem ihr lebt. Die Scheune, in der eure Pferde stehen.« Er machte eine große Bewegung mit dem Arm. »Ich habe jeden Zentimeter dieses Landes erforscht. Ich kenne die besten Angelstellen. Ich weiß, wo man am schnellsten Kaninchen fängt und kenne die besten Kletterbäume.« Erinnerungen an seine glückliche Kindheit keimten in ihm auf und für einen kurzen Augenblick wirkte er entspannter. Doch als er sich ihr wieder zuwandte, hatte die Dunkelheit wieder von seinen Augen Besitz ergriffen. »Erinnerst du dich an den Tag, als ich dir von meinem Vater erzählt habe? Daran, warum ich die Spielerei so hasse?«

Der Pfirsich schmeckte plötzlich sauer in ihrem Mund. Ihr Magen zog sich zusammen, ebenso wie ihr Hals, als sie zitternd nickte.

Oh ja. Sie erinnerte sich an die herzzerreißende Geschichte, wie sein Vater sich das Leben genommen hatte. Wie er seine Frau und den Sohn alleine und auf sich gestellt zurückgelassen hatte. Alles, weil er den Verlust am Pokertisch nicht hatte verkraften können. Er hatte zu viel gesetzt, hatte alles verspielt, und seine Familie hatte den Preis dafür zahlen müssen.

Wie konnte ein Vater so etwas tun? Wie konnte er die Lebensgrundlage seiner Familie aufs Spiel setzen? Das war unverantwortlich. Und töricht. Aber das verblasste vor dem, was er danach getan hatte. Evangeline tat Logans Vater leid, auch wenn sein Handeln selbstsüchtig gewesen war. Sich selbst das Leben zu nehmen, war einfach unfassbar.

Kein Wunder, dass Logan so leidenschaftlich versuchte, das wiederzubekommen, was er verloren hatte. Er war als junger Mann zum Versorger der Familie geworden. Ein Junge, der um seinen Vater trauerte und auf dessen Schultern doch schon so schrecklich viel Verantwortung lastete und so viel Druck.

Evangeline hatte jahrelang mit ansehen müssen, wie das gleiche Gewicht auf Zachs Schultern gelastet hatte. Auch er hatte schon in jungen Jahren viel zu viel leisten müssen, um seine Familie zu versorgen. Er hatte alles getan, um ihr Überleben zu sichern, und hatte immer versucht, alles Übel von Evangeline und Seth fernzuhalten.

Logan und Zach teilten ein gemeinsames Schicksal, ein Schicksal, das eigentlich kein Kind erdulden sollte.

Gemeinsames Schicksal …

Ihr Herz rutschte ihr in die Magengrube. Um Himmels willen! Sie konnte es nicht fassen. Natürlich! Die beiden teilten wirklich ein gemeinsames Schicksal. Sie hatten sogar eine gemeinsame *Geschichte.*

»Ich sehe, dass du die Puzzleteile zusammenfügst«, sagte Logan mit Bedauern in der Stimme.

Der Pfirsich fiel ihr aus der Hand und landete im Schmutz.

Zach hatte ihr Land bei einem Kartenspiel gewonnen. Sie erinnerte sich noch gut an die Nacht, als er mit diesem Trumpf in der Hand nach Hause gekommen war. Er hatte sie aufgeweckt und ihr die Besitzurkunde gezeigt. Dabei war er so glücklich gewesen und so stolz. Er hatte ihr versprochen, dass sie nie wieder in einem schäbigen Verschlag oder in einer Scheune schlafen müsste. Dass sie nun ein sicheres Haus hatten, in dem es auch Seth und seiner Lunge gut gehen würde. Dass sie jetzt endlich ein Zuhause hatten.

Sie war so aufgeregt gewesen, dass sie den Rest der Nacht kein Auge mehr zugetan hatte. Ein echtes Zuhause!

Niemals hatte sie daran gedacht, dass ihr Gewinn für einen anderen vielleicht einen schrecklichen Verlust bedeutete. Und sie hatte auch nie verstanden, warum Zachs Enthusiasmus sich nach ein paar Tagen eingetrübt hatte und er sein geliebtes Kartendeck – das Einzige, was ihm von seinem Vater geblieben war – weggepackt und nie wieder angerührt hatte. Er hatte nie von dem gesprochen, was passiert war, und hatte ihnen nichts erklärt. Stattdessen hatte er einfach den Kopf gesenkt und an dem Zuhause gearbeitet, das sie sich alle gewünscht hatten.

An dem Zuhause, das eigentlich Logans war.

Sie konnte ihm nicht in die Augen schauen, konnte kaum die Worte formulieren, die sich ihr über die Lippen drängen wollten. »Zach ist derjenige, der deinen Vater im Poker besiegt hat, stimmt's?«

Logan ergriff sanft ihr Kinn und zwang sie dazu, ihn anzuschauen. »Nein, Eva. Zach hat meinen Vater nicht besiegt. Er hat ihn betrogen.«

Sie zuckte zurück und schüttelte vehement den Kopf. »Nein, auf keinen Fall! Er würde niemals … «

»Doch.« Die Muskeln an seinem Kiefer zuckten, so fest biss er die Zähne zusammen. »Er hat betrogen. Er hat das Land meines Vaters gestohlen und ihn hat er damit auf dem Gewissen.«

Der Hass in seiner Stimme schlug ihr ins Gesicht. Tränen strömten über Evangelines Wangen.

Logan musste sich irren. Zach hätte niemals etwas so Unehrenhaftes getan. Er war ein guter Mann und arbeitete hart. Er war selbstlos und tat, was auch immer nötig war, um die Familie zu versorgen.

Was auch immer nötig war.

Guter Gott! Konnte es wahr sein? Hatte er wirklich etwas so Schreckliches getan?

Kapitel 25

Logan sah, wie die Farbe aus Evas Gesicht wich. Wütend trat er mit dem Stiefel gegen den Felsen. Er hasste es, ihre Welt und ihre wunderbare Sicht darauf zu zerstören. Doch er hatte sich geschworen, dass es keine Geheimnisse mehr zwischen ihnen geben durfte – egal wie schlimm die Wahrheit war.

Sein Herz raste und er schluckte mehrmals, weil sein Mund plötzlich so trocken war, dass ihm die Zunge am Gaumen klebte. Jetzt konnte er auch noch den Rest ausspucken. Bevor sie sich besann und ihm ins Gesicht schlug, weil er ihrem über alles geliebten Bruder angeblich unrecht tat.

»Mein Name ist Logan Fowler«, sagte er und beobachtete ihre Reaktion genau. »Mein Vater hieß Rufus Fowler, ein Name, der dir von der Landurkunde bekannt sein dürfte, falls du sie je gesehen hast.«

Erkenntnis stand in ihren Augen. »Ich wusste doch, dass mir der Name bekannt vorkommt. Ich wusste nur nicht, woher«, murmelte sie und Logan nickte. Eva biss sich auf die Unterlippe und ihre Wangen wurden rot, und doch wandte sie ihren Blick nicht von ihm ab. »Ich habe deine Satteltaschen durchsucht, als ich im Keller gefangen war. Ich habe den Brief vom Grundbuchamt entdeckt. Deshalb kannte ich deinen Namen schon.«

Er lächelte. Sie war so unglaublich ehrlich und hatte so ein reines Herz. Er konnte sehen, wie sehr diese kleine Enthüllung sie belastete, obwohl er selbst wahrscheinlich ohne ein Stirnrunzeln darüber hinweggesehen hätte. Irgendwann in den letzten sieben Jahren hatte sein Gewissen seine Sensibilität verloren. Vielleicht konnte Eva ihm irgendwann dabei helfen, diesen Schaden zu beheben, wenn sie nach dieser ganzen Sache bei ihm blieb.

Falls sie bei ihm blieb.

Er strich ihr eine Strähne hinters Ohr. »Ich weiß.«

Sie blickte auf ihre Füße. »Bist du böse?«

Wieder hob er ihr Kinn an und wartete darauf, dass sich ihre wunderbaren Augen auf ihn richteten. »Nein, ich bin nicht böse. Ich verstehe, warum du das getan hast.« Er streichelte ihre Wange mit seinem Daumen. »Ich hoffe nur, dass auch du verstehst, was mich antreibt und dass du mir ebenso verzeihst.«

Sie zog die Augenbrauen zusammen. »Du bist hierhergekommen, um Zach zu verletzen, richtig? Ich weiß noch, was du über deine Rache gesagt hast. Du suchst Vergeltung bei dem Mann, der deinem Vater das Land genommen hat. Deshalb hast du in dein Land *investiert*. Du hast uns ausspioniert, um herauszufinden, wie du uns genauso verletzen kannst, wie wir damals dich verletzt hat.«

»Nein, Eva. *Dich* würde ich niemals verletzen.« Wut und Angst verliehen seinem Arm Kraft und er warf seinen Pfirsich weit über den Teich. Dann stellte er sich vor sie und legte seine beiden Hände an ihre Wangen. »Ich will noch nicht einmal deinen Bruder verletzen. Nicht wirklich, weißt du. Ich will einfach nur die Möglichkeit bekommen, das zurückzugewinnen, was uns gestohlen wurde, damit es meiner Mutter wieder gut gehen kann.«

Eva machte sich von ihm los und ihre Augen schienen voller Feuer zu sein. »Zurückgewinnen? In einem Pokerspiel, meinst du? Zach würde dem niemals zustimmen. Er hat die Karten seit Jahren nicht mehr angefasst. Außerdem ist das Land nicht mehr dasselbe wie noch vor sieben Jahren. Wir haben es bewirtschaftet, es weiterentwickelt und wertvoller gemacht. Du würdest nicht nur das zurückbekommen, was du verloren hast, sondern würdest uns auch das nehmen, was wir uns hart erarbeitet haben. Was dich genauso zu einem Dieb machen würde, wie du es Zach unterstellst.« Sie erhob sich, die Arme steif an ihren Seiten. »Es war nicht Zach, der deinen Vater zum Spielen gebracht hat. Außerdem hätte dein Vater selber wissen müssen, was er setzt und was nicht. Das alles hat er selbst entschieden und Zach ist nicht dafür verantwortlich. Außerdem würde auch mein Bruder niemals so einen hohen Einsatz machen.« Ihre Augen verengten sich zu Schlitzen. »Wie willst du ihn also zum Spielen zwingen? Mit vorgehaltener Waffe? Oder indem du mich als Geisel nimmst?« Noch weiter wich diese wunderbare Frau zurück.

»Natürlich nicht!« Logans Verstand raste ob dieser Anschuldigungen. Wie konnte sie nur so etwas von ihm denken?

»Du hast dich all die Jahre selbst belogen, Logan. Du suchst nicht nach Gerechtigkeit.« Sie hob ihre Hand, schubste ihn nach hinten und wandte sich von ihm ab. »Was du willst, ist Rache.«

Er ließ sich wegschubsen, doch er würde sie so nicht gehen lassen. Schnell lief er um sie herum. »Was dein Bruder getan hat, war falsch, Eva. Er hat einen Mann um sein Land betrogen und dafür gesorgt, dass eine Familie dadurch auf der Straße sitzt. Die Gerechtigkeit verlangt, dass er für diese Sünde bezahlt.«

Wütend funkelte sie ihn an. »Und was ist mit der Sünde deines Vaters? Verlangt die Gerechtigkeit auch, dass wir dafür bezahlen? Das werden wir nämlich nach deinem Plan. Es war nicht Zachs Angelegenheit, deinen Vater von seinem hohen Einsatz abzubringen, sondern er hätte selbst wissen müssen, dass das töricht ist. Er hätte erkennen müssen, was er deiner Mutter und dir damit antut, aber er hat sich dazu entschieden, euch im Stich zu lassen. Und sosehr ich deinen Schmerz auch verstehe, ich werde nicht zulassen, dass du Zach die Schuld für die falschen Entscheidungen deines Vaters gibst.«

»Glaubst du, ich weiß nicht, dass mein alter Herr ein Narr war?« Die Anspannung in Logans Rücken und Nacken wurde immer größer. Als wüsste er nicht, was sein Vater verbrochen hatte. Aber *sie* war doch diejenige, die gerade die Schwere der Schuld ihres Bruders nicht einsehen wollte. Logan verbreiterte seinen Stand und stemmte die Fersen in den sandigen Boden. »Mein Vater hätte unser Land nichts aufs Spiel setzen dürfen, damit hast du recht. Aber es war nicht das Spiel selbst, das ihn zerstört hat. Es war der Betrug deines Bruders.«

Eva verschränkte die Arme vor der Brust und reckte das Kinn. »Zach ist kein Betrüger. Er hat für jeden Penny hart gearbeitet, den er verdient hat.« Ihre Augen blitzten. »Und das von klein auf.«

Jetzt verschränkte auch Logan die Arme, imitierte ihre Haltung und hob eine Augenbraue. »Tut mir leid, dass ich dir das auf diese Art beibringen muss, Eva, aber dein Bruder ist nicht der Held, für den du ihn hältst. Er ist ein Kämpfer. Ein Überlebenskünstler. Das Schicksal hat ihm eine wertlose Hand zugespielt, aber er hat geblufft, manipuliert und betrogen, bis seine Karten besser wurden. Manche würden das vielleicht als heldenhaft ansehen, aber ich nicht. Nicht, wenn dabei eine verwitwete Mutter auf der Strecke bleibt, die langsam von ihrem Leid aufgezehrt wird.«

Etwas in ihren Augen flackerte. War es Unsicherheit? Das war schwer zu sagen, weil es schon wieder verschwunden war, bevor es richtig aufgekeimt war. »Hast du einen Beweis?«, verlangte sie zu wissen. »Einen Beweis dafür, dass Zach damals betrogen hat?«

»Mein Vater hat mir erzählt, was passiert ist, und …«

»Ach, dein Vater hat es dir erzählt?« Sie lachte auf, als wäre er der Naive. »Und er hätte natürlich keinen Grund gehabt zu lügen und einem anderen die Schuld für seine törichten Entscheidungen in die Schuhe zu schieben!« Sie warf die Arme in die Luft. »Natürlich würde er dem Sohn, der ihn bewundert, erzählen, dass es nicht seine Schuld war, dass der Gewinner betrogen hat. Ich bin keine erfahrene Spielerin, aber ich würde meinen gesamten Besitz darauf verwetten, dass die Verlierer bei solchen Spielen *immer* behaupten, dass man sie betrogen hat. Wie sonst sollten sie denn ihren verletzten Stolz retten? Dir hat man solche Vorwürfe doch bestimmt auch schon mehr als genug gemacht.«

Logan biss die Zähne zusammen, doch er konnte der Logik ihrer Worte nicht widersprechen. »Das ist irrelevant.«

Energisch stemmte sie die Hände in die Hüften. »Nein. Genau das ist es *nicht*.«

Er nahm sich ein paar Sekunden, um tief durchzuatmen – bevor er etwas sagte, was er später bereuen würde – und schüttelte schließlich den Kopf. »Mein alter Herr hat jeden Sonntag Karten gespielt. Normalerweise ging es dabei um nicht einmal hundert Dollar. Aber ab und an hat er Runden gefunden, die mit höheren Einsätzen spielten.«

Evas Gesicht blieb ablehnend, aber immerhin unterbrach sie ihn nicht, was ihn hoffen ließ, dass sie ihm zuhörte. Momentan musste er das wohl schon als Pluspunkt anerkennen.

»Er war ein guter Spieler, Eva. Er konnte sich die Karten merken. Dadurch wusste er, was schon ausgespielt war und wie hoch die Wahrscheinlichkeiten für die nächsten Karten waren. Er hat die Besitzurkunde nur dann auf den Tisch gelegt, wenn er sich absolut sicher war, das Siegesblatt in Händen zu halten.«

»Er hat das schon *vorher* gemacht? Er hat euer Land häufiger aufs Spiel gesetzt?« Eva klang entsetzt und er konnte ihr dafür wirklich keinen Vorwurf machen.

Sein Vater war rücksichtlos gewesen. Manchmal sogar leichtsinnig. Er hatte öfter gewonnen als verloren und dann Schmuck für Mama und gute Lederstiefel für Logan mit nach Hause gebracht. Doch es hatte auch Zeiten gegeben, in denen seine Mutter ihren Schmuck wieder hatte verkaufen müssen und Logan barfuß herumgelaufen war. Die finanzielle Unsicherheit hatte wie eine omnipräsente Wolke über ihrer Familie gehangen. Nie hatte man wissen können, ob sie einen segensreichen Geldregen oder einen Hagelsturm hervorbringen würde, der alles zerstörte. Logan würde seine Familie niemals dieser Unsicherheit aussetzen. Sobald er die Dinge mit Hamilton geregelt hatte, würde er die Karten für immer beiseitelegen.

»Er hatte an diesem Abend vier Könige auf der Hand. Nur vier Asse oder ein Flush hätten ihn schlagen können. Er hatte vorher schon ein Ass abgelegt, also konnte er diese Möglichkeit ausschließen, und in der Mitte lagen schon so viele Karten, dass auch die Wahrscheinlichkeit für einen Flush relativ gering war. Doch als dein Bruder seine Waffe, den Sattel und sein Pferd gesetzt hatte, wurde wie durch ein Wunder die Kreuzsieben aufgedeckt. Eigentlich unmöglich, es sei denn, der Kartenstapel wäre manipuliert worden.«

Wie ein Ritter aus früheren Zeiten stand Logan dort und wich keinen Millimeter zurück. Er musste Evas Bruder von dem Podest stoßen, auf das sie ihn gestellt hatte. Für den Moment würde sie ihm dafür sicherlich nicht danken, aber wenn er am Ende ihr Herz gewinnen könnte, würde sie verstehen, dass Hamiltons Rüstung ebenso verbeult und stumpf war wie Logans eigene.

»Dein Bruder hat diese Hand gespielt, Eva«, sagte er und zog damit die schärfste Waffe aus seinem Arsenal. »Er hat die Karten kontrolliert. Vielleicht hat er meinen Vater mit dem vierten König sogar geködert. Er hat von Anfang an das Spiel manipuliert und so den Ausgang bestimmt. Ohne Rücksicht auf die, die er damit verletzen könnte, hat dein Bruder meinen Vater mit skrupelloser Präzision zerlegt. Alles für ein Haus und ein Stück Land.«

»Ein Haus, das Seth wahrscheinlich das Leben gerettet hat.« Sie warf diese Erwiderung ein wie ein Seemann, der einen Eimer Wasser über Bord kippte, obwohl das Schiff schon längst am Sinken war. Offenbar wollte sie noch nicht zugeben, dass sie geschlagen war. Ihre Beine zitterten und als sie jetzt die Arme verschränkte, wirkte diese Haltung nicht mehr wütend, sondern beschützend, als wäre ihr Innerstes kalt geworden.

Logans Herz zog sich beim Anblick dieser Geste zusammen und er trat einen Schritt auf sie zu. Er wollte seine Eva umarmen und ihr die Schmerzen nehmen, obwohl er selbst diese Schmerzen doch verursacht hatte.

Jetzt taumelte sie zurück und eine Wildheit flackerte in ihren Augen auf. »Wolltest du mit meiner Hilfe deine Ziele erreichen? Bin ich für dich nur ein Werkzeug gewesen? Wolltest du Zach durch mich manipulieren?«

»Nein, Eva.« Er folgte ihr und legte seine Hände auf ihre Schultern. Nicht einmal eine Sekunde lang durfte sie das denken! Doch er konnte sie auch nicht anlügen – nicht, wenn er wollte, dass ihre Zukunft auf festem Grund stand. »Nicht die ganze Zeit.«

»Aber eine Zeit lang?« Ihr Blick, der vor Erleichterung schon weicher geworden war, verhärtete sich augenblicklich wieder.

Logan seufzte. »Ich bin es müde, dass Geheimnisse zwischen uns stehen, Eva. Ich will ehrlich sein, auch wenn die Wahrheit kaum zu ertragen ist. Willst du das nicht auch?«

Sie presste ihre Lippen zusammen und starrte ihn an, dann nickte die zitternd.

»Als ich dich zum ersten Mal gesehen habe«, sagte Logan und streichelte ihre Arme, »hat mir mein Verstand gesagt, dass ich dich auf Abstand halten sollte. Damit du nicht die Wahrheit herausfindest.« Ein Lächeln umspielte seine Lippen bei der Erinnerung an ihr erstes Zusammentreffen. »Aber du warst so ganz anders, als ich erwartet hatte. Anders als alle Frauen, die ich bisher kennengelernt hatte. Du warst lebhaft, fröhlich. Und so großzügig, dass es mein Innerstes angerührt hat. Wie ein Sonnenstrahl warst du für mich.« Er schüttelte den Kopf. »Also habe ich angefangen zu rationalisieren. Ich habe mir eingeredet, dass es mir einen Vorteil bringen würde, wenn ich nett zu dir bin. Dass ich dir Informationen entlocken könnte, die mir später gegen deinen Bruder helfen würden.« Jetzt lagen seine Hände still und er hoffte, dass sie die Wahrheit in seinen Worten erkannte. »Je mehr Zeit ich dann aber mit dir verbracht habe, desto weniger habe ich noch an meinen Pan gedacht. Ich habe angefangen, neue Pläne zu schmieden. Pläne über unsere Zukunft – unsere *gemeinsame* Zukunft. Eine Zukunft, die wir in der Hütte verbringen könnten, die ich für uns gebaut habe.« Er griff nach ihrem Gesicht und streichelte ihre Wange mit seinem Daumen. »Ich liebe dich, Eva.«

Ihre Augen wurden feucht. »Ich hatte dieselben Träume«, gab sie zu und sein Herz machte einen Sprung. »Aber ich werde meine Familie nicht zurücklassen. Nicht einmal für dich.«

Er schüttelte den Kopf. »Aber das verlange ich doch auch gar nicht.«

»Natürlich tust du das.« Es lag kein Vorwurf in ihrer Stimme, nur Traurigkeit. »Du willst, dass ich mich zwischen dir und Zach entscheide. Dass ich an deiner Seite stehe und dabei zuschaue, wie du ihn zerstörst.« Eine Träne kullerte über ihre Wange und benetzte Logans Hand. »Verstehst du denn nicht, dass du auch mich verletzt, wenn du ihm wehtust?«

Was konnte er dazu sagen? Sie hatte recht. Und er konnte nichts anderes tun, als zu hoffen, dass sie ihm vielleicht doch mit der Zeit vergeben würde.

»Bitte«, flehte sie ihn nun an. »Lass deine Rachepläne fallen.« Ihr Kinn zitterte und sie legte den Kopf schief. »Für mich.«

Er wollte das. Er wollte es so sehr, dass es ihm schier körperliche Schmerzen bereitete. Eva war die Frau, die er liebte. Um ein Haar hätten seine Knie nachgegeben.

Aber dann trat das Bild einer anderen Frau vor sein inneres Auge. Das Bild einer Frau mit ergrautem Haar, die sich jeden Tag mehr in sich zurückzog. Das Bild der Frau, die er sein Leben lang geliebt hatte und für die er alles opfern würde.

Selbst seine Zukunft.

Seine Hand glitt von Evas Gesicht und ein leises, fassungsloses Stöhnen entfuhr ihr. Dann schien ein Schwert sein Herz zu zerschneiden, als er einen Schritt zurücktrat.

»Das … kann ich nicht.«

Kapitel 26

Evangeline ballte ihre Hände zu Fäusten und klammerte sich an ihren Rock, während sie das Gefühl hatte, dass ihr ein mächtiger Schlag den Atem raubte. Sie taumelte seitwärts.

Er *konnte* nicht?

Nein, er wollte nicht. Sie presste die Lippen zusammen. Er wollte ihre Liebe nicht über seine Rachegelüste stellen. Er wollte die Vergangenheit nicht loslassen, um eine gemeinsame Zukunft aufzubauen.

»Du musst mich verstehen«, fing Logan an. Sein Gesicht, das sonst so ruhig war, war ein einziges Bild des Schmerzes. Falten zerfurchten seine Stirn und sein Blick war flehend. Doch sie wollte nicht hören, was er zu sagen hatte.

»Nein.« Evangeline schüttelte den Kopf. »Nein, ich *muss* nichts verstehen. Ich kann es auch nicht. Ein Mann, der sagt, dass er mich liebt, sollte nicht meine Familie verletzen wollen.«

»Und eine Frau, die sagt, dass ich ihr wichtig bin, sollte mich nicht für einen Schurken halten, nur weil ich die Wahrheit über ihren Bruder ausspreche.«

»Ob das die Wahrheit ist, wird sich erst noch herausstellen müssen«, konterte sie, obwohl ihr Gewissen sie doch zweifeln ließ. Sie war wirklich schnell dabei gewesen, Logan als Bösewicht darzustellen. Aber nur weil er so unvernünftig war!

Logan zog sich noch einen weiteren Schritt zurück. »Ob du mir glaubst oder nicht, Eva, ich liebe dich. Aber ich liebe auch meine Mutter. Und ich habe ihr Gerechtigkeit versprochen. Nur so kann ich ihren Schmerz heilen.«

»*Das* wird ihren Schmerz heilen?« Glaubte er das wirklich? *Herr, hilf ihm.* »Hast du deine Mutter denn gefragt, was sie will?« Evangeline erhob ihre Stimme. Sie musste ihn dazu bringen, dass er den Irrtum in seinem albernen Plan erkannte. Nur dann konnten sie eine gemeinsame Zukunft haben. »Glaubst du, sie will in dieses Haus zurückkehren? An den Ort, an dem sie ihren Ehemann erhängt aufgefunden hat? Soll sie diesen Horror wieder und wieder erleben, immer wenn sie die Scheune betritt? Oder glaubst du, dass es sie aus ihrer Depression reißen wird, wenn wieder euer Name auf der Landurkunde steht?«

Er trat noch einen Schritt zurück und – was noch schlimmer war – sie spürte, wie er sich innerlich von ihr zurückzog. Er machte dicht. Seine Stirn glättete sich. Das Feuer in seinen Augen erlosch. Alle Gefühle schienen aus seinen Zügen zu verschwinden.

Vielleicht war sie zu brutal gewesen. Aber welche Wahl hatte sie? Sie verlor ihn an eine Tragödie, die sich vor sieben Jahren ereignet hatte.

Evangelines Hand löste sich aus ihrem Rock und ergriff die seine. »Rache heilt keine Wunden, Logan. Nur die Liebe kann das schaffen. Deshalb hat Gott uns auch gesagt, dass wir *ihm* die Rache überlassen sollen und uns stattdessen darauf konzentrieren sollen, einander zu lieben – auch unsere Feinde.«

Jetzt zog er sich vor ihrer Berührung zurück. Diese Ablehnung traf sie wie ein Schlag. Ihre Hand ließ sie sinken, doch ihr Herz würde so schnell nicht aufgeben. »Sag mir, wo ist die Liebe in dem, was du tust?«

Wo ist die Liebe, wenn du mich verlässt?

Logan antwortete ihr nicht, zog sich nur weiter und weiter zurück, bis er die Pekannussbäume erreicht hatte, die den Teich beschatteten. Dann, mit einer fahrigen Bewegung, wirbelte er herum und verschwand.

Ihre Füße taumelten ihm erst einige Schritte hinterher und sein Name lag ihr auf den Lippen, doch als sie die Bäume erreichte, lehnte sie sich nur dagegen und atmete zitternd aus und ein. Ihm nachzulaufen wäre nicht gut. Sie hatte sich für Zach entschieden; Logan für seine Mutter. Da gab es keinen Kompromiss.

Evangelines Arme zitterten. Dann fingen auch ihre Knie an.

Schließlich bebte ihre Unterlippe, als ihr ganzes Sein sich der Trauer öffnete. Sie konnte sich nicht länger aufrecht halten und rutschte an dem Baumstamm zu Boden.

Sie hatte gedacht, Logan sei anders. Dass er an ihren seltsamen Augen und ihrer zusammengewürfelten Familie vorbeischauen könnte. Doch sie zu lieben war nicht genug.

Langsam zog sie die Knie an, umfasste sie mit den Armen und verbarg ihr Gesicht. Wenn man jemanden liebte, ging man doch nicht einfach weg. Niemals. Es sei denn, der Tod zwang einen dazu.

Neblige Erinnerungen an ihre Eltern zuckten durch Evangelines Gedanken. Warum gingen alle weg? War sie verflucht? Würde sie für immer alleine bleiben?

»Evie? Bist du hier?«

Evangelines Kopf zuckte hoch, als sie Zachs Stimme hörte. Sie wischte sich die Tränen von den Wangen. Du liebe Güte. Wie sollte man in seinem Selbstmitleid baden, wenn einen der Bruder nicht in Ruhe ließ?

Mit dem Ärmel wischte sie ihre laufende Nase ab. Ja, sich darüber zu beschweren, dass sie nicht allein gelassen wurde, wenn sie über ihre Einsamkeit trauern wollte, war albern, aber genauso fühlte sie sich im Moment: albern und allein.

Jetzt wurden ihre Augen doch schon wieder feucht. *Reiß dich zusammen, Evie.*

»Ich habe Logan gerade wegreiten sehen, er ist ohne ein Wort verschwunden. Ich dachte, wir wollten eine Strategie überlegen …« Zachs Stimme brach ab. »Was ist passiert?« Es war ein Befehl, keine Frage. »Hat er dir etwas angetan?« Stampfende Schritte eilten an ihre Seite.

Seine Hände schlossen sich um ihre Ellbogen und er zog sie auf die Beine wie einen Sack Kartoffeln. Sie dachte daran, ihm zu sagen, dass alles in Ordnung war, dass sie schon zurechtkäme. Bisher war Zach derjenige gewesen, der sich immer schön im Hintergrund gehalten hatte, wenn es um Gefühle und dergleichen sentimentalen Firlefanz ging – das überließ er gerne Seth. Doch als Zach seinen Arm um sie legte, konnte Evangeline nicht anders. Sie drückte sich an ihn, barg ihr Gesicht an seiner Brust und schluchzte herzerweichend.

Zach dagegen sagte nichts. Er stand einfach nur da, hielt sie fest und tätschelte von Zeit zu Zeit ihren Rücken. Nach all den schrecklichen Lügen, die Logan erzählt hatte, war es ein Segen, dass Zach jetzt einfach nur schwieg und sie tröstete.

Als sie sich etwas beruhigt hatte, hob sie ihren Kopf und musterte die nassen Stellen auf Zachs Hemd. »Tut mir leid«, murmelte sie und war plötzlich verlegen.

Ihr Bruder griff in seine Hosentasche und zog ein Taschentuch hervor. Er reichte es ihr, was seine Art von Zuneigung war. Nur weil ein leicht panischer Blick in seinen Augen lag, hieß das ja nicht, dass er nicht helfen wollte. Die Tatsache, dass er jetzt viel lieber irgendwo anders gewesen wäre und trotzdem bei ihr blieb, war für Evangeline umso wertvoller.

Die Liebe blieb. Selbst wenn die Dinge unangenehm und chaotisch wurden, blieb die Liebe.

Evangeline wischte sich die Tränen weg und putzte sich die Nase, dann lächelte sie ihren Bruder an. »Ich habe dich lieb, Zach.«

Er grunzte, was seine Antwort darauf war. »Soll ich ihn für dich erschießen?«

Evangeline lachte laut auf. »Nein.« Sie boxte ihn auf den Arm.

»Würde ich sofort machen, wenn er unhöflich zu dir war.«

»Das war er nicht«, versicherte sie ihm. »Er hat nur mein Herz verletzt, das ist alles. Ich denke, das wird bald heilen.«

»Tja, falls nicht, mein Angebot steht.«

Sie grinste und stupste ihn mit der Schulter an. »Danke.«

Ach, das war ihr Zach. Ihr rauer, griesgrämiger, wunderbarer Zach. Gott hatte sie gesegnet, als er Zach in ihr Leben gebracht hatte. Doch was würde geschehen, wenn Logan seinen Plan in die Tat umsetzte? Ihr Lächeln erstarb. Zach mochte schroff und unverwundbar erscheinen, doch in ihm lauerten tiefe Wunden, die wieder aufgerissen werden würden, wenn Logan seine Anschuldigungen öffentlich machen würde.

Sie musste ihren Bruder warnen und ihn auf das vorbereiten, was kommen mochte. »Zach, da gibt es etwas, das du wissen solltest.«

Ein unangenehmer Geschmack erfüllte ihren Mund. *Ignorier es. Deine Loyalität gehört deiner Familie, nicht einem gut aussehenden, freundlichen, heldenhaften Nachbarn mit geheimen Plänen.*

Freundlich. Heldenhaft. Das war Logan *wirklich*. In der Hitze ihres Streites hatte sie die guten Dinge vergessen, die er getan hatte. Er hatte vor den Stadtbewohnern zu ihr gestanden. Er hatte Christie gerettet und half ihr auch jetzt noch. Er hatte sich allein auf den Weg gemacht, um ihren Angreifer zu finden. Eine Tat, die rein gar nichts mit seinen Racheplänen zu tun hatte.

»Evie?« Zachs Stimme riss sie aus ihren Gedanken.

Sie räusperte sich und reckte die Schultern. »Es geht um Logan. Um den Grund, warum er wirklich hier ist.«

Erwartungsvoll schaute Zach sie an.

Schnell atmete sie ein und ratterte dann alles runter, was ihr einfiel, bevor sie es sich anders überlegen konnte. »Sein Nachname ist Fowler. Du hast seinem Vater beim Pokern dieses Land abgenommen und er hat sich in den Kopf gesetzt, es zurückzubekommen.«

Alle Farbe wich aus Zachs Gesicht und er taumelte zur Seite. Seine Arme baumelten an seinen Seiten, als gehörten sie nicht länger zu seinem Körper.

»Zach?« Alarmiert streckte Evangeline die Hand nach ihm aus. Sie schnappte sich seinen Arm, doch er reagierte nicht. Es war, als spüre er ihre Berührung nicht einmal.

»Er hat gesagt, dass du bei diesem Pokerspiel betrogen hast, aber ich habe ihm erklärt, dass du so etwas niemals tun würdest«, erklärte Evangeline schnell, um ihren Bruder davon zu überzeugen, dass sie Logans wilden Behauptungen keinerlei Glauben schenkte. »Du bist ehrlich und verlässlich. Du bist ein ehrenhafter Mensch. Es war sein Vater, der zu viel aufs Spiel gesetzt hat. Er hat etwas verzockt, was er sich nicht leisten konnte, und dann falsche Behauptungen in die Welt gesetzt, als es zu spät war. Ich weiß das. Aber Logan sieht das anders. Er hat zu mir gesagt, ich sei naiv.«

»Bist du ja auch«, krächzte Zach und sah sie endlich wieder an.

Evangeline zuckte zusammen und ihr Herz schien einen Moment auszusetzen. »Was?«

»Naiv«, antwortete er. Die Muskeln in seinem Kiefer zuckten. »Und ich habe alles in meiner Macht Stehende getan, um dir das zu erhalten. Um dich vor dem schrecklichen Leben dort draußen zu beschützen.« Sein Adamsapfel zuckte auf und nieder, als er schluckte. »Du hattest schon genug verloren. Du solltest nicht auch noch deine Unschuld verlieren. Deine Gabe, das Beste in den Menschen zu sehen.« Er hielt kurz inne und als er weitersprach, hatte sich eine tiefe Schwere auf seine Stimme gelegt. »Das Beste in mir zu sehen.«

»Was …« Das Wort war kaum mehr als ein Flüstern. Sie legte die Hand an ihren Hals und versuchte es noch einmal. »Was willst du mir damit sagen?«

Nun kehrte die Farbe in Zachs Wangen zurück. Eine rote, zornige Farbe. Dann richtete er sich zu seiner vollen Größe auf und funkelte sie an. »Ich will dir sagen, dass Logan recht hat. Ich habe betrogen – und sogar meisterhaft betrogen. Ich habe den Falschspieler mit seinen eigenen Mitteln geschlagen.«

Evangeline schüttelte den Kopf und konnte nicht glauben, was er da sagte. Doch ihre Reaktion schien seine Entschlossenheit, ihre kindischen Illusionen zu zerstören, nur noch weiter anzufachen.

»Du sagst doch immer, dass du erwachsen bist und man dich nicht in Watte packen muss. Also gut, hier sind ein paar schmutzige Details über das Leben: Es stinkt, es ist hart und es ist unfair.

Und wenn du überleben willst, musst du genauso hart und unfair sein.« Er schrie jetzt fast. »Ja, ich habe gearbeitet, aber ich habe auch gestohlen. Ich habe gestohlen, betrogen und gekämpft – um euch zu ernähren und euch ein Dach über dem Kopf zu bieten. Und als ich dann die Möglichkeit bekommen habe, ein Stück Land zu gewinnen, das uns absichern würde, habe ich zugegriffen.« Er warf die Arme in die Luft und ballte die Rechte zur Faust. »Und ich bereue es nicht. Nicht das kleinste bisschen davon.«

Zach stürmte davon und Evangeline musste sich an den nächsten Pekannussbaum lehnen, um nicht umzufallen.

Gütiger Gott! Es stimmte. Es war die Wahrheit – alles. Jedes schreckliche Detail davon stimmte.

Bis auf das Letzte, was ihr Bruder gesagt hatte. Denn ganz offensichtlich bereute er die Taten, die er begangen hatte, doch. Denn sein gequälter Blick sagte mehr als tausend Worte.

Kapitel 27

Logan trieb Schamgar zu größerer Geschwindigkeit an und ignorierte dabei den Pfad, der ihn nach Hause bringen würde. Das Letzte, was er jetzt wollte, war bei seiner Hütte zu sein, wo ihn jeder Raum an *sie* erinnern würde.

Warum musste sie so stur sein? Warum war sie so engstirnig? Bedeutete denn die Zeit, die sie miteinander verbracht hatten, gar nichts? Er hatte ihr gesagt, dass er sie liebte. Dachte sie etwa, diese Worte wären ihm leichtgefallen? Er hatte sich ihr offenbart und sie hatte sein Herz genommen und es in den Staub geworfen. Seine Eva hatte ihn einen Lügner genannt und einen Dieb. Sie hatte ihm vorgeworfen, dass ihn nach Rache dürstete, obwohl er einfach nur Gerechtigkeit haben wollte. Und tatsächlich hatte sie infrage gestellt, ob sein Handeln seiner Mutter helfen würde, ohne auch nur in Betracht zu ziehen, dass deren Schicksal letztendlich die Schuld ihres eigenen Bruders war.

Schamgars Hufe trommelten mit derselben Vehemenz auf der Straße, wie die Wut durch seine Adern rauschte. Schneller und immer schneller. Über den Hals seines Pferdes gebeugt raste er dahin, denn er spürte, dass ihn sein Schmerz einholen würde, wenn er langsamer wurde.

Verrat. Ablehnung.

Eva hatte dasselbe gespürt wie er. Das hatte er in ihren Augen gesehen, als er sich ihrer Bitte widersetzt hatte, seinen Plan aufzugeben. Als er sich für seine Mutter entschieden hatte.

Logan biss seine Zähne zusammen, ließ die Zügel lockerer und erlaubte Schamgar langsamer zu werden.

»Tut mir leid, alter Junge«, murmelte er.

Und Entschuldigung, Eva. Für alles. Dafür dass er sie gegen Zacharias hatte benutzen wollen. Dafür dass er ihre Illusionen zerstört hatte. Und nicht zuletzt dafür dass er sie vor die Wahl gestellt hatte.

Er hätte sie niemals so stark involvieren dürfen. Von Anfang an hätte er auf Abstand bleiben sollen und sein Herz unter Kontrolle halten müssen. Dann wäre auch nicht seine Entschlossenheit ins Wanken geraten. Seine Gedanken hätten sich weiter auf sein Ziel fixiert und sich nicht ablenken lassen. Dann müsste er sich jetzt nicht darum kümmern, wie unglaublich traurig sie ihn angeschaut hatte, als die Tränen in ihren Augen geschimmert hatten.

Vielleicht war er wirklich ein Dieb.

Ein Wagen rumpelte ihm entgegen und er lenkte Schamgar an den Straßenrand. Dabei nahm er zum ersten Mal wahr, wo er sich inzwischen befand.

Um Himmels willen! Er war fast in Ben Franklin. Das bedeutete, dass er Schamgar härter angetrieben hatte, als er überhaupt bemerkt hatte.

Logan tippte sich an den Hut und nickte dem Farmer zu. Dabei lächelte er, als wäre er nur auf einem nachmittäglichen Ausritt, doch als der Wagen passiert hatte, verschwand das Lächeln ebenso schnell von Logans Gesicht, wie es gekommen war.

»Lass uns zur Pferdestation reiten«, sagte er und klopfte den Hals seines Fuchses. »Du verdienst eine Abkühlung und ein bisschen Hafer, dafür dass ich dich so getriezt habe. Was sagst du dazu?« Das Letzte, was Logan jetzt gebrauchen konnte, waren noch mehr Schuldgefühle. Mit Eva würde er so schnell nicht wieder ins Reine kommen, aber er konnte wenigstens alles dafür tun, dass es seinem Pferd gut ging.

Logan zählte fünf Männer, als er bei der Pferdestation in Ben Franklin ankam. Kinder lehnten an den Zäunen und versuchten, sich so weit nach vorne zu beugen, dass sie eines der Pferde streicheln konnten. Frauen gingen auf dem Bürgersteig ihren täglichen Besorgungen nach – machten Besuche und was sie sonst noch so taten. Das Summen einer Sägemühle erklang in der Ferne, vermochte allerdings nicht den bellenden Hund zu übertönen, der entschieden hatte, um Schamgars Hufe herumzuspringen.

Als würden Logans Schläfen nicht schon genug pochen.

Er ignorierte den klopfenden Schmerz und stieg ab. Schamgar verdiente eine Pause, davon würde ihn auch kein japsender Hund abhalten.

»Ein bisschen früh dran, was, Logan?« Jack Simmons trat aus dem Schatten der Pferdestation und begrüßte ihn. Ein paar Graubärte, die auf einem wackeligen Brett Dame spielten, hoben die Köpfe und musterten ihn interessiert.

»Heute bin ich nicht zum Spielen da«, sagte Logan und zwang sich wieder zu einem Lächeln. »Ich war nur auf einem Ausritt. Und ich habe Schamgar wohl etwas zu sehr angetrieben, deshalb dachte ich, er könnte sich hier kurz ausruhen. Vielleicht haben Sie ja auch noch ein bisschen Hafer übrig.«

»Übrig habe ich keinen, aber ich werde Ihnen welchen verkaufen.« Der Besitzer der Pferdestation grinste, als die alten Männer auflachten. »Obwohl Sie eher so aussehen, als bräuchten *Sie* eine Pause. Sie sehen aus, als hätte man Sie tüchtig durch die Mangel genommen. Der Fuchs braucht nur ein bisschen Wasser und Hafer, aber Sie, mein Freund, sehen aus, als könnten Sie einen stärkeren Drink gebrauchen.«

Wieder lachten die Alten auf. Offensichtlich waren die Männer, die hier am Nachmittag verkehrten, sehr vertraut mit Jacks Schwarzbrenner-Verbindungen.

»Hört sich nach einer illustren Runde an«, rief eine etwas kultiviertere Stimme hinter Logan.

»Hallo, Lawrence.« Jack nickte dem Neuankömmling zu. »Willst wohl die Feder holen, die du für deinen Wagen bestellt hast?«

Logan drehte sich um und nickte höflich. Doch als er den Mann erkannte, der da vor ihm stand, stockte ihm der Atem. Der kahle Kopf. Die bullige Statur im schwarzen Anzug. Es war der Lehrer von Ben Franklin.

»Genau«, sagte Benson. »Ich hoffe, dass ich ihn noch vor meiner Reise morgen reparieren kann.«

Reise? Logans Interesse war sofort geweckt. Wenn er sicher sein konnte, dass der Lehrer unterwegs war, könnte er doch früher als geplant nach seinen Kontobüchern suchen. Sie würden immer noch auf Earls Buch warten müssen, aber wenn er schon einmal das Versteck kannte, würde das die Sache natürlich deutlich vereinfachen.

»Wo soll's denn hingehen?« Logan verlieh seiner Stimme einen besonders lässigen Klang.

Benson faltete ein Taschentuch auseinander und tupfte seine Stirn ab. »Nach Cooper. Am Wochenende treffe ich mich dort mit einigen Investoren. Ich hoffe, dass wir einige Spenden für neue Schulbücher akquirieren können. In einem Monat helfen die meisten Kinder ihren Eltern bei der Ernte, aber wenn sie dann im Winter wieder in die Schule kommen, würde ich ihnen gerne bessere Bücher zur Verfügung stellen können. Unser Lernmaterial ist doch schon sehr alt und überholt.«

Also wäre er die nächsten zwei Tage unterwegs. Gut.

Logan fummelte an Schamgars Sattelgurt herum. »Dann sind Sie also der Lehrer hier?«

Benson lächelte reserviert und Vorsicht trat in seine Augen. »Das bin ich.« Er streckte ihm die Hand entgegen. »Lawrence Benson. Und Sie sind?«

»Logan Fowler.« Jetzt musste er seinen Nachnamen nicht mehr länger geheim halten. Außerdem würde das nur Misstrauen hervorrufen.

Jack klopfte Logan auf den Rücken, während er sich ungefragt einmischte. »Logan ist aus Pecan Gap. Er kommt hier alle paar Abende vorbei und spielt Karten.«

Logan wünschte, dieser schwatzhafte Mann würde endlich schweigen, und starrte deshalb angestrengt weg von ihm. »Das Gap ist ein bisschen ruhig für meinen Geschmack. Mir gefällt die Unterhaltung, die man hier findet.«

»Ja, vor allem dem Alkohol kann man hier gut zusprechen, was?«

Einer der Graubärte lachte wiehernd auf. »Der war gut, Jack.«

Logan verbiss sich einen Kommentar. Er bereute es zutiefst, sich mit diesem Rohling angefreundet zu haben.

»Tja, Ben Franklin hat einem geschäftstüchtigen jungen Mann natürlich mehr zu bieten als Pecan Gap.« Benson bewarb die Stadt, als wäre er der Bürgermeister. »Wo wir gerade von geschäftstüchtig reden …« Er nickte in Schamgars Richtung. »Wären Sie daran interessiert, Ihr Pferd zu verkaufen? Wir haben hier im Delta County nur selten Tiere von dieser Größe.«

Jack Simmons hob eine Augenbraue. »Ich, ähm, glaube, der Fuchs ist doch ein bisschen zu groß für dich, Lawrence.« Der Besitzer der Pferdestation hatte allen Schalk verloren und stammelte herum, als wolle er den Lehrer auf keinen Fall verstimmen. Miss Gilliam hatte wohl recht damit gehabt, dass Benson hier großen Einfluss hatte.

Der dickliche Mann winkte belustigt ab. »Ich frage doch nicht meinetwegen. Himmel, wie albern wäre das, bitte schön? Ich wüsste nicht einmal, wie ich in den Sattel kommen sollte. Und nichts könnte mich dazu bringen, meinen Einspänner einzutauschen.«

Jack grinste, offensichtlich erleichtert darüber, dass sein Gesprächspartner sich nicht angegriffen fühlte.

»Nein, ich denke da eher an meinen Neffen. Der Junge hat fast Mr Fowlers Größe und liebt es, schnell zu reiten.« Benson beugte sich vor und zwinkerte Logan zu. »Ich habe Sie auf der Straße galoppieren sehen. Sie sind geflogen wie der Wind.«

Logan behielt eine nichtssagende Miene, auch wenn es ihm fast den Magen umdrehte, dass dieses Wiesel ihn beobachtet hatte, als er in Gedanken versunken war. Benson war bestimmt auf der Nebenstraße unterwegs gewesen, die von der Schule in die Stadt führte. Logan war indessen noch so in seiner Unterhaltung mit Eva gefangen gewesen, dass er nichts um sich herum wahrgenommen hatte.

»Schamgar ist ein guter Läufer, das stimmt«, sagte Logan. Er tätschelte seinen Wallach. »Aber er steht nicht zum Verkauf.«

»Schade. Ich wäre zweifellos der Lieblingsonkel des Jungen gewesen.« Benson zuckte mit den Schultern und steckte sein Taschentuch wieder ein. »Aber versuchen kann man es ja mal.«

Ja, man kann auch versuchen, wehrlose Frauen zu ertränken, kochte es in Logan hoch. Doch natürlich er behielt diese Anschuldigung für sich.

»Sie haben ein gutes Auge für Pferde, Sir.« Logan tippte sich an den Hut. »Das nehme ich als Kompliment.«

»So war es auch gemeint.« Benson lächelte, dann wandte er sich an Jack Simmons. »Und was ist jetzt mit der Federung für meine Sitzbank?«

»Darum kümmere ich mich sofort«, sagte Jack schnell. »Ich bringe sie heute Abend vorbei.«

Als Jack dem Lehrer nach draußen folgte, wo dieser seinen Einspänner abgestellt hatte, nutzte Logan die Gelegenheit und führte Schamgar zu einer Box im hinteren Teil des Stalles – weg von den Geräuschen, den Stimmen und dem ganzen Getue.

Im schummrigen Licht des Stalles atmete Logan tief durch, um seine Nerven und Gedanken zu beruhigen. Der vertraute Duft von Heu, Mist und Pferdesalbe erfüllte die Luft, als die Stimmen draußen erstarben. Er sattelte Schamgar ab und beobachtete dabei den Lehrer über den Rücken des Pferdes hinweg. Schließlich fuhr Benson davon, wobei er sich von allen Männern verabschiedete, die herumstanden. Er ging sogar so weit, Logan zuzuwinken, als wäre er sich die ganze Zeit über bewusst gewesen, wo sich dieser aufhielt.

Ein Schauder lief Logan über den Rücken, doch er grinste trotzdem und erwiderte den Gruß.

Dieser Mann war niemand, mit dem Logan gerne am Pokertisch gesessen hätte. Zu berechnend und rücksichtslos war er. Selbst wenn Logan Christie Gilliams Geschichte nicht gekannt hätte, hätte ihn Bensons Verhalten vorsichtig gemacht. Diesem Mann kam man besser nicht in die Quere.

Wahrscheinlich hatte er die folgsamsten Schüler des ganzen Countys.

Doch es war sein Verhalten Miss Gilliam gegenüber, das Logan am meisten Sorgen bereitete. Da er den Eltern seiner Schüler gefallen wollte, würde sich Benson im Klassenzimmer zurückhalten, doch zumindest Earl schien nicht allzu beunruhigt über das Verschwinden seiner Stieftochter zu sein. Die einzigen Kommentare, die Logan in den letzten Wochen zu diesem Thema gehört hatte, waren von ein paar Männern beim Kartenspielen gekommen, die meinten, dass das Spatzenhirn nun doch weggelaufen sei. Niemanden schien das zu überraschen. Einige vermuteten, dass sie genug von Earls Schlägen gehabt hatte, während andere spekulierten, dass sie sich alleine im Wald verlaufen hatte und zu dumm war, um nach Hause zu finden. Der Steckbrief des Marschalls war der einzige Hinweis darauf, dass sich irgendjemand für Christies Verschwinden interessierte, und der konnte sowohl von Earl als auch von Benson in Auftrag gegeben worden sein.

Logan musste unbedingt mit Seth reden. Sie mussten ihren Plan ausarbeiten und die Details besprechen. Falls Seth überhaupt noch etwas mit ihm zu tun haben wollte, nachdem Eva ihm und Zach von Logans wahren Plänen berichtet hatte.

Logan seufzte und hob Schamgars Kopf aus dem Wassertrog. »Nicht zu viel, Junge.« Er lenkte sein Pferd ab, indem er das Zaumzeug lockerte und ihm die Kandare aus dem Maul nahm. »Wir wollen doch nicht, dass du Bauchschmerzen bekommst. Heute ist schon genug schiefgelaufen.«

Eva. War es wirklich vorbei zwischen ihnen oder gab es noch Hoffnung auf Versöhnung? Logan verzog das Gesicht, als er den Sattel auf einen Ständer warf.

Herr, ich will nicht, dass es vorbei ist. Eva bedeutet mir so viel. Aber ich stecke fest. Gerechtigkeit für meine Mutter bedeutet Schmerz für ihre Brüder, doch wenn ich meinen Plan aufgebe, verletze ich meine eigene Familie. Was soll ich also tun?

Er bekam keine Antwort, als er auch die Satteldecke entfernte und anfing, Schamgars Rücken mit einem Tuch trocken zu reiben. Stattdessen kamen ihm Bruchstücke seiner Unterhaltung mit Eva in den Sinn und ließen sich wie Moskitos nieder. Stechend und juckend waren sie und er konnte nichts gegen sie tun.

Hast du deine Mutter denn gefragt, was sie will?

Logan rieb sich den Nacken. Natürlich hatte er sie nicht direkt gefragt. Sie war so in sich versunken, dass sie überhaupt kaum mit ihm sprach. Meistens starrte sie einfach nur aus dem Fenster und nähte Babydecken für die Armenkasse der Kirche. Von seinem ersten Gewinn hatte er ihr einen Apfelbaumsetzling geschenkt, doch sie hatte ihn dazu gebracht, die Pflanze zurückzugeben, weil sie gemeint hatte, dass sie damit nichts anfangen könnte.

Er wollte seine Mutter zurückhaben. Die Frau, die lächelte und sich über Obstbäume freute und ihn böse anschaute, wenn er mit schmutzigen Schuhen ins Haus kam. Und er hatte gedacht, dass er sie zurückbekommen würde, wenn er ihr zurückgab, was sie verloren hatte.

Rache heilt keine Wunden, Logan. Das kann nur die Liebe schaffen.

Doch das war einfach nicht so. Er liebte seine Mutter sehr und hatte es ihr Tausende Male auf unterschiedlichste Weise gezeigt, aber noch immer steckte sie tief in ihrer Trauer und in ihrer Verzweiflung. Warum heilte sie nicht?

Sag mir, wo ist die Liebe in dem, was du tust?

»Ich weiß es nicht!«

Schamgar warf den Kopf hoch und wieherte leise. Logan machte sich wieder daran, seine Mähne zu striegeln, doch seine Gedanken wollten sich einfach nicht beruhigen.

Das war genau sein Problem. Er wusste es nicht. Er wusste nicht, wie er seiner Mutter helfen sollte. Und er hatte keine Ahnung, wie er Eva in seinem Leben behalten und die Beziehung zwischen ihnen retten konnte.

Manchem scheint ein Weg recht; aber zuletzt bringt er ihn zum Tode. Der Vers aus dem Buch der Sprüche erklang in seinen Gedanken.

»Erinnere dich immer daran«, hatte seine Mutter ihm gesagt, als sie zum letzten Mal das Grab seines Vaters besucht hatten. »Dein Vater hat sich diesen Vers nie zu Herzen genommen. Ich will nicht, dass du denselben Fehler begehst.«

Warum kam ihm plötzlich diese Erinnerung in den Sinn? Er hatte nicht mehr an diese Unterhaltung gedacht, seit … tja, nicht mehr, seitdem sie stattgefunden hatte. Um ehrlich zu sein, war er zu wütend und zu versessen darauf gewesen, den Mann bezahlen zu lassen, der seinem Vater das angetan hatte, um ihren Worten tiefere Beachtung zu schenken.

Den Mann bezahlen zu lassen …

Der Striegel fiel ihm aus der Hand und landete mit einem dumpfen Schlag auf dem Boden. Die Wände des Stalles entfernten sich. Selbst Schamgar schien plötzlich nicht mehr zu existieren, als der Vorhang, der Logans Herz so lange verdeckt hatte, plötzlich fiel.

Die ganze Zeit über hatte er sich eingeredet, dass er sich um Gerechtigkeit bemühte. Dass sein Streben rechtschaffen war, hatte er geglaubt, und dass es ein nobles Opfer war, das er in den letzten sieben Jahren gebracht hatte. Dass er das Unrecht wiedergutmachen würde.

All die Jahre hatte er sich etwas vorgemacht.

Gütiger Gott! Logan taumelte zurück, bis sein Rücken gegen die Wand prallte. Eva hatte recht gehabt. Er wollte wirklich Rache.

Seine Augen brannten plötzlich und er hob eine zitternde Hand an sein Gesicht. Sein Kiefer spannte sich an und er knallte seinen Hinterkopf gegen das Holz der Box. In diesem Moment war Logan restlos angewidert von sich selbst. Von seiner Wut, dem Schmerz und dem Drang, Schmerzen zuzufügen.

Du sollst dich nicht rächen noch Zorn bewahren gegen die Kinder deines Volks. Du sollst deinen Nächsten lieben wie dich selbst; ich bin der Herr.

Die Verse rammten sich in Logans Magen wie eine Faust. *Ich bin der Herr.* Diese letzten Worte ließen keinen Raum für Diskussionen.

Die Rache ist mein; ich will vergelten zu meiner Zeit.

Logan sank an der Wand hinab und seine Hände bedeckten sein Gesicht – wie er seine Schande zu bedecken versuchte. Sein Herz klopfte heftig, als die Wahrheit sich wie ein Meißel langsam den Weg in sein Innerstes bahnte. Wie hatte er nur diese Stimme so lange ignorieren können? War sein Herz wirklich so verhärtet?

Wer Ohren hat, der höre.

Der Meißel arbeitete weiter und brach eine weitere Schicht auf. Logans Herz begann zu bluten.

»Ich höre dich.« Das Flüstern war ein tiefes Gebet. »Ich höre dich.«

Kapitel 28

»Logan?« Jack Simmons' lästige Stimme zerstörte die Heiligkeit des Augenblickes. »Haben Sie sich da hinten verlaufen?«

Logan rappelte sich auf, rieb sich die Tränen aus dem Gesicht und drückte sich den Hut tief in die Stirn, um die Spuren seiner Begegnung mit dem Allmächtigen zu verbergen. Im Moment war sein Herz zu verletzlich und Jack war viel zu oberflächlich. Es war besser, seine Gefühle zu verstecken, bis er einen privateren Rückzugsort gefunden hatte.

»Da sind Sie ja«, sagte Jack, als er sich der Box näherte. »Ich hab Ihnen einen Futtersack mitgebracht, falls Sie ihn noch wollen. Zwei Portionen.«

Logan nickte und holte einen Vierteldollar aus der Hosentasche. »Danke.« Er nahm den Sack, ohne Jack in die Augen zu schauen. »Ich bin hier bald fertig.«

»Keine Eile.« Jack tätschelte Schamgars Hinterteil. »Sehen wir uns noch zum Pokerspiel im Seven Ponys? Dieser Maulheld Bellows kriegt seinen Hut schon nicht mehr auf, so sehr ist ihm der Kopf angeschwollen, weil er Ihnen neulich so das Geld aus der Tasche gezogen hat. Irgendjemand muss ihm mal wieder Respekt beibringen.«

Logan streifte die Bänder des Futtersacks über Schamgars Ohren. »Heute nicht. Ich muss daheim noch etwas Wichtiges erledigen.«

»Hat das was mit einer Frau zu tun?«

Logans Kopf fuhr herum.

Jack lachte. »Nun gucken Sie mich nicht so schockiert an. Es gibt nur eine Sache, warum ein Mann wie Sie so kopflos in die Stadt galoppiert, wenn es kein großes Preisgeld zu gewinnen gibt – eine Frau.«

»Tja, diese spezielle Frau ist die Sache wert.« Logan legte die Satteldecke wieder zurück auf Schamgars Rücken. Das Tier hatte sich genug erholt und Logan war mehr als bereit, die laute Pferdestation hinter sich zu lassen.

»So schlimm, was? Kein Wunder, dass Sie da unsere Pokerrunde im Stich lassen. Ihre Braut hat ihre reformatorischen Krallen wohl schon in Sie geschlagen.« Jack schüttelte mitleidig den Kopf. »Eine Schande.« Er hob den Sattel vom Bock, dann kam er um Schamgar herum und schwang den Sattel über den Rücken des Wallachs. »Vergessen Sie nur nicht, wo Sie hinkommen können, wenn Ihnen Ihr Fräulein mal allzu übel mitspielt. Bei uns finden Sie immer ein offenes Ohr und werden Ihre Sorgen los.«

»Und schaffe mir ein Dutzend neue«, murmelte Logan leise vor sich hin.

Diesen Satz musste Jack dennoch gehört haben, denn er lachte, während er aus der Box und zum Eingang der Pferdestation ging.

Logan tätschelte Schamgars Hals. »Zeit, von hier zu verschwinden, alter Junge.« Er musste einige Veränderungen angehen. Seinen Lebensweg neu beschreiten und die Dinge mit Gott in Ordnung bringen, bevor er die Dinge mit Eva regeln konnte.

Schließlich nahm er Schamgar auch den Futtersack ab und schob ihm die Kandare zurück in den Mund. Mit einem knappen Winken in Richtung von Jack und den anderen Männern führte er sein Pferd zurück auf die Straße. Zurück zu Eva und den Hamiltons.

Als Ben Franklin einige Meilen hinter ihm lag, verlangsamte Logan Schamgar zum Schritt und ließ seine Gedanken wieder dorthin wandern, wo sie gewesen waren, bevor Jack ihn unterbrochen hatte.

»Ich habe es vermasselt.« Nicht gerade das ausgefallenste Gebet, das er jemals gesprochen hatte, doch es musste gesagt werden. »Tut mir leid, Herr.« Das tat es wirklich. Bis auf die Knochen.

Die tiefe Reue in ihm schmerzte. Ebenso die Verachtung über sein eigenes Handeln. Er war der Schlange verfallen, wie damals die Menschen im Paradies. Er hatte sich gegen Gottes Anweisungen gerichtet und sich stattdessen nach dem gerichtet, was ihm am besten in den Kram passte. *Du willst keine Rache. Du willst Gerechtigkeit. Auge um Auge, heißt es doch. Du bist im Recht!*

Wie leicht hatte er ignoriert, dass Jesus lehrte, auch die andere Wange hinzuhalten, und dass man seine Feinde lieben sollte.

»Ich muss das wiedergutmachen, Herr. Bei den Hamiltons. Und bei Eva. Aber was ist mit meiner Mutter?« Sein Hals wurde eng, als plötzlich das Bild seiner Mutter vor seinem inneren Auge stand, allein in ihrem Zimmer, eingewickelt in eine Decke, zurückgezogen von der Welt.

Trachtet zuerst nach dem Reich Gottes und nach seiner Gerechtigkeit, so wird euch das alles zufallen.

Diese Worte Jesu klangen in seinen Gedanken nach und erinnerten Logan daran, dass es seine Aufgabe war, für Gott zu leben. Und Gottes Aufgabe, sich um den Rest zu kümmern. Das alles loszulassen, war nicht einfach, nicht wenn es um seine Mutter ging, aber all seine Anstrengungen, ihre Situation zu verbessern, waren gescheitert. Es war Zeit, die schweren Geschütze auszufahren, auf die er sich schon von Anfang an hätte verlassen sollen.

»Hilf ihr, Herr.« Logan kniff die Augen gegen die Sonne zusammen und richtete das Gesicht himmelwärts. »Ich weiß nicht, wie.« Seine Finger spannten sich um die Zügel. »Heile ihr Herz und zeig mir, wie ich der Sohn sein kann, den sie braucht.«

Eine Idee flüsterte in seinem Herzen. Er sollte seiner Mutter schreiben und sich dafür entschuldigen, dass er so sehr mit seinen Racheplänen beschäftigt gewesen war, dass er sie ganz alleine gelassen und vernachlässigt hatte. Eva hatte seinen Denkfehler sofort erkannt, aber er – ganz der Holzkopf, der er war – hatte ihre Meinung abgetan, als hätte sie keine Ahnung, wovon sie redete.

Es gab viel, das er wiedergutzumachen hatte. Bei seiner Mutter. Bei den Hamiltons. Bei Eva.

Den Kopf voller Gedanken an Briefe, Entschuldigungen und

Wiedergutmachungen schnalzte Logan mit der Zunge und trieb Schamgar wieder zu höherer Geschwindigkeit an. Doch als er sich seiner unfertigen Hütte näherte, wurde sein Blick wieder scharf und konzentrierte sich auf das Hier und Jetzt.

Jemand war auf seinem Hof. Die Sägeböcke, die er neben dem Bauholz aufgestellt hatte, waren verschwunden.

Logan nahm die Zügel in die Linke und griff nach seinem Revolver. Seine Knie spannten sich an und Schamgar legte aufgeregt seine Ohren an.

Logans Blick suchte die Gegend ab. Nichts schien darüber hinaus zu fehlen. Dann richtete er seinen Blick auf die Hütte und sein Magen zog sich zusammen. In der Küche war ein dunkler Schatten zu sehen. Dieser Schatten bewegte sich nicht … er wartete nur.

Logan stieg ab und schlich sich an die Hütte heran – immer darauf bedacht, die Tür nicht aus den Augen zu lassen. Immer noch keine Bewegung von drinnen. Er lief näher, bis der Schatten Form annahm.

Ein Mann. Definitiv, ein sitzender Mann.

Das war seltsam, da Logan keine Möbel besaß.

»Wer ist da?«, rief er.

»Stecken Sie Ihre Waffe weg, Fowler. Das ist kein Überfall.«

Doch es *war* ein Überfall. Zacharias Hamilton wartete auf ihn. Und er kannte gewiss nicht nur seinen vollständigen Namen, sondern auch seine Absichten.

Logan ließ den Revolver sinken. Der Augenblick, auf den er sieben Jahre lang hingearbeitet hatte, war endlich gekommen und anstelle von Genugtuung und Triumph spürte er nur Grauen und Bedauern.

Er steckte seine Waffe weg und überquerte die Schwelle.

Hamilton saß auf einem improvisierten Hocker. Die Sägeböcke hatte er zusammen mit Bauholz zu einem Tisch zusammengeschoben und neben der Tür stand ein weiterer Hocker.

»Ich habe gehört, dass Sie mich zu einem Spiel herausfordern wollen. Zu einem Spiel mit hohem Einsatz.« In Hamiltons Gesicht stand eine bittere Selbstsicherheit, die in seinem Gegner wohl ein gegenteiliges Gefühl erzeugen sollte. Er klopfte auf ein kleines Lederetui. »Ich habe die Karten dabei.«

Logan schüttelte den Kopf. »Stecken Sie sie weg. Wir werden nicht spielen.«

Hamilton hob eine Augenbraue. »Ich dachte, das wäre Ihr großes Finale.«

»Das war es auch, aber es hat sich alles verändert.« Logan starrte seinen Erzfeind offen an. »Ich vergebe Ihnen.«

Er war sich nicht sicher, welche Reaktion genau er nach diesen Worten von Hamilton erwartet hatte, aber bestimmt nicht, dass dieser aufsprang wie ein rasendes Raubtier, das nach Blut dürstete.

»Sie *vergeben* mir? Nein. So funktioniert das nicht.« Hamilton kam um den Tisch herum. »Sie haben dieses Spiel eingeleitet, als Sie nach Pecan Gap gekommen sind, als Sie meine *Schwester* umworben haben, um an mich heranzukommen.«

Logan biss die Zähne zusammen. »Eva hat damit nichts zu tun.«

Hamilton fuchtelte mit dem Zeigefinger vor Logans Gesicht herum. »*Sie* haben sie mit hineingezogen. Sie haben ihr Herz gebrochen und sie weinend zurückgelassen.«

Bei dem Bild, das Hamilton malte, zog sich Logans Magen zusammen: Eva, mit Tränen auf den Wangen, die seinetwegen flossen, mit gebrochenem Herzen, die Flügel ihres wunderbaren Temperamentes gestutzt und verletzt. »Ich wollte ihr niemals wehtun«, murmelte er kaum hörbar. »Ich liebe sie.«

»Tja, ich liebe sie auch und im Gegensatz zu Ihnen tue ich alles dafür, sie zu beschützen. Vor allem vor Ihnen.« Hamilton ballte die Hand zur Faust, ließ sie aber bewusst langsam sinken. »Ja, ich habe Ihren Vater um sein Land betrogen. Und ich würde es jeder Zeit wieder tun. Für einen asthmatischen Jungen, dessen Rippen man einzeln zählen konnte, und ein kleines Mädchen, das sich jede Nacht in den Schlaf geweint hat, weil es sich ein echtes Zuhause gewünscht hat.« Ein Knurren stieg in Hamiltons Kehle auf, als er zurück auf seine Seite des Tisches stapfte. »Es tut mir leid, dass Sie und Ihre Mutter dadurch Ihr Zuhause verloren haben«, gab er zu und stemmte sich abgewandt auf die halbhohe Wand, »aber für Seth und Evie würde ich alles tun.« Dann ließ Zacharias die Arme fallen und drehte sich wieder zu Logan. Er nahm das kleine Lederetui und warf es in die Mitte des Tisches. Zwei Initialen waren in den Deckel eingeprägt.

»J. M.?«

Hamiltons Gesicht blieb ungerührt. »Jedidiah Mitchell.«

Logans Augenbrauen schossen nach oben. »Der Flussschiff-Spieler?« Mitchell war eine Legende. Selbst in Texas hatte man von ihm gehört. Genau wie junge Hitzköpfe mit Pistolen sich einen Namen machen wollten, indem sie sich bekannten Revolverhelden stellten, wollten sich Kartenspieler mit Legenden wie Jedidiah Mitchell messen. Das hatten sie zumindest, bis ihm ein schlechter Verlierer in New Orleans in den Rücken geschossen hatte.

»Mein Vater.«

Logan sah Hamilton in die Augen.

»Das sind seine Karten. Das Einzige, was er mir hinterlassen hat. Ich habe sie nicht mehr berührt seit … seit ich gegen Rufus gespielt habe.« Hamilton blickte zur Seite und ließ den Horror des Selbstmordes unausgesprochen. »Bis heute. Sie verdienen die Chance zurückzugewinnen, was Ihr Vater verloren hat, und ich will die Möglichkeit haben zu beweisen, dass ich ohne Betrug gewinnen kann.«

»Ich spiele nicht gegen Sie«, bekundete Logan. »Nicht heute. Und auch an keinem anderen Tag.«

Hamilton runzelte die Stirn. »Aber Evie hat doch gesagt …«

»Eva hat viele Dinge gesagt und die meisten davon sind mir unter die Haut gegangen und haben dort Wurzeln geschlagen.« Logan stellte sich breitbeinig hin und verlieh seiner Stimme eine

Überzeugung, die er zwar gerne gespürt hätte, von der er aber tatsächlich noch weit entfernt war. »Ich habe meine Meinung geändert. Ich lasse die Vergangenheit ruhen.«

»Wegen Evie?«

Logan zuckte die Schultern. »Teilweise. Aber auch, weil es einfach das Richtige ist.«

Hamiltons Gesicht wurde hart. »Teilen Sie aus, Fowler.«

»Nein. Ich will nie wieder spielen.«

»Aber ich.« Hamilton setzte sich und schnappte sich das Etui. Seine Finger zitterten, als er die Karten herausholte und anfing, sie zu mischen. Dann wurde seine Bewegung flüssiger. »Ich muss.«

Um Rufus Fowlers Geist loszuwerden. Er sprach es nicht aus, aber Logan erkannte die Wahrheit in seinen Augen. Hamilton war ein Gejagter und griff nach Strohhalmen, um der Vergangenheit zu entkommen, genau wie Logan es getan hatte.

Sollte er spielen? Nicht aus Rache, sondern um Evas Bruder zu helfen, seine Dämonen zu vertreiben? Es erschien ihm richtig. Aber in letzter Zeit funktionierte der Gradmesser seiner Rechtschaffenheit nicht wirklich akkurat.

»Setzen Sie sich!«, forderte Hamilton.

Im Meer seiner eigenen Gedanken versunken, setzte sich Logan. Karten wurden ausgeteilt. Er nahm sie auf und starrte leer auf die roten und schwarzen Zeichen. Münzen klapperten auf dem Tisch. Er blinzelte.

»Ist das Spieljargon?, Fowler. Es ist Zeit, die Vergangenheit ein für alle Mal zu begraben.«

Kapitel 29

Evangeline stampfte die Kartoffeln mit ungewohnter Härte. Warum auch nicht? So konnte sie ihre Frustration über Logans Halsstarrigkeit abarbeiten und gleichzeitig cremig weiches Püree herstellen – Vorteile, wo man nur hinschaute.

Mit dem Handrücken wischte sie sich eine vorwitzige Haarsträhne aus der Stirn und stieß wütend die Luft aus, was wirklich eine dramatische Handlung gewesen wäre, wenn denn jemand hier im Raum gewesen wäre, der ihre Inbrunst registriert hätte. Nicht dass sie sich Publikum gewünscht hätte. Sie hatte ihre Brüder den ganzen Nachmittag gemieden. Seth war damit beschäftigt, Christie Mut zuzusprechen und Zach ... tja, diese Wunden waren noch zu frisch, um darüber nachzudenken.

Er hatte betrogen. Ohne sich dafür zu entschuldigen. Und gestohlen und gelogen und wer weiß was noch alles. Alles nur, um sich um Seth und sie zu kümmern. Deshalb fühlte sie sich seltsam schmutzig. Irgendwie unwürdig. Sie hätte nicht in dieser Küche stehen und Abendessen machen dürfen; Logans Mutter sollte das tun. Zach hätte niemals so tief sinken dürfen, egal wie sehr sie damals gelitten hatten.

Doch er hatte es getan. Und ein Mann war deswegen gestorben. Nicht direkt durch Zachs Hand, aber trotzdem – Sünde hatte immer Konsequenzen und hierbei waren sie wirklich schlimm gewesen: eine zerstörte Familie. Und Zach? Sie hatte die Qual gesehen, die er so sehr zu verstecken versuchte. Er litt ebenfalls. Es war alles ein großer Schlamassel und so gerne sie Zach auch verflucht hätte, weil er nicht der Held war, für den sie ihn immer gehalten hatte, konnte sie ihn doch nicht hassen. Tief in ihrem Herzen litt sie mit ihm, wegen der Schuld, die sich tief in seine Seele gefressen hatte. Er hatte einen Fehler gemacht. Viele Fehler sogar. Aber Logan hatte das ebenfalls. Genauso wie sie. Letztendlich konnte sich niemand davon freisprechen.

Außer einem. Und diese göttliche Ausnahme war der Einzige, der all ihre Missetaten nehmen und etwas Neues daraus schaffen konnte.

Ich weiß nicht, was zwischen den beiden passiert, Herr, aber bitte sorge dafür, dass sie sich nicht verletzen. Und dass sie nichts tun, was sie später bereuen werden.

Logan.

Evangeline legte den Kartoffelstampfer beiseite und blickte aus dem Fenster, als würde er dort plötzlich auftauchen, wenn sie nur fest genug an ihn dachte. Er mochte seine Rachegedanken nicht aufgegeben haben, doch auch sie hatte *ihn* noch nicht aufgegeben. Nachdem sie einen langen Spaziergang mit Hessy unternommen hatte – genau in die *entgegengesetzte* Richtung von Logans Land –, hatte sie sich beruhigen und die Situation aus einem neutraleren Blickwinkel betrachten können.

Logan hatte gesagt, dass er sie liebte, und das glaubte sie ihm auch. Sie liebte ihn ja ebenfalls trotz seines zerstörerischen Plans. Er hatte Zach noch nicht zu diesem schrecklichen Spiel herausgefordert, also hatte sie noch Zeit. Logan war es wert, dass sie um ihn kämpfte. Ihre Zukunft war es wert. Evangeline würde nicht aufgeben, solange es noch Hoffnung gab, also hatte sie gebetet. Sie hatte Gott gebeten, Logans Herz zu erweichen und ihn die Wahrheit erkennen zu lassen. Von ganzem Herzen hatte sie für ihn gebetet.

Und ebenso für ihren Bruder. Dass Zach Heilung erfahren würde, dass die Narben, die er all die Jahre mit sich herumgetragen hatte, genesen konnten. Und dass auch sie ihm vergeben konnte.

An dieser Vergebung arbeitete Evangeline allerdings noch immer. In Bezug auf beide Männer. Daher die besonders glatt gestampften Kartoffeln.

Schließlich riss sich Evangeline von ihren Gedanken los und stellte die Schüssel mit dem Püree in den Warmhalteofen neben den aufgeschnittenen Schinken. Grüne Bohnen mit ein paar Speckstreifen für den Geschmack köchelten auf der hinteren Herdplatte. In einem Korb auf dem Tisch standen schon frische Brötchen bereit, daneben die Butterdose. Die Teller waren ausgeteilt. Alles war angerichtet und bereit.

Außer den Leuten, die das Essen verspeisen sollten.

Das letzte Mal, als sie Seth gesehen hatte, war er mit Christie im Wohnzimmer gewesen, um von ihr alles über den Lehrer, ihren Stiefvater und ihren kleinen Bruder in Erfahrung zu bringen. Evangeline hätte gerne zugehört, um sich von ihren eigenen Problemen abzulenken, aber die beiden hatten es sich auf dem Sofa so gemütlich gemacht, dass sie ihre Zweisamkeit nicht hatte stören wollen. Also war sie stattdessen in die Küche gegangen und hatte sich um das Abendessen gekümmert. Sie glaubte nicht, dass Seth wusste, wie spät es war, dazu war er viel zu abgelenkt gewesen.

Nun ging Evangeline den Flur entlang und schlenderte ins Wohnzimmer. Dort erstarrte sie und ihr Mund klappte auf.

Seth und Christie, in einer verliebten Umarmung verschlungen, küssten sich leidenschaftlich.

Hitze stieg in Evangelines Wangen auf und rasch wandte sie den Blick ab. Gütiger Himmel! Ihr Ruf zum Abendessen konnte definitiv warten.

Rückwärts ging sie in Richtung Tür und versuchte, sich so unsichtbar wie möglich zu machen. Wenn während ihres Kusses mit Logan jemand dazugekommen wäre, wäre sie gewiss vor Scham im Boden versunken. Das konnte sie Christie nicht antun. Dieser private Augenblick gehörte ganz allein den beiden.

Doch in diesem Moment verpasste sie die Tür und stieß mit den Fersen an die Kiste, die an der Wand stand. Der Klimperkram im Inneren klapperte und Seths Kopf fuhr auf. Seine funkelnden blauen Augen hefteten sich an Evangeline.

Entschuldigung, formte sie mit den Lippen und hoffte, dass sie Christie nicht erschreckt hatte. »Ähm, das Essen ist fertig.«

Er nickte knapp, dann wandte er sich wieder der Frau in seinen Armen zu.

Evangeline selbst wirbelte indessen herum und schaffte es tatsächlich, in die Küche zu gelangen, ohne weitere Möbelstücke anzurempeln.

Wie sehr sie sich für ihren Bruder freute! Seth hatte es verdient, die Liebe zu finden, ebenso wie Christie. Die beiden passten einfach perfekt zueinander.

Genau wie Logan und sie perfekt zusammenpassten. Sie reckte das Kinn. Ja, so war es. Sie hatten eine kleine Krise, die aber überwunden werden konnte. Logan würde schon wieder zur Vernunft kommen. Und sie würde ihm dabei helfen. Vielleicht konnte sie ja seine Mutter besuchen, sich mit ihr unterhalten und herausfinden, wie sie ihr beistehen konnte.

Sie hatte jeden Abend für Mrs Fowler gebetet, seit Logan ihr von deren Situation erzählt hatte, genau wie sie es ihm versprochen hatte. Die arme Frau hatte so schrecklichen Kummer erlebt, solches Leid – einen Verlust, den Evangeline gut nachempfinden konnte. Sie fühlte sich erinnert an ihre Eltern, ihr Zuhause. Und ihren Bruder, Hamilton. Sie würde nicht zulassen, dass Mrs Fowler diesen Schmerz alleine tragen musste. Und auf keinen Fall würde sie Logan aufgeben.

Oder Zach.

Sie runzelte die Stirn und warf einen Blick auf die Tür zum Schlafzimmer ihrer Brüder, die sie gerade passiert hatte. Die Tür stand offen. Sie ging zwei Schritte zurück. Das Zimmer war leer. Normalerweise war Zach um diese Uhrzeit längst vom Feld nach Hause gekommen, da sein Magen gefüllt werden wollte. Warum war er jetzt nicht da?

Evangeline ging durch die Küche hindurch und trat aus der Hintertür hinaus.

»Zach!«, rief sie und blickte in Richtung Scheune, da sie ihn im Hof nicht entdecken konnte. »Das Abendessen ist fertig.«

»Er ist nicht da.«

Seths Stimme hinter ihr schreckte sie auf. Sie wandte sich um und sein ungewohnt gerötetes Gesicht ließ sie schmunzeln.

Ihr liebevolles Lächeln entlockte ihm jedoch nur einen finsteren Blick. »Er hat gesagt, dass er noch etwas Wichtiges zu erledigen hat und wir nicht mit dem Abendessen auf ihn warten sollen.«

Sie warf einen Blick über seine Schulter, aber sein Mädchen war nicht zu sehen.

Seth rieb sich den Nacken. »Christie wollte sich vor dem Abendessen noch kurz frisch machen.«

Evangelines Grinsen wurde breiter. »Das kann ich mir vorstellen.« Ein kleines Kichern entschlüpfte ihr nun doch.

»Kein Wort, Evie. Verstanden? Ich will nicht, dass es ihr peinlich ist.«

»Mach dir keine Sorgen. Ich hebe mir alle Sticheleien ganz allein für dich auf.« Sie trat zurück ins Haus und schloss die Tür. »Was hatte Zach denn noch so Wichtiges zu erledigen?«

»Er wollte sich mit Logan treffen. Aber nicht wegen Benson. Es ging um irgendetwas anderes.«

Etwas anderes? Evangelines Herz setzte aus.

Nein. Nein, nein, nein!

Eilig schob sie Seth zur Seite und lief ins Zimmer ihrer Brüder. Dort zog sie die Schublade von Zachs Kommode auf und durchwühlte hektisch seine Sachen.

Seinen Kamm fand sie, auch ein paar Knöpfe, die von irgendeinem Hemd abgefallen waren, und ein Buch über Viehzucht. Sonst nichts.

»Sie sind weg.« Sie ließ sich auf sein Bett fallen.

»Was ist weg?« Seth lehnte ihm Türrahmen.

»Seine Karten.« *Oh, Zach. Warum? Ich hätte doch nur noch etwas mehr Zeit gebraucht.*

»Ach ja?« Seths Stimme klang sorgenvoll. »Ich dachte, er hätte die Spielerei aufgegeben.«

»Hatte er.« Evangeline sprang auf. »*Hat* er. Dafür werde ich schon sorgen. Ich halte ihn auf, bevor er eine Dummheit begeht.« Sie wollte sich an Seth vorbeidrücken, doch der packte sie an den Armen.

»Moment, Schwesterchen. Wovon redest du überhaupt? Was läuft da zwischen Zach und Logan?«

»Ich habe jetzt keine Zeit für Erklärungen.« Sie riss sich los. »Ich erkläre dir alles, wenn ich wieder da bin.«

Um ein Haar hätte sie Christie im Flur über den Haufen gerannt, so eilig hatte sie es nun. Sie würde sich nicht mit einem Pferd aufhalten. Wenn sie zu Fuß durch den Wald lief, wäre sie viel schneller. Evangeline warf die Tür auf und lief die Stufen hinab.

Wenn Zach doch nur gewartet hätte, bis Logan den ersten Schritt machte. Doch so war er eben nicht. Er war jemand, der agierte, nicht reagierte. Dieses Mal könnte das aber zur Folge haben, dass er ihre Zukunft zerstörte.

Keiner der beiden Männer würde dieses idiotische Spiel unbeschadet überstehen. Konnten sie das nicht verstehen?

»Evie! Warte!«

Evangeline verlangsamte ihre Schritte, als sie schon bei Hessys Pferch angekommen war, und warf einen Blick über die Schulter. Christie lief ihr nach und die Sorge stand ihr ins Gesicht geschrieben.

Da zerriss urplötzlich ein lauter Schuss die Luft.

Christies Augen wurden groß vor Schreck, dann fiel sie zu Boden.

»Christie!«, schrie Evangeline und lief zu ihrer Freundin. Sie warf sich in den Staub und beschirmte Christie mit ihrem eigenen Körper, während ihre Gedanken rasten und sie zu begreifen versuchte, was gerade geschah.

Irgendjemand schoss auf sie. Nur von wo? Hektisch blickte sie sich um, konnte aber niemanden sehen.

Dann stürmte Seth mit dem Gewehr in der Hand aus dem Haus. »Bring sie rein«, befahl er mit Augen so voller Härte, wie

Evangeline sie noch nie bei ihm gesehen hatte, und stellte sich mit dem Gewehr im Anschlag vor sie. »Mach schon!«

Evangeline löste sich aus ihrer Schockstarre und schnappte sich Christies Arm. Die junge Frau stöhnte. Da erst bemerkte Evangeline das Blut, mit dem sich deren Ärmel vollgesogen hatte.

Doch Christie war zäh. Sie blickte Evangeline fest an, während sie sich aufrappelte. »Hilf mir.« Sie verzog das Gesicht vor Schmerzen, streckte ihr aber den unverletzten Arm entgegen. »Seth wird erst ins Haus kommen, wenn wir in Sicherheit sind.«

Da hatte sie wohl recht. Evangeline schnappte sich Christies linken Arm und legte ihn sich über die Schulter, dann zog sie ihre Freundin auf die Beine. Gebückt huschten sie zurück auf die Veranda und in die Sicherheit der Küche.

»Wir sind drin!«, rief Evangeline Seth zu.

Mit dem Gewehr im Anschlag zog er sich langsam zurück in Richtung Haus und behielt dabei die Umgebung im Blick.

Es fielen keine weiteren Schüsse.

Als Seth die Veranda erreicht hatte, richtete er den Gewehrlauf gen Himmel und feuerte drei schnelle Schüsse ab.

Wenn Zach in Hörweite war, würde er jetzt so schnell wie möglich nach Hause kommen.

Evangeline hatte ihren Bruder auch nach Hause holen wollen, aber nicht so. Christie hätte niemals diesen Preis bezahlen sollen.

Kapitel 30

Logan starrte auf die Karten in seinen Händen. Drei Könige. Ein starkes Blatt war das. Seine Finger zuckten und sein Verstand arbeitete bereits eine Strategie aus. Gleichzeitig raste sein Herz vor Aufregung. Doch was tat seine Seele? Die schrie laut *Nein*.

Mit einem Anflug von Bedauern verzog Logan das Gesicht und legte die Karten verdeckt vor sich ab. »Ich werde nicht gegen Sie spielen, Hamilton.« Er beäugte den Mann, der ihm gegenübersaß. »Oder sollte ich Sie lieber Mitchell nennen?«

Hamilton biss die Zähne zusammen. »Ist mir vollkommen egal, wie Sie mich nennen«, knurrte er und seine Lippen bewegten sich kaum, »solange Sie diese Karten wieder aufnehmen.«

Logan seufzte. »Sehen Sie, es war mein Fehler.« Er lehnte sich zurück und schüttelte den Kopf. »Mein fehlgeleiteter Wunsch, eine Vergangenheit zurückzubringen, die längst vorbei ist. Ich hätte diesen Weg niemals beschreiten dürfen. Sie waren im Unrecht, als Sie betrogen haben. Mein Vater war im Unrecht, als er unser Land aufs Spiel gesetzt hat. Und ich war im Unrecht, als ich den Rachegedanken in meinem Herzen genährt habe. Es steckt viel Schuld in dieser Geschichte und kein Kartenspiel der Welt kann das wieder richten.«

Etwas in Hamiltons Augen flackerte, als er selbst langsam die Karten auf dem Tisch ablegte. »Ich *muss* es aber richten.« Das raue Flüstern war kaum zu hören, doch trotzdem regte sich plötzlich so etwas wie Mitleid in Logans Brust.

»Ich weiß, was Sie meinen.« Logan blickte seinem Erzfeind fest in die Augen und spürte zum ersten Mal so etwas wie Verbundenheit. Sie beide suchte derselbe Geist heim. »Genau das gleiche Gefühl hat mich die letzten sieben Jahre geleitet. Ich *musste* die

Dinge richten. Aber so läuft das nicht, das habe ich jetzt verstanden.«

Logan stieß den Atem aus, als er überlegte, was er sonst noch sagen könnte. Dann kam ihm plötzlich eine Idee und er wusste auf einmal ganz genau, welche Geschichte er erzählen musste. Sowohl für sich selbst, als auch für den Mann, der ihm gegenübersaß.

»Als mein Vater in dieser Nacht nach Hause gekommen ist, war er rasend vor Wut über den Mann, der ihn betrogen hatte. Er hat geschworen, dass er ihn für diesen Diebstahl zur Rechenschaft ziehen würde, egal was es ihn kosten würde. Aber als er am nächsten Tag in die Stadt geritten ist, um seinen rechtschaffenen Zorn beim Marschall vorzubringen, hat der ihn links liegen lassen. Keiner der Männer, die am Abend vorher mit ihm am Tisch gesessen hatten, war bereit, für Rufus Fowler auszusagen. Er war bekannt dafür, dass er selbst mit unsauberen Tricks spielte und dass er andere Spieler dazu verführte, immer höhere Einsätze zu machen, um sich dann mit ihrem hart verdienten Geld aus dem Staub zu machen. Jetzt waren sie froh zu sehen, dass er einmal erntete, was er gesät hatte.« Logan seufzte. »Das war es, was die Wut meines Vaters in Verzweiflung umschlagen ließ – die Erkenntnis, dass er das Unheil selbst verschuldet hatte, das er über sich und seine Familie gebracht hatte.« Logan betrachtete seine Erinnerungen nun aus einem vollkommen neuen Blickwinkel. »Als er dann aus der Stadt nach Hause gekommen ist, konnte er meiner Mutter nicht in die Augen schauen. Mich hat er nur angeschnauzt, dass ich ihn gefälligst in Ruhe lassen solle. Die Schuld muss schwer auf seinen Schultern gelastet haben. Er war schon immer sehr launenhaft gewesen, von himmelhoch jauchzend zu Tode betrübt. Ich schätze, dass die Schwere seiner Taten dieses Mal so groß war, dass er sich nicht mehr daraus befreien konnte.«

»Warum erzählen Sie mir das?« Hamiltons blasses Gesicht war von Schmerzen gezeichnet.

Logan beugte sich vor. »Weil ich will, dass Sie wissen, dass der

Tod meines Vaters nicht Ihre Schuld ist.« Die letzten sieben Jahre hatte er genau das Gegenteil gedacht, doch das war falsch gewesen. »Er hat seine eigenen Entscheidungen getroffen.«

Hamilton wiegte den Kopf hin und her. »Er hat sein Schicksal selbst gewählt, aber ich habe den Anstoß dazu gegeben. Wenn ich nicht …«

Ein entfernter Knall hallte durch den Wald. Logan fuhr herum.

»War das ein Schuss?«, fragte Hamilton.

Logan sprang auf und trat in die Türöffnung zum Flur. »Ich weiß nicht.«

Sein Nachbar folgte ihm. Beide Männer schwiegen.

Eine Minute verging. Dann noch eine.

Insekten summten indessen um sie herum. Eine Brise raschelte in den Blättern der Bäume auf dem Grundstück. Nichts Außergewöhnliches geschah.

Doch dann – drei schnelle Schüsse hintereinander. Gedämpft, aber definitiv von Westen her.

Eva!

Hamilton stürmte an ihm vorbei und machte sich zu Fuß auf den Weg. Logan lief zu Schamgar, der Gott sei Dank immer noch gesattelt war.

Hoffentlich geht es ihr gut. Wenn Eva irgendetwas passiert war … Logan biss die Zähne zusammen.

»Hüah!« Er rammte Schamgar die Fersen in die Flanken und beugte sich über den Hals seines Wallachs. Jetzt musste er so schnell wie möglich zu ihr gelangen. Um alles Weitere würde er sich später kümmern.

Schamgar verlangsamte seine Schritte etwas, als sie sich der Kreuzung auf der Hauptstraße näherten, und Logan verlagerte sein Gewicht nach links in die Kurve. Während er das tat, erklang ein weiterer Schuss, dieses Mal viel näher. So nah tatsächlich, dass es in Logans Ohr pfiff, als die Kugel an ihm vorbeizischte.

Schnell drückte er sich tiefer in den Sattel und nutzte Schamgar als Schutzschild, während er ihn zu noch größerer Geschwindigkeit antrieb. Zum Glück ließ sich das ehemalige Armeepferd auch nicht aus der Ruhe bringen, als ein weiterer Schuss die Luft zerriss.

Logan verrenkte schier seinen Kopf, um den Schützen hinter sich erkennen zu können, doch er entdeckte nichts. Da waren nur Büsche und Staub und Schamgars Hinterteil. Sich weiter aufzurichten, wagte er nicht. Wenn er um die Kurve ritt, die sich vor ihm auftat, wäre er aus der Schussbahn.

Ein dritter Schuss explodierte und im gleichen Augenblick zuckte ein scharfes Stechen durch Logans rechte Seite. Er stöhnte vor Schmerzen und dankte Gott gleichzeitig, dass es nur ein Streifschuss war. Der Schütze mochte nicht sehr geübt sein, doch selbst Schamgar konnte ihn nicht schützen, wenn der Angreifer den richtigen Winkel fand.

Logan entschied, dass Geschwindigkeit jetzt wichtiger war als Deckung, und richtete sich auf, um Schamgar noch einmal die Sporen zu geben.

»Lauf, alter Junger«, schrie er und achtete aufmerksam auf die Kurve. Ein weiterer Schuss erklang, doch diesmal spürte Logan keinen Schmerz und auch Schamgar stolperte nicht. Im nächsten Augenblick war er um die Kurve herum und in Sicherheit – solange der Schütze ihn nicht verfolgte. Was sehr unwahrscheinlich war, da der Angreifer ihn aus der Deckung der Büsche heraus beschossen hatte, die zu niedrig waren, um einen Reiter zu verbergen.

Logan entspannte sich und erlaubte seinen Gedanken, sich mit dem Vorfall zu beschäftigen. Es konnte keinen Zweifel daran geben, was die Schüsse auf dem Land der Hamiltons und auf ihn zu bedeuten hatten.

Benson hatte ihn erkannt. Oder, was wahrscheinlicher war, sein Pferd. Er war heute Nachmittag ungewöhnlich interessiert an Schamgar gewesen. Langsam fügten sich die Puzzlestücke zusammen. Benson hatte beobachtet, wie Logan die Straße entlanggaloppiert war, genau wie Wochen vorher am Fluss mit Eva, als sie Christie zu Hilfe geeilt waren.

Wenn Benson sich beeilt hatte und direkt losgeritten war, hatte er genug Zeit gehabt, in Pecan Gap Erkundigungen über Logan einzuholen. Zweifellos hatte er inzwischen herausgefunden, wo er lebte und wen er umwarb – und wo *sie* wohnte.

Eine gerettete Frau würde viel eher bei der Familie einer anderen Frau Zuflucht suchen als bei einem Junggesellen, der nicht einmal seine Hütte fertig errichtet hatte. Da Logan und Schamgar den Rückweg hatten ruhig angehen lassen, hatte Benson genügend Zeit gehabt, seinen Angriff zu planen.

Aber obwohl es eigentlich nur diesen einen Verdächtigen gab, würden sie es nicht beweisen können, es sei denn, Seth oder eine der Frauen hatten den Angreifer erkannt. Jetzt, wo Benson wusste, wo sich Christie aufhielt, würden sie ihre Pläne bezüglich der Kontobücher überdenken müssen. Sie konnten unmöglich länger warten.

Als er Schamgar von der Straße auf den Pfad lenkte, der zu Evas Haus führte, sah er am Dach ein rotes Band flattern. Das Zeichen für einen Notfall.

Ein eisernes Band schien sich um sein Herz zu legen. Natürlich war ihm schon vorher klar gewesen, dass der erste Schuss, den Zacharias und er gehört hatten, von hier gekommen sein musste, doch jetzt, wo alle Zweifel beseitigt waren, wuchs die Angst in ihm noch mehr.

»Eva!«

Ging es ihr gut?

Er riss an den Zügeln, damit Schamgar stehen blieb und sprang in den Staub. Seine Stiefel prallten auf dem Boden auf und für einen Augenblick musste er um sein Gleichgewicht kämpfen.

»Eva!«

Die Tür wurde aufgerissen und ein Gesicht erschien. »Logan. Beeil dich!« Sie winkte hektisch mit dem Arm. »Komm rein. Da draußen ist ein Irrer, der um sich schießt.«

Er lief die Stufen hinauf. »Ich weiß«, sagte er, als er an ihr vorbeieilte. »Er hat auch auf mich geschossen, als ich auf der Straße war.«

Sie schnappte nach Luft. »Bist du verletzt?«

»Nein.« Das Stechen an seiner Seite zählte nicht. Er warf die Tür hinter sich zu, dann ergriff er ihre Arme. »Und du?« Kritisch musterte er sie von Kopf bis Fuß. Sie war zerzaust und staubig, aber ihr schien nichts zu fehlen. Und sie trug ein Gewehr. *Sie* war diejenige, die Wache stand? Wo war Seth?

Ihre Unterlippe fing an zu zittern. »Es geht mir gut. Aber Christie ...« Ein Schluchzen entrang sich ihrer Kehle, als hätte sie es schon viel zu lange zurückhalten müssen. »Oh, Logan. Jemand hat sie angeschossen!«

Er streckte seine Hände aus und sie schmiegte sich sofort an ihn. Das Gewehr polterte zu Boden, als sie ihre Arme um ihn schlang. Das Stechen in seiner Seite wurde schlimmer, doch das war ihm egal. Sie war zurück in seinen Armen und ihr wunderschönes Gesicht lag an seiner Brust.

Draußen erklangen Schritte. Sofort schob Logan Eva hinter sich und zog seinen Revolver. Das Kratzen von Metall auf Holz sagte ihm, das auch Eva ihre Waffe wieder aufgenommen hatte.

Logan öffnete die Tür einen Spaltbreit. »Sind Sie das, Hamilton?«, rief er.

»Gehen Sie zur Seite, Fowler!« Zacharias Hamilton raste in voller Geschwindigkeit die Stufen hinauf, bereit dazu, die Tür einzutreten, wer auch immer dahinterstehen mochte.

Logan riss sie auf und machte ihm Platz. Er zog Eva mit sich, damit Hamilton im Eifer des Gefechts nicht noch seine Schwester umwarf.

Drinnen angekommen, sah Zacharias sich sofort um und entdeckte Eva. »Geht es dir gut?«

Sie nickte.

»Wo ist Seth?« Er suchte die Küche ab, seine Eile nur kurz unterbrochen von der Erleichterung über das Wohlergehen seiner Schwester.

»In meinem Zimmer. Er kümmert sich um Christie. Sie ist die Einzige, die verletzt wurde. Ich ...« Wieder bebte Evas Unterlippe, doch sie presste den Mund zusammen. »Ich bin mir nicht sicher, wie schlimm es ist. Ich musste hierbleiben und Wache halten.«

Logan steckte seinen Revolver zurück, dann nahm er ihr das Gewehr ab. »Geh zu ihr. Zach und ich kümmern uns um alles.«

Erleichterung trat in ihre Augen, doch in ihrem Blick lag auch eine gewisse Unsicherheit, als ihre Augen zwischen ihm und Zach hin und her flogen.

Logan zwinkerte ihr zu. »Wir werden uns schon benehmen. Versprochen.«

Einen weiteren Augenblick zögerte sie, dann stellte sie sich auf die Zehenspitzen und drückte ihm einen Kuss auf die Wange. »Ich liebe dich«, flüsterte sie, bevor sie herumwirbelte und aus dem Zimmer verschwand.

Sie liebte ihn. Verblüfft starrte Logan ihr hinterher. Wie konnte sie ihn lieben, wenn sie immer noch glauben musste, dass er sich an ihrem Bruder rächen wollte? Er hatte noch nicht die Möglichkeit gehabt, ihr von seinem Sinneswandel zu berichten. Trotzdem hatte sie gesagt, dass sie ihn liebte. Trotz allem, was er ihr erzählt hatte.

Sein Herz schwoll fast schmerzhaft an. Er verdiente eine Frau wie sie nicht – eine Frau, die das Beste in ihm sah, die das Beste aus ihm herauslockte. Er verdiente sie nicht, doch er würde bis zum letzten Atemzug darum kämpfen, dass sie bei ihm blieb.

Und in Anbetracht der Bedrohung, die nun entstanden war, war er wahrscheinlich genötigt, genau das zu tun.

Nun wandte Logan sich Hamilton zu, der noch etwas außer Atem war, dies aber hervorragend verbarg. Er schnappte sich ein Tuch vom Haken und wischte sich den Schweiß von der Stirn.

»Wer auch immer auf Miss Gilliam geschossen hat, hatte mich auch im Visier«, sagte Logan beiläufig, während er sich einen Stuhl heranzog und sich setzte. »Vier Schüsse aus einem Versteck an der Straße etwa eine Viertelmeile von hier. Ich denke, dass dieser Angriff erst einmal vorbei ist. Der Lehrer ist wahrscheinlich schon wieder auf dem Weg nach Ben Franklin.«

»Sie glauben, dass es Benson war.«

Logan wandte sich beim Klang von Seths Stimme um. Der jüngere Hamilton-Bruder betrat die Küche mit grimmigem Gesicht.

»Wie geht es Christie?«, fragte Zacharias.

Seth stieß den Atem aus. »Ganz gut. Die Kugel hat ein Stück Fleisch aus ihrem rechten Oberarm gerissen, aber wir konnten die Blutung stoppen. Sie muss vielleicht genäht werden, also sollten wir sie zum Arzt bringen, sobald die Luft rein ist.«

Logan sprang auf. »Ich reite mit und halte die Augen offen.«

»Das übernehme ich«, beharrte Zacharias. »Sie lebt unter meinem Dach, also ist sie in meiner Verantwortung.«

Logan funkelte ihn an. »Sie haben auch noch eine andere Frau unter Ihrem Dach und wenn Sie nicht wollen, dass *ich* mit ihr alleine hierbleibe, sollten Sie Ihre Position noch einmal überdenken. Auch wenn ich nicht glaube, dass Benson momentan noch eine direkte Bedrohung darstellt, werde ich auf keinen Fall Evas Sicherheit riskieren, indem ich sie alleine hierlasse.«

»Er hat recht.« Seth durchquerte den Raum und stellte sich zwischen seinen Bruder und Logan. »Ich finde, wir sollten alle gehen.«

»Was?« Logan und Zacharias stellten diese Frage schockiert in perfekter Synchronie. Hamilton funkelte ihn an, als werfe er Logan diese ungewohnte Einigkeit vor. Logan grinste nur. Schön zu sehen, dass es doch gewisse Dinge gab, bei denen sie übereinstimmten.

»Wenn der Schütze wirklich Benson war«, sagte Seth, der die Anspannung zwischen den beiden Widersachern geflissentlich übersah, »weiß er jetzt, wo Christie ist. Das bedeutet, dass sie hier nicht länger sicher ist. Nachdem wir sie zum Arzt gebracht haben, sollten wir bei den Clems vorbeifahren und sie fragen, ob sie Christie und Evangeline ein paar Tage aufnehmen würden. In der Stadt kann er ihnen schlecht auflauern. Da gibt es schlichtweg zu viele Zeugen.«

Logan nickte. »Und wenn die Frauen in Sicherheit sind, können wir zum Angriff übergehen.«

Zacharias verschränkte die Arme vor der Brust. »Irgendeine Idee, wie wir das angehen sollen, wenn wir nicht beweisen können, dass Benson hinter dem Angriff steckt?«

»Sehen Sie es als Pokerspiel«, sagte Logan und warf Zacharias einen Blick zu, den dieser auf jeden Fall verstehen würde. »Unser Gegner wird unruhig. Aber er denkt immer noch, dass er klüger ist als wir. Also werden wir genau diese Selbstüberschätzung gegen ihn nutzen. Wir verändern unsere Strategie und tun das Unerwartete.«

Ein leises Lächeln trat auf Zacharias' Gesicht und Logan entschied, dass es viel angenehmer war, diesen Mann als Verbündeten zu haben denn als Gegner.

Kapitel 31

»Warum hast du mir nicht gesagt, dass du verletzt bist?« Evangelines Magen zog sich beim Anblick des roten Striemens an Logans rechter Seite zusammen. Die Frau des Arztes schmierte eine ordentliche Portion Salbe darauf.

Dieser Schwachkopf hatte doch tatsächlich gewartet, bis sie ihre Unterkunft bei Mrs Clem bezogen hatte. Erst dann hatte er ärztliche Hilfe in Anspruch genommen. Aus Absicht, dessen war sie sich sicher. Er hatte seine Verletzung vor ihr verstecken wollen und wollte nicht, dass sie sich Sorgen machte.

Tja, wenn sie beide aber eine gemeinsame Zukunft teilen wollten, dann gehörten auch geteilte Sorgen dazu. Evangeline hob ihr Kinn. Wenn Mrs Clem nicht Besuch von Miss Abingdon, der Sonntagsschullehrerin, bekommen hätte, wäre Evangeline wahrscheinlich immer noch in den Fängen der Pfarrersfrau. Und hätte somit keine Ahnung von seiner Verletzung gehabt. Das war absolut inakzeptabel.

Logan drehte den Kopf, um sie anzuschauen. »Das ist nur ein Kratzer, Eva. Kein Grund zur Aufregung.«

»Aufregung?« Evangeline marschierte dicht an ihn heran. »Logan Fowler, du hast ja keine Ahnung, wie ich bin, wenn ich mich wirklich aufrege.«

»Ich, ähm, lasse Sie beide das mal in Ruhe besprechen.« Die Frau des Arztes verschloss ihre Salbendose und verließ mit zuckenden Mundwinkeln den Raum.

Logan wandte sich Evangeline zu und zog sein Hemd wieder an. Eine extrem langsame Bewegung, um seinen *Kratzer* nicht zu reizen. Und so langsam, dass sie jeden einzelnen Muskel an seinem Oberkörper bewundern konnte.

»Eva, ich …« Der Stoff fiel wieder an Ort und Stelle und verbarg das letzte bisschen Haut.

Ach ja, richtig. Sie war ja sauer auf ihn. Evangeline richtete sich auf und starrte ihn böse an. Muskeln oder nicht, sie hatten ein Hühnchen miteinander zu rupfen.

»Keine Geheimnisse mehr.« Sie stieß ihm den Finger gegen den Brustkorb. »Hast du nicht genau das gesagt?«

Er hob eine Augenbraue. »Ja …«

»Tja, das beinhaltet auch Verletzungen und *Kratzer.*« Wieder stieß sie zu, doch dieses Mal war er auf den Angriff gefasst und schnappte sich ihre Hand.

Evangeline wollte sich losmachen, doch Logan zog sie so dicht an sich heran, dass kein Blatt mehr zwischen sie gepasst hätte. Sie atmete zitternd ein und hob ihren Blick.

Seine Augen waren voller Feuer und die Hitze ließ ihre Knie weich werden. Langsam legte sie ihre Hände an seinen Brustkorb.

»Es geht mir gut, Eva.«

Er war ihr so nah und so lebendig.

Plötzlich, ungewohnt schüchtern, senkte sie den Kopf. »Ich weiß. Ich … Ich will einfach nicht, dass du Dinge vor mir versteckst.« Sie zwang sich dazu, ihm wieder in die Augen zu sehen, auch wenn sie dann kaum noch einen klaren Gedanken fassen konnte. »Auch keine Kleinigkeiten.«

»Kleinigkeiten, was?« Er grinste sie an. »Wie die Tatsache, dass ich weiß, dass dein Bruder nicht Hamilton mit Nachnamen heißt, sondern Mitchell? Und dass er der Sohn des bekanntesten Pokerspielers hier im Westen ist?«

Ihr Herz schlug schneller. »Das hat er dir erzählt?« Zach teilte dieses Geheimnis mit niemandem. Sie hätte es ja selbst niemals erfahren, wenn sie ihn nicht immer wieder wegen des Monogrammes auf seinem Kartenspiel befragt hätte. Und auch dann hatte er ihr nur den Namen genannt – Jedidiah Mitchell. Erst Seth hatte ihr diese letzte Erkenntnis gebracht.

»Jepp. Das Thema ist aufgekommen, als ich es abgelehnt habe, gegen ihn zu pokern.«

Alles in ihr wurde ruhig. »Du … hast *abgelehnt*?« Hoffnung flackerte in ihr auf und ihre Knie fingen erneut an zu zittern. Gut, dass Logan sie festhielt.

Seine Lippen verzogen sich zu einem selbstironischen Lächeln. »Ich sage mal so, Gott hat mich dazu gebracht, indem er mir einen glühenden Schürhaken ins Herz gerammt hat.«

Evangeline versuchte erfolglos, ein Lächeln zu unterdrücken. »Hört sich schmerzhaft an.«

»Jepp. Aber effektiv.« Er hob eine Hand und streichelte ihr über die Wange. »Du hattest recht, Eva. Mit allem. Wenn wir heute Abend alle zur Ruhe gekommen sind, setze ich mich hin und schreibe meiner Mutter einen langen Brief, berichte ihr von meinem Sinneswandel und frage sie, was ich tun kann, um ihr wirklich zu helfen. Ich werde ein paar Entschuldigungen einstreuen und … dann von dir berichten.«

Hitze stieg Evangeline in die Wangen und sie wandte den Blick ab. »Von mir?«

Sanft legte er seine Hände an ihre Wangen. »Wenn ein Mann die Frau trifft, mit der er den Rest seines Lebens verbringen will, sollte seine Mutter doch darüber Bescheid wissen, oder was denkst du?«

Sein intensiver Blick raubte ihr schier den Atem.

Heute Morgen noch hatte sie gedacht, sie hätte ihn für immer verloren. Sie hatte getrauert, gebetet und Angst gehabt, dass ihre Beziehung zerbrochen wäre. Dass es keine Hoffnung mehr für sie gab. Doch Gott in seiner Größe hatte ihr Flehen erhört und die Dinge zum Guten geführt. Diese Erkenntnis ließ sie fast schwindeln.

»Meinst du das ernst?« Sie flüsterte die Worte so leise, dass sie kaum zu hören waren, doch mehr brachte sie gerade nicht zustande.

Logan lächelte so liebevoll, dass ihr Atem stockte. »Meintest *du* es denn ernst, als du sagtest, dass du mich liebst?«

Sie nickte. »Von ganzem Herzen.«

Sein Lächeln wurde noch breiter und seine grauen Augen funkelten wie poliertes Silber. »Dann ist es beschlossene Sache«, verkündete er mit einem Schlag auf seinen Oberschenkel. »Ich hänge die Spielerei an den Nagel, baue unsere Hütte fertig und suche mir ein seriöseres Auskommen. Ich dachte an Viehzucht. Oder wir könnten den Wald roden und Baumwolle anbauen. Was hältst du davon?«

Unsere Hütte. Es war, als hätte er in ihr Herz geschaut, ihre Träume gesehen und sich dann daran gemacht, sie alle wahr werden zu lassen.

»Vielleicht rasiere ich sogar diesen Urwald ab«, fügte er hinzu, da sie nicht in der Lage gewesen war, auf seine Frage zu antworten, und rieb sich über den Bart, der seine untere Gesichtshälfte bedeckte. »Der juckt im Sommer ganz grauenhaft.« Er verzog ulkig das Gesicht. »Und da ich in den Saloons ja keinen Eindruck mehr machen muss, brauche ich ihn ohnehin nicht mehr.«

Endlich fand Evangeline ihr inneres Gleichgewicht wieder – und einen Hauch Kühnheit – und musterte seinen Bart mit kritischer Miene. »Hm. Ich denke, das Küssen würde auf jeden Fall leichter werden, ohne all dieses Gestrüpp.«

Logans Augen wurden groß. »Heute Abend.« Er setzte sich aufrechter hin. »Gleich heute Abend wird er abrasiert.«

Evangeline lachte leise und beugte sich vor, um seine Lippen mit den ihren zu berühren. Diesmal war es kein leidenschaftlicher Kuss, sondern vielmehr ein Versprechen von Liebe und Zugehörigkeit. Ihre Lider schlossen sich und sie genoss die zärtliche Berührung. Dann löste sie sich wieder von ihm, ließ ihre Lippen jedoch weiter vor seinen schweben. Die Erinnerung an den Kuss war so unglaublich lebendig, als würden sie sich tatsächlich noch berühren. Ihr Atem mischte sich mit seinem und ihr Puls beschleunigte sich.

Da öffnete sich die Tür.

Rasch ließ sie ihre Hände fallen und sprang zurück. Logan ließ sie jedoch nicht weit kommen.

»Wenn Sie damit fertig sind, sich an meiner Schwester zu vergehen«, knurrte Zach, obwohl seine Worte nicht die gewohnte Schärfe trugen, »sollten wir über unseren Plan sprechen.«

Logan wackelte mit den Augenbrauen. »Eigentlich ist es ja Ihre Schwester, die sich an mir vergeht. Nicht dass ich mich beschweren würde.«

»Logan!« Sie schaute ihn schockiert an.

Zach stöhnte. »Wenn Sie und Ihr Kratzer es schaffen, sich aus diesem Zimmer zu bewegen, können wir uns dann endlich mit Seth und Christie im Pfarrhaus treffen.«

Logan erhob sich und richtete sich zu seiner vollen Größe auf. Seine Augen hatten ihr neckendes Funkeln verloren. »Ich bin bereit.«

Zach nickte knapp, dann verließ er den Raum ebenso abrupt, wie er ihn betreten hatte.

Logan streckte Evangeline seine Hand entgegen und sie nahm sie gerne. »Fertig?«

»Fertig.« Denn so gerne sie auch von ihrer gemeinsamen Zukunft mit diesem wunderbaren Mann träumen wollte, konnte sie doch die Bedrohung nicht ignorieren, die wie eine Wolke über ihnen hing.

Die Träume mussten warten. Jetzt zählte die Realität.

Als es draußen endlich dunkel geworden war, schlüpfte Evangeline unter die Decke in Charlotte Clems Gästezimmer, das sie sich mit Christie teilte. Sie erwartete, dass der Schlaf sie übermannen würde, sobald ihr Kopf das Kissen berührte, denn das musste der so ziemlich längste Tag ihres Lebens gewesen sein. Ihr Herz fühlte sich an, als hätte es eine wilde Karussellfahrt hinter sich, und in ihrem Bauch flatterten immer noch die Schmetterlinge herum.

Evangeline rollte sich auf die Seite, zog die Knie an und atmete durch die Nase, um ruhiger zu werden. Natürlich war sie unglaublich glücklich über Logans Sinneswandel und seine Absichten – vielleicht schrieb er jetzt gerade den Brief an seine Mutter! –, doch die Unsicherheit über das, was in den nächsten Tagen auf sie zukommen würde, fraß ihre Gelassenheit gänzlich auf.

»Glaubst du, ihr Plan wird funktionieren?«

Anscheinend war sie nicht die Einzige, die sich Sorgen machte.

Evangeline machte die Nachttischlampe an, dann drehte sie sich zu Christie herum. »Hast du Angst?«

Die junge Frau knabberte an ihrer Unterlippe. »Ja«, gab sie schließlich zu. »Ich weiß, dass Mr Bensons Reise nach Cooper die beste Gelegenheit ist, die Schule nach den Büchern zu durchsuchen. Ich wünschte nur, Seth hätte nichts damit zu tun.«

»Tja, das ist aber trotzdem nicht so gefährlich, wie Benson in Cooper zu beobachten.« Das Ziehen in Evangelines Magen wurde stärker. »Benson hat Zach nie gesehen, deshalb dürfte er relativ sicher sein. Aber Logan? Selbst wenn er sich den Bart abrasiert und Seths Kleidung trägt, kann ihn immer noch seine Narbe verraten. Sollte Benson auch nur einen Blick darauf erhaschen, wird er Logan sofort erkennen. Der Mistkerl hat schon einmal versucht, ihn zu erschießen. Ich will nicht, dass sich das noch einmal wiederholt.«

Christies Mund spannte sich an. »Also riskieren unsere Männer ihr Leben, während wir uns verstecken.«

Evangeline griff nach der Hand ihrer Freundin. »Ich weiß«, sagte sie und drückte Christies Finger. »Ich stimme dir zu, dass das ganz schrecklich ist. Aber du bist Bensons Hauptziel. Wir müssen dich aus dem Spiel halten, bis die Männer ihn in die Ecke gedrängt haben. Wenn wir erst die Beweise gegen ihn haben, wird Benson hinter Gitter gehen und uns nichts mehr anhaben können. Bis dahin müssen wir abwarten.«

Christie machte sich aus Evangelines Griff los. »Ich kann es kaum noch abwarten.« Sie stützte sich auf die Seite und schnaubte. »Und ich halte es nicht aus, dass mich alle beschützen wollen. Meine Mutter, als sie mich lieber als schwachsinnig ausgegeben hat, anstatt die Wahrheit über meine Taubheit zu sagen. Und jetzt Seth, der mich versteckt, obwohl ich eigentlich helfen sollte.« Ihre Hand ballte sich zur Faust und sie schlug auf die Matratze. »Als mich heute diese Kugel getroffen hat, ist mir einiges klar geworden. Ich habe bisher nicht gelebt, ich habe überlebt. Aber ich will nicht länger ein Opfer sein und meine Taubheit verstecken. So wie meinen Aufenthaltsort. Oder meine Gefühle.« Ihre Augen sprühten vor grünem Feuer. »Ich habe deinen Bruder sehr gerne, Evie. Und ich will an seiner Seite sein, auch in der Gefahr. Er sollte nicht alleine in dieses Klassenzimmer gehen. Wenn jemand vorbeikommt, während er Schuleigentum durchwühlt, wird man ihn einsperren. Oder schlimmer noch, er wird ebenfalls zu Bensons Ziel.« Sie presste eine Hand an ihre Brust. »Ich habe deine Familie in diese Situation gebracht und werde mich nicht verstecken, während Logan und deine Brüder meinen Kampf ausfechten. Bleib du hier, wenn du willst, aber ich werde morgen nach Ben Franklin gehen. Ich werde Wache stehen und alles tun, um Seths Sicherheit zu garantieren.« Zitternd atmete sie ein. »Und das ist noch nicht alles.«

Was konnte sie noch vorhaben?

»Da ich mir keine Sorgen mehr wegen Earls Wut machen muss, kann ich aufhören herumzutrödeln und mich um die Kontobücher meines Stiefvaters kümmern. Um am Sonntag wieder ausliefern zu können, wird er morgen den ganzen Tag in der Destille verbringen. Ich weiß, dass er die Kiste mit den Büchern unter seinem Bett stehen hat. Im Notfall breche ich sie mit der Axt auf.«

Gütiger Himmel, Christie verwandelte sich in eine wahre Kämpferin!

Evangeline senkte den Blick und presste ihre Lippen zusammen. Sie war die Letzte, die einer anderen Frau ihren Mut ausreden würde, aber dennoch … »Vielleicht sollten wir das nicht alles auf einmal angehen.« Sie hielt Christies Blick stand. »Lass uns

uns erst um Benson kümmern, dann können wir deinen Bruder suchen.« Seth würde Christie niemals gestatten, ihm zu helfen. Nicht solange ihr Leben in Gefahr war. Es war besser, diese Illusion heute schon zu zerstören als morgen. »Seth hat doch versprochen, dir bei der Suche nach deinem Bruder zu helfen, und er würde sein Wort niemals brechen. Du musst Geduld haben.«

»Aber Archie könnte leiden!« Tränen traten in Christies Augen. »Ich hätte heute sterben können und dann wäre niemand mehr da gewesen, um ihn zu beschützen. Was, wenn das Schlimmste passiert und unser Plan morgen scheitert? Was, wenn …« Ihre Stimme brach. »Was, wenn Benson es schafft, mich zu töten? Was soll dann mit Archie geschehen?«

Evangeline schluckte, ihr Hals zog sich zu und Tränen traten ihr in die Augen.

Waren das die Gedanken gewesen, die auch Hamilton gehabt hatte, als er sterbend in dem Wrack des Waisenzuges gelegen hatte? Hatte er darauf vertraut, dass Zach sich um seine kleine Schwester kümmern würde? Hatte er sich in den letzten Sekunden seines Lebens Sorgen um sie gemacht?

»Er braucht mich, Evie.« Christies leise Stimme war kaum mehr als ein Flüstern. »Wenn er *dein* Bruder wäre, was würdest *du* dann tun?«

Kapitel 32

Logan blickte auf den Zettel, den er sich gestern Abend geschrieben hatte, um sicherzugehen, dass er das richtige Geschäft fand. Schließlich stopfte er ihn zurück in seine Hemdtasche. »Das ist der Buchhändler, dessen Namen Christie ein paarmal in Bensons Kontobuch gelesen hat.«

Zacharias blieb auf dem Bürgersteig vor dem Geschäft stehen. *Baldwin Bücher und Zeitschriften.* »Gut. Dann lassen Sie uns mal mit Mr Baldwin sprechen.«

Logan blickte hinter sich, bevor er ihm nach drinnen folgte. Eine unnötige Absicherung, da Benson mindestens eine Stunde hinter ihnen sein musste, doch er konnte nicht anders. Er war hibbeliger als ein Greenhorn am Pokertisch.

Zacharias und er waren im Morgengrauen in Richtung Ben Franklin losgeritten und hatten nach Bensons schwarzem Einspänner Ausschau gehalten. Sobald sie sich davon überzeugt hatten, dass der Lehrer an den Zügeln saß, waren sie wieder auf ihre Pferde gestiegen und querfeldein in die Hauptstadt des Delta Countys geritten. Dadurch hatten sie etwa ein Drittel des zwölf Meilen langen Weges abgekürzt. Zusätzlich zu der höheren Geschwindigkeit, die sie als Reiter erreichten, hatten sie sich einen beachtlichen Vorsprung erarbeitet.

Als Vorsichtsmaßnahme hatten sie sich in der Pferdestation Boxen gemietet, um ihre Reittiere außer Sichtweite zu halten. Logan hatte sich den Bart abrasiert und seinen schwarzen Staubmantel und den Stetson gegen ein blaues Baumwollhemd und einen Schlapphut von Seth getauscht. Besser konnten sie sich nicht tarnen.

Warum also zog sich jedes Mal sein Magen zusammen, wenn er einen Blick über die Schulter warf?

Mit einem Ruck schob er das mulmige Gefühl beiseite, stieß die Tür des Buchladens auf, die sich gerade wieder vor seiner Nase geschlossen hatte, und trat neben Zach an den Tresen.

Ein freundlicher Herr mit ordentlichem schwarzem Anzug, Brille und pomadigem Haar stieg von einer Leiter an einem der Regale herunter und lief zu ihnen, um sie zu begrüßen.

»Guten Morgen, Gentlemen. Wie kann ich Ihnen an diesem wunderbaren Tag helfen?«

Wie vereinbart, überließ Logan Zach die Gespräche. Er ging sogar so weit, sein Gesicht abzuwenden und so zu tun, als interessiere er sich für die tragbaren Schreibtische, die im Schaufenster ausgestellt waren. Am besten blieb er so unauffällig wie möglich, falls der Buchhändler Benson später am Tag von seinem Besuch berichtete. Ein unauffälliger, schweigsamer Zeitgenosse würde keine Aufmerksamkeit erregen. Und da Benson Zach nie zu Gesicht bekommen hatte, würde ihm dessen Beschreibung nichts nützen.

»Wir suchen nach Schulbüchern. Textbücher, um genauer zu sein«, sagte Zach.

»Da sind Sie hier genau richtig, Sir.« Der kleine Mann eilte an eines der vorderen Regale und nahm vier Bücher heraus, dann kam er zurückgelaufen. Er wirkte wie eine kleine, geschäftige Maus. »Ich habe hier Fibeln, sowie Text- und Mathematikbücher. Aber auch Geografiehefte und wissenschaftliche Texte. Und bestellen kann ich natürlich alles nach Ihren Wünschen. Geht es um Sie persönlich oder kaufen Sie für eine Schule ein? Ich beliefere eigentlich fast alle Schulen im Delta County und sogar einige in Commerce und Sulphur Springs. Preislich kann mir keiner das Wasser reichen.«

»Das freut mich zu hören«, sagte Zach, »denn ich brauche gute Bücher, obwohl mein Budget doch relativ gering ist.« Er blickte sich verstohlen im Laden um, dann wandte er sich wieder Baldwin zu. »Ich weiß aus zuverlässiger Quelle, dass Sie ein Mann sind, der ganz spezielle Angebote machen kann.«

Baldwin wurde rot und lachte nervös, während er anfing, mit dem Ärmel über das vollkommen saubere Regal neben sich zu wischen. »Ich habe ein- oder zweimal besonders guten Freunden ausgeholfen, aber das hier ist immer noch ein Unternehmen, keine Wohltätigkeitsorganisation. Wer, ähm, hat mich Ihnen denn empfohlen?«

Zach verschränkte seine Arme vor der Brust und richtete sich zu seiner vollen Größe auf. »Ich möchte auch keine Almosen, Mister. Ein Bekannter aus Ben Franklin hat mir erzählt, aus was für knappen Mitteln die Kinder dort mit Büchern versorgt werden. Ich bitte nur um ähnliche Konditionen.«

Da sie nur eine vage Ahnung hatten, dass Benson Schulgelder veruntreute, hatten Zach und Logan beschlossen, mit Zweien zu bluffen anstatt mit Königen.

Baldwin versteifte sich und sein Gesicht zuckte. »Dem Schulausschuss von Ben Franklin gehören eine Menge hirnloser Flusenhändler an, wenn Sie mich fragen. Sie legen mehr Augenmerk auf den äußeren Schein als auf die Bildung der Kinder. Eine Schande ist das.« Ein geschwätziger Ausdruck trat in seine Augen. »Warum sonst sollten sie ihr Geld für so unwichtige Dinge wie Innenfarbe oder *Topfpflanzen* ausgeben? Für die Bildung ist jeder Cent unerlässlich und sie schmeißen ihre Finanzen zum Fenster hinaus.« Die Stimme des kleinen Mannes war regelrecht laut geworden.

Baldwin schob seine Brille zurecht. Dann marschierte er an die andere Seite des Tresens, holte eine Kiste hervor und stellte sie auf die Arbeitsfläche. »Zum Glück ist der Lehrer von Ben Franklin von einem ganz anderen Kaliber. Ihm liegt die Bildung seiner Schüler wahrhaftig am Herzen. Deshalb habe ich diese Bücher für ihn beiseitegelegt. Alle aus zweiter Hand, aber in perfektem Zustand. Und trotzdem könnte er sich die Menge, die er benötigt, niemals ohne das Geld leisten, das er durch die Grundstücksspekulationen verdient.«

Logan sah Zach an.

»Grundstücksspekulationen?« Zach verbarg seine Überraschung gekonnt, als er sich wieder dem Buchhändler zuwandte.

Baldwin nickte. »Vor etwa fünf Jahren hat Lawrence mich und zwei weitere Gentlemen hier aus Cooper eingeladen, uns mit ihm zu einer Investmentgruppe zusammenzuschließen.«

Logan zog seinen Zettel wieder hervor und musterte die Abkürzungen, die er sich unter dem Namen des Buchladens notiert hatte. PB, AG, HC – das waren die Initialen, die Christie in dem Kontobuch gelesen hatte. PB musste Baldwin sein, mit Vornamen wohl Paul oder Philipp oder so ähnlich. Christie hatte natürlich nicht gewusst, was das zu bedeuten hatte, aber jetzt wurde es allmählich klarer. Eine Investmentgruppe also.

»Wir alle haben unser bescheidenes Auskommen«, fuhr Baldwin fort, »aber da Lawrence die kluge Idee hatte, unsere Finanzen zusammenzuwerfen, konnten wir in einige Ländereien investieren, für die sich später die Eisenbahn interessiert hat. Letztes Jahr haben wir einen ordentlichen Gewinn mit einigen Stücken in Greenville gemacht.«

»Hört sich nach einer sehr klugen Strategie an«, schmeichelte ihm Zach.

»Bisher funktioniert es sehr gut.« Der Buchhändler zwinkerte ihm zu, dann wurde er wieder ernst. »Lawrence ist ein wahres Genie. Er regelt die Finanzen für uns.«

Und betrügt Baldwin und die anderen Investoren wahrscheinlich genauso wie die Schulbehörde, dachte Logan, während er ein Buch aus einem der Regale nahm und es interessiert durchblätterte.

»Er hatte sogar die Idee, unsere Einkünfte zu spenden.« Der Buchhändler schob die Schulbücher zu einem ordentlichen Stapel zusammen.

»Spenden?« Zach lehnte sich interessiert über die Theke. »Zum Beispiel der Kirche?«

»Genau.« Baldwin lächelte. »Bevor wir unsere Gewinne aufteilen, nimmt er zehn Prozent und legt das Geld auf ein Konto hier in Cooper. Wann immer einer von uns etwas spenden möchte, kann er einen Antrag an die Gruppe stellen und wenn alle einverstanden sind, werden die Mittel entnommen. Lawrence schlägt meistens seine Schüler vor und wir spenden regelmäßig. Jedes Mal, wenn er bei mir einkauft, stelle ich zwei Rechnungen aus. Eine über den lächerlichen Betrag, den die Schulbehörde zur Verfügung stellt und die andere über den wahren Preis inklusive Spendengeld. So kann Lawrence genau Buch führen.«

Oder *un*genau. Logan biss die Zähne zusammen, als Bensons Strategie ihm immer klarer wurde. Baldwin stellte zwei Rechnungen aus – eine zum Beispiel über zweihundert Dollar, die keine Spendengelder enthielt und die andere über vierhundert, um die tatsächlichen Kosten zu zeigen. Dabei würde dann jeder Partner der Investmentgruppe fünfzig Dollar spenden. So weit, so gut. Baldwin ging natürlich davon aus, dass Benson die niedrige Rechnung beim Schulamt einreichte und die höhere nur für seine private Buchhaltung nutzte. Doch wenn Benson stattdessen die Rechnung über vierhundert Dollar einreichte und den Betrag vom Schulamt erstattet bekam, bedeutete das, dass er fünfzig Dollar gespendet, aber trotzdem einen Gewinn von einhundertfünfzig Dollar gemacht hatte. Seine Partner hatten nichts von ihren Spenden außer dem guten Gefühl, etwas Mildtätiges getan zu haben.

Hundert Dollar hier, ein paar Hundert dort, ergaben auf das Jahr gesehen wahrscheinlich ein hübsches Sümmchen, doch das war doch noch lange keinen Mord wert. Es sei denn, der Lehrer zweigte auch Geld aus dem Investmentpool ab.

Ein sehr lukrativer Kreislauf war das. Benson zweigte Schulgeld ab, investierte es in Land, nutzte das Spendengeld aus den Gewinnen, um noch mehr zu verdienen, und betrog dann auch noch seine Partner um ihre Gewinnanteile. Und bei Grundstücksspekulationen konnte es noch um ganz andere Summen gehen.

Ein ausgeklügelter Plan war das.

Und außerdem ein ziemlich illegaler.

Aber wie viel Geld aus den Spekulationen behielt Benson für

sich? Fünfzig Prozent? Oder sechzig? Das wären Summen, für die es sich vielleicht tatsächlich zu töten lohnte.

Mr Baldwins offensichtliche Vorurteile gegenüber der Bürokratie der Schulbehörde machten ihn zu einem leichten Ziel für derartige Manipulationen. Sicherlich waren die anderen Partner ebenso blauäugig. Doch wenn einer dieser Männer jemals dahinterkam, dass Benson sie betrog, würden sie bestimmt nicht zögern, ihn anzuzeigen.

»Wahrscheinlich haben Sie nicht noch mehr Bücher aus zweiter Hand?«, lenkte Zach die Unterhaltung wieder zurück auf ein unverfänglicheres Thema. Baldwin jetzt nach weiteren Details zu befragen, hätte verdächtig gewirkt. »Wahrscheinlich können wir uns nichts anderes leisten.«

»Leider sind all diese Bücher für die Kinder in Ben Franklin bestimmt.« Baldwin stellte die Kiste wieder zur Seite und außer Sichtweite. Dann schwieg er einen Augenblick und fing dann plötzlich an zu strahlen. »Aber ich habe noch einige alte Ausgaben von McGuffeys, die ich sowieso heruntersetzen wollte. Und eine Sendung mit Mathematikbüchern wurde bei der Lieferung beschädigt. Da könnte ich Ihnen auch mit dem Preis entgegenkommen.«

Ja, dieser rechtschaffene Mann hatte wirklich ein gutes Herz und würde sich furchtbar aufregen, wenn Bensons Machenschaften ans Tageslicht kamen.

»Ich nehme sie«, sagte Zach. »Danke. Und könnten Sie mir vielleicht auch eine Preisliste für die neueren Schulbücher mitgeben? Dann können wir unserem Elternrat zeigen, was das Unterrichtsmaterial wirklich kostet.«

»Natürlich.« Baldwin griff unter die Theke und holte einen Zettel hervor. »Ich erstelle jedes Jahr eine, wenn die neuen Bücher erscheinen. Sie sind nicht die Einzigen, die solche Informationen brauchen.« Er legte die Liste auf den Tisch und schob sie zu Zach hinüber. »Die Bücher habe ich hinten im Lager. Ich packe sie Ihnen schnell ein.«

Zach nickte und als Baldwin verschwunden war, trat Logan zu ihm.

»Benson hat sie alle um den Finger gewickelt«, sagte Logan leise.

Zach überflog indes die Liste. »Ich bin mir nicht sicher, ob das ausreicht, um seinem Ruf zu schaden, aber das eine oder andere Mitglied des Schulbeirates wird schon stutzig werden. Betrüger wie Benson sind wendig wie Aale.«

»Wenn wir das, was wir in Erfahrung gebracht haben, mit seinen Kontobüchern vergleichen, haben wir genug Beweise, um ihm die Gesetzeshüter auf den Hals zu hetzen.«

Zach runzelte die Stirn. »Falls Seth die Bücher findet. Vielleicht hat Benson sie aus der Schule geholt.«

Das war der Teil ihres Planes, der schiefgehen konnte. Sie zählten auf Bensons Arroganz. Doch wenn er nervös geworden war und die verräterischen Kontobücher woanders versteckt hatte, hatten sie nur diese Preisliste und eine unausgegorene Theorie.

Logan blickte in Richtung des Schaufensters, dem sich ein Junge von vielleicht zwölf oder dreizehn Jahren näherte.

»Vielleicht müssen wir noch nach Greenville und dort ein paar Nachforschungen über die Verkaufspreise der Grundstücke anstellen«, sagte Logan, als er sich von der Tür abwandte, die geöffnet wurde. »Wir könnten sie Baldwin zeigen und ihn fragen, ob sie mit seinen Gewinnen übereinstimmen. Ich würde fast vermuten, dass sie das nicht tun.«

Die kleine Klingel an der Tür läutete und der schlaksige Junge betrat den Buchladen. Logan wandte sich ab und tat so, als sei er an einem Packen Marmorpapier interessiert.

Mr Baldwin kam mit einem Paket unter dem Arm aus dem Hinterzimmer zurück. Er hatte die Bücher in braunes Papier eingewickelt und legte sie auf den Tresen. Den Jungen, der unruhig auf und ab ging, lächelte er an.

»Billy. Schön, dich zu sehen. Was führt dich zu mir?«

Der Junge musterte Zach, dann machte er einen weiten Bogen um ihn, als er an den Verkaufstresen trat. »Ich habe ein Telegramm für Sie, Sir.«

»Ah.« Baldwin nahm dem Jungen einen zusammengefalteten Zettel ab und drückte ihm eine Münze in die Hand. »Danke für deine Mühe.«

Billy steckte die Münze ein, tippte sich an die Mütze und lief zur Tür.

»Grüße an deine Mutter«, rief Baldwin ihm noch nach.

Ein Winken war alles, was als Antwort kam, als der Junge auf die Straße rannte.

Zach wickelte das Papier ab und besah sich die Bücher genauer, während er Baldwin Zeit ließ, sein Telegramm zu lesen.

»Oh je.«

Zach blickte auf. »Keine schlechten Nachrichten, hoffe ich.«

»Da bin ich mir nicht sicher«, sagte Baldwin stirnrunzelnd. »Lawrence, der Mann von dem ich Ihnen erzählt habe. Er wollte sich eigentlich heute mit mir und den anderen treffen, aber jetzt hat er abgesagt. Ihm ist etwas sehr Wichtiges dazwischengekommen, das seine unmittelbare Aufmerksamkeit verlangt. Ich hoffe, es geht nicht um eins der Kinder.«

Zach wirbelte zu Logan herum. Dieselbe Panik, die in den Augen seines Partners stand, durchströmte auch seine Adern.

Seth lief gerade direkt in die Falle.

Kapitel 33

Evangeline hockte unter den tief hängenden Ästen einer alten Eiche hinter dem Schulhaus und beobachtete die Umgebung. Christie hatte sich ein paar Meter weiter hinter einem Wacholder versteckt und war kaum zu sehen. Sie hatte die Aufgabe übernommen, die Straße im Blick zu behalten. Zusammen waren sie Seth ohne sein Wissen gefolgt, da ihnen beiden klar gewesen war, dass er niemals zugelassen hätte, dass sie mitkamen. Evangeline fühlte sich nur ein ganz kleines bisschen schuldig. Schließlich hatten Seth und Zach sie jahrelang beschützt und jetzt konnte sie zumindest einmal dasselbe für ihren Bruder tun.

Ihre einzige Sorge war gewesen, dass Christie entdeckt werden könnte. Doch ihre Freundin hatte darauf bestanden hierherzukommen, egal ob Evangeline sie begleitete oder nicht, also hatte sie ohnehin keine Wahl gehabt. Sie hätte Christie ja nicht anbinden können, um sie daran zu hindern. Obwohl sie kurz darüber nachgedacht hatte … Aber jetzt konnte sie gleichzeitig nach Seth und nach ihrer Freundin schauen, das hatte auch seine Vorteile.

Ich weiß, dass du alles siehst, Herr. Hilf uns. Beschütze uns.

Gerade als sie ihr Gebet beendet hatte, sah sie aus dem Augenwinkel eine Bewegung. Christie, wild winkend und gestikulierend.

Evangeline reckte den Hals, um die Straße einsehen zu können, die von Osten herführte. Ein Reiter näherte sich dort, ein korpulenter Kerl im schwarzen Anzug. War es etwa der Lehrer? Das konnte doch nicht sein! Erst heute Morgen hatte er doch die Stadt verlassen. Logan und Zach wären sonst zurückgekommen, um Seth zu warnen.

Mit klopfendem Herzen kroch Evangeline unter dem Baum

hervor. Egal, wie Benson hierhergekommen war, jetzt musste sie Seth aus dem Gebäude holen, bevor er entdeckt wurde.

Angetrieben von Christies hektischem Gefuchtel, lief Evangeline über den Schulhof und schlich sich zur Hintertür. Dort machte sie sich so klein wie möglich, um auf keinen Fall die Aufmerksamkeit des Mannes auf der Straße zu erregen.

Als sie die Tür erreicht hatte, öffnete sie diese ein paar Zentimeter und schlüpfte in den Raum. »Seth!« Falls es möglich war, ein Flüstern zu schreien, hatte sie das gerade getan. »Benson kommt. Wir müssen von hier verschwinden. Schnell!«

»Evie?« Ein sehr wütender Seth zog die Tür hinter ihr zu. »Du solltest nicht hier sein.«

Sie funkelte ihn an. »Das klären wir später.« Sie griff nach seinem Arm. »Komm schon.«

Zum Glück diskutierte er nicht weiter, sondern funkelte sie nur böse an und ließ sich von ihr nach draußen ziehen. Schnell schloss er die Tür hinter sich und machte sich von ihr los, dann übernahm er die Führung und lief voran in Richtung Wald. Als sie beim Abort vorbeikamen, schloss sich ihnen Christie an.

»Hier entlang«, sagte sie leise. »Es gibt einen Weg, der zu Earls Hütte führt. Ich zeige ihn euch.«

Seth warf Evangeline einen fassungslosen Blick zu. »Du hast *Christie* mitgebracht? Wie konntest du nur?« Die nackte Angst auf dem Gesicht ihres Bruders stach Evangeline ins Herz.

»Es war *ihre* Idee, Seth. Sie hat sich solche Sorgen um dich gemacht, dass sie unbedingt herkommen wollte. Hätte ich sie vielleicht alleine gehen lassen sollen?«

Seth antwortete nicht, grummelte nur etwas Verzweifeltes in seinen Bart und erhöhte das Tempo. Evangeline selbst raffte ihren Rock und lief neben ihm her. Später konnten sie immer noch ausdiskutieren, wer jetzt genau schuld an was war.

Währenddessen schlängelte sich Christie durch den Wald wie ein Reh und folgte einem Pfad, den nur sie zu kennen schien. Evangeline blieb dicht hinter ihr, obwohl ihr Atem sich deutlich beschleunigte. Doch es war das Schnaufen ihres Bruders, das ihr wirklich Sorgen bereitete. Als sie eine kleine Lichtung erreichten, packte sie ihre Freundin am Arm und hielt sie auf.

»Was ist los?« Christie versuchte sich loszumachen. »Wir sind fast da.«

»Seth.« Es brauchte nicht mehr als dieses eine Wort.

Erschrocken drehte Christie sich um.

Seth, blass, aber grimmig, kam taumelnd zum Stehen. »Es geht mir gut«, brachte er hervor. »Geht weiter.«

Christie legte einen Arm um ihn, doch er schüttelte sie ab. »Ich sagte doch, es geht mir gut. Geh!«

Sie zuckte zusammen, gehorchte jedoch. Als sie an Evangeline vorbeikam, beugte sie sich nahe an sie heran. »Geht es ihm wirklich gut?«

Evangeline wiegte ihren Kopf. »Er kann noch sprechen, also ist es noch nicht so schlimm. Wenn wir bald das Haus erreichen, sollte er es schaffen.«

Christie warf Seth noch einen Blick zu. Dann übernahm sie wieder die Führung, jetzt allerdings mit etwas geringerer Geschwindigkeit. Evangeline lief neben ihr her und hatte ein Ohr immer aufs Seths Atem gerichtet. Das Schnaufen wurde lauter, schwerfälliger, doch ihr Bruder hielt durch. Sie dankte Gott für seine Unterstützung und rannte weiter. Das Einzige, was Seth noch mehr hasste als sein Asthma, war, wenn man ihn wie einen Invaliden behandelte. Also versuchte Evangeline, möglichst unauffällig nach hinten zu schauen. Als dann aber endlich die Hütte in Sicht kam, war sie mehr als erleichtert.

Christie lief zur Tür, öffnete sie und blickte hinein, dann winkte sie ihnen. Evangeline lief vor und hielt Seth die Tür auf. Christie überließ es ihrer Freundin, diese wieder zu schließen und murmelte etwas davon, dass sie schnell einen Kaffee kochen würde. Eilig verschwand sie im Nebenraum.

Seth beugte sich vor und stützte seine Hände auf die Oberschenkel, senkte den Kopf und atmete langsam ein und aus.

Evangeline wusste, dass er versuchte, seinen Atem zu beruhigen, bevor seine Lungen krampften. Sie streichelte ihm über den Rücken und die Schultern, versuchte, seine Muskeln zu entspannen.

»Christie kommt bestimmt gleich mit dem Kaffee«, versicherte sie ihm. »Bald geht es dir besser.« Sie atmete langsam und tief ein und aus, was gar nicht so einfach war nach diesem schnellen Lauf. Zach atmete immer mit Seth mit, wenn er einen Anfall hatte, und jetzt versuchte sie dasselbe.

Seth richtete sich etwas auf und nahm seinen Revolver aus dem Holster. Er streckte ihn ihr hin, ohne die Augen zu öffnen. »Falls … Earl … kommt.«

Evangeline nahm die Waffe, ohne zu zögern, und steckte sie sich in den Rockbund. »Christie hat gesagt, dass er heute den ganzen Tag in der Destille sein müsste, damit er die Lieferungen für morgen vorbereiten kann.«

Seth brachte ein Nicken zustande, doch dann rang er wieder nach Luft.

Christie kam in den kleinen, schmuddeligen Raum zurück, der offensichtlich sowohl als Wohnzimmer als auch als Schlafzimmer diente. »Ich habe Wasser aufgesetzt und die Bohnen gemahlen.« Sie warf Seth einen Blick zu, dann schaute sie wieder zu Evangeline. »Kannst du das Pulver ins Wasser geben, wenn es kocht? Ich muss mich um die Kiste kümmern, von der wir gesprochen haben.«

»Natürlich.«

Christie löste ihre Augen nicht von Seth, als sie den Raum durchquerte und an die Tür trat, die hinter einem abgenutzen gelben Sessel lag. Sie biss sich auf die Unterlippe, dann riss sie die Tür auf und verschwand.

Seth blieb in der Mitte des Raumes zurück – zusammengesunken, mit geschlossenen Augen, alle Sinne darauf fokussiert, langsam ein- und auszuatmen. Sein Keuchen war weniger geworden, also wagte es Evangeline, in die Küche zu gehen und sich um den Kaffee zu kümmern.

Das Zischen des Wassers führte sie an den Herd, vorbei an Essensresten auf dem Tisch und einem Stapel schmutzigen Geschirrs im Waschbecken. Naserümpfend versuchte sie, nicht zu tief einzuatmen, während sie einen einigermaßen sauberen Löffel suchte. Notdürftig wischte sie ihn ab, obwohl ihm ein Bad im Spülwasser sicher nicht geschadet hätte. Vorerst musste das jedoch ausreichen. Jetzt kam es auf Schnelligkeit an, nicht auf Sauberkeit.

Sie nutzte ihren Rock gegen die Hitze und nahm den zischenden Kessel vom Herd. Dann stellte sie ihn auf den Tisch und warf das frisch gemahlene Kaffeepulver ins heiße Wasser.

Da der Kaffee kurz ziehen musste, trat sie an das kleine, schmutzige Fenster und warf einen Blick hinaus. Kaputte Werkzeuge und Arbeitsgeräte verunzierten den Garten. Ein Hühnerhaus, das eine gefährliche Schräglage aufwies, lehnte halb an einem alten Wagen – Moment: der Wagen!

Evangeline musterte den Wagen genauer. Ein alter Transportwagen, das Holz ganz verwittert, mit gefedertem Sitz. Keine Farbe, kein Schriftzug. Es war tatsächlich *der* Wagen, mit dem man Christie an den Fluss gefahren hatte.

Hier stand er, auf diesem Grund und Boden. Er musste also Earl gehören.

Konnte Logan sich geirrt haben? Konnte vielleicht doch Earl und nicht der Lehrer derjenige sein, der versucht hatte, Christie zu töten?

Evangelines Hände fingen an zu zittern und der Revolver in ihrem Rockbund drückte ihr unangenehm in den Rücken. Sie hätte Christie davon abhalten müssen hierherzukommen. Das war ein Fehler gewesen. Sie standen wahrscheinlich im Haus des Mannes, der versucht hatte, sie zu töten.

Evangeline wollte nicht länger warten, bis der Kaffee fertig war. Sie fand eine Schüssel mit Trinkwasser und goss es in die Kanne. Dann rührte sie um, damit sie Flüssigkeit sich abkühlte, und goss sie in eine Tasse.

Schnell trug sie den warmen Becher zurück ins Wohnzimmer und berührte ihren Bruder an der Schulter. »Hier, Seth. Trink.«

Er stolperte zu dem alten Sessel hinüber und ließ sich darauf fallen, dann setzte er die Tasse an die Lippen.

»Ich habe den Wagen gesehen«, brach es aus Evangeline heraus.

Seth nahm einen großen Schluck des Gebräus, dann sah er sie über den Rand hinweg an.

»Aus dem Küchenfenster«, sagte sie. »Es ist definitiv der Wagen, mit dem Christie an den Fluss transportiert wurde. Glaubst du …«

Die Vordertür wurde aufgestoßen und schlug gegen die Rückwand. »Ich wusste doch, dass du wieder auftauchen würdest, du Miststück. Hab schon nach dir gesucht.« Earl humpelte durch die Tür. Spucketropfen benetzten seinen ohnehin schon ungepflegten Bart. »Undankbares Wesen. Überlässt mir hier die ganze Arbeit. Du wirst meine Hand zu spüren bekommen, du kleines …« Seine Worte erstarben, als er Evangeline entdeckte. »Du bist nicht Christie.«

Evangeline zwang ihre Hände dazu, ruhig zu bleiben, als sie nach dem Revolver griff. »Stimmt.« Sie zog die Waffe und richtete sie langsam auf Earl. »Aber ich bin eine Freundin von ihr und ich werde nicht zulassen, dass Sie jemals wieder Hand an sie legen.« Hinter ihr erhob sich Seth.

Earls Augen wurden groß, dann verengte er sie zu schmalen Schlitzen. »Ihr seid hier eingedrungen.« Er machte einen wankenden Schritt nach vorne. »Verschwindet!«

Seth vertrat ihm mit flatternden Nasenflügeln den Weg. Niemand hätte vermutet, dass er sich gerade erst von einem leichten Asthmaanfall erholt hatte. Stolz und Vertrauen in ihren Bruder schenkten Evangelines Hand an der Waffe Sicherheit.

Die Aufmerksamkeit des alten Mannes richtete sich auf Seth. »Du auch«, brüllte er. »Raus hier!«

»Nein, Earl«, erklang eine leise Stimme vom Hinterzimmer

her. »Wir werden erst gehen, wenn wir das bekommen haben, weshalb wir hier sind.«

Earl taumelte zurück. »Christie. Du … du sprichst.« Sein Adamsapfel sprang auf und ab. »Aber ich dachte … ich dachte …«

Mit erhobenem Kinn trat Christie auf ihn zu. »Du dachtest, ich wäre eine tumbe Idiotin. Ich weiß. Aber das bin ich nicht. Ich bin taub, das ist alles. Mein Verstand dagegen ist wacher als deiner. Viel wacher.«

Earl funkelte sie an. »Was soll das, du respektlose, kleine …«

Wieder verstellte Seth ihm den Weg. »Ich an Ihrer Stelle würde auf meine Worte achten, Mister.«

Mit einem Kopfschütteln murmelte Earl irgendetwas Unverständliches in seinen Bart und wich noch weiter zurück.

»Wo ist Archie?« Christies Stimme wurde lauter, fordernder. »Ich will ihn zu mir nehmen, Earl. Ich will ihn aufziehen. Sag mir, wo du ihn hingeschickt hast. Das schuldest du Mutter – und du schuldest es mir.«

»Ich schulde dir gar nichts, du undankbare …« Sein Blick viel auf die verschlossene Truhe in ihren Händen. »Ach so ist das, ihr wollt mich ausrauben.« Er sah sie der Reihe nach an. »Ihr seid Diebe. Brecht hier ein und beklaut einen ehrlichen Mann. Ich bringe euch vor Gericht.«

Evangeline reckte die Schultern. »Das glaube ich kaum. Wer glaubt schon einem Mörder? Wenn, dann zeigen wir Sie an.«

»Wovon zum Teufel redest du da, Frau? Ich habe noch nie jemanden getötet.«

»Nein, aber Sie haben es versucht.« Evangeline ging einen Schritt auf ihn zu. »Ich habe Ihren Wagen im Hof gesehen. Mit genau so einem hat man Christie an den Fluss gefahren und versucht, sie zu ertränken. Der Mann, der das getan hat, verdient es, im Gefängnis zu verrotten.«

»Tja, das war ich aber nicht«, brüllte Earl. »Ich habe sie ein paarmal verprügelt, aber ich habe nie versucht, sie umzubringen. Das wäre doch totaler Quatsch. Ich brauche sie für meine Auslieferungen. Mit meinem verdammten Bein kann ich keine Meile mehr laufen.«

»Dann hat jemand anderes Ihren Wagen benutzt«, beharrte Evangeline.

»Den hat niemand mehr gefahren, seit …« Earls Augen wurden wieder groß. »Dieser schleimige Mistkerl! Der ruiniert mir noch mein Geschäft. Wenn ich Benson in die Finger bekomme, prügle ich ihn windelweich, diesen elenden Verräter.«

Evangeline Herz machte einen Satz. Das war der Beweis, den sie brauchten, um Benson dranzukriegen. Hier stand er vor ihnen, wütend und schnaubend wie ein wilder Bär. Earl war der Schlüssel! Er konnte gegen den Lehrer aussagen! Und nach seiner Wut zu urteilen, wäre er mehr als bereit dazu.

Sie warf Seth einen Blick zu, der ihr verstehend zunickte. Ihr Bruder trat einen Schritt vor, um den wilden Bären zu zähmen, doch bevor er etwas sagen konnte, zerriss eine laute Explosion die Luft.

Earl schrie auf. »Meine Destille!«

Ohne Warnung – und viel schneller, als man es einem Mann mit verkrüppeltem Bein zugetraut hätte – schoss er aus der Tür heraus und war verschwunden.

Seth verdrehte die Augen, tauschte die Kaffeetasse mit Evangelines Revolver und lief dem alten Mann hinterher.

Kapitel 34

Logan trieb Schamgar zum vollen Galopp an, als sie ein Stück Flachland erreichten. Die Achtmeilenstrecke nach Cooper, für die sie auf dem Hinweg knapp über eine Stunde gebraucht hatten, musste jetzt in einer halben geschafft werden. Und selbst dann mochte es für Seth vielleicht schon zu spät sein. Sie konnten nur beten – und reiten wie der Wind.

Schamgar reagierte gut auf die Befehle seines Reiters. Als ehemaliges Militärpferd war er darauf trainiert, lange Distanzen gut zu meistern. Hamiltons Reittier jedoch konnte kaum mithalten.

Als sie einen unwegsameren Abschnitt erreichten und das Tempo drosseln mussten, sah Logan sich im Sattel um. Sein Partner war zurückgefallen und das Pferd schäumte und ließ den Kopf hängen.

»Reiten Sie weiter«, rief Hamilton ihm zu. »Wenn ich Jack noch härter antreibe, reite ich ihn zuschanden.«

»Sind Sie sicher?« Es fühlte sich falsch an, Evas Bruder zurückzulassen.

Hamilton sah ihm trotz der Distanz zwischen ihnen fest in die Augen. »Helfen Sie meinem Bruder.«

Diese Worte überbrückten alle Barrieren, die noch zwischen den beiden Männern geherrscht hatten. Logan verstand ihn. Er verstand den Wunsch, die eigene Familie zu beschützen. Immerhin empfand er für seine Mutter genauso wie Hamilton für seine Geschwister.

»Das mache ich.« Sein Versprechen hing in der Luft. Es war entschieden.

Logan senkte das Kinn und presste seine Knie in Schamgars Flanken. »Zeit zu laufen, alter Junge. Seth braucht die Kavallerie.«

Zusammen rasten sie über Hügel und durch Wälder. Endlich

wurde die Landschaft vertrauter, als er sich Ben Franklin näherte. Noch etwas weniger als zwei Meilen …

Bumm!

Ein Kanonenschlag zerriss die Luft. Schamgar zuckte nicht einmal, doch Logan riss den Kopf herum, sodass er sich fast selbst aus dem Sattel katapultiert hätte.

Was, um Himmels willen, war das?

Logan verlangsamte Schamgar so weit, dass er die Umgebung absuchen konnte. Seine Augen flogen über den Horizont, um eine Erklärung für diesen lauten Knall zu finden. Es war nicht wirklich ein Kanonenschuss gewesen, so viel war klar, aber irgendetwas schien explodiert zu sein.

Dort! Eine Rauchsäule zwischen den Bäumen. Nordnordwestlich von ihm, nahe dem Schulhaus von Ben Franklin.

Sein Puls beschleunigte sich augenblicklich und pochte noch lauter in seinen Ohren als Schamgars Hufschläge. Über Schamgars Hals gebeugt betete Logan für Seth.

»Warte!«, schrie Christie, als der Mann, der die Antworten hatte, die sie brauchte, davonlief. Sie sah Evangeline an und ergriff ihren Arm. »Wir müssen ihm nach!«

Evangeline verschwendete keine Zeit mit einem Streit. Seth war momentan nicht in der Lage dazu, Earl alleine zu verfolgen. Er brauchte mehr Zeit, um sich von seinem Anfall zu erholen. »Lass mich den Rest des Kaffees mitnehmen. Seth wird ihn brauchen.«

Christie nickte. »Ich stelle die Kiste zurück unters Bett. Ich weiß, wo die Destille ist, deswegen besteht keine Gefahr, dass wir Earls Spur verlieren.«

Mit der Kaffeekanne in der einen und der Tasse in der anderen Hand, versuchte Evangeline, so ruhig wie möglich zu laufen, und streckte die Arme von sich, falls doch etwas von der braunen Flüssigkeit überschwappen sollte. Christie lief neben ihr her, doch Evangeline hätte ihre Führung nicht gebraucht. Eine dunkle, alttestamentarische Rauchsäule erhob sich zwischen den Bäumen. Doch diese Säule war alles andere als heilig. Selbst aus der Entfernung war der Gestank von verbrannter Getreidemaische klar wahrnehmbar.

Seth würde dort niemals atmen können.

Sie musste unbedingt zu ihm gelangen und ihn schützen, egal ob ihm das gefiel oder nicht. Genau wie im Schulhaus, als sie ihn vor Benson gewarnt hatte – um Himmels willen! Benson!

Evangeline streckte die Hand vor Christies Brustkorb aus, in der sie die Tasse hielt. Die junge Frau stöhnte und blieb taumelnd stehen.

»Was ist?«

»Das ist eine Falle.« Evangeline starrte nach vorne in den dunklen Rauch. Der Rauch, der den Mann verbergen würde, der ihre Freundin tot sehen wollte. Sie suchte die Umgebung ab und entdeckte eine Ansammlung von Pekannussbäumen. »Schnell, komm mit. Dorthin.«

Evangeline hatte jetzt keine Zeit für Erklärungen und führte Christie zu dem kleinen Hain, indem sie sie mit der Schulter in die richtige Richtung schob.

Als sie hinter den Bäumen standen, stellte Evangeline die Kaffeekanne ab und ergriff ihre Freundin bei den Armen. »Benson will deinen Tod. Wir wissen, dass er hier ist. Wir haben ihn gesehen, daher ist es gut möglich, dass er uns ebenfalls gesehen hat. Vielleicht hat er die Destille in die Luft gejagt, um uns anzulocken. Vielleicht versteckt er sich hier irgendwo und wartet nur auf dich, genau wie bei uns zu Hause.«

Christies grüne Augen funkelten voller Panik. »Aber Seth!«

»Ich laufe ihm nach, aber du bleibst hier. Versteck dich. Das ist unsere einzige Chance.« Christie schüttelte den Kopf, doch Evangelines Griff um ihre Arme wurde fester. Sie würde nicht zulassen, dass ihrer Freundin irgendetwas zustieß. »Benson ist nicht hinter mir oder Seth her. Aber wenn er dich sieht, wird er genau wissen, was los ist. Und er wird wieder versuchen, dich aus dem Weg zu räumen.«

»Aber Seth …«

»Ich schicke ihn zu dir«, unterbrach Evangeline sie. »Halte den Kaffee bereit. Wenn er in diesem Rauch war, werden seine Lungen heftig reagieren. Er muss genau wissen, wo er dich findet. Ich erzähle ihm von diesen Bäumen hier, aber du darfst dich auf keinen Fall von hier wegbewegen, verstanden?«

Christie reckte die Schultern und nickte.

»Gut. Dann pass auf dich auf.«

Ohne die Kaffeekanne flog Evangeline über den Pfad durch den Wald. Je weiter sie kam, desto dichter wurde der Rauch. Was als leichter Nebel begonnen hatte, wurde mit jedem Schritt undurchdringlicher.

Dann hörte sie das Geräusch, das sie mehr als alles andere auf der Welt hasste: abgehacktes, gequältes Husten. Sie entdeckte Seths hellbraunes Hemd durch die Bäume hindurch. Er stand vornübergebeugt da, hatte sich sein Taschentuch vor das Gesicht gebunden und krallte eine Hand an seinen Hals.

»Seth!« Sie lief auf ihn zu, schlang ihre Arme um ihn und versuchte ihn in die Richtung zu ziehen, aus der sie gekommen war.

»Earl … ich … konnte … nicht …« Sein Körper erzitterte unter einem erneuten Hustenanfall.

»Mach dir keine Sorgen um Earl. Ich laufe ihm nach.«

Er schüttelte den Kopf. »Nein. Zu … gefährlich … Benson …«

»Benson will Christie und die steht alleine etwa einhundert Meter weit weg bei einer Gruppe Pekannussbäume. Lauf zu ihr, Seth.« Wenn sie Christie dazu hatte bringen können, bei den Bäumen zu warten, konnte sie Seth auch dazu überreden, zu ihr zu gehen. »*Sie* ist in Gefahr, nicht ich.«

Er legte den Kopf schief und warf ihr einen Blick zu, der ihr sagte, dass er genau wusste, was sie vorhatte. Natürlich hatte er viel mehr Erfahrung darin, Evangeline zu durchschauen, als

Christie es hatte, aber er konnte auch nicht die Wahrheit in ihren Worten wegargumentieren.

»Du kannst hier nichts ausrichten, Seth.« Wenn er sich nicht durch freundliche Worte überzeugen ließ, musste sie eben mit härteren Bandagen kämpfen. »Der Rauch ist viel zu dicht für dich und deine Lunge ist zu schwach, auch wenn dein Dickkopf das nicht wahrhaben will.« Wieder schüttelte ihn ein Hustenanfall. Sie hob eine Augenbraue. »Geh zu Christie. Pass auf sie auf. Beruhige deine Lunge. Vertrau mir. Ich verstecke mich und nutze den Rauch als Deckung. Ich werde mich in nichts einmischen, versprochen. Aber ich behalte Earl im Blick.« Sie legte ihm eine Hand auf den Arm. »Wir brauchen ihn, Seth. Er kann gegen Benson aussagen, weißt du.«

Seth mochte starrköpfig sein, aber er war nicht dumm. Mit einem knappen Nicken richtete er sich auf und seine Hand fuhr an sein Holster. »Hier«, sagte er mit kratziger Stimme und reichte ihr die schwere Schusswaffe. Sie griff danach, doch er hielt das Gerät noch kurz fest. »Pass auf … dich auf.«

»Das mache ich«, versprach sie und die Liebe und Angst im Gesicht ihres Bruders stachen mehr in ihrem Brustkorb als der Rauch. Spontan zog sie Seth an sich, dann klopfte sie ihm fest auf die Schulter. »Geh.«

Ihr Herz füllte sich mit Erleichterung, als er sich endlich umdrehte und taumelnd davonlief, weg vom Rauch.

Evangeline hob ihren Rock und zerrte am Unterrock. Der Saum war, dank ihrer regelmäßigen Spaziergänge mit Hessy, ohnehin ausgefranst, also wäre es kein Problem, ein Stück Stoff herauszureißen. Mit beiden Händen zog sie daran, bis sie schließlich einen Streifen in ihren Händen hielt, den sie sich um Mund und Nase binden konnte. Sofort lief sie tiefer in den Wald hinein.

Innerhalb weniger Minuten hörte sie Earls raue Stimme durch die Bäume.

»Du hast meine Destille zerstört! Ich werde dich hängen lassen!«

»Schwarzbrennerei ist illegal, mein Freund.« Eine andere Stimme. War es Benson? »Ich habe der Gemeinde nur einen Gefallen getan.«

Evangeline schlich leise weiter und bewegte sich langsam von Baum zu Baum, um einen sicheren Beobachtungsposten für diese Auseinandersetzung zu finden. Ihre Augen brannten von dem schrecklichen Rauch, als sie um einen Baumstamm herumspähte. Ungeduldig wischte sie sich mit dem Handrücken über das Gesicht.

Earl stand mit dem Rücken zu einem Haufen Trümmern, die vor sich hin kokelten.

Ein anderer Mann stand ihm gegenüber. Ein Mann im schwarzen Anzug, mit einer glänzenden Glatze. Und einem Gewehr.

»Sie werden mir danken, dass ich Ihre Stadt von dir befreit habt«, argumentierte der Mann mit kultivierter Stimme. Er war ruhig, selbstbewusst und kontrolliert. Nicht einmal der Rauch schien ihm etwas auszumachen. »Du bist der Kriminelle, nicht ich.«

Earl humpelte vorwärts, hustete und spuckte aus. »Ich glaub, das sehen die Leute anders, wenn sie erfahren, dass du versucht hast, meine Stieftochter umzubringen.«

Stille erfüllte die Luft.

Earl wollte seinen Vorteil offenbar nutzen. »Sie kann reden. Das wusstest du nicht, was? Sie hat mir erzählt, was du getan hast. Wie du sie an den Fluss gebracht hast. Und das mit meinem Wagen.«

Evangeline zuckte zusammen. *Hör auf zu reden!* Der Idiot gab viel zu viel an Informationen preis. Er brachte Christie noch mehr in Gefahr, als sie es ohnehin schon war.

Doch Earl plauderte weiter, als wären ihm die Konsequenzen vollkommen egal. »*Du* bist hier der Verbrecher, Benson. Du wirst hängen.«

»Das glaube ich kaum.«

Innerhalb eines Augenblickes riss der Lehrer das Gewehr hoch und drückte ab. Earl ruckte nach vorne, griff sich an den Bauch und fiel zu Boden.

Evangeline zuckte bei dem lauten Knall zusammen und presste sich die Hand auf den Mund, als Earl zusammenbrach. Mit weit aufgerissenen Augen starrte sie schockiert auf die Szene vor sich. Vor lauter Schreck achtete sie auch nicht auf ihre Atmung und der Rauch erfüllte ihre Lunge. Trotz der Hand auf ihrem Mund musste sie husten.

»Wer ist da?«, schnappte Benson.

Tränen brannten in ihren Augen, als Evangeline versuchte, das Husten zu unterdrücken. Es war unmöglich. Wieder hustete sie. Und dann noch einmal.

Sie presste die Lippen zusammen, zog Seths Revolver aus dem Holster und umklammerte ihn mit beiden Händen.

Schritte näherten sich ihrem Versteck, während Earl stöhnend und fluchend am Boden lag.

»Sind Sie das, Miss Christie?« erklang Bensons Stimme. Sie war sehr nahe bei ihr. »Sie haben mir ziemliche Schwierigkeiten gemacht, meine Liebe.«

Er kam noch näher.

Sollte sie weglaufen? Oder in ihrem Versteck bleiben? *Gott, was soll ich nur tun?*

Kapitel 35

Logan blieb nur so lange am Schulhaus, bis er erkannt hatte, dass Seth nicht hier war, dann stieg er wieder auf und ritt in die Richtung, in der sich die Rauchsäule befand. Es war dieselbe Richtung, aus der Earl gekommen war, als er seinen Schwarzgebrannten hier deponiert hatte.

Beeil dich, spornte er sich selbst an. *Schneller*.

Er schmiegte sich an Schamgars Hals und trieb ihn wieder zum Galopp an. Als er an einer kleinen, heruntergekommenen Hütte ankam, zügelte er sein Pferd.

»Hallo? Ist da jemand im Haus?«

Keine Antwort.

»Seth?«, rief er, als er Schamgar in einem Kreis herumführte.

Reite! Die innere Stimme verlangte Gehorsam und Logan reagierte ohne zögern. Er lenkte Schamgar weiter in Richtung der Rauchsäule, musste das Tempo aber verringern, als der Wald immer dichter wurde.

Nachdem er ein paar Minuten unterwegs war, bemerkte er im linken Augenwinkel eine Bewegung. Eine Frau, die mit den Armen über dem Kopf winkte. Er kniff die Augen zusammen. Stand dort Christie?

Sein Herz setzte aus. Wenn Christie hier war, bedeutete das …

»Eva!« Er lenkte Schamgar nach links und riss dann so vehement an den Zügeln, dass Schamgar erbost schnaubte. *Entschuldige, alter Junge*. Dann sprang er aus dem Sattel, bevor sein Pferd auch nur die Chance hatte, stehen zu bleiben. »Wo ist sie«, schrie er die taube Frau an. »Wo ist Eva?«

»Komm«, sagte sie, schnappte sich seinen Arm und zog ihn in Richtung eines Pekannussbaumes. »Du musst erst helfen. Er ist zu schwer für mich.«

Er? Logan musste Eva finden. Alles andere war ihm egal.

Dann sah er Seth, der mit blauen Lippen an einem Baumstamm kauerte. Sein rasselnder Atem erfüllte die Luft.

»Ich muss ihn hier wegbringen, aber er ist zu schwach zum Laufen.« Christies Stimme brach. »Bitte.«

Eva würde es ihm niemals verzeihen, wenn er ihren Bruder im Stich ließ. Verdammt, er würde sich das selbst nicht verzeihen. Logan bückte sich, ergriff Seths Arm und legte ihn sich um die Schulter. Dann zerrte er den Mann mit einem Ächzen auf die Beine und schleppte ihn zu Schamgar hinüber.

Er blickte in Christies Richtung. »Halt das Pferd ruhig.« Zwar würde Schamgar bestimmt nicht scheuen, aber die junge Frau sah aus, als bräuchte sie irgendetwas zu tun. In heller Aufregung lief sie neben ihm her.

Seth richtete sich genug auf, um nach dem Sattelhorn zu greifen, und schwang sich zitternd in den Sattel. Bevor Logan auch Christie beim Aufsteigen helfen konnte, griff Seth nach seinem Handgelenk.

»Evie ... im Wald ... Schuss ... Benson.«

Logans Blut wurde kalt. Doch er nickte Seth ruhig und versichernd zu. »Ich finde sie.«

Dann wurde Seth ohnmächtig. Er brach auf Schamgars Rücken zusammen.

Logan fuhr herum und hob Christie hinter Seth. Je schneller sie von hier verschwanden, desto schneller konnte er nach Eva suchen.

»Wie weit ist die Destille?«, wollte er von der jungen Frau wissen, als er ihr die Zügel in die Hand drückte.

Sie schlang den einen Arm um Seth, während sie geradeaus nickte. »Keine hundert Meter weiter. Im Dickicht.«

Logan zog das Gewehr aus der Halterung am Sattel, dann führte er Schamgar herum, sodass der Wallach in Richtung der alten Hütte stand. Mit einem Schlag auf das Hinterteil schickte er sein Pferd mit Seth und Christie auf dem Rücken in Richtung Sicherheit. Dann wirbelte er herum und lief in den Rauch hinein.

Evangeline hielt den Revolver mit zitternden Händen an die Brust gedrückt, den Lauf gen Himmel gerichtet, und lehnte sich zwischen den beiden Eichen leicht vor. Sie drückte ihren Bauch so dicht wie möglich an den Stamm. Auf keinen Fall würde sie einfach loslaufen, ohne zu wissen, wo ihr Widersacher stand. Sein gelegentliches Husten sagte ihr, dass er sich irgendwo zu ihrer Rechten befand, aber sie konnte nicht abschätzen, wie nahe er ihr war.

Noch etwas weiter beugte sie sich vor, bis sie an dem Stamm vorbeischauen konnte. Augenblicklich zuckte sie zurück. Gütiger Himmel! Benson stand keine drei Meter von ihr entfernt. Davonzulaufen war definitiv keine Option.

Doch sich weiter zu verstecken, würde auch nichts bringen. Es war nur eine Frage der Zeit, bis er sie hier entdecken würde.

Das ließ ihr nur eine Möglichkeit. Sie musste den ersten Schritt machen.

Kurz schloss sie die Augen, um den Mut zu diesem Schritt zu finden. *Herr, hilf mir.*

Dann, mit tränenden Augen und brennenden Lungen, trat sie aus ihrem Versteck heraus und richtete den Revolver auf die Brust des Lehrers. »Stehen bleiben!«

Der Befehl wäre zweifellos überzeugender gewesen, wenn er aus mehr als einem erbärmlichen Krächzen bestanden hätte. Glücklicherweise gehorchte ihr Körper ihr besser als ihre Stimme, denn ihre Finger um die Waffe zitterten nicht.

Benson zuckte nicht im Mindesten zusammen. Er wandte sich langsam um … und lächelte breit. »Ah, Miss Hamilton. Sie sind wirklich mutig.«

»Werfen Sie das Gewehr weg!« Dieser Befehl wirkte schon überzeugender. Sie machte sogar eine kleine Bewegung mit dem Revolver, um ihm die Richtung anzuzeigen.

»Das glaube ich kaum.«

Es war dieselbe Antwort, die er Earl gegeben hatte, kurz bevor er auf ihn geschossen hatte. Evangeline schluckte und verengte die Augen. »Sofort!«, schnappte sie. Sie durfte nicht zulassen, dass er sie für schwach hielt.

Doch er schien sich seiner Sache ziemlich sicher zu sein, denn er schüttelte grinsend den Kopf und hob sein Gewehr leicht an. »Sie werden mich nicht erschießen. Dazu haben Sie nicht den Mumm.«

Hatte er recht? Wahrscheinlich. Allein bei dem Gedanken drehte sich ihr schon der Magen um. Doch sie durfte ihn auf keinen Fall gewinnen lassen, denn dann würde er sie einfach erschießen und weiter nach Christie suchen.

Sie spannte den Hahn. Dieses Mal zuckte ihr Gegner zusammen. Genugtuung machte sich in ihr breit und sie richtete sich noch weiter auf, als er sein Gewehr wieder sinken ließ.

»Das ist meine letzte Warnung«, knurrte sie ihn durch das Tuch hindurch an. Sie kam sich schon vor wie eine echte Banditin. »Und jetzt werfen Sie das Gewehr weg.«

Leider reagierte der Lehrer nicht wie erhofft auf diese Aufforderung, sondern grinste sie wieder an. »Nein.«

Natürlich sagte er *Nein*. Er hatte vor ein paar Minuten, ohne mit der Wimper zu zucken, auf Earl geschossen.

Das Gewehr wanderte langsam in Richtung seiner Schulter. »Sie werden mich nicht erschießen«, spottete er.

Ihr Finger schwebte über dem Abzug, doch sie war wie erstarrt. Himmel! Er hatte recht. Sie konnte es nicht. Sie konnte niemanden erschießen.

Triumphierend grinste Benson und legte das Gewehr an. »Ihr Herz ist viel zu weich.«

»Aber meins nicht!«, dröhnte plötzlich eine Stimme.

Evangeline warf sich zu Boden und ein Schuss zerriss die Luft.

Benson schrie auf und lief davon.

»Eva!« Schritte auf dem Waldboden. Dann kniete plötzlich Logan neben ihr und seine starken Hände legten sich an ihre

Schultern. »Geht es dir gut?« Seine wunderbaren grauen Augen richteten sich sorgenvoll auf ihr Gesicht.

Wie gerne hätte sie sich jetzt an ihn geschmiegt! Wie gerne hätte sie Schutz in seinen starken Armen gesucht, bis sich ihre Nerven beruhigten und ihr Herz wieder gleichmäßig schlug. Doch dafür war jetzt nicht die richtige Zeit. Es stand zu viel auf dem Spiel.

Während sich Evangeline aufrappelte, zog sie sich das improvisierte Tuch vom Mund. »Es geht mir gut. Lauf ihm nach.« Sie schob ihn von sich weg. »Er hat Earl angeschossen. Wenn du ihn erwischst, können wir ihn vor Gericht bringen. Ich habe genau gesehen, was passiert ist.«

Logan sah in die Richtung, in die Benson davongelaufen war, dann zurück zu ihr. Offenbar war er ganz und gar hin- und hergerissen.

»Lauf!« Sie zog sich von ihm zurück und richtete sich zu ihrer vollen Größe auf. Langsam lichtete sich der Rauch und sie konnte wieder freier atmen.

Noch immer zögerte Logan. »Was ist mit Earl?« Das Stöhnen des Mannes war kaum noch zu hören.

»Benson hat ihn in den Magen getroffen.« Evangeline ging auf Christies Stiefvater zu. »Ich tue, was ich kann, aber ich glaube nicht, dass er es überleben wird.« Sie nickte in die Richtung, in die der Lehrer verschwunden war. »Geh, Logan. Schnapp dir Benson, damit er seine gerechte Strafe erhält.«

Dieser wunderbare Mann sah sie noch einen Augenblick lang an, dann fuhr er herum und lief dem fliehenden Mann nach.

Evangeline lief derweil zu Earl und kniete sich neben ihn. Überall war Blut. Es sammelte sich bereits unter seinem korpulenten Körper und strömte ihm über die Hände, obwohl er verzweifelt versuchte, es aufzuhalten. Doch er hatte keine Chance. Die Verletzung war zu schwer.

Mit glasigen Augen starrte Earl sie jetzt an. »Nimm ihn«, krächzte er.

»Was?« Evangeline sah sich um, konnte jedoch nicht erkennen, was er meinte.

Alles war voller Blut. *Gütiger Gott.* Sie musste ihm helfen. Schnell raffte sie ihren Rock, fand eine relativ saubere Stelle an ihrem Unterrock und presste den Stoff fest auf Earls Bauch. Durch das ganze Blut konnte sie unmöglich erkennen, wo die Verletzung eigentlich war. Der Anblick ließ sie schwindeln, doch sie schüttelte den Kopf. Es war wichtig, sich jetzt zu konzentrieren. Sie musste einem Verletzten helfen.

Offensichtlich hatte er schreckliche Schmerzen. Evangeline traten die Tränen in die Augen. Rotes Blut strömte über ihre Finger. Sie starrte auf die Flüssigkeit und ihr Magen drehte sich um. Zwar hatte sie geahnt, dass der Schwarzbrenner es nicht schaffen würde, aber sie war nicht vorbereitet gewesen auf … so etwas.

»Hör auf … mit dem Quatsch, Mädchen.« Er hob seine Hand und tätschelte die ihre kraftlos. »Für mich … war es das. Nimm ihn«, sagte er wieder. »Gib ihn … Christie.«

Evangeline runzelte die Stirn. »Was?«

Langsam, mit schmerzverzerrtem Gesicht und einem Stöhnen, hob Earl die Hand an die Brust und griff unter sein Hemd. »Den … Schlüssel.«

Er zog daran, doch er bekam ihn nicht los. Seine Kräfte hatten schon zu stark abgenommen. Resigniert schloss Earl seine Augen.

Evangeline kannte diesen Mann kaum und mochte ihn noch viel weniger, doch trotzdem litt sie mit ihm. Sie konnte seine verzweifelten Versuche nicht einfach ignorieren, also griff sie mit zitternden Händen nach dem Band um seinen Hals und streifte es ihm über den Kopf. Dann legte sie Earl vorsichtig wieder ab.

»Sag ihr … dass sie … recht hatte.« Earl suchte Evangelines Blick. Sein Atem ging stoßweise. »Ich … schulde es ihr. Archie ist … in Longview. Bei … meiner Schwester. Sie hat ihn … für Geld … aufgenommen. Wenn sie nichts … mehr bekommt … wird sie ihn … loswerden wollen.« Ein Husten ließ seinen geschundenen Körper erbeben und Blut spritzte über seine Lippen.

Evangeline legte den Schlüssel beiseite und drehte Earls Kopf ein wenig, damit er leichter atmen konnte. Als er sich etwas beruhigt hatte, fanden seine Augen wieder die ihren.

»Es gibt Briefe … und Bücher. In der … Kiste. Benson ist … nicht so schlau … wie er denkt. Bringt ihn … zur Strecke.«

Evangeline schniefte und nickte knapp. Mit ihrem sauberen Handrücken rieb sie sich über die Augen. »Das tun wir«, versprach sie. »Er wird niemandem mehr etwas antun.«

Earl schloss die Augen. »Gut«, murmelte er und seine Worte klangen verwaschen. »Er soll … dafür bezahlen … dass er … meine Destille … zerstört hat.«

Sein Körper erschlaffte und er hörte auf zu atmen. Evangeline beugte sich über ihn und weinte um das Leben, das so brutal beendet worden war. Sie weinte um Christies willen, die ein weiteres Familienmitglied verloren hatte. Auch wenn es sich um solch einen jämmerlichen Charakter gehandelt hatte, der sich mehr um seine Destille als um seine Stieftochter gesorgt hatte.

Doch Earl war trotz allem nicht vollkommen herzlos gewesen. Er hatte Evangeline den Schlüssel gegeben und ihr Archies Aufenthaltsort genannt. Vielleicht hatte tief in ihm doch ein Funken Anstand gesteckt.

Du kennst sein Herz, Herr. Evangeline legte eine Hand auf Earls Schulter. *Hab Erbarmen mit seiner Seele.*

Sie nahm den Schlüssel, den Earl ihr mit seinem letzten Atemzug überlassen hatte, und erhob sich. Dann streifte sie den Unterrock ab und wischte ihre blutverschmierten Hände daran ab. Angewidert warf sie den Stoff weg, blickte noch ein letztes Mal auf den Toten und schaute dann in die Richtung, in die Logan verschwunden war.

Schütze ihn, starker Gott. Halte deine Hand über ihn. Ein schreckliches Schicksal war genug für heute.

Schließlich steckte sie den Schlüssel in ihre Tasche und machte sich auf den Rückweg zu Earls Hütte. Bei jedem Schritt betete sie dafür, dass der Allmächtige für Gerechtigkeit sorgen würde.

Kapitel 36

Logan eilte durch den Wald. Er hielt Ausschau nach Benson und hatte die Ohren gespitzt, um auf die Schritte seines Gegners oder andere verdächtige Geräusche zu lauschen. Das gelegentliche Husten seines Widersachers hatte ihm längere Zeit den Weg gewiesen, doch jetzt, wo der Rauch verflogen war, konnte Logan den Mann nicht mehr so ohne Weiteres aufspüren.

Benson schien sich nach Süden absetzen zu wollen, doch er hatte schon so oft die Richtung gewechselt, dass Logan sich nicht sicher sein konnte.

Er blieb kurz stehen, um sich umzuhören, doch es waren keine ungewöhnlichen Geräusche zu vernehmen. Dann wandte er den Blick nach Südosten. Würde Benson vielleicht nach Ben Franklin fliehen, wo die Stadtbewohner eine Konfrontation zwischen den Männern erschweren würden? Logan wandte sich nach Südwesten. Oder würde er zur Schule zurückkehren, die Beweise einsammeln, die ihn belasten könnten, und dann das Weite suchen? Logan stieß frustriert den Atem aus. Vielleicht hatte dieser listige Fuchs auch irgendwo im Wald ein Pferd versteckt und einen völlig anderen Fluchtplan. Letztlich konnte Logan nur Vermutungen anstellen.

Da er davon ausging, dass er in diesem Falle ein Pferd gehört hätte, entschloss er sich schließlich dazu, nach Südwesten zu laufen. Das Schulhaus bot immerhin sofortigen Schutz. Und wenn Benson in die Stadt fliehen würde, gäbe es zu viele Zeugen, die ihn auf seiner Flucht beobachten könnten.

Als Logan sich endlich der Schule näherte, floss ihm der Schweiß in Strömen den Körper hinab. Der dickliche Lehrer war rüstiger, als er erwartet hätte, das musste Logan ihm lassen. Andererseits schüttete solch eine Flucht natürlich viel Adrenalin aus und schenkte einem Mann ungeahnte Kräfte.

Jetzt fiel Logan das Gewehr wieder ein, das Benson bei sich trug, und er duckte sich instinktiv in den Schutz der Bäume. Da zerriss auch schon ein Schuss die Luft. Doch er schien nicht auf ihn gerichtet gewesen zu sein, denn er klang viel zu dumpf. Mit dem eigenen Gewehr im Anschlag lugte Logan vorsichtig um den Abort herum. Dabei drückte er sich dicht an die Wand, um eine möglichst geringe Angriffsfläche zu bieten.

Plötzlich flog die Schultür auf und ein schwarz gekleideter, kahlköpfiger Mann segelte in hohem Bogen hindurch, rollte die Stufen hinab und blieb im Staub liegen. Ein dunkler Racheengel folgte ihm auf dem Fuße. Mit wutverzerrtem Gesicht trat Zacharias Hamilton das Gewehr weg, das Benson wohl auf ihn abgefeuert hatte, und schritt langsam auf ihn zu.

Benson krabbelte jammernd auf allen vieren davon, wie ein zu dick geratener Käfer. Hamilton krallte seine Finger in das Hemd des Lehrers und riss den kläglich dreinschauenden Mann auf die Beine. Die freie Hand ballte er zur Faust und erhob sie drohend zum Schlag.

»Wo ist mein Bruder?«, knurrte er.

Benson schüttelte angsterfüllt den Kopf. »Ich weiß es nicht«, winselte er. Der arrogante Fiesling, der keine halbe Stunde zuvor noch einen Mann erschossen hatte, wimmerte nun, da er einem unerschütterlichen Gegner gegenüberstand, wie ein Schwächling.

Hamiltons Faust traf Benson am Unterkiefer. Dessen Kopf flog zur Seite und der Lehrer landete erneut im Staub.

»Wo ist mein Bruder?« Dieses Mal war die Frage ein Schreien.

Logan grinste. Man sollte meinen, dass einem Lehrer die Konsequenzen einer falschen Antwort bewusst waren. Doch Benson duckte sich nur in den Schmutz und schüttelte den Kopf, als könne er so den Mann beruhigen, der über ihm aufragte.

Angeekelt von dem widerlichen Kerl im Straßenstaub trat Logan aus dem Schatten des Toilettenhäuschens, als Zacharias gerade seine Faust zu einem weiteren Schlag erhob. »Seth ist in Earls Hütte.«

Augenblicklich ließ Zacharias von Benson ab und wandte sich um, als Logan auf ihn zukam.

»Er hat ziemlich zu kämpfen«, erklärte er. »Der viele Rauch hat ihm zugesetzt. Aber Christie ist bei ihm und Eva hoffentlich auch.«

Logan hatte sie nur ungern bei dem sterbenden Mann zurückgelassen. Äußerlich hatte sie stark gewirkt, doch jemanden bei seinen letzten Atemzügen zu begleiten, war nicht ohne. Er wusste, wie mitfühlend Eva war und dass ihr sanftes Herz mit Sicherheit darunter leiden würde.

Zacharias zerrte nun Benson auf die Beine. »Wo ist Evie?«

»Bei Earl.« Logan nickte in Richtung des Lehrers. »Benson hat ihn erschossen. Sie ist Zeugin dafür. Und ich habe gesehen, wie er sie ebenfalls mit seinem Gewehr bedroht hat.«

Zacharias' Augen wurden schmal und er rammte Benson seine Faust an die Stirn. Der Lehrer verdrehte die Augen und sackte bewusstlos in sich zusammen.

Logan beobachtete, wie Zacharias den Übeltäter in den Staub fallen ließ, wo er hingehörte. »Na wunderbar. Jetzt muss ich ihn zum Marschall *tragen*.«

»Ich überlasse dir gerne mein Pferd«, sagte Zacharias trocken.

Logan zuckte mit den Schultern. »Sehr freundlich.«

»Er hat diesen Schlag verdient.«

»Jepp«, stimmte Logan ihm zu. »Mehr als das.«

Dann knurrte Zacharias: »Seth?« Suchend blickte er sich um.

»Es gibt einen Pfad, der von hier aus nach Norden führt« erklärte Logan und zeigte am Toilettenhäuschen vorbei. »Auf ihm kommst du direkt zu Earls Hütte. Ich bringe Benson zum Marschall, dann informiere ich den Bestatter, damit er Earl abholt.«

Zacharias griff in seine Jacke und holte zwei dünne Büchlein hervor. »Als ich in die Schule kam, hatte Benson gerade eine Bodendiele angehoben. Die hier lagen darunter versteckt.«

Logan starrte die Kontobücher an und sein Puls beschleunigte sich. Das war der Beweis, den sie brauchten!

»Gegen ihn auszusagen ist schön und gut«, sagte Zacharias, »aber handfeste Beweise können auch nicht schaden. Eine Schlange wie Benson windet sich immer wieder heraus, wenn man nicht aufpasst.«

Logan nahm die Bücher an sich und steckte sie in seinen Hosenbund. »Ich erkläre dem Marschall, was es damit auf sich hat.« Er sah Zach an. »Sag Eva bitte, dass ich so schnell wie möglich zurückkomme.«

Zacharias nickte.

Noch war zwischen ihnen nicht alles gesagt, aber immerhin trennten sie keine Abgründe mehr. Um Evas willen – und auch für sein eigenes Seelenheil – würde Logan die Brücke zwischen ihnen weiterbauen und er hoffte, dass Zach es ebenso halten würde.

Sein früherer Erzfeind und zukünftiger Schwager wandte sich um und lief in den Wald hinein, während Logan den Lehrer auf die Beine hievte.

»Also gut, Benson«, ächzte er, als er sich den Mann über die Schulter warf, »Zeit, die Zeche zu zahlen.«

Zwei Stunden später – wer hätte gedacht, dass er seine Aussage beim Marschall schriftlich verfassen und dass man den Bestatter erst beim Barbier suchen musste? – war Logan endlich wieder im Wald angekommen, wo Earls Leichnam lag. Der Marschall hatte noch weitere Fragen zu den Ereignissen. Deshalb begleitete er Logan zu der Hütte, während der Bestatter sich mit seiner Fracht auf den Rückweg in die Stadt machte.

Der Gesetzeshüter befragte die Hamiltons und auch Christie, die den beiden Kontobüchern von Benson noch ein weiteres von Earl hinzufügen konnte. Anscheinend hatte der Schwarzbrenner auch darüber Buch geführt, welche Lieferungen er an den allseits angesehenen Lehrer, die angeblich so moralische Säule der Stadtgemeinschaft, getätigt hatte.

Zum Glück hatte sich Seth so weit erholt, dass er seine Version der Geschichte erzählen konnte – doch erst Evas detaillierte Beschreibung von Earls Ermordung vertrieb den letzten Funken Zweifel aus den Augen des Marschalls. Als dieser schließlich nach Ben Franklin zurückritt, war er so wütend, dass er versprach, sofort eine außerordentliche Stadtverordnetenversammlung einzuberufen. Neben dem Schulamt und seiner Investmentgruppe gab es genug andere Leute, die Benson hinter Gitter sehen wollen würden, wenn sie von seinen Taten erfuhren.

Doch so befriedigend das alles auch war, Logan konnte nicht zur Ruhe kommen. Der Kummer in Evas Augen machte ihn schier krank. Sie hatte heute schreckliche Dinge erlebt und obwohl sie nach außen hin stark wirkte und allen versicherte, dass es ihr gut ging, spürte Logan doch, dass ihre Seele Schaden genommen hatte.

Plötzlich hatten es alle eilig, diese trostlose Hütte hinter sich zu lassen, und stiegen auf ihre Pferde. Christie und Seth ritten gemeinsam auf einem von Earls Zugpferden, während sie auf das andere Earls Tresor und einen Sack mit den wenigen Habseligkeiten geladen hatten, die Christie mit in ihr neues Leben nehmen wollte – zwei Kleider, eine Haarbürste, eine Bibel und eine Fotografie ihrer Eltern an ihrem Hochzeitstag. Zacharias saß auf Jack und schaute fragend in Richtung Logan.

»Reitet schon mal vor.« Logan winkte. »Wir treffen uns bei euch zu Hause.«

Zacharias runzelte kurz die Stirn, als wollte er widersprechen. Doch dann verzog sich sein Mund zu einem Lächeln und er nickte.

Mit dieser knappen Bewegung hatte er Logan sein Vertrauen ausgesprochen – widerwillig zwar, aber doch von Herzen.

Logan hielt Zacharias' Blick stand und versicherte ihm stumm seine Ehrenhaftigkeit, dann blickte er den drei Pferden und ihren Reitern hinterher.

Eva stand schweigend neben ihm und streichelte Schamgars Hals. Ihren Kopf hielt sie gesenkt und ihre Schultern wirkten eingefallen. Zärtlich legte er seine Hand an ihre Hüfte und drehte sie zu sich herum. Zwar wehrte sie sich nicht, doch noch immer hatte sie ihre wunderschönen Augen auf den Boden gerichtet.

»Eva«, bat er sie. »Schau mich an.«

Erst hob sie ihr Kinn, dann auch die Augenlider. In ihrem Blick lagen Unsicherheit und eine tiefe Verletzlichkeit.

»Ist es wirklich vorbei?«, flüsterte sie.

Logan zog sie an sich und streichelte ihr mit der Hand durchs Haar. »Ja, Geliebte. Es ist vorbei. Christie ist in Sicherheit und Benson hinter Schloss und Riegel. Alles …«

Da presste sie sich so fest an ihn, dass es ihm den Atem raubte. Seine Eva barg ihr Gesicht an seiner Brust und wurde von einem Weinkrampf geschüttelt. Logan schlang seine Arme um sein Mädchen und legte seine Wange an ihr Haar. Sie war so lange stark gewesen. Für Christie und für Seth. Und auch für ihn selbst, als sie ihn hinter Benson hergeschickt hatte und alleine bei Earl geblieben war. Logan hatte den Leichnam gesehen, als er mit dem Bestatter zurückgekommen war, und es war ein schrecklicher Anblick gewesen. Wie viel schlimmer musste es erst gewesen sein, als Earl noch gelebt hatte? Als er noch gelitten hatte?

Seine fröhliche Waldelfe hatte heute mehrfach dem Tod ins Auge geschaut. Kein Wunder, dass sie vollkommen erschöpft und ausgezehrt war. Es war vielmehr ein Wunder, dass sie sich noch auf den Beinen halten konnte. Jetzt brauchte sie jemanden, der sie festhielt, und dass sie dafür ihn ausgewählt hatte – und nicht einen ihrer Brüder –, ließ sein Herz höher schlagen.

Nach einigen Minuten löste sie ihre Umklammerung und hob den Kopf. Sie schniefte und wollte sich entschuldigen, doch Logan ließ es nicht zu.

»Keine Entschuldigungen, mein Schatz. Ich bin für dich da. Immer.«

Ein zittriges Lächeln umspielte ihre Lippen, als sie ihm tief in die Augen schaute. »Ich liebe dich, Logan.«

Er küsste Evas Stirn und schickte ein Dankgebet gen Himmel. Gott hatte sie bewahrt und seine schützenden Hände über sie gehalten. Das Bild von Bensons Gewehr, das direkt auf ihr Herz gerichtet war, würde ihn bestimmt noch jahrelang verfolgen.

»Ich liebe dich auch«, sagte er, nachdem sich seine Lippen wieder von ihrer Stirn gelöst hatten. »Und ich werde dich nie wieder loslassen.«

»Das freut mich sehr.« Ihr Lächeln wurde sicherer und in ihre Augen kehrte der Schalk zurück. »Obwohl es dann mit dem Heimweg etwas schwierig werden könnte.«

Logan schüttelte den Kopf und verdrehte die Augen. Mit dieser Frau an seiner Seite würde sein Leben nie wieder langweilig sein. Apropos …

»Eva, ich muss dich um einen Gefallen bitten.«

Durch die Ernsthaftigkeit in seiner Stimme aufmerksam gemacht, lehnte sie sich etwas zurück, sodass sie ihm besser in die Augen schauen konnte. Doch in ihrem Blick lag keine Sorge, sondern nur Vertrauen.

Logan schluckte. Egal, was er jemals tun würde, er hatte diese Frau einfach nicht verdient. Doch er würde alles dafür geben, dass sie es niemals bereute, ihn gewählt zu haben.

»Ich brauche noch sechs Monate«, brach es aus ihm heraus, bevor er die Nerven verlieren konnte. »Sechs Monate, um das Haus fertig zu bauen und eine Herde zu kaufen, die uns einen angemessenen Lebensunterhalt sichert.« Er stieß den Atem aus, dann brachte er auch den Rest seiner Bitte vor. »Ich brauche Zeit, um die Sache mit meiner Mutter zu klären. Ich weiß, dass das alles keine guten Voraussetzungen für eine Verlobung sind.« Sein Kopf sank unwillkürlich nach unten.

»Aber es ist wichtig, Logan.« Ihre Worte spiegelten das wider, was er tief in seinem Herzen empfand. So, als hätte sie direkt in seine Seele geschaut.

Logan hob den Blick und sah ihr tief in die Augen. Dort sah er die Wärme, die Liebe und das Verständnis seiner Braut.

»Deine Mutter ist deine Familie. Sich um sie zu kümmern und sie zu lieben ist deine gottgegebene Pflicht. Alles, worum ich dich bitte, ist, dass ich dir dabei helfen darf. Lass mich dir zur Seite stehen, wie auch du mir zur Seite gestanden hast. Denn auch ich möchte bei dir sein. Immer.«

Ihre Bitte verschlug ihm endgültig die Sprache. Er zog sie an seine Brust, damit sie die Tränen in seinen Augen nicht sehen konnte. »Ich liebe dich, mein Schatz«, murmelte er und sein Herz tanzte förmlich vor Freude bei dem Gedanken daran, dass er ihr das nun jeden Tag sagen konnte. Für den Rest seines Lebens. »Ich liebe dich.«

EPILOG

März 1895

Evangeline streckte ihre Hand aus, um den goldenen Ring zu bewundern, der an ihrem Finger glänzte. Es war jetzt bestimmt schon das zehnte Mal, dass sie das tat, seit Logan ihn ihr vor einer Stunde in einer feierlichen Zeremonie angesteckt hatte. *Mrs Logan Fowler*. Hatte es jemals einen besseren Namen gegeben? Nach all den Jahren, die sie einen erfundenen Nachnamen getragen hatte, hüpfte ihr Herz vor Freude über diesen neuen, der sie mit dem Mann verband, den sie über alles in der Welt liebte. Es fiel ihr immer noch schwer zu glauben, mit welchem Segen Gott sie beschenkt hatte.

Auch Hamilton würde ihr da zustimmen. Als Zach und Seth sie vorhin in der Kirche von Pecan Gap zum Altar geführt hatten, hatte sie den Kopf hoch erhoben gehalten und keinen Versuch unternommen, ihre Augen zu verbergen. Hamilton hatte damals recht gehabt: Ihre Augen waren ein Geschenk ihrer Eltern, damit sie sie niemals vergaß. Und heute, an ihrem Hochzeitstag, wollte sie alle drei noch enger bei sich haben als sonst – Mama, Papa und Hamilton. Deshalb hatte sie ihr Kinn erhoben und war an der Seite ihrer Brüder nach vorne geschritten.

Als sie vorne angekommen war und ihre Hand in Logans gelegt hatte – der sie voller Stolz angestrahlt hatte –, da wusste sie, dass sie ihre Augen niemals wieder verstecken würde. Einige Leute würden sie natürlich immer noch als Anomalie ansehen und würden nicht verstehen, dass auch sie ein ganz normales Geschöpf Gottes war, doch die Engstirnigkeit einiger weniger würde sie nie mehr einschüchtern. Evangeline hatte einen Ehemann, der sie anschaute, als wäre durch sie sein Traum Wirklichkeit geworden. Das war alles, was zählte.

»Noch glänzender wird er nicht.« Christies neckende Stimme riss sie aus ihren Gedanken und Evangelines Wangen färbten sich rot, als sie ihre Schwägerin anschaute, die unbemerkt das Zimmer betreten hatte. Evangeline war dabei, es zu räumen, nachdem sie acht Jahre darin gewohnt hatte.

Wieder betrachtete sie das schimmernde Symbol für ihre Liebe zu Logan und lächelte breit. »Wie lange dauert es, bis die Begeisterung abklingt?«

Christie zuckte mit den Schultern und hob die Hand, um ihren eigenen Ring anzuschauen. »Keine Ahnung. Bei mir ist es jedenfalls noch nicht so weit.«

Sie lachten und Christie ergriff die kleine Tasche, die Evangeline noch holen musste, bevor sie ihrem Leben in diesem Haus Lebewohl sagte und in ihr neues Leben als verheiratete Frau startete.

»Bist du traurig, das alles hinter dir zu lassen?«, fragte Christie.

Evangeline schüttelte den Kopf und schaffte es einfach nicht, dieses alberne Grinsen aus ihrem Gesicht zu verbannen. Sie wünschte sich nichts sehnlicher, als endlich zu Logan zu ziehen – in das Haus, das er von Anfang an nach ihren Wünschen gestaltet hatte. »Nein. Ich kann ja auch jederzeit herkommen, wenn ich will.«

»Natürlich. Dieses Haus wird immer dein Zuhause sein«, versicherte Christie ihr.

»Ich werde hier immer willkommen sein«, korrigierte Evangeline ihre Freundin, »aber es ist jetzt *dein* Zuhause. Deins und Seths und Archies.«

Christie und Seth hatten an Weihnachten geheiratet. Zach war daraufhin in die Sattelkammer gezogen, damit die beiden das größte Schlafzimmer des Hauses beziehen konnten. Dort stand nun ebenfalls Archies Kinderbettchen – nicht gerade die Privatsphäre, die sich ein frisch vermähltes Paar wünschte. Deshalb war

Seth auch sehr übereifrig gewesen, als Evangeline so weit gewesen war, ihre Sachen zu packen. Und wenn sie die Kiste im Flur richtig interpretierte, hatte er auch schon Archies Habseligkeiten zusammengepackt, um sie sofort in ihr altes Zimmer zu räumen, sobald Evangeline es verlassen hatte.

Natürlich liebte Seth den Jungen sehr und auch Archie himmelte seinen Ersatzvater an. Der kleine Kerl folgte ihrem Bruder überallhin, am liebsten jedoch an den Fluss. Wenn das Anglerlatein stimmte, das die beiden jedes Mal zum Besten gaben, waren die Fische, die sie aus dem Wasser zogen, bald so groß wie Wale.

»Mrs Fowler«, erklang eine tiefe Stimme vom Flur her, »Ihr Ehemann wird langsam ungeduldig.«

Eine Gänsehaut überzog Evangelines Arme bei Logans Ruf. Der Himmel wusste, dass sie beide in den letzten Wochen wirklich unruhig geworden waren. Sie hatten die Hochzeit kaum noch erwarten können. Natürlich hatte Evangeline verstanden, warum Logan sie um diese sechs Monate gebeten hatte. Die Zeit hatte dazu beigetragen, ihre Gefühle füreinander, ihre Freundschaft und ihre Liebe, noch weiter zu vertiefen. Doch auch die körperliche Anziehung zwischen ihnen war natürlich immer weiter gewachsen.

Ihre Gedanken mussten sich auf ihrem Gesicht widergespiegelt haben, denn Christie kicherte. »Am besten lässt du ihn nicht mehr länger warten.«

Evangeline warf einen Blick über die Schulter. »Woher weißt du das?«

Christie lachte. »Was glaubst du, wer mich geschickt hat, um dich zu holen?«

»Mrs Fowler«, erklang nun eine weitere Männerstimme, »bitte informieren Sie Mrs Jefferson, dass auch *ihr* Ehemann ungeduldig wird.«

Evangeline grinste. »Es scheint mir so, als könnte Seth es auch nicht mehr erwarten, alleine mit dir zu sein.«

Christies Wangen wurden rot.

Seth war vor seiner Hochzeit zu seinem Geburtsnamen zurückgekehrt – Jefferson. Obwohl all ihre Dokumente mit beiden Nachnamen gültig waren, wodurch Hamilton ebenso anerkannt war wie Jefferson, wollte Seth gerne seinen ursprünglichen Namen an seine Kinder weitergeben. Vielleicht auch an Archie, wenn der Junge es sich irgendwann wünschen sollte. Christie und Seth hatten beschlossen, ihn selbst entscheiden zu lassen, wenn er alt genug dafür war.

»Dieser Mann.« Christie winkte ab, doch ihre grünen Augen strahlten. »Keine zwei Minuten kann man ihn alleine lassen. Man könnte fast vermuten, dass *wir* unsere Hochzeitsnacht haben, nicht ihr.«

So schnell, wie Seth Archies Sachen zusammengepackt hatte, war das wahrscheinlich genau sein Gedanke. Außerdem hatte er sogar noch weiter geplant, denn Onkel Zach hatte Archie für heute Nacht zum Campen in der Scheune eingeladen. Alles war bestens vorbereitet für Seths und Christies ungestörte Zweisamkeit. Und auch die Hochzeitsgäste, die draußen im Hof feierten, würden verschwinden, sobald Seth Logan und Evangeline losgeworden war.

Doch bevor Evangeline ihre Schwägerin damit aufziehen konnte, stürmte ein ungeduldiger Logan ins Zimmer. Er kam direkt auf sie zu, schnappte sich seine Frau und warf sie über seine Schulter. Evangeline quietschte erschrocken auf, dann kicherte sie und wehrte sich halbherzig gegen diesen ungestümen Angriff.

»Komm jetzt, Frau.« In Logans gespielt strenger Stimme konnte Evangeline sein unterdrücktes Grinsen hören. »Wir haben heute noch eine Schwelle zu überqueren.«

Evangeline schlang ihre Arme um seinen Nacken und lächelte glücklich. »Und willst du mich den ganzen Weg tragen?«

»Nein. Erst mal nur bis zum Wagen.« Er wackelte mit den Augenbrauen. »Wenn wir dann zu Hause sind, nehme ich dich wieder in die Arme und werde dich bis morgen nicht mehr loslassen.«

»Logan!« Evangelines Wangen brannten, doch ihren Ehemann schien das nicht im Mindesten zu stören. Im Gegenteil, er senkte den Kopf und küsste sie so atemberaubend, dass sie es selbst kaum noch erwarten konnte, bis er sie endlich über die Schwelle trug.

Seth quetschte sich an ihnen vorbei und nahm Christie die Tasche ab, dann hängte er sie Logan über die Schulter. Als diese Übergabe abgeschlossen war, marschierte Logan direkt zur Hintertür und hinaus auf die Veranda.

Ein Konzert aus Jubelrufen, Glückwünschen und Pfiffen umfing sie. Fast schon beschämt verbarg Evangeline ihr Gesicht an Logans Hals.

»Logan Everett Fowler«, rief da eine kultivierte Stimme aus der Menge der Gratulanten, »das ist die zukünftige Mutter meiner Enkel.«

»Ich passe gut auf sie auf, Mama«, rief Logan und vernichtete damit jede Hoffnung Evangelines, selbst zum Wagen gehen zu dürfen. Dann sah er ihr tief in die Augen. »Für den Rest meines Lebens.«

Die Schmetterlinge in ihrem Bauch tanzten Walzer und plötzlich war es Evangeline egal, was ihre Freunde und Nachbarn dachten. Sie küsste aus vollem Herzen den Mann, den sie über alles liebte.

»Du bist mein Leben, Logan Fowler«, flüsterte sie ihm ins Ohr.

Er lächelte sie an. »Und du meins, Evangeline Pearson Hamilton Fowler.«

Dann trug er sie die Treppe hinunter und alle verabschiedeten sich von ihnen, als sie beim Wagen angekommen waren. Logan beugte sich noch zu seiner Mutter hinunter, um der kleinen grauhaarigen Frau zu ermöglichen, ihn auf die Wange zu küssen.

Die Veränderung, die seine Mutter durchgemacht hatte, war absolut erstaunlich: Sie war von einer hoffnungslosen und verschlossenen Witwe zu einer sprühenden und lebensfrohen Frau geworden. Laut Logans Tante hatte der Wandel an dem Tag eingesetzt, als sie Logans Brief erhalten hatte, in dem er ihr von Evangeline berichtet hatte.

Es hatte sich herausgestellt, dass ihre Trauer nicht allein durch den Verlust ihres Ehemannes geschürt worden war. Nein, ihr eigentliches Leid war dadurch ausgelöst worden, dass sie Angst um ihren Sohn gehabt hatte. Sie hatte befürchtet, dass er dem katastrophalen Vorbild seines Vaters folgen und sein Leben ruinieren würde. Als sie aber erkannt hatte, dass Logan einen vollkommen neuen Weg eingeschlagen hatte, war auch sie zu einem anderen Menschen geworden.

Evangeline ergriff die Hand ihrer Schwiegermutter. »Wird es dir gut gehen, Mutter? Du weißt, dass du so lange bei uns wohnen kannst, wie du möchtest.«

»Papperlapapp, Liebes. Du glaubst doch nicht, dass ich mich den Enkelkindern in den Weg stelle, die ihr mir versprochen habt.«

Himmel. Selbst Logans *Mutter*? Evangeline bezweifelte, dass ihre Wangen jemals wieder ihre normale Farbe annehmen würden.

Mrs Fowler hatte keines der Gebäude betreten, die früher einmal ihr Zuhause gewesen waren. Weder das Haus noch die Scheune. Nur die Pfirsichbäume neben der Veranda hatte sie liebevoll gestreichelt. Bis heute hatte sie bei Logan geschlafen und für ihre letzte Nacht im Delta County hatte sie das freundliche Angebot von Charlotte Clem angenommen.

»Aber ich erwarte eure Briefe.« Mrs Fowlers Augen wurden schmal. »Detaillierte Briefe. Regelmäßig.«

»Ja, Mutter.«

Matilda Fowler wandte sich wieder an ihren Sohn. »Und jetzt verschwinde endlich.« Sie ließ Evangelines Hand los und winkte lächelnd. »Bring deine Braut nach Hause.«

»Das lasse ich mir nicht zweimal sagen.« Logan überbrückte die letzten Schritte zum Wagen und setzte Evangeline auf den Kutschbock ab. Zach hatte den Wagen startklar gemacht und trat jetzt mit einem Stirnrunzeln an Evangeline heran.

Sie streckte die Hand aus. »Was ist?«

Als er ihre Hand ergriff, sah er auf ihre ineinander verschlungenen Finger hinab. »Ich verlasse Pecan Gap.«

Alarmiert zuckte Evangeline zurück. »Was? Warum?«

»Logan kümmert sich jetzt um dich. Und Seth gründet eine Familie mit Christie. Ihr beide braucht mich jetzt nicht mehr und es wird Zeit, dass ich mich selbst niederlasse.«

Sie legte den Arm um die Schulter dieses Mannes, der ihr so viel bedeutete, und zog ihn an sich. »Du bist mein Bruder, Zach. Ich werde dich *immer* brauchen.«

Schließlich hob er den Blick. »Wir sind keine Kinder mehr, Evie. Du und Seth, ihr habt jetzt das Leben, das ihr euch immer gewünscht habt. Jetzt ist es an der Zeit, dass ich das auch bekomme.« Sein Mund verzog sich zu einem schiefen Lächeln, das Evangeline ihm nicht wirklich abnehmen konnte. »Jetzt, wo Seth Schweine züchtet, kommt er auch gut ohne mich zurecht.« Er warf einen Blick auf die matschigen Pferche, in denen grunzend die wohlgenährten Tiere wühlten. »Ich hasse die Landwirtschaft, Evie, das weißt du. Getreide, Vieh, das alles hängt mir zum Hals raus. Es gibt da einen Mann im Norden mit einem Holzlager. Der sucht einen Partner, um zu expandieren. Ich treffe mich am Montag mit ihm.«

Ein Schrecken durchzuckte sie. »So bald schon?«

»Es wird höchste Zeit.«

Zeit für die Freiheit, nach der er sich immer gesehnt hatte. Sie erinnerte sich wieder an den rauen Jungen mit dem hitzigen Temperament, der alle Adoptivfamilien verschreckt hatte, damit er ein Leben führen konnte, das frei von Zwängen war, die ihm andere auferlegten. Er hatte diese Wünsche lange genug hintenangestellt und hatte seine wahren Träume schon viel zu lange aufschieben müssen.

Es wäre unfair, von ihm zu verlangen, noch länger hierzubleiben, nur weil sie ihn vermissen würde. Er verdiente seine Chance auf Glück, selbst wenn es dem ihren vollkommen unähnlich sein würde.

Er hatte recht. Es wurde höchste Zeit.

»Versprichst du mir etwas?«, fragte sie.

Zach hob skeptisch eine Augenbraue. »Was?«

»Brich den Kontakt zu uns nicht ab.« Evangeline drückte seine Hand. »Du gehörst zu unserer Familie. Jetzt und für immer. Folge deinem Traum, Zach – Gott weiß, dass du es verdienst –, aber teile dein Leben bitte mit uns. Schreib uns. Besuch uns. Halt uns auf dem Laufenden, wie es dir ergeht. Ich habe schon einmal einen Bruder verloren. Ein zweites Mal würde ich das nicht überstehen.«

Zach räusperte sich und erwiderte den Druck ihrer Hand. »Ich verspreche es.«

Seine raue Stimme trieb ihr die Tränen in die Augen, doch sie blinzelte sie schnell weg.

»Dann geh mit Gott, Bruder, und möge er dich ebenso segnen, wie er mich gesegnet hat.«

Zach nickte knapp, dann trat er einen Schritt zurück. Als hätte er nur auf dieses Zeichen gewartet, sprang Logan neben ihr auf den Kutschbock und schnappte sich die Zügel.

»Kümmer dich gut um sie, Fowler«, sagte Zach.

Logan nickte. »Das werde ich.«

Zach tippte sich an den Hut und Logan löste die Bremse. Das Gespann rollte vom Hof, während die Hochzeitsgäste hinter ihnen klatschten und ihre Glückwünsche riefen.

Evangeline drehte sich um und winkte lächelnd. Als ihr Blick Zachs Augen fand, nickte sie ihm noch einmal zu. Er war nicht mehr der strahlende, unfehlbare Held für sie, der er früher gewesen war. Aber er war ihr Bruder, den sie von Herzen liebte.

Langsam verschwanden Familie und Freunde hinter ihnen und Evangeline wandte sich ihrem Ehemann zu.

Logan legte seine Hand auf ihr Knie. »Geht es dir gut? Zach hat mir schon heute Morgen vor der Hochzeit von seinen Plänen erzählt.«

Sie ergriff seine Hand. »Ja, alles gut.« Sie blickte auf die Straße vor sich, als schaute sie in die Zukunft. »Natürlich werde ich ihn furchtbar vermissen, aber er verdient seine Freiheit.«

»Der Lebensweg eines Mannes verläuft nicht immer so, wie er ihn plant.« Logans Lächeln erinnerte sie an all das, was sie gemeinsam durchgestanden hatten. »Manchmal offenbart Gott einem genau zur rechten Zeit eine Gabelung.«

Evangeline lächelte ihren Mann an. »Ich hoffe nur, dass mein starrköpfiger Bruder dieses Zeichen erkennen und ihm folgen wird. Er kann ziemlich trotzig sein.«

Logan streichelte ihr Knie mit seinem Daumen. »Wenn Gott Zach ein Zeichen schickt, das auch nur halb so offensichtlich ist wie das, was er mir geschickt hat, dann wird er es erkennen, keine Sorge.«

Evangelines Magen flatterte vor Freude. Solch ein wunderbares Kompliment verlangte nach einer Belohnung. Sie beugte sich zu ihm und küsste ihn leidenschaftlich.

Eigentlich wollte sie sich schon wieder zurückziehen, doch Logan ließ die Zügel fallen und schlang seine Arme um sie, zog sie an sich und vergrub seine Finger in ihren Haaren. Sie verlor sich in seiner Umarmung.

Erst als der Wagen durch ein Schlagloch rumpelte, weil die Pferde unbeeindruckt von ihrer Leidenschaft weitergetrottet waren, ließ Logan von ihr ab und wandte sich wieder nach vorne. »Sie, Mrs Fowler, sind selbst schuld an dem, was jetzt kommt.« Das schelmische Funkeln in seinen Augen wuchs, als er die Pferde zum Galopp antrieb.

Evangeline quietschte vergnügt auf, als sie sich mit der einen Hand am Sitz festklammerte und mit der anderen ihre Haube hielt.

Ihr Ehemann steckte voller Überraschungen und genau so liebte sie ihn. Evangeline lachte, als der Wind an ihren Haaren zupfte und die Bäume an ihnen vorbeiflogen. Sie konnte es kaum erwarten zu sehen, wohin ihr nächstes Abenteuer sie führen würde.

Ein weiteres Buch von Karen Witemeyer

Herz auf Empfang
ISBN 978-396362-002-7
288 Seiten, Paperback

Für die junge, introvertierte Telegrafistin Grace ist die Frauenkolonie von Harpers Station Heimat und Zufluchtsort zugleich. Als sie über die Telegrafenleitung die Bekanntschaft von Amos, einem netten Kollegen, macht, gerät ihr zurückgezogenes Leben in Bewegung.
Doch gerade, als Grace zu hoffen beginnt, dass das Leben noch etwas Glück für sie bereithält, zieht eine ernstzunehmende Bedrohung am Himmel über Harpers Station auf: Ein alter Feind nimmt ihre Spur wieder auf und bedroht das Leben von Grace und ihren Freunden. Als Amos davon erfährt, macht er sich auf den Weg, um der Frau, die er noch nie gesehen hat, beizustehen. Aber kann er, der brillentragende, fahrradfahrende Telegrafist, der mehr Intelligenz als Muskeln besitzt, Grace der Helfer sein, den sie jetzt braucht?